Lily Lindon

Double Booked –
Wenn die Liebe zweimal kommt

atb aufbau taschenbuch

lily
lindon

double booked

Wenn die Liebe
zweimal kommt

Roman

Aus dem Englischen von Anna Julia Strüh

aufbau taschenbuch

Die Originalausgabe unter dem Titel
Double Booked
erschien 2022 bei Head of Zeus, London.

MIX
Papier | Fördert
gute Waldnutzung
FSC® C083411

ISBN 978-3-7466-3987-1

Aufbau Taschenbuch ist eine Marke der
Aufbau Verlage GmbH & Co. KG

1. Auflage 2022

Gesetzt LVD GmbH, Berlin
Druck und Binden CPI books GmbH, Leck, Germany
Printed in Germany

www.aufbau-verlage.de

Teil 1

Kapitel 1

»Sorry, ich kann nicht. Ich hab andere Pläne.«

»Georgina«, schnaubt Sophie, und selbst durchs Telefon kann ich ihren sarkastischen Blick spüren. »Du weißt, dass ich weiß, dass du keine anderen Pläne hast.«

Es ist fünfzehn Uhr zweiundvierzig, und ich habe gerade meine letzte Klavierstunde diese Woche gegeben. Wenn ich in meinem normalen Tempo weiterlaufe, erwische ich noch meine Tube vor dem Feierabendverkehr und spare gloriose 50 Pence.

»Es ist Freitag«, erwidere ich, »also hole ich mir jetzt was zum Mitnehmen bei Cod Almighty. Eine Portion Fish and Chips mit Ketchup. Dann nehme ich ein Bad, trinke ein Glas Weißwein und ...«

»... und guckst *Friends*«, sagt Sophie wenig begeistert. »Ich weiß. Aber das musst du nicht. Du könntest deine Pläne ändern. Komm mit und hab zur Abwechslung mal ein bisschen Spaß!«

»Was könnte mehr Spaß machen, als in der Badewanne *Friends* zu gucken?«

»Oh, ich weiß auch nicht – alles andere?«, schimpft sie. »Zum Beispiel könntest du mit mir in eine der besten Gay Bars in London gehen, eine der angesagtesten Indie-Bands live erleben und dir Drinks von deiner großzügigen, umwerfend schönen besten Freundin spendieren lassen.«

Ich tue so, als würde ich darüber nachdenken, während ich über einen gefährlich wackligen Gullydeckel hinwegsteige und damit meine bequemsten Arbeits-High-Heels vor hässlichen Schrammen bewahre. Gut gemacht, Gina!

Heute Nachmittag schimmert die Frühlingssonne durch die Wolkendecke an Londons ewig trübem Himmel. Um die Wärme im Nacken zu spüren, halte ich Sophie ans andere Ohr und zwirbele meine Haare zu einem lockeren Knoten hoch. Dann erinnere ich mich bei einem Blick auf mein Spiegelbild, wie *erschreckend* scheiße ich mit hochgebundenen Haaren aussehe. So sieht man mein riesiges Kinn, die Flut von Sommersprossen an meinem Hals und meine komischen Ohren, die abstehen wie bei einem Gartenzwerg. So schnell ich sie hochgebunden habe, lasse ich meine Haare wieder fallen wie einen schlaffen mattbraunen Vorhang. Alles andere als toll, aber wenigstens sind die Ohren nicht mehr zu sehen.

»Du kennst doch bestimmt jemanden, der als Begleitung viel besser geeignet ist. Hast du vergessen, mit wem du redest? Mit deiner Freundin Gina: total langweilig, total unscheinbar – und total hetero.«

»Mich dünkt, die Lady protestiert zu viel ...«

»Fang nicht wieder mit diesem Unsinn an, sonst beschuldige ich dich der umgedrehten Konversionstherapie. Warum kannst du nicht mit Jenny gehen?«

Sophie antwortet nicht, also versuche ich, mir ihren Gesichtsausdruck auszumalen. Doch ich könnte schwören, dass sie mir am anderen Ende der Leitung ausweicht.

Ich halte inne. Zwar passt es mir nicht, meinen Vor-Feierabend-Rabatt zu verpassen, aber meine beste Freundin zu trösten dürfte die 50 Pence wert sein.

»Du wolltest mit Jenny hingehen«, schlussfolgere ich, »aber ihr habt euch schon wieder getrennt.«

»Schuldig«, murmelt sie.

Jenny gehört zu der Art sympathischer, hemdsärmliger Frauen, die ihr verschlissenes Arsenal-Trikot selbst zu ihrer eigenen Hochzeit tragen würden. Sie und Sophie sind in einer ewigen On-off-Beziehung gefangen, wie Ross und Rachel im wahren Leben.

»Hat sie sich wieder geweigert, bei deinen *SophieSnob*-Videos mitzumachen?«

Wie nicht anders zu erwarten, flippt Sophie aus. Ich halte das Telefon von meinem Ohr weg, damit mir nicht das Trommelfell platzt.

»Ich versteh's einfach nicht!«, ruft sie aufgebracht. »Die meisten Frauen würden sich darum reißen, mit mir zusammen zu sein! Ich bin schön! Ich bin witzig! Ich bin schlau! Ich bin berühmt! Aber Jenny will noch nicht mal ein Foto mit mir machen.«

»Blasphemie ...«, pflichte ich ihr bei.

»Ach, egal«, seufzt sie. »Es ist bloß so schade. Paarvideos sind total angesagt, und ich konnte noch nie eins machen ... Vielleicht sollte ich einfach Single bleiben.«

Ihre Niedergeschlagenheit ist geradezu ansteckend.

»Wenn es dir schon unangenehm wäre, Jenny heute Abend dabeizuhaben«, sage ich und spiele betreten am Knopf meines wirklich etwas altbackenen grauen Bleistiftrocks herum, »dann willst du mich bestimmt erst recht nicht dabeihaben. Deine schrecklich unscheinbare Anstandsdame ...«

»Du bist nicht schrecklich unscheinbar.« Einen Moment

herrscht Schweigen. »Aber vielleicht könnte ich dich ein kleines bisschen umstylen?«

»Ich bin jetzt an meiner Station«, lüge ich. »Viel Glück!«

»Nein, bist du nicht. Du brauchst noch anderthalb Minuten.«

Verdammt, sie kennt mich zu gut. Verdammte Routine.

»Warum gehst du nicht mit einer deiner Party-Lesben?«, frage ich gereizt und laufe schneller.

»Weil du mir viel lieber bist!«

Ich warte.

»Und«, gibt sie schließlich zu, »weil sie alle in irgendeinem Berliner Sex-Kerker Urlaub machen.«

»Da haben wir's.«

»Ganz ehrlich«, sagt sie und verhindert damit gerade noch, dass ich auflege, »das ist das Beste, was ich mir vorstellen könnte. Ich mache schnell ein paar Aufnahmen, und dann verstecken wir uns in einer Ecke und schauen uns die Band an. Nur wir beide, Gigi, wie in alten Zeiten. Biiiiitte ...«

An der Uni hielten Sophie und ich uns für so etwas wie Talentsucher und gingen zu allen Konzerten, die wir uns von unserem Studienkredit leisten konnten. Sophie bewertete sie in ihren Vlogs, und ich sammelte Inspiration für das Schreiben meiner eigenen Songs. Doch es ist ewig her, dass wir das gemacht haben.

Da ist meine Station – meine Rettung! Ich kann die Fish and Chips schon schmecken. Ich will gerade auflegen, als ein unerwartet sanfter Ton in Sophies Stimme mich innehalten lässt.

»Gigi, bitte ...? Ich weiß, es ist immer noch schwierig für dich ...« Sie schlägt einen anderen Ton an. »Ich würde dich nicht dazu drängen, wenn ich nicht denken würde ... Aber ich glaube wirklich, dass wir eine Menge Spaß hätten. Ich vermisse es so sehr, mit dir über Musik zu reden.«

Für einen Moment schließe ich die Augen und erlaube mir, es mir vorzustellen: Ganz und gar umgestylt sitze ich mit Sophie in der versteckten Nische einer neonbeleuchteten Bar und nippe an einem Cocktail. Aus dem Schatten beobachte ich die selbstbewussten, lachenden Frauen um mich herum, höre, wie die Band zu spielen beginnt, und …

»Nein«, sage ich, schüttle den Kopf und laufe nun entschlossen auf mein Ziel zu. »Sorry, Sophie, aber ich kann nicht. Du wirst jemand anderen finden; irgendeine wunderschöne Frau, die liebend gern mitkommt, und dann kannst du mir am Montag auf dem Sofa alles darüber erzählen. Heute Abend gehe ich mit meinen anderen *Friends* zu einer Hochzeit.«

Mein Zeigefinger ist einen Millimeter vom Auflegen-Button entfernt, als Sophie ihren Trumpf ausspielt.

»Pumpernickel.«

Vor Schreck lasse ich mein Handy fallen. Irgendein Banker prallt von hinten gegen mich und schimpft vor sich hin. Schnell hebe ich das Telefon auf und fauche hinein: »Ernsthaft?!«

»Ernsthaft«, sagt Sophie. »Pumpernickel.«

Pumpernickel ist unser Blutspakt, mit dem wir das Einlenken der anderen einfordern. Das Ganze rührt her aus unserem zweiten Jahr an der Uni, als Sophie sehr leckeren, aber sehr schwer verdaulichen Pumpernickel gegessen und anschließend unser Badezimmer schlimm zugerichtet hatte, während ihr Schwarm vor der Tür wartete. Ich nahm die Schuld auf mich, und seitdem dient uns »Pumpernickel« als freundschaftliche Erpressungsmethode. So habe ich Sophie dazu gepumpernickelt, bei meinen ersten furchtbaren Gigs als Fan aufzutreten und laut zu jubeln. Im Gegenzug hat sie mich gepumpernickelt, Ex-Freundinnen für sie abzuservieren, und wir haben uns gegenseitig gepumpernickelt, Hausarbeiten füreinander zu schreiben. Dem Pumpernickel kann man sich nicht entziehen.

Seltsamerweise durchströmt mich Erleichterung. Dem Ruf des Pumpernickels zu gehorchen fühlt sich genauso an, als folgte ich einfach einer der Routinen, die in meinem Kalender festgeschrieben sind: Ich habe keine Wahl, und somit ist es auch nicht meine Schuld, wenn etwas schiefläuft.

»Ich bin um sechs bei dir«, sage ich. »Aber ich will Pommes.«

Nachdem wir aufgelegt haben, ersetze ich den *Fish and Friends*-Eintrag in meiner Kalender-App durch einen neuen Termin: *Gepumpernickelt: Gay Bar mit Sophie.*

Während ich auf das Display starre und den Eintrag immer und immer wieder lese, wird mir klar, dass ich nicht nur erleichtert bin.

Ich freue mich.

Kapitel 2

»Fünf Pfund für Queers, acht Pfund für Heteros«, verlangt die Butch an der Tür, deren burschikoses Auftreten mich doch ein wenig einschüchtert.

Zum Glück habe ich genug Bargeld dabei.

Wir sind im Familiar, einer Gay Bar in Hackney Wick, die für Sophie tatsächlich sehr *familiar,* vertraut, ist; sie wohnt praktisch hier, seit wir nach unserem Abschluss nach London gezogen sind.

»Du solltest einfach so tun, als wärst du lesbisch«, sagt sie und reicht der Türsteherin einen Fünfer. »Danke, Süße, wie geht's dir?«

Während Sophie mit der Türsteherin plaudert, wird sie aus der Schlange der Wartenden heraus in Augenschein genommen. Sophie leuchtet heute Abend geradezu: Das Neonlicht wirft kunstvolle Schatten auf ihre dunkle Haut, ihre fast schwarzen Augen werden von einer glitzernd rosafarbenen Cat-Eye-Brille eingerahmt, ihr kurzes, mit Pailletten besetztes Kleid ist ebenso ein Hingucker wie ihre langen, glatten Beine, und die goldenen Perlen an ihren geflochtenen Zöpfen glitzern bei jeder Bewegung wie Kristalle. Und, o Mann, wie ist ihr das bewusst.

Mir schenkt derweil niemand Beachtung. Vielleicht, weil sie einen funktionierenden Gaydar haben, der ihnen sagt, dass ich so straight bin, wie man nur sein kann. Oder vielleicht liegt es daran, dass ich mit meiner tapetenweißen Haut, den halblangen braunen Haaren und einem halblangen schwarzen Kleid, das förmlich schreit: »Ich bin seit Jahren nicht mehr ausgegangen und habe nichts Passendes zum Anziehen«, noch unscheinbarer wirke als ein Standard-Avatar. Mir hat der Mut gefehlt, um mich von Sophie umstylen zu lassen. Man kann eine Kröte schließlich nicht mit Nagellack aufhübschen, also halte ich den Blick gesenkt.

»Entschuldigung«, sagt eins der Supermodels in der Schlange, »bist du nicht *SophieSnob*?«

Sophie macht einen kleinen Knicks, und alle brechen in Begeisterungsstürme aus. Himmel, hilf ...

»O mein Gott, ich folge deinem Channel schon, seit ich ein Baby Gay war!«

»Deine Sex-Tipps haben mir das Leben gerettet!«

Zum Glück ruft die Türsteherin ihnen zu, sie sollen voranmachen. Sophie wedelt majestätisch mit ihrer Kamera und trägt allen auf, ihren YouTube-Kanal zu abonnieren.

Es ist seltsam, Sophie in ihrem natürlichen lesbischen Lebensraum zu erleben. Wenn wir uns treffen, hängen wir normalerweise auf dem Sofa rum, gucken Rom-Coms und tratschen über irgendwelche Leute. Aber hier im Familiar kennen sie alle als eine waschechte Kulturkritikerin und Queer-Connaisseurin und finden sie, den Blicken nach zu urteilen, verdammt heiß. Mein Minderwertigkeitskomplex nimmt rasant zu.

Die Türsteherin drückt mir einen Stempel auf die Hand.

»Das ist eine Katze«, erklärt Sophie, als sie mich irritiert daran reiben sieht, »die Vertraute einer Hexe. Süß, oder?«

»Du solltest dir deine tätowieren lassen. Damit sparst du eine Menge Geld.«

»Gute Idee.«

Mit diesen Worten schiebt sie mich die Rampe hinunter in einen dunklen, nur von grellrosafarbenen Spinnweben und zwinkernden Kürbissen erleuchteten Gang.

»Ich versteh's nicht«, murmele ich, tippe mit dem Finger an die Wand, die so schleimig ist, dass ich ihn an Sophies Schulter abwische. »Es ist Februar. Warum die gruslige Aufmachung?«

»So ist das Familiar eben«, erklärt sie lapidar und wischt den Glitzerschleim wieder an mir ab. »Verhext. Lass dich einfach darauf ein.«

Am Ende des Gangs erwartet uns eine bogenförmige Tür in gotischem Stil, um die der Umriss einer gigantischen Hexe gezeichnet wurde. Sie ist in der Mitte geteilt: Ein himmlisches Blau und Heilpflanzen auf der linken Seite, ein dämonisches Rot und tödliche Tränke auf der rechten. Sophie posiert davor für ein paar Selfies und versucht, mich zu einem Foto zu überreden, aber ich tue so, als hätte ich sie nicht gehört.

Die Bar selbst ist mit einer Unmenge kitschiger Halloween-Deko überladen. Sophie sichert uns eine versteckte Sitznische in der Ecke, unter einem Poster einer spärlich bekleideten Hexe. Dann holt sie uns an der Bar die charakteristischen Drinks des Familiar – eine blaue Gute Hexe und eine rote Böse Hexe – und reicht mir den blauen.

Das bringt mich auf die Palme. Nur weil ich hetero bin, bin ich noch lange nicht langweilig.

Ich trinke einen Schluck und bekomme keine Luft mehr. »Wie hochprozentig ist der?«

Als einzige Antwort kneift mir Sophie in die Wange. »Danke, dass du mitgekommen bist, Gigi.«

»Danke, dass du mich emotional erpresst, wenn deine coolen lesbischen Freundinnen keine Zeit haben«, antworte ich achselzuckend.

»Keine Sorge, ich lasse nicht zu, dass dich andere Queers belästigen.« Sie zwinkert schelmisch. »Es sei denn, du beschließt endlich, dass du genau das willst.«

Ich kratze mir die Wange mit meinem Stinkefinger.

Sophie verdreht die Augen und lehnt sich zurück, begutachtet ihr Königreich. Selbst in der hintersten Ecke versteckt, zieht sie alle Blicke auf sich. Muss toll sein, schön zu sein.

Schon seltsam, denn wenn ich mich (zugegebenermaßen sehr selten) auf einen Abend in einem Hetero-Club einlasse, hätte ich nur zu gern die Gewissheit, dass mich keine dahergelaufenen Männer anbaggern werden. Aber hier, wo es keine Machotypen gibt, fühlt es sich anders an, ignoriert zu werden. Vielleicht liegt es daran, dass ich Frauen einen besseren Geschmack zutraue? Es ist, als bekäme ich eine schlechte Peer-Review.

Ich will Sophie nicht im Stich lassen, aber als ihr die nächste wunderschöne Frau zulächelt, mich bemerkt und sich abrupt abwendet, habe ich das Gefühl, als sei meine Anwesenheit hier ein gewaltiger Cockblock. Hmm, schlechte Wortwahl. Ich brauche noch einen Drink.

Sophie schickt mich allein zur Bar, egal wie unsicher ich mich fühle. Meine Nervosität nimmt weiter zu, als ich vom Boden aufblicke und sehe, wie unerlaubt schön die Barkeeperin ist. Sie sieht aus wie Cara Delevingne, mit platinblonden, kurz geschorenen Haaren, dunklen Augenbrauen und Hunderten Ohrringen. Unter ihrer bauchfreien Weste lugt ein buntes Patchwork von Tattoos hervor – Sonne und Mond, ein heulender Wolf, etwas, das aussieht wie ein Käselaib (echt jetzt?), und eine lange Sonnenblume, die an ihrer Seite hinunterwächst. Wie weit sie wohl hinunterreicht …?

Gott, hier drin ist es verdammt heiß. Aber aus irgendeinem Grund – wahrscheinlich, weil ich weder schön noch queer bin – lässt mich die viel beschäftigte Barkeeperin warten. Was muss ich tun, um hier bedient zu werden – mir einen Regenbogen aufs Gesicht tätowieren lassen?

Da steigt mir Sophies Chanel-Duft in die Nase. Sie lehnt sich neben mir an den Tresen, nickt der Barkeeperin lässig zu, die sofort näher kommt.

»Eine Good Witch und eine Bad Witch bitte«, sagt sie – aus ihrem Mund klingt selbst eine Getränkebestellung cool und sexy.

Die Barkeeperin nickt und schüttelt gekonnt ihre Cocktail-Shaker.

»Nein, wir nehmen zwei Bad Witches«, höre ich mich sagen. »Doppelte, bitte.«

Kaum sind die Worte aus meinem Mund, erkenne ich meinen Fehler.

»Das sind Cocktails«, sagt die perfekte Barkeeperin und blickt nur flüchtig auf, während sie ihre Shaker mit Eis füllt. »Davon gibt's keine doppelten.«

Sophie lacht, und ich versuche mitzulachen, aber ich weiß, dass mich dieser Moment in meinen Alpträumen verfolgen wird.

Mit meiner nicht doppelten Bad Witch flüchte ich mich zurück in unsere Sitznische. Sophie hebt selbstgefällig eine Augenbraue.

»Sieh mich nicht so an. Ich wollte den pinkfarbenen probieren, nichts weiter!«

»Okay, Süße«, schnaubt sie. »Du musst dich nicht für die Wahl deines Drinks rechtfertigen.«

Zum Glück gibt es eine Ablenkung, ehe ich eine erfinden muss. In der Bar wird es dunkel, und alle wenden sich der Bühne zu. Das Scheinwerferlicht folgt einer Gestalt in einem rosa Cape zum Mikro. Mit großer Geste wirft sie das Cape ab, und darunter kommt eine vollbusige Drag Queen mit einem glitzernd purpurnen Kleid, Perücke und Bart zum Vorschein.

»Guten Abend, meine zauberhaften Lieblinge«, säuselt sie, »willkommen im Familiar! Ich bin Polly Amory, eure Showmasterin der Extraklasse!«

Das Publikum jubelt.

»Ich habe einen Zauber, um unseren ersten Act zu beschwören. Aber – o nein! – wo ist mein Zauberstab?« Mit dem größten Vergnügen tastet sie sich selbst ab. »Oh, ich verliere immer alles. Meinen Schlüssel, meinen Geldbeutel, meine Würde. Ich würde meinen Kopf verlieren, wenn er nicht angewachsen wäre.«

Schließlich zieht sie einen unfassbar langen Zauberstab aus ihrem Schlüpfer.

»Tada! Jetzt kann ich eine Drag-King-Legende – und einen meiner zahlreichen Ex-Liebhaber – für euch herbeirufen: Willy Nilly!«

Ich wusste nicht einmal, dass es Drag Kings gibt. Wie sich herausstellt, sind sie im Familiar eine große Sache. Willy Nilly ist wie Shakespeare gekleidet und spricht in altertümlicher Sprache darüber, wie gut er im Bett ist, dann legt er einen Striptease hin. Verführerisch streift er seine Halskrause ab, und darunter kommt eine weitere Halskrause zum Vorschein. Als er sich zu guter Letzt seine Pluderhose herunterreißt, trägt sein kleiner William auch eine Minihalskrause. Für jemanden, der mit einem leuchtend grünen Dildo in einem Papierrock herumwedelt, ist er ziemlich gut.

Mit einem Zwinkern ruft Polly: »Willy mag es verrüscht!«

Die Menge stöhnt und jubelt Willys Hintern zu, als er sich von der Bühne entfernt.

Nach Willy Nilly wird ein sehr ernsthaftes Gedicht über die Mitschuld von Heteros am Patriarchat vorgetragen. Ich kichere nervös, bis mir Sophie einen Tritt verpasst.

»Jetzt ist Pause«, verkündet Polly, »seid in zehn Minuten zurück für unseren Haupt-Act. Ich weiß, dass ihr euch nur ihretwegen in eure besten Outfits geschmissen habt. Heute Abend beehrt uns unser aller Lieblings-Girlband – Phase!«

Ruckartig wende ich mich zu Sophie um. Sie nippt an ihrer Bad Witch, ganz die Unschuld in Person.

Ach nein. Also deshalb hat Sophie mich heute Abend mitgeschleppt. Von dieser Band redet sie ständig. Sie hat sie vor ein paar Wochen live im The Glory gesehen, und seitdem schwärmt sie pausenlos davon, wie sehr ich sie lieben würde. Aber man kann sie sich nirgends online anhören. Nicht, dass ich lange gesucht hätte.

Ich tippe mir nachdenklich ans Kinn und heuchle Gleichgültigkeit. »Ist Phase nicht die Band, deren Songs alle von irgendwelchem okkulten Kram handeln?«

»Nein«, erwidert Sophie, »in ihren Songs geht es um Astrologie.«

Ich starre sie skeptisch an.

»Vertrau mir«, sagt sie, »wenn du sie erst mal gesehen hast, wirst du an alles glauben, was sie sagen.«

»Ach bitte. Es braucht schon mehr als ein bisschen Amateur-Pop, um mich dazu zu bringen, an Horoskope zu glauben.«

»Horoskope sind so was von queer«, entgegnet Sophie wie zur Verteidigung.

»Dann ist es ja kein Wunder, dass ich nichts damit anfangen kann.«

Sophie zieht eine perfekt gezupfte Augenbraue hoch. »Ich will sie für *SophieSnob* interviewen und sie supporten. Wenn ich es richtig anstelle, widmen sie mir vielleicht einen Song.«

»*Oh, Sophie*«, improvisiere ich, »*you're in luck, our stars tell me we're destined to fuck*.«

»Wow, du hast es immer noch drauf.«

Meine Wangen laufen hochrot an. Ich bin es nicht gewohnt, so viel zu trinken.

»Im Ernst«, sagt Sophie in sanfterem Ton, »du solltest wirklich wieder eigene Songs schreiben.«

Ich spieße die Olive in meinem Cocktail mit meinem Schirmchen auf, das die Form eines Hexenbesens hat. »Das ist lange her.«

Damit ernte ich einen weiteren entnervten Blick von Sophie. »Oh, du hast da was«, sagt sie, zupft an meinem Kragen und betrachtet ihre Finger. »Sieht aus wie ... verdammt miese Laune.«

Ich schubse sie von ihrem Barhocker. Sie lacht nur.

»Hey, ich mein's ernst«, sage ich. »Das ist nicht lustig. Ich werde nie wieder Klavier spielen.«

»Aber du bist Klavierlehrerin!«

»Ganz genau. Die, die es können, tun es. Alle anderen werden Lehrer.«

»Von deinem Vater redest du nicht so schlecht, obwohl er auch Lehrer war.«

Das ist ein Schlag unter die Gürtellinie, und selbst Sophie ist erschrocken von ihrer Dreistigkeit. Ich tue so, als hätte ich sie nicht gehört.

Stattdessen starre ich zur Bühne, wo eine große, attraktive Schwarze Frau mit kurzen Rastazöpfen und einem engen Jeansrock ein Keyboard aufstellt.

»Das ist Marsha Adomako«, erklärt Sophie. »Die Keyboarderin von Phase.«

Mein Blick verdüstert sich. Ich wette, sie ist besser, als ich es je war.

Jetzt redet Marsha hinter der Bühne mit Polly Amory und schaut dabei immer wieder auf ihr Handy. Anscheinend verspäten sich die anderen Bandmitglieder.

Wie aufs Stichwort kommen genau in diesem Moment drei Frauen durch die Seitentür herein, mit einem Schwall frischer Abendluft. Alle im Raum drehen sich zu ihnen um.

Sie sind die coolen Mädchen, die in einem Teeniefilm in Zeitlupe herumstolzieren. Sie sind die Cowboys, die sich mit dem Sheriff anlegen. Sie sind die Superhelden, die gekommen sind, um die Welt zu retten.

»Das ist Phase«, flüstert mir Sophie ins Ohr.

Die Blondine an der Spitze sieht aus wie Marilyn Monroe, nur *noch* femininer. Gewellte Haare, schneeweiße Haut, glänzender Lippenstift. Sie trägt ein glamouröses, langes rotes Kleid und erinnert mich an ein Renaissance-Gemälde oder ein altmodisches Pin-up-Poster.

»Die Femme vorn ist Isobel Evennett, die Frontsängerin und Gitarristin. Das hinter ihr mit dem rosa Afro ist Rudy Cooper, die Bassistin.«

Rudys Locken sind tatsächlich rosa wie Zuckerwatte. Sommersprossen sprenkeln ihre dunkle Haut, und sie trägt eine weite Jeans-Latzhose und ein schelmisches Grinsen. Auf dem Weg zur Bühne tauscht sie wie der Hauptcharakter in einem Pixar-Film aufwendige, personalisierte Handschläge mit allen Leuten aus, an denen sie vorbeikommt.

Doch mein Blick wird von der Person hinter ihr angezogen. Die dritte Reiterin der lesbischen Apokalypse.

»Und das ist Kit Tsuki.«

Kit ist schlicht und einfach die attraktivste Person, die ich je gesehen habe. Groß, durchtrainiert, androgyn, mit glatter brauner Haut und wilden schwarzen Haaren, die ihr Gesicht wie ein Heiligenschein umgeben. Sie trägt eine ramponierte Lederjacke, zerrissene schwarze Jeans und abgetragene Stiefel, die einzigen Accessoires ein Nasenring und eine simple Silberkette. Ihre Wangenknochen sind so scharf, dass ich schon allein vom Hingucken blute, und ihre lodernden Augen sind mit Kajal umrandet. Sie sind wie schwarze Löcher, die mich anziehen. Und sie sieht mich direkt an.

Einen kurzen Moment starren wir einander an. In dieser Millisekunde steht die Zeit still. Mein Magen dreht sich um, meine Wangen glühen, und ich wende hastig den Blick ab.

Okay, das war seltsam. Anscheinend ist mir die Cocktail-Olive nicht gut bekommen.

Alle sehen zu, wie die drei lässig durch die Bar schlendern. Doch kurz bevor sie die Bühne erreichen, zögert Kit. Dann wirft sie mir einen flüchtigen, aber definitiv nicht meiner Phantasie entsprungenen Blick zu.

»... wie jetzt!«, kreischt Sophie. »Siehst du, was ich meine?«

Mit einem Schlag wird mir bewusst, dass Sophie die ganze Zeit mit mir geredet hat und ich nichts davon mitbekommen habe.

Mühsam wende ich den Blick von Kit ab und drehe mich zu ihr. »Was hast du gesagt?«

»Kit guckt die ganze Zeit zu mir rüber. Sieh nicht hin! Himmel, geht's auch etwas unauffälliger?«

Oh. Natürlich. Kit hat Sophie angesehen, nicht mich. Mein Gott, was bin ich für eine Idiotin.

»Magst du sie?«

»Ob ich sie mag?« Wie um ihren Worten Nachdruck zu verleihen, wirft Sophie ihre Zöpfe schwungvoll über die Schulter. »Wir sind so gut wie verliebt.«

Ich lache. Sophie nicht.

»Kit und ich hatten immer eine Verbindung«, beharrt sie. »Bald ist es so weit, und dann spielen wir Sex-Blinde-Kuh.«

Vielleicht hat Sophie mir tatsächlich von Kit erzählt. Ich erinnere mich nie an Einzelheiten ihrer langen Liste von Leuten, in die sie »so gut wie verliebt« ist.

»Kit hat was mit Marsha am Laufen«, erklärt Sophie und beugt sich verschwörerisch vor. »Marsha sagt, sie hätten eine offene Beziehung. Kit meint, sie vögeln nur.«

Ich erröte schon wieder. Bevor die Band hinter der Bühne verschwindet, erhasche ich noch einen Blick auf Kit, wie sie Marsha lässig über den Hals streicht. Mein eigener Hals kribbelt, doch ich kratze das Gefühl schnell weg.

Die Lichter in der Bar erlöschen, die auf der Bühne leuchten auf, und Polly Amory erscheint wieder, nun ganz in Lila.

»Hallo noch mal, meine Süßen«, ruft sie. »Ich weiß, ihr wollt, dass ich mich kurzfasse. Also, heißt nun vier meiner Ex-Liebhaberinnen auf der Bühne willkommen ... Phase!«

Phase schreiten auf die Bühne. Von Glitzervorhängen, Sternwimpeln, Discokugeln und rosafarbenen und blauen Lichtern erleuchtet, funkeln sie vor Selbstbewusstsein.

Marilyn Monroe/Isobel legt ihre Finger ums Mikrophon und lächelt kokett.

»Hallo, meine Lieben«, säuselt sie, und dem Publikum verschlägt es den Atem.

»Danke, dass wir wieder hier im Familiar sein dürfen. Wer von euch hat uns schon mal gehört?«

Die meisten heben ehrfürchtig die Hand.

»Ich verspreche euch, selbst wenn ihr uns schon mal live gesehen habt, werdet ihr euch nicht langweilen«, sagt Isobel lächelnd, »denn wir spielen keinen Song jemals gleich. Wir improvisieren und geben unseren Stücken immer wieder einen neuen Touch, um euch ein echtes Live-Erlebnis zu bieten. Also bitte, packt eure Handys weg und erlebt diesen Moment mit uns gemeinsam.«

Zu meinem Erstaunen steckt sogar Sophie, die sich selbst beim Sex nicht davon abhalten lässt, Live-Tweets zu posten, ihr Handy in die Tasche. Was für eine schwarze Magie ist das?

»Wir sind Marsha, Rudy, Kit und Isobel, und zusammen …« Sie legt eine Kunstpause ein und beißt sich verführerisch auf die Lippen. »… sind wir nur eine Phase!«

Marsha spielt ein Keyboard-Intro, und schon die ersten Töne gehen mir durch Mark und Bein.

Viel zu spät wird mir klar, warum ich nie hätte herkommen dürfen.

Sie sind brillant. Zu brillant. Sie experimentieren mit ihrer Musik, kombinieren Jazz, Rock, Folk, Blues und Pop zu ihrem eigenen einzigartigen Sound. Das kann eigentlich gar nicht funktionieren, aber irgendwie machen sie es gemeinsam perfekt. Sie sind genau die Art Musikerinnen, die ich sein will. Nein, genau die Art Musikerinnen, die ich früher sein wollte. Und der ganze Neid, die Missgunst, all die Schuldgefühle und eine tiefe Sehnsucht durchfluten mich mit solcher Wucht, dass es mir den Atem raubt.

Phase singen so klar, so selbstsicher, in perfekter Harmonie.

»I've always known that I was born on the cusp

I'm always too much or not quite enough …«

Ich wusste immer, dass ich auf der Schwelle geboren bin

Ich bin immer zu viel oder nicht genug.

Ich weiß, ich sollte mich nicht in diesen Songs verlieren – dadurch wird es nur noch schmerzhafter werden. Doch es ist, als halte mich die Musik unter Wasser. Adrenalin durchströmt mich, und ich bekomme kaum Luft. Das ist so peinlich. Unwillkürlich muss ich an Mythen über Sirenen denken, die Seemänner mit ihrem lieblichen Gesang dazu treiben, über Bord zu springen. Ich verspüre den verrückten Drang, mir die Ohren zuzuhalten, will aber nicht, dass Sophie mich so sieht.

Ihre Stimmen klingen einfach richtig zusammen. Alles an ihrer Musik ist so ... richtig.

Also lasse ich mich fallen.

Marsha schließt die Augen und bewegt ihre Hände über die Tasten, Isobels Hände schließen sich um das Mikro, Rudy umfängt ihren Bass, und Kits muskulöse Arme kreisen sanft über ihrem Schlagzeug.

Alles andere schwindet dahin, und ich lasse mich treiben.

Bitte. Nur noch einen Refrain ...

Doch das Lied endet.

Einen Moment herrscht vollkommene Stille. Ich schließe die Augen und versuche, diesen Moment für die Ewigkeit abzuspeichern.

Nur ein Gedanke bleibt in meinem Kopf zurück: Ich wünschte, ich könnte Dad von ihnen erzählen.

Dann fängt die Menge an zu kreischen, und die Welt stürzt wieder auf mich ein. Unsanft werde ich aus dem Tiefschlaf gerissen, desorientiert, atemlos, beschämt. Ich sollte Beifall klatschen. Ich sollte jubeln wie die Verrückten überall um mich herum. Oder Sophie wenigstens sagen, dass sie recht hatte.

Doch ich kann mich nicht rühren. Ich kann überhaupt nichts tun, außer reglos zur Bühne zu starren und darauf zu warten, dass sie endlich weiterspielen und mein entsetzliches Selbst mit ihren perfekten Songs übertönen.

Isobel spricht ins Mikrophon, und mir scheint, als redete sie direkt zu mir. »Sei ehrlich: Wann hast du gelernt, dein Verlangen zu akzeptieren? Wann hast du erkannt, dass du nicht hetero bist?«

Mir stockt der Atem.

»Als Kind«, fährt sie fort und streicht sich eine blonde Locke hinters Ohr, »wurde mir nichts von queerer Liebe erzählt. Also nahm ich an, die Gefühle, die ich für einige meiner Freundinnen hegte, würde jeder für hübsche Mädchen empfinden.«

Das Publikum lacht, und da wird mir bewusst, dass ich mich inmitten einer Menschenmenge befinde. Sie redet nicht mit mir. Mein Gott, wie dumm von mir.

Die Leute um mich herum nicken und schnippen mit den Fingern. Anscheinend ist Fingerschnippen eine Art queeres Klatschen.

»Dann hörte ich in meiner Kirche zwei Frauen darüber singen, dass sie einander heiraten wollen, und plötzlich ergab alles Sinn. Deshalb ist es so wichtig für mich, in einer lesbischen Band zu sein. Ich will eine Stimme sein, die andere wie damals mich erreicht und andere Wege aufzeigt, glücklich zu werden. Und ich werde der Community ewig dankbar sein, dass sie mich mit offenen Armen empfängt.«

»Und Beinen!«, ruft jemand dazwischen. Isobel lacht und schüttelt ihre Locken. Dann, mit einem kurzen Blick zu ihren Bandkolleginnen, stimmt sie eine langsame, wunderschöne Ballade an, und ich schmelze erneut dahin.

»Another lonely afternoon,
For the Virgo in June ...«
Noch ein einsamer Nachmittag
Für die Jungfrau im Juni ...

Das Lied ist bittersüß, und plötzlich habe ich einen dicken Kloß im Hals. Der schmerzerfüllte Songtext wird eins mit der Zärtlichkeit in Isobels Stimme. Sie haucht jedem Wort Leben ein, und ich bin bei ihr. Ich sehe zu, wie die Frau, die sie liebt, jemand anderen küsst, wie sie wartet – sich verzweifelt danach sehnt –, dass ihr Schwarm sich eines Besseren besinnt.

Das Lied endet, und ich kehre abrupt in die Realität zurück.

Sophie dreht mein Gesicht zu ihr um. Einen langen Moment sehen wir uns wortlos an, dann wischt sie mir sanft die Tränen von den Wangen.

Doch gerade als die Nachwirkungen von *Virgo in June* langsam abebben, springt Rudy ans Mikro, zählt lautstark bis drei und legt los mit einem Electro-Glitch-Hop-Song. In den Refrain sind Handytöne integriert, und es kommt immer wieder irgendetwas mit einem »Co-Star« vor, was ich nicht verstehe, aber die Leute um mich herum springen fröhlich lachend auf und ab. Ein mitreißender Song, der sofort süchtig macht und einem das Gefühl gibt, dass alles wieder in Ordnung kommt. Sophie zieht mich hoch.

Sonst bin ich immer zu befangen, um Spaß am Tanzen zu haben, aber irgendetwas an dem Ort und dem Song (und der Tatsache, dass ich total voll bin) lässt mich alle Hemmungen vergessen. Sophie und ich tanzen in unserer kleinen, dunklen Nische, und als das Lied in einem Konfettiregen endet, sind wir wie berauscht und jubeln, als hätten wir einen Zuckerschock.

Dann steht Kit vom Schlagzeug auf.

Alle erstarren. Gemächlich schlendert sie nach vorn, streicht sich die Haare aus dem Gesicht und tippt ans Mikrophon, wie um sich zu vergewissern, ob es noch an sei. Ist es. Und sämtliche Frauen im Saal sind verrückt nach ihr.

»Das nächste Lied heißt *Mercury*«, sagt sie. Himmel, was für eine umwerfend rauchige Rockstar-Stimme sie hat. »Es handelt von Sex.«

Ich könnte schwören, dass ein Mädchen in der Menge in Ohnmacht fällt.

Rudys Bass schrillt, Isobel und Marsha spielen ein fetziges Riff, und Kit, zurück an ihren Drums, gibt ein schnelles Tempo vor.

»Don't make us
Come apart
Come over come over come over here …«
Lass uns nicht
Auseinandergehen.
Komm her, komm her, komm her zu mir.

Kit schwitzt. Das Publikum schwitzt, und obwohl ich nur dastehe und zusehe, schwitze auch ich wie nie zuvor.

Schließlich schlägt Kit noch einmal mit Wucht auf das Crash-Becken, schließt die Augen und reckt ihre Drumsticks triumphierend in die Höhe. Außer Atem lehnt sie sich zurück, wie um ihre Erschöpfung auszukosten, die Augen immer noch geschlossen. Irgendetwas an dem Anblick lässt mich am ganzen Körper erröten.

Als Kit die Augen wieder öffnet, rastet die Crowd völlig aus. Sie schreien, schluchzen und knutschen leidenschaftlich – manche tun alles drei gleichzeitig –, und ich kann Sophies Blick auf mir spüren. Ich weiß, ich sollte mich umdrehen und ihr Grinsen erwidern, aber ich kann den Blick nicht von Kit abwenden.

Schon viel zu bald wird sie gehen, und ich werde sie nie wiedersehen. Wenn ich mir die Form ihres Gesichts, die Tönung ihrer Haut und ihre so ausdrucksstarken Augen einpräge, kann ich mir vielleicht vorstellen …

Phase verbeugen sich vor dem Publikum und verlassen die Bühne. Die Magie verpufft.

»Also, Leute«, ruft Polly Amory, »die Show ist zu Ende, aber die Nacht fängt gerade erst an. Wir sehen uns!«

Das Licht geht wieder an. Aus den Lautsprechern dröhnt Britney Spears. Alle machen weiter, als wäre die Welt noch dieselbe wie vorher.

Doch ich verharre reglos. Mir schwirrt der Kopf. Ich fühle

mich wie Dorothy, die zum ersten Mal das farbenprächtige Oz sieht.

Ich wünschte, ich wäre so talentiert wie Marsha. So elegant wie Isobel. So spaßig wie Rudy. So ... anziehend wie Kit. Ich will mit ihnen befreundet sein. Ich will ein Teil von ihnen sein. Ich will auf dieser Bühne stehen und die Leute so viel fühlen lassen. Ich will dieses begeisterte Publikum stolz angrinsen, weil ich weiß, dass ich hierhergehöre.

Aber das kann ich nicht.

Es ist Zeit, nach Hause zu gehen.

Ich sage Sophie, dass ich noch schnell aufs Klo gehe und dann nach Hause will, bezweifle allerdings, dass sie mich hört, denn sie hat Jennys Fußballtrikot am anderen Ende des Raums entdeckt, und jetzt führen die beiden eine Art Versöhnungspaarungstanz auf.

Obwohl die Toiletten unisex sind, ist die Schlange verflucht lang, und ich bin bei Weitem nicht lässig genug, um in ein Urinal zu pinkeln. Aber ich muss wirklich dringend. Bitte lass mich nicht vor all diesen perfekten Frauen in die Hose machen.

Einem trunkenen Instinkt folgend, wanke ich auf der Suche nach einem zweiten Klo in den Backstage-Bereich und drücke mein Ohr an die Tür zum Aufenthaltsraum: Niemand da. Hastig stürze ich durch unordentlich zusammengelegte Kostüme und halb gegessene Snacks zur Toilette. *Halleluja!*

Doch sobald ich sitze, dreht sich alles. Wie gern würde ich sofort einschlafen. Nein, ich muss wach bleiben, sonst wird Sophie denken, ich wäre von Lesben mit geringen Ansprüchen entführt worden. Also konzentriere ich mich auf die Musik, die mir noch immer im Kopf nachhallt.

»*Don't make us come ...*«

Kits rauchige Stimme, so unfassbar eindringlich.

»Komm mir nicht mit dieser Retourkutsche!«

Moment, was?

»Marsha, beruhig …«

»Wag es nicht, mir zu sagen, ich solle mich beruhigen.«

Ich halte den Atem an. Kein guter Zeitpunkt, um aus der Toilette zu kommen und zu fangirlen.

»Eine offene Beziehung kann nicht funktionieren, wenn wir nicht auch offen miteinander sind«, sagt Marsha. »Ich weiß, dass du etwas vor mir verheimlichst. Wer ist sie? Kenne ich sie? Liebst du sie?«

»Marsha, du verstehst das völlig fal…«

»Nein, du verstehst das falsch. Das mit uns ist vorbei. Ich will dich nicht mehr sehen, und ich mache auch nicht mehr bei Phase mit. Du kannst endlich so viel rumvögeln, wie du willst, und musst dich nie wieder mit den Gefühlen eines anderen Menschen beschäftigen. Viel Glück dabei.«

Eilige Schritte. Kit ruft Marsha etwas nach. Eine Tür knallt zu. Stille.

Leise öffne ich die Toilettentür und spähe hinaus. Die Luft ist rein.

Was da wohl los war? Ich wasche mir die Hände, spritze mir Wasser ins Gesicht – und blicke in den Spiegel mit nostalgisch wirkenden Glühbirnen am Rahmen. Gott, ich sehe schlimm aus. Im diesem Moment sehe ich Kit hinter mir am Boden sitzen …

Sie blickt zu mir auf.

»Ich … Es tut mir l-leid«, stammle ich.

»Nein, nein, ist schon …« Sie wischt sich hastig über die Wangen. O verdammt, sie hat geweint. Ich bleibe wie ein fehlgepflanzter Baum angewurzelt stehen.

»Gehörst du zu einer der anderen Bands?«, fragt sie schniefend.

»Ich bin Musikerin«, platze ich heraus, dann wird mir klar, was ich da gerade gesagt habe. Mist! Warum habe ich das …? Themenwechsel!

»Ähm … es war toll, Phase zu sehen«, sage ich. »Ich hab euch heute Abend zum ersten Mal gehört, und ihr wart …« Ich suche nach dem richtigen Wort, um zu beschreiben, wie viel mir ihre Musik bedeutet. »Gut.«

Erschieß mich einfach. Doch Kit lächelt matt.

»Danke, Mann. Und sorry wegen dieser … Zugabe.«

»O Gott, nein, mir tut es leid.«

»Tja, so ist das Leben«, sagt sie achselzuckend. »Aber ich wüsste es zu schätzen, wenn du niemandem davon erzählst.«

»Das würde ich nie.«

»Nein«, sagt sie und betrachtet mich nachdenklich. »Nein, das glaube ich auch nicht.«

Sie stößt ein tiefes Seufzen aus, dann springt sie auf und holt eine Schachtel Zigaretten aus ihrer Lederjacke. Sie bietet mir eine an, doch ich schüttele instinktiv den Kopf. Sie zuckt die Achseln.

»Schlechte Angewohnheit«, murmelt sie mit der Zigarette zwischen den Lippen.

Gebannt sehe ich zu, wie sie die Kippe anzündet, dann werfe ich einen Blick auf den Rauchmelder, der mit einer Plastiktüte überdeckt ist. Normalerweise würde ich Gutmensch sofort losrennen und sowohl die Polizei als auch die Feuerwehr rufen. Aber das fühlt sich gerade an wie ein Test, und ich will ihn unbedingt bestehen.

Wir stehen einfach da und sehen zu, wie der Rauch aus Kits Mund strömt. Ich mache eine mentale Notiz, so bald wie möglich mit dem Rauchen anzufangen.

Dann streckt sie mir die Hand entgegen. »Ich bin übrigens Kit«, sagt sie lässig.

»Ich … Ich bin Ge-Geor-Ge…«, stammle ich dämlich.

Ihre warmen Finger umschließen die meinen, und endlich finde ich den Mut, ihr in die Augen zu sehen. Mein Magen macht einen Salto.

Kit sieht mich direkt an, als würde sie mich kennen und wissen, was uns verbindet. »Freut mich, dich kennenzulernen, George.«

Benommen stolpere ich zurück auf die Tanzfläche zu Sophie. Wie erwartet ist ihr kaum aufgefallen, dass ich weg war, weil ihre Zunge in Jennys Mund steckt.

»Sophie, ich muss nach Hause«, schreie ich ihre miteinander verschmolzenen Gesichter an. Die beiden lösen sich voneinander, um Luft zu holen, und Jenny grüßt mich freundlich.

»Ich dachte, du amüsierst dich«, jammert Sophie. »Warum gehen wir nicht nach hinten zu Phase?«

»Nein! Nein, ich muss los.«

»Aber …«

»Sophie, bitte.«

»Aber …«

»Pumpernickel.«

Sie ruft uns ein Taxi.

Und hier bin ich nun. Vor meiner Wohnung, mit Phases Songs im Kopf. Und einem Geheimnis von Kit, das ich bewahren soll. Und dem prickelnden Gefühl ihrer Hand in meiner. Und dem Klang ihrer Stimme, als sie mich George genannt hat …

George! So hat mich noch nie jemand genannt. Für die meisten bin ich Gina. Ginny für meine Eltern. Sophie nennt mich Gigi. Aber George war ich noch nie.

George.

Ich glaube, das gefällt mir.

Die Melodie von *Mercury* summend, hantiere ich mit meinem Schlüssel.

Doch da wird die Tür von innen aufgerissen.

Ein großer, bärtiger Mann mit Brille starrt mich an. Er hat eine blasse, mit Sommersprossen übersäte Haut und rote Haare. Und er bleckt die Zähne wie ein übergroßer Labrador, der ein Leckerli erwartet.

»Gina!«, ruft er mit starkem schottischem Akzent und ohne Rücksicht auf die Nachbarn. »Willkommen zu Hause! Wie waren die Lesben?«

Dann umarmt er mich ungestüm und wirbelt mich bis ins Schlafzimmer.

Ach ja ... Das ist Douglas. Mein Freund seit sieben Jahren.

Kapitel 3

Mein Abend mit Sophie war definitiv das Ungewöhnlichste, was mir seit Jahren passiert ist – abgesehen von ein paar echt komisch geformten Gemüsesorten, die mir bei Sainsbury's untergekommen sind.

Ich führe ein beständiges, ordentliches, ausgeglichenes Leben in einer langjährigen Beziehung mit einem beständigen, ordentlichen, ausgeglichenen Mann. Unsere Ein-Schlafzimmer-ein-Bad-ein-alles-andere-Wohnung mag nicht gerade die größte oder luxuriöseste in Nordlondon sein, aber sie gehört uns (zumindest solange wir die Miete zahlen). Und wie auf unseren Postern, Bierdeckeln, Kissenbezügen und Schlüsselanhängern unzweifelhaft vermerkt, ist Doug der »His« zu meinem »Hers«: meine perfekte bessere Hälfte.

Deshalb werde ich nie wieder ins Familiar gehen oder Phase live sehen oder mich mit einer Schar queerer Fremder herumtreiben. Unser glückliches Leben ist durchgeplant, und alles andere steht nicht im Kalender.

Nach sieben – na ja, fast sieben – Jahren Beziehung würde ich sagen, der Schlüssel zu unserem Glück ist unser gemeinsamer Kalender. Ich weiß nicht, was ich ohne ihn tun würde. Abgesehen davon, dass ich immer zu spät käme. Einer der zahlreichen Vorteile eines digitalen Kalenders ist, dass man ganz leicht sich wiederholende Termine eintragen kann, und so ziemlich mein ganzes Leben ist auf repeat getaktet.

Am ersten Tag jedes Monats gehen Douglas und ich zusammen unsere Kalender durch, sitzen den ganzen Morgen an unserem wackligen Küchentisch mit unseren perfekt zusammenpassenden Lieblingstassen, Hobnobs – mit Schokolade überzogene Haferkekse – und einsatzbereiten Handys. Früher haben wir das gemacht, um Zeit miteinander zu verbringen. Jetzt tun wir es aus Gewohnheit, immerhin ist unsere gemeinsame Zeit schon im Kalender eingetragen. Das ist das Tolle an einem regelmäßigen Terminplan: Wenn er voll genug ist, muss man sich keine Sorgen darum machen, wie man sein Leben verbringt. Alles ist vorgegeben, man muss sich nur treiben lassen und die Tage abhaken.

Doug blickt durch seine Schildpattbrille auf die Kalender-App und verkündet: »Montags nach der Arbeit habe ich Probe, wie immer.«

Tagsüber ist Doug Account Manager einer Marketing-Firma. Nein, ich weiß auch nicht, was das bedeutet. Der Job schien erst nur etwas für zwischendurch, darum habe ich mich nie mit den Einzelheiten befasst, und jetzt arbeitet er schon so lange dort, dass es mir peinlich wäre zu fragen.

Wir dachten, es wäre nur vorübergehend, weil – Achtung, kleine Angeberei – mein Freund ein Popstar ist. Er spielt Bass in einer Band namens The Bronze Age. Ihre Debütsingle *Shy Guy* war vor ein paar Jahren ein echter Sommerhit, das Lied mit dem eingängigen Refrain: »*Sh-sh-sh-sh shy guy.*«

»Und bei mir«, antworte ich, »steht am Montag wieder ein fauler Abend mit Sophie an.« Mein Finger verharrt über dem regelmäßigen Termin *Faulenzen mit Sophie.*

»Dienstags haben wir unseren Sportabend mit Bronze Age«, fährt Doug fort. »Mike will, dass wir es diese Woche mal mit Boxen versuchen. Du solltest mitkommen!«

Ich ziehe skeptisch eine Augenbraue hoch. »Kannst du dir mich beim Boxen vorstellen?«

»Ich meine ja nur«, erwidert er grinsend, »du bist jederzeit willkommen.«

Doch ich weiß, dass es nur eine hohle Floskel ist. Nicht auf gemeine Art – Doug denkt, es sei nett von ihm, mich miteinzubeziehen –, aber ich weiß genau, wie seltsam es wäre.

Wir haben Bronze Age in unserer Zeit an der Uni gemeinsam mit unseren Freunden gegründet, aber seit ich die Band verlassen habe, gehöre ich eben nicht mehr dazu. Ich bin nur noch Dougs Freundin.

»Nein, danke, dienstags habe ich meine Zeit für mich«, sage ich mit Blick auf den grauen Dauertermin in meinem Kalender. »Ich nehme ein Bad, trinke ein Gläschen Wein und gucke *Friends*.«

»Bist du nicht längst durch?«, neckt mich Doug. *Friends* ist die einzige Serie, die wir nicht zusammen gucken, also schaue ich sie in meinem eigenen Tempo (rasend schnell).

»Die letzte Folge hat mit einem fiesen Cliffhanger aufgehört.«

Ehrlich gesagt habe ich alle zehn Staffeln von *Friends* unzählige Male gesehen, daher geht eigentlich nichts mehr als Cliffhanger durch. Trotzdem sitze ich seit Tagen wie auf glühenden Kohlen. Ich bin so gestresst, als ginge es um meine echten Freunde. (Freundin. Singular.)

»Mittwochabends habe ich frei«, sagt Doug lächelnd. »Da können wir unsere Dougina-Nacht machen.«

Ich lächle zurück und verharre über dem himmelblauen Paar-Date mittwochabends. Die Farbe von Dougs wunderschönen Augen.

»Ich dachte, diese Woche«, fährt Doug fort, »könnten wir Brettspiele spielen.«

»Ja!«, rufe ich. »Klingt toll!«

Etwa nicht?

»Donnerstags habe ich wieder Proben.«

»Also sitze ich donnerstags wieder mit Sophie auf dem Sofa.«

Eine Zeit lang hatte ich Angst, dass Sophie unsere gemeinsamen Abende irgendwann satthaben würde, aber ich glaube, es gefällt ihr, mit mir rumzugammeln und zur Abwechslung mal nicht ihre coolen Freundinnen beeindrucken zu müssen.

Manche Leute, wie Doug oder Sophie, sind so leidenschaftlich und aktiv, dass sie genau wissen, was sie vom Leben wollen, und es einfach tun. Und dann gibt es Leute wie mich, die ihr Leben einfach um das der anderen herum arrangieren. Immerhin erleichtert mir das die Organisation.

»Und freitags«, sage ich zufrieden, »haben wir noch einen Dougina-Abend.«

»Äh …«

Ich sehe Doug über mein himmelblaues Display hinweg an.

»Na ja«, murmelt er betreten, »der Gig gestern Abend im Dane's lief echt gut.«

Bronze Age treten in einem Pub namens The Great Dane auf, Dane's genannt, als gehöre es einem Typen aus Dänemark.

»Ich glaube, es besteht die Chance, dass wir jeden Freitag dort auftreten können … Aber vielleicht auch nicht. Weißt du was? Vergiss einfach, dass ich davon angefangen habe.«

Ich atme langsam aus und merke erst da, dass ich die Luft angehalten habe.

»Okay, na dann … Gib mir Bescheid, damit ich meine *Friends*-Abende planen kann.«

Er stellt seine »His«-Tasse ab. Ich umfasse meine »Hers«-Tasse fester.

»Gina, du weißt, dass wir dieses Kalenderritual nicht machen müssen, oder?«, fragt Doug. »Wenn es dir nicht mehr hilft. Wir können unsere Termine einfach getrennt eintragen, wenn sich was ergibt. Dein Zeitplan muss nicht genau mit meinem übereinstimmen.«

»Nein, nein«, winke ich kopfschüttelnd ab und setze mein strahlendstes Lächeln auf. »Tut mir leid, wenn ich muffelig klang. Was auch aus euren Gigs wird, ich unterstütze dich. Ich habe eine Menge anderes Zeug zu tun, solange du weg bist. Wirklich.«

Er tätschelt meine Hand. Ich lächle noch breiter.

»Samstagnachmittags telefoniere ich mit meiner Mum«, verkünde ich. »Und abends habt ihr wie üblich euren Auftritt im Dane's, richtig? Und ... bist du sicher, dass ihr mich noch als Zuschauerin dabeihaben wollt?«

»Natürlich«, antwortet er entschieden. »Ist doch schön, wenn alle wieder zusammen sind. Wenigstens einmal die Woche.«

»Wenn du dir sicher bist«, sage ich so munter wie möglich und tunke einen Keks in meinen Tee.

»Mickey will danach wahrscheinlich noch was unternehmen«, fügt Doug hinzu. »Du solltest mitkommen.«

Ich lasse den Keks zu lange im Tee und sehe zu, wie ein Stück ins sichere Verderben sinkt. »Nein, ich will euch nicht auf die Nerven gehen ...«

»Du nervst doch nicht«, protestiert Doug. »Es wäre wie in den guten alten Zeiten!«

Doch die guten alten Zeiten sind längst vorbei.

»Nein, schon okay.« Ich weiche seinem Blick aus. »Ich ... Ich mache lieber mein Ding.«

Doug drückt meine Hand. »Na klar. Du bist eine Frau, die für sich selbst entscheiden kann, ich werde dich zu nichts drängen.

Aber wenn du es dir anders überlegst, komm einfach mit. Jederzeit.«

»Also«, sage ich, ganz die selbstbestimmte Frau, »wenn du samstagabends mit Bronze Age ausgehst, wollen wir dann wie üblich sonntags ausschlafen?«

Lachfältchen erscheinen um Dougs Augen. »Wir lieben unsere faulen Sonntagmorgen, oder?«

Ich nicke und fische die durchweichten Kekskrümel mit einem Löffel aus meiner Tasse.

»Dann machen wir einen kleinen Spaziergang«, sagt Doug und drückt erneut meine Hand, »gehen zu einem romantischen Lunch in den Pub, und wenn wir wieder zu Hause sind, schmeißen wir uns in Jogginghosen, hören unsere besten Indie-Playlists und kochen für die ganze Woche vor.«

Der Sonntag ist in meinem Kalender vollständig blau. »Mein Lieblingstag.«

»Meiner auch«, stimmt er zu, und als ich in seine sanften himmelblauen Augen blicke, weiß ich, dass er es so meint. Das flaue Gefühl in meinem Magen lässt nach, und ich beuge mich über den Tisch, um ihn zu küssen.

»Weißt du, was wir sonntags noch machen?« Ich ziehe anzüglich die Augenbrauen in die Höhe, und er tut es mir gleich.

Doug und ich haben nicht nur unseren Kalender perfektioniert, sondern auch unseren Sex. Übung macht den Meister, und in der Studienzeit hatten wir sehr viel Übung. Jetzt haben wir unsere ganz eigene, vollkommen gleichberechtigte Sex-Routine.

Doug zieht mich an sich und küsst mich inniger. Aber nicht zu innig. Schließlich ist nicht Sonntag.

»Damit ist der Dougina-Kalender für einen weiteren Monat fertig.«

Zur Feier des Tages reicht er mir noch einen Hobnob, und wir stoßen mit der Schokoladenseite unserer Kekse an, tunken sie gleichzeitig in unseren Tee und essen sie. Ein Ritual, mit dem wir in unserem ersten Studienjahr angefangen haben, als wir uns nach den Vorlesungen gegenseitig in unseren Zimmern besuchten. Wir tranken Tee und aßen Hobnobs und stellten bald fest, dass ich sie mit der Keksseite nach oben, er jedoch mit der Schokoladenseite nach oben aß, wie ich sie inzwischen auch lieber mag. Die Mysterien der Liebe.

»Vielleicht sollten wir uns einen richtigen Kalender anschaffen«, sagt Doug unvermittelt. »So einen Familienplaner.«

»Aber wir planen keine Familie«, witzele ich, und wir lachen beide übertrieben laut.

Wir sind beide sechsundzwanzig, und ich fühle mich definitiv nicht bereit, Kinder zu kriegen, aber wenn man schon seit sieben Jahren zusammen ist, muss man sehr deutlich zeigen, dass man nur Witze macht, wenn man auf das Thema Kinder zu sprechen kommt.

»Eher schaffen wir uns einen Hund an«, meint Doug. »Also brauchen wir wohl einen Welpenplaner.«

Noch so ein Brüller.

»Vielleicht sollten wir einfach beim Bewährten bleiben«, sage ich, als wäre das urkomisch.

»Wenn es nicht kaputt ist, muss man es nicht reparieren«, grölt er und klopft sich auf die Schenkel.

Dann fragt Doug: »Habe ich schon erwähnt, dass ich dich liebe?«

»Ich liebe dich auch«, antworte ich lächelnd und sehe zu, wie er an seiner Brille herumspielt. Seltsam, das macht er eigentlich nur, wenn er nervös ist.

»Gina«, sagt er in lockerem Ton, »wollen wir bald mal wieder deine Mum besuchen?«

Ich erstarre.

»Ich weiß, das ist nicht leicht für dich«, fügt er hastig hinzu. »Aber beim letzten Mal hast du gesagt, dass wir es öfter tun sollten.«

Ich würge die letzten Kekskrümel herunter. Er hat recht. Mum ist ein paarmal für einen Tag nach London gekommen, aber es ist Monate her, dass ich das letzte Mal zu Hause war.

»Ich werde bei dir sein«, versichert mir Doug. »Und wir können Bunny streicheln. Ich bin sicher, deine Mum würde sich freuen.«

Das bringt das Fass zum Überlaufen. Meine Schuldgefühle, die schlechteste Tochter aller Zeiten zu sein, die ich normalerweise mit dem ganzen Haufen Scham und Selbsthass tief in meinem Innern vergrabe, lassen sich nicht länger ignorieren. Also nicke ich. Doug küsst mich auf die Stirn und trägt *Besuch in Greengables* als unverbindlichen Termin in den Kalender ein.

Ich texte Mum, um zu fragen, ob sie Zeit hat, obwohl ich genau weiß, dass sie immer Zeit hat, wenn sie nicht gerade eine besonders gute Folge von *Gardener's World* gucken muss. Wie erwartet antwortet sie sofort.

J A D A S W Ä R E S C H Ö N !

Obwohl ich es ihr schon tausendmal erklärt habe, meistert Mum die Kunst der Textnachrichten immer noch nicht richtig. Sie schreibt beharrlich in Großbuchstaben, mit einem Leerzeichen zwischen allen Buchstaben, so dass ihre Nachrichten aussehen wie Erpresserbriefe.

I C H B E S O R G E U N S P R O S E C C O .

Natürlich wird sie das. Eines ihrer oft wiederholten Lebensmottos lautet: »Feier die kleinen Dinge.« Kleine Dinge, wie dass ihre selbstsüchtige Tochter endlich mal wieder zu Besuch kommt.

Ich schreibe Sophie, dass Doug meine Mum besuchen will.

Sie antwortet: *lol süße. wach auf. dog wird deine mum um deine hand bitten.*

O mein Gott.

Ich beobachte Doug, den Hauptverdächtigen, der gerade eine Bolognese kocht. Gibt er den Oregano etwa auf eine Art in die Soße, die darauf schließen lässt, dass er mir einen Antrag machen wird?

Das ist nicht witzig!!, schreibe ich zurück.

kein witz. er hat eindeutig vor, dir einen antrag zu machen. wir wussten, dass das irgendwann passiert.

Und dann ein achselzuckendes Emoji.

Ein achselzuckendes Emoji? Im Ernst?!

Das ist keine angemessene Reaktion, texte ich ihr empört.

Die Kooks laufen, und Doug tanzt dazu herum, als er meinem Blick begegnet, grinst er mich an und macht einen Extrahüftschwung. Ist das der Hüftschwung meines zukünftigen Ehemannes?

Sophie hat recht, ich hätte wissen müssen, dass das irgendwann passiert. Ich hätte nur nie im Leben damit gerechnet, dass es *jetzt* passiert. Aber es soll Leute geben, die mit sechsundzwanzig heiraten …

Unwillkürlich sehe ich uns vor mir, wie wir nach einem Bronze-Age-Konzert der Gang unsere Verlobungsringe präsentieren. Mum ist auch dabei, mit Prosecco natürlich.

Vielleicht ist das der natürliche Lauf der Dinge. Dann sind wir eben noch ein bisschen jung, na und? Die meisten Leute suchen ihr ganzes Leben nach einer Beziehung, die auch nur halb so schön und zielführend ist wie unsere. Wenn sie hören, dass Doug und ich einen gemeinsamen Kalender, eine wöchentliche Routine und geplanten Sex haben, denken sie vermutlich, unser

Leben wäre langweilig. Aber sie sind nur eifersüchtig. Unsere Beziehung ist perfekt.

Doug bringt mir einen Löffel Soße zum Probieren, pustet vorher sorgsam, damit ich mir nicht den Mund verbrenne. Sie schmeckt köstlich. Wie immer.

Und genau das ist das Problem. Unsere Beziehung ist perfekt, genau wie sie ist. Jede noch so kleine Veränderung gefährdet unser Gleichgewicht. Ich werde schon nervös, wenn Doug eine andere Zahnpasta kauft. Eine Heirat ist jedoch bekannterweise lebensverändernd, bedeutet ganz neue Regeln, Erwartungen und Selbstzweifel. Mit einem Mal würde Doug denken: »Vielleicht ist Gina die Richtige, um meine Freundin zu sein, aber will ich wirklich für immer mit ihr zusammenbleiben?« Und ich würde denken ...

Nun, ich weiß nicht, was ich denken würde. Ich will überhaupt nicht darüber nachdenken. Das kommt alles zu plötzlich.

Wie konnte Doug mir das antun? Wie kann er es wagen, mich heiraten zu wollen?

Kapitel 4

Schon seit vier Jahren spielen Bronze Age jeden Samstag zur selben Zeit vor demselben Publikum im selben Pub in Shoreditch. Sie sind so was von Stammgäste, dass sich ihre Konzerte eher anfühlen wie Familientreffen.

Im Great Dane ist alles braun – auf protzige Art. Freiliegende Backsteinwände mit sepiafarbenen Hundepostkarten dekoriert; zu viele Craft-Bierhähne, beleuchtet von baumelnden nackten Glühbirnen; Ledersofas, in denen die immer selben Hintern tiefe Kuhlen hinterlassen haben; polierter Holzboden, polierte Holzbar, Essen auf polierten Holztabletts; der Geruch von Eau de Cologne, schalem Bier und Gentrifizierung.

Bronze Age sitzen immer am selben Tisch im hinteren Teil des Pubs. Mickey sagt immer, dass die Inhaber eine Plakette daran anbringen sollten, worauf Poppy stets erwidert, dass sie das vielleicht tun werden, wenn die Band tatsächlich berühmt wird.

Mickey und Poppy sind meine ältesten Freunde, zusammen mit Doug und Sophie natürlich. Wir waren alle im selben Musikkurs. Außer Sophie (die gut singen und Gitarre spielen kann, aber schon immer mehr daran interessiert war, als Kritikerin zu arbeiten) wollten wir alle Stars werden. Also gründeten wir im ersten Studienjahr eine Band: Mickey als Frontsänger und Gitarrist, Doug als Bassist und Begleitsänger, Poppy am Schlagzeug und ich am Keyboard. Wir spielten zusammen in Studentenkneipen und bei allen Uni-Anlässen, und die restliche Zeit verbrachten wir damit, haufenweise Pasta mit billiger Tomatensoße zu kochen, unsere Lieblingsbands zu hören und darüber zu streiten, welche Musik wir einander vorspielen sollten. Zwischen ihren *Snob*-Videos und queeren Aktivitäten fand Sophie immer Zeit, uns anzufeuern (und ziemlich brutale »konstruktive Kritik« zu üben). Wir waren unzertrennlich.

Der Name Bronze Age stammte aus einem Buch über Tattoos, das wir mal zufällig in Poppys Zimmer gefunden haben. Dabei blieb es, und das dazugehörige Design wurde unser Logo. Nach einem versoffenen Gig zwei Jahre später ließen sie und Mickey es sich sogar auf die Fußknöchel tätowieren. Doug und ich verzichteten – wir waren zu schüchtern (Schrägstrich, zu nüchtern). Und bei allem, was danach passiert ist, bin ich heilfroh darüber.

Wir setzen uns an ihren üblichen Tisch – ich muss mir wie üblich einen Stuhl vom Nachbartisch klauen.

»Also, wie läuft's mit den Klavierstunden, Gina?«, fragt Jasper.

Jasper ist Mickeys Bruder und Bronze Ages neuer Keyboardspieler. Anfangs war unser Verhältnis ein bisschen angespannt. Wer versteht sich schon auf Anhieb blendend mit jemandem, der einen ersetzt hat? Aber eigentlich ist er ganz nett.

Mickey und Jasper sind zweieiige Zwillinge, mit denselben knallroten Haaren und derselben kreideweißen Haut. Doch während Mickey klein, stämmig und großspurig ist, ist sein Bruder groß, schlank und deutlich zurückhaltender.

»Alles beim Alten«, antworte ich.

»O Gott«, ruft Mickey in seinem lauten Dubliner Dialekt, »lasst uns nicht über die Arbeit reden, als wären wir tot! Kommt schon, Leute. Was ist der neueste Gossip?«

Wenn Mickey eine Aufziehpuppe wäre wie Woody aus *Toy Story*, wären seine Sprüche: »Was ist der neueste Gossip?« und »Hey, Süße, willst du mit einem Popstar poppen?«

Wie üblich lachen alle.

»Poppy, hast du was Spannendes zu bieten?«

Poppy schüttelt den Kopf und bindet ihre langen scharlachroten Haare zu einem lockeren Knoten auf dem Kopf zusammen. Wenn ich das versuchen würde, sähe ich aus wie die letzte Ananas im Laden. Poppy hingegen mit ihren Schlangen- und Vogeltattoos auf ihren cremefarbenen Schultern steht der Look ausgezeichnet.

»Was ist mit diesem großen Typen, der dich nach den Proben angemacht hat?«, fragt Mickey.

»Er wollte mir beibringen, wie man Schlagzeug spielt«, erklärt sie, »obwohl er noch nie eins angefasst hat.«

»Klingt nach einem tollen Fang«, werfe ich ein.

»Er schien das zumindest zu denken«, sagt sie und grinst mir zu.

Poppy ist absolut umwerfend, aber an der Uni ist mir nie zu Ohren gekommen, dass sie was mit jemandem angefangen hätte. Sie ist schrecklich diskret. Sophie dachte lange Zeit, sie wäre lesbisch. Wir haben sogar eine – rückblickend ziemlich problematische – Wette darüber abgeschlossen.

»Gina. Irgendwelchen Gossip?«, fragt Mickey.

»Wie üblich gibt's bei uns nichts zu tratschen«, antwortet Doug und nimmt meine Hand.

O Gott. Jegliche Indizien für einen Heiratsantrag registrierend, frage ich mich, wie lange wir eigentlich schon eines dieser Wir-antworten-füreinander-Paare sind.

»Doch, ich habe was«, platze ich heraus. Alle drehen sich zu mir um, sichtlich überrascht. Besonders Doug.

»Äh ... Sophie ist wieder mit Jenny zusammen«, improvisiere ich.

Alle stöhnen und zollen meiner armseligen Geschichte damit mehr Anerkennung, als sie verdient.

»Nächste Woche kannst du uns den unglaublichen Gossip erzählen, dass sie sich wieder getrennt haben«, lacht Poppy.

Mickey leert seinen Drink mit einem lauten Rülpsen. »Noch eine Runde vor unserem großen Auftritt.« Er knallt die Flasche auf den Tisch. »Jasper, du bist dran.«

»Das Übliche?«

»Ich bin dran«, sage ich und stehe auf.

»Lass mal«, winkt Mickey ab. »Wir sind so oft hier, da wechseln wir uns ab.«

»Ich geb euch einen aus.« Ich will einen Schritt auf die Bar zu machen und stoße mir das Knie am Tisch an.

»Ich bestehe darauf«, entgegnet Mickey und zieht mich zurück auf meinen Stuhl. »Schließlich bist du unser Gast.«

Ich versuche es nicht noch einmal.

»Also ... das Übliche?«, fragt Jasper erneut.

Ich weiß, Mickey will nur nett sein, aber mit jedem weiteren Mal, dass ich mich mit ihnen treffe, fühle ich mich weniger dazugehörig. Nur Dougs Freundin. Ein Groupie.

»Ich habe Gossip«, verkündet Mickey. »Becky heiratet.«

Meine Schultern versteifen sich. »Becky und Pjotr aus dem Studium?«

Mickey nickt selbstgefällig.

»Das ist so komisch«, meint Polly.

»Warum ist das komisch?«, fragt Doug. »Die beiden sind schon ewig zusammen.«

Ich sehe ihn nicht an.

Poppy schnaubt abfällig. »Mit Mitte zwanzig sollte man noch nicht heiraten.«

»Warum nicht?«, erwidert Doug. »Ich habe letztens einen Artikel gelesen, in dem stand, dass Frauen finden, sechsundzwanzig sei das beste Alter zum Heiraten.«

Fast ersticke ich an meinem Drink. O Mann, ich brauche nicht auch noch die Sorge, dass ich langsam zu alt zum Heiraten werde.

»Aber wir sind sechsundzwanzig«, protestiert Mickey, »und wir sind quasi noch Teenager! Ich war seit Monaten nicht mehr auf einem richtigen Date, geschweige denn, dass ich in absehbarer Zukunft jemanden zum Heiraten hätte.«

»Was ist so falsch daran?«, entgegnet Doug. »Wenn es sich richtig anfühlt? Meine Eltern haben geheiratet, als sie neunzehn waren, und sie sind immer noch glücklich.«

»Sie gehören auch zu einer anderen Generation«, erwidert Poppy.

»Ja«, pflichtet ihr Mickey bei, »wahrscheinlich ist sie schwanger geworden, und sie mussten so schnell wie möglich heiraten, um nicht auf dem Scheiterhaufen verbrannt zu werden. Heutzutage in unserem Alter zu heiraten ist einfach komisch. Es sei denn, man ist religiös und so notgeil, dass man nicht mehr klar denken kann. Wie sollen Leute in unserem Alter wissen, ob sie für immer zusammenbleiben wollen, wenn sie kaum jemand anderen gevögelt haben?«

Dann wird ihm offensichtlich klar, mit wem er gerade redet. »Äh, ist nicht böse gemeint.«

»Schon klar«, sagen Doug und ich gleichzeitig im selben sarkastischen Ton.

Doug grinst mich an und wackelt mit den Augenbrauen, und mir wird flau im Magen.

Ich nippe an meinem Gin Tonic und stelle mir vor, den Rest meines Lebens jeden Samstag hierherzukommen.

»Applaus für The Bronze Age!«

Mickey tritt ans Mikrophon. Für einen ein Meter fünfundsechzig kleinen Mann wirkt er auf der Bühne erstaunlich raumgreifend. Die bronzen schimmernden Lichter werfen schmeichelhafte Schatten auf seine strubbligen Haare und seinen kunstvollen Stoppelbart.

»Was geht, Bronzers? Schön, wieder hier zu sein!«

Während Mickey mit seiner sehr langen Einführungsrede fortfährt, frage ich mich, wie oft ich ihn genau diesen Text schon habe aufsagen hören. (Einmal die Woche vier Jahre lang ergibt …)

Ihr Opener *Dance With Me* ist eins ihrer ältesten Lieder. Genauer gesagt haben wir es damals zusammen geschrieben. Es klingt wie jeder andere unoriginelle Popsong darüber, mit einem attraktiven Fremden tanzen zu wollen. Und dennoch spielt sich jedes Mal, wenn ich ihn höre, unser letzter gemeinsamer Auftritt vor meinem inneren Auge ab wie ein nervtötender Werbespot …

Es ist der Abend nach unseren Abschlussprüfungen. Wir treten als Haupt-Act bei einer großen Studentenparty auf und spielen vor einer Flut bestgelaunter Absolventen, die mit billigem Prosecco auf ihre Freiheit trinken. *Dance With Me* bringt sie zum Tanzen, und *Shy Guy* löst Begeisterungsstürme aus. Doug, Poppy, Mickey und ich grinsen uns an, in goldenes Scheinwerferlicht getaucht, während die Menge nach einer Zugabe brüllt. Als großes Finale spielen wir meinen neuen Song *I Choose You*. Die Crowd singt meinen Songtext mit und schwenkt Feuerzeuge. Als das Lied endet, alle jubeln und wir uns in die Arme fallen, denke ich – weiß ich –, dass das die beste Nacht meines Lebens ist.

Es heißt immer, die Studienzeit sei die beste Zeit des Lebens. Aber das bereitet einen nicht darauf vor, wie schnell es danach bergab geht. Das ist doch traurig. Wenn dir klar wird, dass du nie wieder so glücklich sein wirst.

Ich verschütte etwas von meinem Gin Tonic, und während ich die Sauerei wegwische, atme ich tief durch, setze ein Lächeln auf und vergrabe die Erinnerung tief in meinem Innern.

Diese wöchentlichen Treffen mit Bronze Age halte ich am besten aus, indem ich alles von mir fernhalte, als wäre deren Musik nur ein bedeutungsloses Hintergrundgeräusch. Als wäre ich eine Fremde im Publikum. Dann sehe ich Bronze Age einfach nur als Indieband, deren Markenzeichen es ist, dass alle Mitglieder rote Haare haben. (Klar, das ist nur Zufall, aber es hat ihr Image definitiv gestärkt, dass ich ausgestiegen bin.) Als Fremde wüsste ich nur von ihrem berühmten Sommerhit *Shy Guy* und dass Bronze Age seit Jahren kurz davor stehen, groß rauszukommen.

Ihr nächster Song ist neu, *One Shot*. Ich habe Doug die Bass Line üben hören.

»I've only got one shot
With you
So I'll drink another shot
With you.«
Ich hab nur eine Chance
bei dir,
also trinke ich noch diesen einen Shot
mit dir.

Das Problem ist, dass sich die Lyrics in einem fort wiederholen und die Worte »one« und »shot« schon bald jegliche Bedeutung verloren haben. Am liebsten würde ich schreien: »Aber es ist nicht nur ein Shot! Es sind zweihundert!« Doch dem Publikum scheint das nichts auszumachen, sie tanzen fröhlich weiter.

Mann, was stimmt nicht mit mir? Es nervt mich, wenn Bronze Age gut sind – wenn sie ohne mich glücklich und erfolgreich sind –, aber genauso nervt es mich, wenn sie schlecht sind. Unwillkürlich muss ich daran denken, wie sich Sophie im Familiar über meine miese Laune beklagt hat. Vielleicht hat sie recht. Ich war es, die die Band verlassen hat; ich habe kein Recht, mich ausgeschlossen zu fühlen. Stattdessen sollte ich Doug und die Band so gut ich kann unterstützen.

Am Ende von *One Shot* klatsche ich laut.

Shy Guy haben sie sich für den Schluss aufgehoben. Ihre treuen Fans fangen schon mit dem »Sh-sh-sh« an. Ihr Enthusiasmus in Kombination mit dem berauschenden Mix aus Alkohol, Scham und Schuldgefühlen treibt mich tatsächlich auf die Tanzfläche.

»I guess I'm just a shy guy
But if you want to try
I could be your shy guy
I could treat you right ...«
Ich bin nur ein schüchterner Kerl
Aber wenn du es versuchen willst
Könnte ich dein schüchterner Kerl sein
Ich wäre gut für dich ...

Ich blicke zu Doug auf – seine Hände gleiten mühelos über die Gitarrensaiten. Er grinst mir von der Bühne aus zu, und ich will laut herausschreien, dass er mein Freund ist, damit mir alle sagen, was für ein großes Glück ich habe. Mein Freund: ein Musiker. Mein Beinahe-Verlobter: ein Star.

Rufe nach einer Zugabe werden laut, aber zum Glück für meine schmerzenden Füße weiß ich, dass Bronze Age keine Songs mehr haben.

Doch Mickey blickt in die Menge, als wäre es das Wembley-Stadion, und spielt die Anfangsakkorde von *Shy Guy* erneut. Die anderen sehen einander verwirrt an.

Werden sie wirklich ...?

Sie spielen das ganze Lied noch einmal.

»Sh-sh-sh-sh shy guy«

Ich versuche weiterzutanzen, doch die Wiederholung raubt meinen Moves die Energie.

»Sh-sh-sh-sh shy guy«

Ich habe schon immer gesagt, dass sie den Refrain an dieser Stelle nicht wiederholen sollten.

»Sh-sh-sh-sh shy guy

Yeah, I'm your mister right.«

Das letzte »Sh« singe ich viel zu nachdrücklich mit.

Dann ist es wirklich vorbei. Poppy macht sich im Eiltempo davon, Mickey verbeugt sich zu oft für die Menge an Applaus, die sie bekommen, und Doug und Jasper, die zwischen den Fronten stehen, stehlen sich seitwärts von der Bühne. Das Mikrophon schrillt, bis der Barkeeper die Stromzufuhr kappt.

Nach dem Konzert gratuliere ich der Gang wie üblich und küsse Doug zum Abschied auf die Wange.

»Gina, komm mit uns feiern«, sagt Poppy und schlingt ihren Arm um meine Schultern. »Ich spendiere dir einen Rum.«

Das war früher unser Drink der Wahl, weil es das Zeug in jeder Studentenbar gab. Ich erinnere mich an zahlreiche Nächte, in denen ich ihre langen roten Haare hochhielt, während sie sich übergab.

Doch ich weiß ganz genau, dass es ihnen in Wahrheit lieber wäre, wenn ich nicht mitkomme. Außerdem sieht Poppy heute Abend ganz besonders hinreißend aus, wodurch ich mich noch mehr wie eine Außenseiterin fühle. Obwohl mich ihr Angebot zum Erröten bringt, mache ich die üblichen Ausflüchte.

Doug überrascht mich, indem er mir den Arm um die Taille legt und verkündet, dass er heute auch nicht mitkommen werde.

»Was, kann dir deine Alte nicht mal einen Abend in der Woche freigeben?«, neckt Mickey.

Ich will protestieren, doch Doug fällt mir ins Wort. »Wir müssen morgen früh raus«, lügt er. »Wir sehen uns zu den Proben.«

Mickey und Poppy schmollen demonstrativ, aber Doug nimmt lachend meine Hand. Als wir den Pub verlassen, winken ihm seine Fans zum Abschied zu, und ich fühle mich wieder wie ein Groupie.

Doch die kühle Abendluft ist wundervoll. In unserem wortkargen Öffentlichkeitsmodus schlendern wir Richtung U-Bahnstation. Sobald wir so viel Abstand zwischen uns und das Dane's gebracht haben, dass uns niemand hören kann, sage ich: »Doug, morgen ist Sonntag, da schlafen wir aus.«

»Ich hatte einfach das Gefühl, dass du heute Abend nicht ganz du selbst bist«, erklärt er und streicht mir über den Kopf. »Stimmt etwas nicht?«

Mist, mir war nicht klar, dass man es mir anmerkt.

»Sorry ...« Ich zögere. »Ich glaube ... Na ja, ich hab das Gefühl, als würde ich stören. Ich gehöre nicht mehr zur Band, also sollte ich aufhören, wie eine Klette an euch zu hängen.«

Doug drückt mich im Laufen an sich. »Natürlich bist du noch ein Teil der Band«, widerspricht er. »Du warst von Anfang an dabei. Das wird sich nie ändern. Ganz ehrlich, wir freuen uns, wenn du zuschaust.«

Wir freuen uns. Dieses Wir schließt mich nicht mehr mit ein.

In diesem Moment erreichen wir die Schranken am Eingang zur Tube. Ich halte Doug zurück, bevor er mit seiner Oyster-Card den Kartenleser berühren kann. »Danke, aber du solltest wie üblich mit Bronze Age ausgehen.«

»Aber ich will den Abend mit dir verbringen.«

»Wir können morgen Abend was zusammen machen. Wie es in unserem Kalender steht.«

»Es ist nichts Schlimmes daran, spontan zu sein«, entgegnet er, als verstehe er den Sinn eines Kalenders überhaupt nicht. »Ich würde gern so viel Zeit wie möglich mit dir verbringen. Jeden Tag, für immer.«

O Gott. Ich weiß, das sollte mich freuen, doch in meinem Kopf schrillen die Alarmglocken. Und sie klingen wie Hochzeitsglocken.

»Warum werfen wir nicht eine Münze?«, frage ich verzweifelt.

»Man muss keine Münze werfen, wenn man weiß, was man will«, sagt er lachend und hält seine Karte an das Lesegerät. Das leise Piepen, mit dem sich die Schranke öffnet, klingt besorgt.

In der Bahn küsst mich Doug wieder liebevoll auf den Kopf. Zu liebevoll. Wird er etwa hier auf dem dreckigen Boden der Tube vor mir auf die Knie gehen? Dafür hat er doch bestimmt zu viel Klasse. Wenn er mir in der Victoria Line einen Antrag macht, habe ich das Recht, Nein zu sagen, oder? Endlich öffnen sich die Türen, und ich steige so schnell wie möglich aus.

Den Rest des Heimwegs bin ich so damit beschäftigt, unser Gespräch um jeden Preis unverfänglich zu halten, dass es komplett banal wird.

»Meine Güte, nachts wird es echt dunkel, oder?«

Doug sieht sich um und nickt, als würde ihn das allen Ernstes überraschen. »Ja.«

»Bis zu unserer Wohnung brauchen wir noch ungefähr, ähm, drei Minuten, oder?«

»Drei oder vier«, stimmt Doug zu.

»Ich frage mich, ob wir es in zwei schaffen.«

Als wir uns bettfertig machen, wirkt er noch immer sehr ernst. Ich versuche, ihm aus dem Weg zu gehen, aber das ist schwierig, wenn man sich ein Schlafzimmer teilt. Also tue ich stattdessen so, als würden mich die Bilder an der Wand fesseln, dabei sind es dieselben wie seit vier Jahren. Ein Ankündigungsplakat von unserem allerersten Auftritt als The Bronze Age, das wir für meinen Dad signieren mussten. Ein Foto von uns vieren aus derselben Nacht, auf dem ich freudestrahlend hinter meinem Keyboard stehe. Postkarten, die Doug und ich auf unseren jährlichen Ausflügen gekauft haben. Fotos von unseren sommerlichen Spaziergängen in Hampstead Heath, auf denen wir fast unmerklich älter werden. Auf Dougs Seite des Zimmers hängen eingerahmte Awards für *Shy Guy*, Poster mit den Lineups ihrer Konzerte und ein Gruppenfoto von letztem Jahr, auf dem Jasper lächelnd hinter dem Keyboard steht.

Schließlich dreht Doug mein Gesicht zu sich. Eine lange Zeit blicken wir einander wortlos in die Augen. Dann fährt sich Doug mit der Zunge über die Lippen und …

»Doggie«, unterbreche ich ihn hastig. »Ich muss aufs Klo.«

Er sinkt in sich zusammen.

»Ich mache ganz schnell«, verspreche ich und klopfe auf den Wecker auf unserem Nachttisch. »Da du nicht ausgegangen bist, könnten wir früher aufstehen und Haferflocken zum Frühstück einweichen!«

Er nickt, schon wieder etwas munterer.

Ich stolpere ins Badezimmer, reiße das Fenster auf und spritze mir kaltes Wasser ins Gesicht. Ich fühle mich wie ein Hamster, der gerade festgestellt hat, dass sein gemütlicher Käfig verschlossen ist.

Mein Handy leuchtet auf.

ich bin deine brautjungfer, ok?, schreibt Sophie. *ich organisiere deinen junggesellinnenabschied, aber nur wenn ich dir keinen neuartigen kram in form eines penis besorgen muss.*

Zurück im Schlafzimmer meide ich Dougs Blick, gähne lautstark, lege mich ins Bett und mache das Licht aus.

Hellwach liege ich in Dougs Armen, während er sich von hinten an mich schmiegt. Normalerweise liebe ich das Gefühl seines Arms um meine Brust, aber heute Nacht lastet er schwer auf mir.

Mein Kalender blitzt immer wieder in meinen Gedanken auf. Die immer gleichen, streng geregelten, sich wiederholenden Termine. Dieselben Farben im selben Muster, Tag für Tag, Jahr für Jahr.

Ich verstehe nicht, warum sich das auf einmal wie ein Alptraum anfühlt. Seit Doug vorgeschlagen hat, dass wir unsere Kalender synchronisieren, liebe ich unsere kleinen Routinen. Da müsste ich ihn doch heiraten wollen, oder nicht? Heiraten ist doch genau das, was Frauen angeblich herbeisehnen. Und es würde mehr Sicherheit bedeuten. Der natürliche nächste Schritt. Alles nach Plan.

Außerdem würde es meine Mum glücklich machen, die mich wohl zum Traualtar führen würde.

Nach der Hochzeitsplanung käme die Flitterwochenplanung. Familienplanung, Schulplanung, Rentenplanung, Begräbnisplanung und ... das war's dann. Der Rest meines Lebens.

Ich dachte, wenn wir unseren Kalender aufeinander abstimmen, wären wir auch als Paar aufeinander abgestimmt. Ich dachte, wenn ich den Überblick über mein Leben behalte, hätte ich auch den Überblick, wo es langgehen soll. Aber ... will ich das wirklich? Sie lebten glücklich bis ans Ende ihrer Tage – ENDE?

Jetzt schon?

So?

Kapitel 5

Das Wochenende ist vorbei, wir gehen wieder zur Arbeit, und alle drastischen Lebensveränderungen müssen fünf Tage warten. Doug würde mir niemals unter der Woche einen Antrag machen.

Ich gebe Klavierstunden an einer Privatschule, die sich – anscheinend ohne jede Ironie – Liberty Secondary nennt. Freiheit nebensächlich. Hier ist jede Wand, jeder Stuhl, jeder Stift und jede Uniform ordnungsgemäß marineblau. Sophie findet es nicht richtig, dass ich an einer Privatschule unterrichte, aber praktisch betrachtet ist es ein guter Job: Die Kinder sind gut erzogen, die Klaviere sind gut gestimmt, und das war der einzige Job, den ich bekommen habe. Ehrlich gesagt hatte ich großes Glück, dass sie mich überhaupt genommen haben, da ich die nötigen Qualifikationen nicht wirklich vorweisen konnte. Ich argumentierte, dass ich den meisten anderen ein paar Dekaden Erfahrung voraushatte, weil schon mein Vater Klavierunterricht gegeben hat. Leider ist die Eignung zum Lehrer nicht erblich.

Und so verbringe ich meine Tage in Übungsraum drei im Performing Arts Centre der Liberty. Der »Spielplatz«, wie er offiziell genannt wird, ist ein frei stehendes, schallisoliertes Gebäude auf dem hinteren Teil des Schulgeländes. Auf dem Spielplatz hört dich niemand schreien.

Jede Woche machen meine Schüler dieselben Fehler, bringen dieselben Entschuldigungen vor und behaupten, dass sie in der nächsten ganz bestimmt üben würden. Jede Woche wissen wir beide, dass das nicht stimmt.

Montags unterrichte ich als Erstes Timothy Tucker. Sophie nennt ihn Fimothy Fucker. Ich erinnere sie immer wieder daran, dass er ein unschuldiger dreizehnjähriger Junge ist, aber sie findet es trotzdem lustig.

»Miss?«

Timmys pubertierende Stimme ertönt in einem Raum, in dem, wie mir schlagartig klar wird, schon eine ganze Weile Stille herrscht. Ich sehe in sein besorgtes pickliges Gesicht. Immerhin kenne ich meinen Text in- und auswendig.

»Du hast wieder das Fis vergessen.«

Timmy starrt das Klavier verwirrt an, als sähe er es zum ersten Mal. Den Anschein macht es auch.

»Sorry, Miss.«

»Entschuldige dich nicht bei mir, Timmy. Entschuldige dich bei Mozart.«

»Sorry, Mozart«, murmelt er.

»Wenn du diese Woche jedes Fis ganz sorgfältig spielst, wirst du nächste Woche vielleicht daran denken.«

Ich sollte eine Aufnahme davon machen, wie ich das sage, und sie einfach ständig abspielen.

Er nickt und kratzt an einem Pickel herum. Sobald der Gong ertönt, springt er auf.

»Bis nächste Woche, Miss.«

»Bis nächste Woche, Timmy.«

Hope Zhu kommt immer drei Minuten zu spät, also blicke ich aus dem Fenster und sehe zu, wie die Kinder auf dem Sportfeld herumrennen.

Drei Minuten später öffnet sich die Tür, und ein hoffnungsvolles Gesicht späht herein.

»Sorry, Miss!«

»Keine Sorge, Hope, versuch einfach, nächstes Mal pünktlich zu sein. Wie lief es diese Woche mit dem Üben?«

Sie grinst breit, weicht meinem Blick jedoch aus. »Super!«

Mit anderen Worten: Sie hat nicht geübt. Sie setzt sich auf den Klavierhocker und richtet ihren Rock.

»Miss?«, fragt sie zaghaft und zwirbelt einen geflochtenen Zopf zwischen den Fingern. Wow, das ist neu.

»Ich habe mich gefragt, ob ich Ihnen etwas vorspielen könnte, das ich selbst geschrieben habe«, sagt sie. »Ich will Singer-Songwriterin werden.«

Ich sehe in ihr optimistisches kleines Gesicht.

»Eine harte Branche«, sage ich.

Hope nickt.

»Du wirst beruflich nicht abgesichert sein.«

Sie nickt noch eifriger. Diese Zwölfjährige hat mehr Ehrgeiz als ich.

Soll ich ihr die Wahrheit sagen? »Vertrau mir, daraus wird nichts. Du wirst dich wie eine Versagerin fühlen, wirst es den wenigen Auserwählten neiden, dass sie Erfolg haben, und als verbittertes menschliches Wrack enden. Irgendwann wirst du anfangen, Musik zu hassen, zugleich wird dir bewusst sein, dass die Musik alles ist, was du hast. Also wirst du als Lehrerin arbeiten und dir einreden, dass es immerhin fast das sei, was du dir immer gewünscht hast, und dass es so am besten sei, weil du sowieso nie gut genug warst und es außerdem völlig sinnlos sei, in einer Band zu spielen, und zu nichts anderem als hemmungslosen Ausschweifungen führe.«

Ich kann mich gerade noch davon abhalten, das laut auszusprechen. Stattdessen sage ich: »Ich glaube, du solltest bei Mozart bleiben.«

Also spielt sie *Für Elise,* macht die gleichen Fehler wie immer und geht, drei Minuten bevor die Stunde zu Ende ist.

»Bis nächste Woche, Miss.«

»Bis nächste Woche, Hope.«

Ich höre bereits das eifrige Schnauben meines letzten Schülers an diesem Morgen, Percival Worthington. Der vornehme Name ist bei ihm Programm.

Percy ist seit drei Jahren mein Schüler und hat vier Prüfungen mit Bravour bestanden. Er kommt bald in die siebte Klasse, was ihn zu meinem am weitesten fortgeschrittenen Schüler macht – eine Erfolgsgeschichte, die meinen Arbeitsplatz sichert, was äußerst praktisch ist, denn Percy unterrichtet sich förmlich selbst.

»Guten Morgen, Miss Green«, begrüßt er mich mit rosigen Wangen. »Hatten Sie ein schönes Wochenende? Ist es nicht ein herrlicher Tag?«

»Hallo, Percy«, antworte ich und sehe zum Fenster hinaus, wo das Wetter kaum scheußlicher sein könnte. »Ja, wirklich herrlich.«

»Ich freue mich schon die ganze Woche auf unser Rendezvous«, sagt er und holt ein paar dicke Wälzer aus seiner Tasche. »Diese Bach-Fugen haben es mir wirklich angetan.«

Percy spielt sein neues Stück schon auf Prüfungsniveau, ich lobe ihn entsprechend und korrigiere ein paar Noten, die er übersehen hat. Er späht durch seine rechteckige Brille darauf und nickt dankbar.

Die Stunden mit Percy machen mir tatsächlich Spaß. Er ist gut. Für ihn ist Musik eine Gleichung, die er lösen muss. Seine Finger sind dazu programmiert, in genau der richtigen Struktur über die Tasten zu gleiten, und deshalb gebe ich ihm nie Stücke von Wischiwaschi-Musikern – keine Romantiker oder Modernisten, bei denen die Musik etwas »bedeutet«. Dieser emotionale Unsinn gehört nicht in Percys Repertoire.

»Ich bin die Optionen für meine Prüfung durchgegangen«, sagt er, »und ich glaube, ich habe mich entschieden.«

Er schlägt ein Buch auf. Es sieht verdächtig aus nach ...

»Der dritte Satz der *Suite bergamasque* von Debussy.«

Die Worte lösen eine akute Stressreaktion in mir aus. *Clair de Lune*. Das Lieblingsstück meines Dads. Er hat es immer vor dem Schlafengehen für mich gespielt. Ich habe es seit Jahren nicht mehr gehört.

Bevor ich ihn aufhalten kann, fängt Percy an zu spielen.

Für einen Moment bin ich zurück im Musikzimmer meines Dads, trinke heiße Schokolade – unseren Schlaftrunk – in meinem bequemsten, mit Lavendelweichspüler gewaschenen Schlafanzug und schaue auf Dads allmählich kahl werdenden Hinterkopf, während er sich über das Klavier beugt. Sein gelenkiger Körper ist entspannt, seine Hände ruhen auf den Tasten, und dann ...

Percy spielt die vertraute Melodie mit der Feinfühligkeit einer Abrissbirne. Oh, sicher, die Noten sind alle richtig, aber das Stück soll das Mondlicht heraufbeschwören, mit fließendem Tempo und elegant gesetzten Pausen. Percys methodisches Spiel dreht meine kostbaren Erinnerungen an Dad jedoch geradezu durch den Fleischwolf.

»Aufhören!«, schreie ich.

Irgendwie schaffe ich es, ihm den Klavierdeckel nicht auf die Finger zu donnern.

Durch seine beschlagenen Brillengläser sieht er mich verwundert an. »Tut mir leid«, sagt er. »Mögen Sie das Lied nicht?«

»Äh, nein, das ist es nicht«, stammle ich, lasse die Schultern sinken und streiche meinen knielangen Rock glatt. »Bitte entschuldige, Percy, aber ich denke nicht, dass du *Clair de Lune* spielen solltest. Es eignet sich nicht fürs Schulkonzert, es ist zu … Bleib besser bei Bach.«

»Klaro«, murmelt er verdrossen. »Ich werde mir bis nächste Woche andere Optionen überlegen.«

»Klaro, Percy«, murmele ich, wobei ich dem Blick seiner von den dicken Brillengläsern vergrößerten Augen ausweiche.

Stattdessen sehe ich zu, wie die Kinder draußen im Kreis rennen.

Die Leiterin der Musikschule ist Alexa Lang. Bei meinem Vorstellungsgespräch habe ich nervös gescherzt, dass sie bestimmt keine so gute Pianistin sei wie Lang Lang. Sie lächelte nicht und sagte, dann sei es ja gut, dass sie Geige spiele, woraufhin ich fest davon ausging, den Job nicht zu bekommen. Doch das war nicht der Fall, und vier Jahre später habe ich Alexa noch immer kein einziges Mal lächeln sehen.

Obwohl sie ständig versucht, mit dem Rauchen aufzuhören, halten wir unsere tägliche Auskotz-Session immer im Raucherbereich des Performing Arts Centre ab, einem hässlichen, mit Zigarettenstummeln übersäten Aluminiumschuppen mit Ausblick auf eine nackte Backsteinwand.

Alexas Dutt ist so straff gebunden, dass die Adern an ihrer Stirn hervortreten. Vielleicht liegt das auch an der Anstrengung, die es sie kostet, mit dem Rauchen aufzuhören.

»Ich muss mich mit der Versuchung zu rauchen umgeben«, erinnert sie sich selbst. »Das zeigt, wie stark ich bin, wenn ich widerstehe.«

»Verstehe«, sage ich. »Hast du deswegen immer noch Zigaretten dabei?«

»Nein«, antwortet sie stirnrunzelnd. »Die sind für den Fall, dass ich eine Zigarette will.«

Es ist ein trüber, wolkiger Tag, der meine Langeweile widerspiegelt, nachdem ich den ganzen Tag dieselben falsch gespielten Stücke über mich ergehen lassen musste.

»Ich glaube, kein einziger meiner Schüler übt zwischen den Unterrichtsstunden«, seufze ich.

Alexa zuckt die Achseln und bietet mir Lakritz an. Sie bekämpft ihre Sucht, indem sie nach etwas anderem süchtig wird. Ich nehme ein rosafarbenes Röhrchen, weil ich weiß, dass sie die am wenigsten mag.

»Du kannst von Glück reden, dass du keine Gruppenkurse gibst«, erwidert sie. »Kinder in Gruppen benehmen sich so dämlich. Dabei glaube ich noch nicht einmal, dass ihnen etwas daran liegt, in einer ihrer kleinen Cliquen zu sein, sie denken einfach, sie müssten irgendwo dazugehören.« Sie verspeist eine blaue Lakritzstange. »Allein sind Menschen besser dran.«

Schweigend sinnieren wir über diese weisen Worte, bis der Gong ertönt. Als wir uns verabschieden, sehe ich, wie sie mit meisterhafter Präzision die Tüte leert, sie in den Müll wirft und sofort die nächste aufreißt.

Um vier Uhr dreißig erscheint eine Benachrichtigung meines Kalenders auf meinem Display: *Schreib deinem Freund :)*

Ich erwidere das Lächeln des lächelnden Emojis.

Dieser Reminder steht schon seit Jahren in meinem Kalender. Genau genommen war er einer der ersten, die Doug in jenen schwierigen Monaten nach unserem Abschluss eingetragen hat. Damals standen darin nur ein paar wenige Termine, oder besser gesagt Erinnerungen: *Trink ein Glas Wasser :), Putz dir die Zähne :), Nimm dir fünf Minuten Zeit zum Meditieren :), Du bist die Beste! :)*. Die meisten waren über die Jahre hinfällig geworden (wer hat schon Zeit zum Meditieren?), aber *Schreib deinem Freund :)* ist so angesagt wie eh und je.

Ich schreibe an Doug: *Ich liebe dich :)*

Wie immer bekomme ich, noch bevor ich auf Senden drücke, eine Nachricht von ihm: *Ich liebe dich noch mehr! :)*

Kapitel 6

An diesem Freitagabend hat Doug seinen zusätzlichen Gig, also habe ich zusätzliche Zeit für mich. Die Fish-and-Chips-Verpackung ist im Müll, das Badewasser läuft ein, und ich gönne mir ein zusätzliches Glas Wein, denn, hey, ich bin spontan.

Ich will gerade *Friends* anmachen, als Sophie mir ein Selfie vor der hexenhaften Tür des Familiar schickt.

nicht das gleiche ohne dich, süße!

Hmm, ich frage mich, ob sie Bilder von letzter Woche gepostet hat. Ich öffne den *SophieSnob*-Channel.

Als ich an ihrem angehefteten Video – *Zehn Schwarze queere Ikonen (Ich bin dabei!)* – vorbeiscrolle, sehe ich, dass sie eine ganze Sparte ihren Anfängen gewidmet hat: *Soll ich mich outen? (Vor meiner konservativen Familie)*, *Wie man sich outet! (Vor seiner konservativen Familie)* und *Warum meine schreckliche Coming-out-Geschichte DICH nicht davon abhalten sollte.* O Sophie …

Wir kannten uns erst ein Semester, als es so weit war. Wir packten für die Ferien und hörten dabei das Weihnachtsalbum von Michael Bublé, und sie erzählte mir, in was für einem extrem homophoben Umfeld ihre jamaikanischen Eltern aufgewachsen waren, aber dass sie sich dennoch sicher sei, dass sie ihre Tochter unterstützen würden. In Birmingham, wo Sophie groß geworden war, hatte sie ihre Sexualität geheim gehalten, weil sie nicht die einzige geoutete Lesbe an ihrer Schule sein wollte, aber an der Uni war sie so aktiv in der LGBTQ+–Community, dass sie sich nicht länger verstecken wollte. Sie freute sich darauf, bei einem Gläschen des starken Punsches ihrer Mutter endlich die verschiedenen Seiten ihrer Identität zu vereinen.

Doch ihre Eltern reagierten ganz und gar nicht so, wie Sophie es sich erhofft hatte. Sie sagten, sie würden es ihr nie erlauben, eine Freundin mit nach Hause zu bringen. Selbst ihr kleiner Bruder Joshua, mit dem sie sich immer gut verstanden hatte, drohte damit, jeglichen Kontakt zu ihr abzubrechen, wenn sie nicht »den richtigen Weg« wähle. Sie musste sich entscheiden, ob sie eine gute Tochter oder lesbisch sein wollte.

Sophie entschied, sie selbst zu sein.

Also packte sie ihre Sachen, verbrachte Weihnachten mit ihren queeren Freundinnen und postete von da an ihre sehr persönlichen, aktivistischen Videos als *SophieSnob*. Sie wollte eine Unterstützung für alle sein, die sonst keine hatten. Und ihre Fan-Base wuchs vor Dankbarkeit ins Unermessliche.

Abgesehen von ihren Snobbers, wie sich ihre Fans nennen, sagte Sophie allen, es gehe ihr gut und sie wolle nicht darüber reden. Selbst wenn sie Weihnachten mit mir und meiner Familie in Greengables verbrachte, gab sie sich fröhlich und unbeschwert. Doch manchmal, wenn sie betrunken ist oder denkt, ich sehe nicht hin, öffnet sie ihren alten Familiengruppenchat bei WhatsApp. Was ich damit sagen will: Sophie ist viel mutiger und stärker, als ich je sein könnte.

Ich sehe mir ihre aktuellen Videos an und will gerade *Out in London – Die besten queeren Nightclubs!* anklicken, als ich von ihrem neuesten Post abgelenkt werde. *Du denkst, du bist vielleicht nicht hetero? Hier ist ein einfacher Test.*

Ich erröte.

Wie eine Verrückte werfe ich einen Blick über die Schulter, um mich zu vergewissern, dass mich niemand beobachtet.

Ich bin nur eine gute Freundin, eine gute Verbündete, die sich weiterbildet.

Ich klicke das Video an.

Die digitale Sophie sitzt vor der Kamera, wunderschön mit ihrem gesponserten Lidschatten, in einem Schlafzimmer voller sorgsam platzierter Produkte. Die Gitarre, die sie früher gespielt hat, hängt wie ein Kunstwerk an der Wand.

»Hi, Snobbers! Um dieses Video haben mich viele Leute gebeten. Einige von euch sind auf der Suche nach Erkenntnis über ihre Sexualität auf meinen Channel gestoßen und erhoffen sich Rat. Also, mir persönlich hat es geholfen, mich zu fragen: ›Stehe ich auf Frauen?‹ Da die Antwort ein klares Ja war, dachte ich, okay, dann bin ich wohl nicht hetero.«

Ich starre sie durch den Bildschirm grimmig an. Für dieses Gelaber wird sie bezahlt?

»Aber manche Leute sind dazu nicht fähig, aus Gründen, die ich in anderen Videos erläutert habe« – um sie herum erscheinen Links zu den entsprechenden Videos, auf die sie mit großen Gesten hinweist –, »Mangelnde Repräsentanz! Ungenügende Sexualaufklärung! Internalisierte Homophobie!«

Sie wechselt die Perspektive. »Also, wenn du dich vor dir selbst outen willst, habe ich einen einfachen Test für dich.«

Jetzt kommt ihr Gesicht der Kamera verschwörerisch nahe. Das Blut rauscht mir in den Ohren.

»Wenn du dieses Video angeklickt hast«, sagt sie, und ihr Grinsen scheint allein mir zu gelten. »Glückwunsch, du bist wahrscheinlich queer!«

Ich schließe den Tab, lösche meinen Browserverlauf und knalle den Laptop zu.

Mein Pop-Abend mit Doug. Damit meine ich nicht, dass wir Sex haben (der ist für Sonntag geplant), es ist nur Mittwoch, unser Spieleabend, an dem wir immer Popmusik hören.

Doug fragt, welches Spiel ich gerne spielen würde. Derart wichtige Entscheidungen fallen mir schwer, also hole ich eine Münze heraus. Dann zerbreche ich mir den Kopf darüber, ob ich Kopf oder Zahl nehmen soll. Ich wünschte, ich könnte eine Münze werfen, um zu entscheiden, welche Seite ich wählen soll ...

Na ja, ich verliere, also spielen wir Risiko, ein Spiel, das mich mehr stresst, als ich mit Worten ausdrücken kann. Bei Spielen, die Glück erfordern, gewinnt Doug immer. Heute wirkt er jedoch nicht glücklich darüber. Statt zu jubeln oder mich aufzuziehen, hüstelt er verlegen und sagt: »Gina, es tut mir leid.«

»Schon okay, dann spielen wir einfach als Nächstes Monopoly.«

In Monopoly bin ich gut.

»Nein, es ...« Er reibt sich den Nacken. »Also, wir können von jetzt an jeden Freitag im Dane's auftreten.«

Wie betäubt rufe ich unseren gemeinsamen Kalender auf. Tatsächlich, unsere himmelblauen Date-Termine freitags wurden gelöscht. Jetzt sind noch mehr von Dougs Abenden Bronze-Age-orange. Mein dazugehöriger Platz im Kalender ist leer.

»Das ... das sind tolle Neuigkeiten«, sage ich. »Gut gemacht.«

»Ja! Jedenfalls fühlt es sich an wie ein Schritt in die richtige Richtung. Wir verdienen ein bisschen mehr, und das Publikum ist toll, und ... O Gott, Gina, es tut mir so leid.«

»Nein!«, quietsche ich und schüttele unkontrolliert den Kopf. »Bitte entschuldige dich nicht.«

Ich bin so erbärmlich.

»Ich bin wirklich stolz auf euch«, bringe ich heraus. »Es freut mich, dass es für Bronze Age so gut läuft. Ich habe nur das Gefühl ...«

Wie soll ich es ihm erklären? Ich fühle mich, als würde ich meinen persönlichen Murmeltiertag durchleben und zusehen, wie alle anderen Fortschritte machen, während ich in einer Zeitschleife festhänge. Ich fühle mich an einen Kalender gebunden, von dem ich nicht einmal weiß, ob ich ihn noch will. Ich habe das Gefühl, als wäre ich glücklicher, wenn ich ein vollkommen anderes Leben führen würde.

Aber ich will ihn nicht verletzen oder ihm Sorgen bereiten oder ihm eine schlechte Freundin sein ...

»Ich mochte unsere Date-Nights immer«, sage ich mit meinem natürlichsten Lächeln. »Aber ist schon in Ordnung. Ich finde einen anderen Zeitvertreib.«

Ich könnte sagen, dass ich noch mehr *Friends* gucken, bessere Badebomben kaufen oder mir hochprozentigen Wein gönnen werde – doch vollkommen andere Worte kommen ungeplant aus meinem Mund: »Letzten Freitag mit Sophie auszugehen, hat echt Spaß gemacht«, sage ich. »Wenn du bei Bronze Age eingespannt bist, frage ich sie vielleicht, ob ich jeden Freitag mitkommen kann.«

Doug blinzelt mich verblüfft an.

»Was hältst ... Wäre das okay?«

Die Sorge in seinem Gesicht weicht purer Freude. »Ja, klar! Das ist eine tolle Idee, Gina! Mach das!«, ruft er und wuschelt mir durch die Haare. Egal worum es geht, er unterstützt mich.

Bevor mich der Mut verlässt, schreibe ich Sophie.

Sophie, kann ich mit dir ausgehen?

Hastig schicke ich noch ein paar Nachrichten hinterher.

Kein Date LOL

Ist ja klar.

Nur mit dir rauskommen, meine ich.

Verdammt, ich wünschte, man könnte Nachrichten wieder zurückziehen. Schnell tippe ich weiter.

Also nicht im Sinne von sich outen, natürlich.

Kann ich freitags mit dir und deinen lesbischen Freundinnen ausgehen?

Kapitel 7

Vorglühen bei Sophie. Während wir uns fertig machen, hören wir King Princess, die, wie Sophie erklärt, bei Lesben so Mainstream ist, dass selbst Heteros dabei mitsingen können sollten. Theoretisch schön und gut, aber das Lied, das gerade läuft, heißt *Your Pussy is God.*

Sie hat ihre Wohnung aufgeräumt, doch Sophie hat ein anderes Verständnis von Aufräumen, daher ist auf dem Sofa zwischen leeren Imbisskartons und ungeöffneten Geschenktüten von Firmen, die alles daransetzen, ihre Produkte zu vermarkten, gerade genug Platz für uns beide. Bestimmt lädt Sophie normalerweise all ihre Party-Freundinnen zum Vorglühen ein, aber bei meinem »offiziellen Debüt« ist sie ganz besonders nett zu mir.

»Sophie, denk dran, ich komme nur mit, weil mein Freund beschäftigt ist.«

»Ja, ja, du bist eine pflichtbewusste Freundin, schon kapiert.«

Langsam bekomme ich kalte Füße, und nicht nur, weil Sophie mich offensichtlich zwingen will, die Hosen runterzulassen. Letztes Mal habe ich sie nur begleitet, um ihr einen Gefallen zu tun, doch nun, da wir beide wissen, dass ich mitkommen *will*, ist die Spannung kaum auszuhalten.

Sie beäugt mich durch ihren Handspiegel. »Willst du diesmal ein Makeover? Du hast so viel Potenzial.«

»In einer Gay Bar muss ich nicht gut aussehen«, erwidere ich, werde jedoch rot. »Ich habe schon einen Freu-«

»Du würdest überzeugender wirken, wenn du meine Jeansjacken-Kollektion nicht ganz so auffällig anstarren würdest. Probier die mal an. Die versteckt sich schon viel zu lange im Schrank.«

Sie lacht über ihren eigenen Witz, offensichtlich sehr zufrieden mit sich. Mit einem entnervten Augenrollen werfe ich die Jacke über – sie ist oversized, hat große Taschen und ist mit Buttons übersät. Als ich einen Blick in den Spiegel werfe, bin ich überrascht, wie sehr sie mir gefällt.

»Also gut«, sage ich betont locker und spiele an einem Button herum, der verdächtig nach ineinander verschränkten Scheren aussieht. »Ich trage sie, wenn es sein muss. Für dich.«

Sophie tätschelt mir den Kopf, und ich stimme widerwillig zu, mir die Fingernägel lackieren zu lassen. Ich wähle einen kräftigen Rotton namens »Heiße Himbeere« aus, um zu zeigen, wie cool und unabhängig ich bin.

»Ich kann kaum glauben, dass dein Freund so traditionell ist, deine Mum um Erlaubnis zu bitten«, sagt Sophie unvermittelt.

Sich bei einer Maniküre über Hochzeitsangelegenheiten zu unterhalten fühlt sich sehr französisch an.

Zwischen sorgfältigen Pinselstrichen fragt sie: »Also willst du ihn denn heiraten?«

»Ich liebe Douglas«, antworte ich bedächtig und sehe ihr beim Pinseln zu. »Ich habe mir immer ausgemalt, wie wir eines Tages aufs Land ziehen und uns einen Dackel anschaffen, und das ist ja quasi so was wie Heiraten. Aber *eines Tages* war für mich immer noch jahrelang entfernt. Und wenn es auf einmal *jetzt* sein soll, bin ich mir nicht mehr so sicher.«

Ihr Pinsel verharrt in der Luft. »Was hat sich geändert?«

Oh, verdammt. Will ich wirklich darüber reden?

»Na ja … Als ich letzte Woche mit dir im Familiar war und Phase gesehen habe …«

Sophie grinst mich an. Sie hat einen Ehering um meinen Finger gemalt. »Gewöhn dich dran, Süße!«

Im Nu entbrennt ein Kampf, bei dem wir versuchen, uns gegenseitig mit Nagellack zu beschmieren, ohne den Teppich zu versauen. Als ich den Ring von meinem Finger wischen will, breitet er sich noch weiter aus.

»Ich will nicht mehr ans Heiraten denken!«, schimpfe ich. »Gönn mir bitte eine Nacht ohne das ganze Zeug.«

»Du meinst, eine Nacht ohne deinen Freund in einer Gay Bar?«

Ich verdrehe die Augen, aber darin ist sie viel besser als ich, deshalb wirkt es bei mir ein bisschen peinlich.

»Spielen heute irgendwelche Bands?«, frage ich ganz beiläufig.

»Süße«, sagt Sophie und klebt ihre gigantischen falschen Wimpern an, »wenn du wissen willst, ob Phase spielt, kannst du mich einfach fragen, ob Phase spielt.«

Ich tue so, als hätte ich Mühe, den Rosé zu öffnen, aber bei einem Schraubverschluss ist es schwierig, das überzeugend vorzutäuschen.

»Leider gibt es heute Abend kein Konzert«, erklärt Sophie. »Aber es könnte gut sein, dass die Mädels von Phase dort sind, um was zu trinken. Und ich weiß, du bist an queerem Gossip ›nicht interessiert‹, aber angeblich haben Marsha und Kit Schluss gemacht.«

Ich gebe mein Bestes, gleichzeitig überrascht und desinteressiert zu wirken.

Sophie hebt ihr Weinglas an die Lippen, aber sie ist so aufgeregt, dass sie weiterredet, anstatt zu trinken. »Das müsste doch heißen, dass ich heute Abend mit Kit rummachen kann, oder was meinst du? Sieben Tage sind ja wohl genug Zeit, um die Trennung zu verarbeiten.«

»Da fragst du die Falsche. Mit lesbischen Dating-Regeln kenne ich mich nicht aus.«

»Oh, es gibt keine Regeln. Die meisten führen sowieso offene Beziehungen. Aber es gibt offen, und es gibt *offen*.«

»Ach ja, natürlich, jetzt ist mir alles klar.«

Sie verdreht die Augen. »Guck dir meine Videos an.«

»Aber sind deine Videos nicht für queere Leute?«

Sophie mustert mich entschieden zu lang. Dann leert sie ihr Weinglas. »Guck dir das an, während ich aufs Klo gehe.«

Mit diesen Worten reicht sie mir ihr Handy, auf dem sie ein *SophieSnob*-Video namens *Reden wir offen über offene Beziehungen* aufgerufen hat, und rauscht davon. Ich sage ihr nicht, dass ich es schon gesehen habe.

»Hi, Snobbers, wie geht's euch?«, sagt sie. Ich überspringe ein paar Sekunden. »... für manche Paare bedeutet eine offene Beziehung, dass alles erlaubt ist, aber die meisten legen Richtlinien fest. Manche einigen sich darauf, dass sie mit anderen Sex haben, aber keine emotionale Bindung eingehen dürfen. Manche gehen mit anderen Leuten aus, aber nur bis zu einer festgelegten Anzahl an Dates. In offenen Beziehungen gibt es eine Menge Regeln.«

»Das klingt nicht gerade offen!«, rufe ich in Richtung Badezimmer. »Warum könnt ihr nicht einfach machen, was heterosexuelle Leute tun, und Affären haben?«

»Fremdgehen ist geschmacklos«, ruft Sophie zurück. »Polyamorie ist queer!«

Ich überspringe den Teil des Videos, in dem glitzernde grüne Buchstaben die Frage stellen: *Und was ist mit Eifersucht?*

Jetzt interviewt *SophieSnob* eine erstaunlich normal aussehende Frau.

»Eifersucht entsteht durch Unsicherheit und den Irrglauben, dass Glück eine begrenzte Ressource sei«, erklärt diese. »In einer offenen Beziehung nimmt man diese negativen Gefühle wie Eifersucht und verwandelt sie in Compersion.«

Unglaublich desinteressiert futtere ich ein paar Chips. »Warum spricht sie Konversation so komisch aus?«

Wie um mich zu belehren, bilden die glitzernden Buchstaben das Wort *Compersion.*

»Compersion ist die Freude, die es dir bereitet, geliebte Menschen glücklich zu sehen«, erklärt *SophieSnob*. »Stell dir vor, eine Freundin hatte einen schönen Brunch mit einer anderen Freundin. Und du wärst nicht eifersüchtig, sondern würdest dich für die beiden freuen. Mit offenen Beziehungen ist es genauso. Ersetz den schönen Brunch einfach durch wilden Sex.«

»Das Problem ist«, sage ich, als sie vom Klo zurückkommt, »wenn du mit einer anderen Freundin einen schönen Brunch hättest, würde mich das eifersüchtig machen. Und was den wilden Sex angeht ...«

Sie knufft mich in die Seite und schenkt uns Wein nach.

»Wäre es okay für Jenny, wenn du was mit Kit anfängst?«, hake ich nach. »Wäre sie voll compersionsmäßig drauf?«

»Jenny und ich sind nicht in einer offenen Beziehung, wir sind nur nicht fest zusammen. Das ist ein Unterschied.«

»Klar.«

»Und nein, es wäre nicht okay für sie, sie wäre total eifersüchtig.«

»Verstehe.«

»Aber die Sache ist die«, sagt sie und tippt sich an die Nase, »Jenny müsste gar nichts davon erfahren.«

Ich gebe Sophie ihr Handy zurück. »Okaaay. Offenbar haben die Dating-Regeln in der queeren Community ziemlich viele Nuancen.«

Sophie grinst und prostet mir zu. »Gut, dass du so schnell lernst.«

Ich lache, dann sage ich, als wäre mir der Gedanke gerade erst gekommen: »Wenn Kit und Marsha sich getrennt haben, heißt das, dass Phase sich auch trennen werden?«

Sophies Gesicht nimmt einen entsetzten Ausdruck an. »Daran habe ich noch gar nicht gedacht ...« Sie greift nach ihrem Handy, als erwarte sie, dass die BBC schon eine Eilmeldung veröffentlicht hat. »Wird Kit oder Marsha in der Band bleiben?«, überlegt sie fieberhaft. »Wer ist leichter zu ersetzen – eine Schlagzeugerin oder eine Keyboarderin?«

»Eine Keyboarderin«, antworte ich grimmig.

Doch Sophie hört kaum zu, sie steckt schon bis zum Hals in ihrem Gossip-Netzwerk und tippt eifrig auf ihrem Handy.

»Na ja, wir wissen doch schon, dass Marsha die Band verlassen wird«, sage ich, »weil sie Kit abserviert hat.«

Sophie blickt zu mir auf, und da erkenne ich meinen Fehler.

»Hassu das nich gsagt?«, lalle ich im unfassbar überzeugenden Bemühen, betrunken zu klingen.

»Sei nicht albern«, erwidert Sophie. »Es muss irgendwas mit den anderen Frauen zu tun haben, mit denen sich Kit trifft.«

Ich stelle mir vor, wie tausend wunderschöne Mädels Kits muskulöse Arme liebkosen.

»Mit wem denn zum Beispiel?«

Sophie wendet sich zu mir um. »Gigi, für jemanden, dem Phase völlig egal ist, stellst du ganz schön viele Fragen.«

»Ich versuche nur, Interesse an deinem Leben zu zeigen!«, versuche ich, mich herauszureden.

Doch Sophie ist mit den Gedanken schon woanders. »O mein Gott! Vielleicht suchen sie ein neues Bandmitglied. O mein Gott, wenn sie eine neue Keyboarderin brauchen, könntest du bei ihnen mitmachen!«

»Ha! Das wär ja was«, sage ich, als hätte ich mir nicht die ganze Woche genau das ausgemalt.

»Aber sie würden jemand Queeres brauchen«, meint Sophie.

Fragen hängen in der Luft wie Elefanten auf einem Trapez.

»Erst bin ich nicht rothaarig genug, um in einer Band zu sein, und jetzt bin ich nicht queer genug«, seufze ich. »Gut, dass ich sowieso beim Unterrichten bleibe.«

»Fünf Pfund für Gays, neun Pfund für Heteros«, sagt die Butch an der Tür.

»Ihr habt den Preis für Heteros erhöht!«

Die Türsteherin starrt mich wortlos an, bis ich klein beigebe. Ich fische die zusätzlichen Münzen aus meiner Tasche und überreiche sie mit offener Hand, so dass Sophie sehen kann, wie viel ich bezahle.

Wieder folge ich Sophie die Rampe hinunter und durch den Fledermaustunnel in die Halloweenparty-Bar, und sie führt mich zu einem großen Tisch, an dem ihre Freundinnen sitzen.

»Seht her, sie hat sich endlich bereit erklärt, mitzukommen!«, ruft Sophie zur Begrüßung.

Die Mädels checken mich offensichtlich ab – oder besser gesagt checken sie, ob es etwas gibt, was sich abzuchecken lohnt. Sie sind alle einschüchternd selbstbewusst, und sie tragen alle Jeansjacken.

»Jenny kennst du ja schon.« Jenny gibt mir High Five. Wie

üblich trägt sie ihr rotes Fußballtrikot. Wäscht sie es ständig, oder hat sie mehrere von der Sorte? »Und das sind Lucy, sie/ihr, Lin, they/them, Leighlah, they/sie und Lou, sie/them.«

Gut, dass ich keine Sprachstörung habe, die mich den Buchstaben L nicht richtig aussprechen lässt. Sophies Blick sorgsam meidend, stelle ich mich als George vor. »Sie/ihr«, füge ich hastig hinzu. Außer im Familiar hat mich noch nie jemand nach meinen Pronomen gefragt.

»Hi, George. Mir gefällt deine Jacke«, sagt Lucy. Sie ist ausgesprochen hübsch, und George genannt zu werden jagt mir einen Schauer der Erregung über den Rücken. Es erinnert mich daran, wie Kit mich angesehen hat, als sie mich so genannt hat. Um mich abzulenken, mache ich Lucy ein Kompliment über ihre identische Jacke.

»Ich hole mir einen Drink. Will sonst noch jemand was?«, frage ich und bin unfassbar erleichtert, als sie Nein sagen. Alle außer Sophie, die mit den Fingern Teufelshörner macht.

Es ist wieder die Barkeeperin, die aussieht wie Cara Delevingne, die Getränke ausschenkt. Meine blöde Nervosität verleitet mich, einen Witz zu machen.

»Zwei Bad Witches«, sage ich dämlich lachend. »Doppelte, bitte.«

Die Barkeeperin, die gerade dabei ist, Limettenscheiben zu schneiden, hält überrascht inne und blickt zu mir auf. Ihre Augen sind umwerfend grün.

»Hast du das nicht letzte Woche schon gesagt?«

Mein Lachen erstirbt, und ich erröte heftig. »Sorry. Doofer Witz.«

Doch da wird mir klar, dass sie lächelt – ein wundervolles schiefes Grinsen. »Ich liebe doofe Witze«, sagt sie, und ich erröte noch heftiger.

»Geht ein Sandwich in eine Bar«, rezitiert sie, »doch der Barkeeper sagt ...«

»Sorry, wir servieren hier kein Essen!«

Ihr Lachen ist Musik in meinen Ohren. Das war einer von Dads Lieblingswitzen. Die Erinnerung tut weh, bis ich wieder ihrem Blick begegne. Mit einem verschwörerischen Zwinkern gießt sie noch einen Schuss Rum in meine Bad Witches.

»Doppelte gehen auf mich«, sagt sie. »Aber erzähl niemandem davon, sonst denken sie noch, ich hätte Lieblingskundinnen.«

Diese Jeansjacke muss magisch sein. Beschwingt laufe ich zu unserem Tisch zurück. Sophies Freundinnen machen einen Platz für mich frei.

»Wir reden gerade über meine Pussy«, verkündet Lin.

Fast lasse ich meinen Drink fallen.

»Sie hat eine Harnwegsinfektion.«

»Das tut mir leid«, stammle ich und schlucke schwer. »Hast du es mal mit Cranberry-Saft versucht?«

Sophie verdreht die Augen. »Mit Pussy meint Lin eine Katze«, erklärt sie. »Wir reden über Lins Haustier.«

Lin lacht und stößt mich mit dem Ellbogen an. »Hast du auch eine Katze, George?«

»Ich bin eher ein Hundemensch«, antworte ich lächelnd.

Plötzlich herrscht Totenstille. Alle starren mich an, als wäre ich Holocaust-Leugnerin.

»Na ja, also, ich mag beides«, rudere ich zurück. »Aber ich bin mit einem Hund aufgewachsen, darum ...«

Wie im Chor entgegnen die Ls: »Aber Katzen sind so süß! Glamourös – unabhängig – uns ebenbürtig – und ihre kleinen Pfötchen!«

»Und sie bringen einem tote Mäuse«, spiele ich mit.

Alle fallen über mich her.

»Hunde sind so gewalttätig – passiv – bedürftig – dumm – chaotisch – laut – können nicht selbstständig denken.«

»Man kann beides mögen«, wiederhole ich, obwohl ich mir da gerade nicht mehr so sicher bin.

Das ist der Moment, wo ein Haufen sehr überzeugender Katzenfotos präsentiert wird.

Mittlerweile habe ich meine Witch ausgetrunken. Lucy stellt mir eine weitere hin, und ich sehe Hilfe suchend zu Sophie, doch sie schaut sich entzückt Fotos von Jennys Kätzchen an.

»Er heißt Éric Cantona«, lacht Jenny. »Verstehst du?«

Sophie versteht es nicht, sie kennt keine Fußballer. Niemand versteht es. Jenny scheint das nichts auszumachen, doch Sophie rückt von ihr ab.

Was jedoch viel wichtiger ist: Lucy rutscht immer näher an mich heran. Ich rücke auf, weil ich denke, sie braucht mehr Platz, doch sofort spüre ich wieder ihr Bein an meinem.

Mit Blick auf die einhunderteins Katzenfotos flüstere ich ihr zu: »Verbringt ihr eure Abende immer damit, eure Katzen zu vergleichen? Ich fühle mich wie in einem Andrew-Lloyd-Webber-Musical.«

Lucy quietscht vor Lachen und fasst mich am Arm. So gut war der Witz nun wirklich nicht ...

Sie sagt etwas, das in der lauten Musik untergeht.

»Sorry, was hast du gesagt?«, frage ich und beuge mich zu ihr.

Sie kommt noch näher. Ihr Oberschenkel drückt sich fest an meinen. Doch ich höre immer noch nicht, was sie sagen will, denn in diesem Moment kommt *I Don't Feel Like Dancin'* von den Scissor Sisters, und sie schreit: »O mein Gott, ich liebe dieses Lied!«

Die anderen Ls lachen, als sie meine Hand ergreift.

Auf der Tanzfläche wirft Lucy schwungvoll ihre Haare, wie es Leute tun, die flirten. Ihre Haut sieht sehr weich aus …

Hör auf, du Perversling, ermahne ich mein Gehirn, *behandle meine neuen Freundinnen nicht wie Sexobjekte.*

Ich halte meine Dance Moves rein platonisch. Lucy lacht und tanzt um mich herum.

Okay, ja, sie ist hübsch. Aber das heißt nur, dass ich ihr Komplimente machen oder neidisch auf sie sein sollte.

Ihre Arme schlingen sich um meine Schultern.

Okay, sie ist … sehr hübsch, und ihr Blick senkt sich auf meine Lippen, und sie streicht mir mit dem Daumen zärtlich über den Nacken …

Ich halte sie nicht davon ab.

Ungeölte Zahnräder rattern in meinem Kopf.

Lucy beugt sich vor, bis ihr Mund ganz nah an meinem ist und ich den süßen Cocktail in der Luft zwischen uns schmecken kann.

Dann zieht Sophie mich weg.

Was zum Teufel habe ich mir dabei gedacht? Die Realität stürzt auf mich ein, Schuldgefühle und Verwirrung durchfluten mich. Ich schnappe nach Luft.

Sophie redet wild gestikulierend auf mich ein und zieht mich raus in den Hof hinter dem Club. »Gigi – oder nennst du dich jetzt George? Was ist nur los mit dir?«

Ich schüttele hilflos den Kopf. Gott, mein Bauch tut weh. Er tut schon seit Wochen weh.

»Du weißt, du kannst mir alles sagen«, versichert sie und hebt sanft mein Gesicht an, doch ich kann sie nicht ansehen. Ich kann es nicht aussprechen, denn wenn ich es ausspreche, wird es real. Wie soll ich jemandem etwas sagen, was ich selbst kaum akzeptieren kann? Doch Sophie streichelt meine Wange und umarmt mich fest. Sie riecht nach Chanel N° 5 und sauren Gurken.

Wir waren immer füreinander da. Nach allem, was wir zusammen erlebt haben – stundenlange Telefonate, Abende auf dem Sofa und Pumpernickel-Gefälligkeiten, von der Zurückweisung ihrer Familie bis zu dem Sommer nach unserem Abschluss, als ich die Band verlassen habe –, kennt mich Sophie besser als irgendjemand sonst. Und sie hat die ganze Zeit versucht, mir etwas klarzumachen, aber ich wollte es nicht sehen ...

Die Welt dreht sich um uns herum, und ich flüstere in ihre Schulter: »Ich glaube, ich bin nicht hetero.«

Panik steigt in mir auf. Ich fühle mich, als hätte ich mich in der Öffentlichkeit entblößt. Doch Sophie streicht mir zärtlich über die Haare.

»Willkommen im Club«, flüstert sie zurück. »Ich bin stolz auf dich. Alles wird gut.«

Tiefe Erleichterung durchströmt mich. Jetzt, da ich es ausgesprochen habe, scheint es mir längst nicht mehr so kompliziert und geheim und schrecklich. Aber ...

»Das Problem ist«, fahre ich fort, »dass ich auch nicht lesbisch bin.«

Sophie lacht leise. »Du weißt, dass es auch andere Optionen gibt, oder?«

Ich löse mich von ihr. »Bisexualität? Ich dachte, das wäre nur eine ...« Ich will nicht »Phase« sagen, aber das ist definitiv das Wort, nach dem ich suche.

»Wow.« Sophie schnaubt. »Hier haben wir ein Einhorn, das mir erzählt, es gäbe keine Einhörner.«

Sie holt tief Luft. Ich kann sehen, wie sie in ihren *SophieSnob*-Bildungsmodus schaltet. »Bisexuelle Leute machen den größten

Anteil der LGBTQ+-Community aus«, erklärt sie. »Aber sie werden ständig übersehen und aus den Medien getilgt. Sie werden auf die eine oder andere Seite gepfercht, als ›unentschlossen‹ oder ›verwirrt‹ dargestellt ...«

»O Gott, aber ich bin unentschlossen und verwirrt! Und wenn ich jetzt sage, dass ich bisexuell bin, werden alle enttäuscht von mir sein, weil ich das Klischee bestätige.«

»Einzelne Menschen sollten niemals eine ganze Community repräsentieren müssen«, erwidert sie, aber ich suche weiter nach einer Ausstiegsklausel.

»Wenn ich wirklich ›bisexuell‹ bin, wie du behauptest, wieso stand ich dann bisher nie auf Frauen?«

Sophie zieht vielsagend die Augenbrauen hoch. »Machst du Witze? Du errötest jedes Mal, wenn dich eine heiße Frau anguckt.«

Ich erröte. »Aber das könnte doch auch Eif...«

»Und was ist mit deinen ganzen ›Girl Crushes‹, von denen du steif und fest behauptest, sie seien ganz anders als ›normale Schwärmereien‹?«

»Ja, aber ...«

»Und weißt du noch, in unserem ersten Jahr an der Uni, bevor du mit Douglas zusammengekommen bist, als ich dich gepumpernickelt habe, mit mir zu diesem LGBTQ+-Treffen zu kommen?«

Ich bin empört. »Du fängst doch wohl nicht schon wieder von Emilia ...«

»Du und Emilia habt intensiver geflirtet, als ich je zwei Leute habe flirten sehen«, unterbricht sie mich. »Ich musste euch förmlich auseinanderzerren, sonst wärt ihr auf der Stelle zusammengezogen. Ich habe noch nie ein besseres Beispiel für das U-Haul-Syndrom gesehen, das man Lesben nachsagt. Du weißt schon, dass wir superschnell mit unseren Partnerinnen zusammenziehen. »

»Emilia wusste, dass ich nicht lesbisch bin, also ...«

»Nein, wusste sie nicht«, widerspricht Sophie. »Wir waren bei einer queeren Veranstaltung, und du hast eine Lesbe angebaggert. So was kommt schon ziemlich queer rüber.«

Wenn man es so ausdrückt ...

»Mein Gaydar irrt sich nie«, fährt sie fort. »Und die Signale, die du sendest, waren schon immer ganz schön BiFi. Was denkst du, warum wir uns angefreundet haben? Ich stand auf dich.«

Schockiert ziehe ich ihr den Strohhalm aus dem Mund. »Du hast was?!«

»Ja«, sagt sie seelenruhig und holt sich ihren Strohhalm zurück.

Ich starre sie fassungslos an. »Du stehst doch nicht immer noch ...?«

Sie wirft den Kopf zurück und lacht länger, als es meinem Ego guttut. »O Gott, nein! Das war, bevor ich dich kennengelernt habe. Jetzt finde ich dich so sexy wie eine Nacktschnecke.«

»Halt die Klappe.«

»Halt du die Klappe.«

Wir knuffen uns liebevoll.

»Vielleicht«, gestehe ich schließlich ein, »gab es ein paar Hinweise ... dass ich ... da etwas verdränge ...«

»Süße, seit du mit Doug zusammen bist, hast du alles getan, was du konntest, um dich in diesem Schrank einzuschließen, wie du es mit allen Gefühlen tust, für die du dich schämst. Aber jetzt sind die Türen weit geöffnet, und Narnia ruft nach dir. Du musst dich so akzeptieren, wie du bist – alles an dir.«

Mir verschlägt es einen Moment die Sprache. »Hör zu, es ist toll, dass Aslan und Mr Tumnus mich treffen wollen, aber letztendlich spielt es doch keine Rolle, ob ich« – ich forme mit den Lippen lautlos das Wort »bi« – »bin, weil ich einen« – ich forme mit den Lippen lautlos das Wort »Freund« – »habe.«

Sophie führt mich zu einer Bank im Hof.

»Süße, alles ist gut. Kein Grund zur Eile. Du musst nichts bekannt geben oder irgendetwas tun, was du nicht tun willst. Jetzt hole ich uns erst mal ein Glas Wasser. Bleib einfach hier und – *knutsch mit niemandem rum.*«

Ich lächle noch, als mir jemand auf die Schulter tippt.

»Das ging schnell«, sage ich, doch es ist nicht Sophie. Es ist Kit.

Alles an mir wird zu Wackelpudding. Sie trägt ihre schwarze Lederjacke, ihre Haare sind feucht, und sie hat eine Zigarette hinter dem Ohr. »George, richtig?«

O mein Gott, sie hat sich meinen Namen gemerkt!

Kit setzt sich neben mich, und wir blicken einfach still vor uns hin, dann erinnern wir uns, dass Sophie bald zurückkommen wird, und fangen beide gleichzeitig an zu reden. Mit einem Lächeln sehen wir weg, dann begegnen sich unsere Blicke wieder.

»Ich habe deine Freundin gehört«, sagt Kit schließlich und zündet ihre Zigarette an.

»Wir sind nicht zusammen!«, platze ich heraus.

»Oh«, sagt sie, »warum darfst du dann mit niemandem rumknutschen?«

Sie dreht den Kopf weg und stößt den Rauch aus, so dass ich ihn nicht abbekomme.

»Ich ...«

Ihr Gesicht ist so nah, dass ich ihren verschmierten Eyeliner sehen kann – Spuren vergangener Nächte gleich den Ringen eines Baumstamms. Von hier kann ich erkennen, dass ihre Augen nicht schwarz, sondern mahagonibraun sind, und in ihren Tiefen flackert Gold. Ihre Pupillen sind wie ein Abgrund, der direkt in mich hineinstarrt. Ich muss an Raubvögel denken, deren scharfe Augen direkt in die Kamera blicken. Und ich bin ihre Beute. Auf eine gute Art?

Sie blinzelt. Mist, ich habe vergessen zu antworten.

»Sophie hat nur Witze gemacht.«

Kit klopft die Asche von ihrer Zigarette und wendet sich wieder mir zu, den Kopf leicht geneigt.

Okay, okay, vielleicht sollte ich mir eingestehen, dass ich bi bin. Vielleicht bin ich bi und stehe auf Kit. Vielleicht bin ich bi und stehe auf Kit, und sonst ergibt nichts in meinem Leben noch Sinn, aber ich würde sie wirklich gern küssen, und wenn ich mich einfach ein Stück vorbeuge ...

»Kit!«

Sophie hält zwei Plastikbecher Wasser in den Händen. Allein der Anblick lässt mich so nüchtern werden, dass ich ein schlechtes Gewissen bekomme.

»Hi«, sagt Kit freundlich, aber ich habe das Gefühl, dass sie keine Ahnung hat, wer Sophie ist.

»Das mit Marsha und dir tut mir so leid«, lügt Sophie.

Kit wirft mir einen schockierten Blick zu. Ich schüttele hastig den Kopf.

»Ich bin ihr zufällig begegnet, und sie hat mir davon erzählt«, fährt Sophie fort. »Aber ich habe es nicht weitererzählt. Bei mir ist dein Geheimnis sicher.«

Noch eine dreiste Lüge. Kit nimmt einen tiefen Zug.

»Was wird jetzt aus Phase?«

»Keine Ahnung«, sagt sie und lässt ihre Zigarette fallen, obwohl noch die Hälfte übrig ist. »Wir sehen uns.«

Als sie davonschlendert, sehen ihr alle im Hof nach, und

einige Leute werfen ihre halb gerauchten Zigaretten weg, um ihr zu folgen.

»Ich hab dich nur einen Moment allein gelassen!«, echauffiert sich Sophie. »Warum ist Kit zu dir rübergekommen?«

Jetzt, da Kits Geheimnis gelüftet ist, könnte ich ihr wohl von unserer ersten Begegnung erzählen. Doch aus irgendeinem Grund zucke ich die Achseln und antworte: »Sie hat gefragt, ob ich ein Feuerzeug habe.«

Wir starren beide zu der Tür, durch die Kit verschwunden ist.

Kapitel 8

Als ich aufwache, ist mir so speiübel, dass ich glaube, sterben zu müssen. Bis ich einen Blick auf mein Handy werfe. Etwa hundert Nachrichten von Sophie:

hey baby bi!
bin immer für dich da wenn du jmd zum reden brauchst
hab dich lieb
willst du dieses we wieder mitkommen?
nur was trinken lol
ach ja lucy hätte gern deine nummer
soll ich sie ihr geben?
lol nur ein witz
es sei denn ...?
hast du's doug schon gesagt?

Mein grässlicher Kater mischt sich mit grässlichen Schuldgefühlen.

Was zum Teufel ist nur los mit mir? Seit ich mit Doug zusammen bin, habe ich kaum einen anderen Mann auch nur angesehen. Doch wann immer Kit in der Nähe ist, machen meine Lippen automatisch einen Kussmund.

Es wäre etwas anderes, wenn ich richtig lesbisch wäre. Wenn meine gesamte Beziehung mit Doug eine Lüge gewesen wäre und ich mich mein ganzes Leben gezwungen hätte, jemand anderes zu sein, hätte ich jetzt diesen Moment der Erleuchtung, würde mich triumphierend outen und alle, die damit ein Problem haben, zur Hölle jagen. Ich würde mit dem ganzen lesbischen Zirkus durchbrennen, genau wie Sophie.

Aber ich bin nicht lesbisch. Ich habe einen Freund – praktisch einen Verlobten –, den ich liebe und der mich liebt. Was hätte es für einen Sinn, mich zu outen? Damit würde ich nur alles verkomplizieren. Ihn beunruhigen, meine Mum beunruhigen, alle beunruhigen. Aber wofür?

Ich sage nicht, dass Bisexualität für alle nur eine Phase ist, aber für mich ist sie es definitiv. Der ganz normale Hochzeitsbammel.

Ich will, dass alles so bleibt, wie es ist. Also kann ich mich nicht outen. Wenn ich einfach weitermache wie bisher, wird es schon weggehen.

Ich schreibe Sophie zurück.

Nein. Nein. Nein. Und nein.

Dann schalte ich mein Handy aus.

Wie jeden Sonntag wecke ich Doug mit einem üppigen Frühstück im Bett. Wir machen einen schönen Spaziergang und essen leckere Sandwiches zu Mittag. Na ja, ehrlich gesagt habe ich die Sandwiches versaut, indem ich in meiner geistigen Umnachtung den Belag verwechselt habe, aber darüber lachen wir nur.

Seit wann führe ich ein Leben, in dem der falsche Belag das Highlight meines Tages ist?

»Gina ...«, sagt Doug und legt sein Sandwich mit Käse und Erdnussbutter weg. »Ist irgendwas?«

Als ich ihn ansehe, wird mir klar, dass ich ihn seit einer Ewigkeit nicht mehr richtig angesehen habe.

Das Sonnenlicht scheint durchs Fenster herein, spiegelt sich in seiner Brille, in seinen freundlichen Augen und den goldblonden Sprenkeln in seinem Bart. Plötzlich sehe ich ihn wieder als echten Menschen mit seinen eigenen komplizierten Gedanken. Früher wusste ich genau, was in diesem Kopf vor sich geht. Seit sieben Jahren ist er mein wundervoller Freund, und zum Dank verhalte ich mich total daneben. *Schäm dich, schäm dich, schäm dich.* Vielleicht sollte ich einfach ehrlich zu ihm sein.

»Sorry, Doug, ich bin mit den Gedanken woanders«, erkläre ich und lege mein Sandwich mit Gurken und Marmelade weg.

Er nimmt meine Hand und streicht zärtlich darüber. »Wie kann ich helfen?«

Er hätte kein Problem damit. Bestimmt nicht.

»Ich bin ...«

Aber würde es nicht die ganze emotionale Dynamik zwischen uns ändern, wenn ich es ihm sage? Wenn ich mich ihm gegenüber oute, sage ich ihm doch damit auch, dass ich auf andere Leute als ihn stehe. Es würde die Vermutung nahelegen, dass ich jemanden kennengelernt habe, auf den ich so sehr stehe, dass ich das Bedürfnis habe, es ihm zu sagen. Und es suggeriert, dass es eine andere Welt für mich gibt – eine Welt der Butches und Femmes und Horoskope und Katzen –, die nicht die seine ist. Paare sollten alles miteinander teilen, aber er kann definitiv nicht Teil der queeren Szene sein.

Unwillkürlich muss ich daran denken, wie es sich für mich anfühlt, nicht mehr Teil seiner Band zu sein. Ich will nicht, dass er sich meinetwegen so fühlt.

»Ich glaube, ich bin nur ein bisschen müde«, sage ich.

Ich weiß, ich schulde ihm die Wahrheit. Aber wie kann ich alles, was wir aneinander haben, für eine Hypothese aufs Spiel setzen? *»Übrigens, wenn wir nicht zusammen wären, würde ich vielleicht was mit einer Frau anfangen.«* Das ist es nicht wert.

Stattdessen sage ich etwas anderes, das sich wahr anfühlt:

»Ich weiß im Moment nicht, wer ich bin. Aber wer es auch ist, ich glaube, ich mag die Person nicht besonders.«

Dougs Gesicht verzieht sich mitfühlend. Jetzt komme ich mir noch hundertmal mieser vor.

»Nein, nein, schon okay, tut mir leid, ich bin nur ... Fragst du dich je, ob du in einem Paralleluniversum glücklicher wärst? Stellst du dir je vor, jemand anderes zu sein, der all die Sachen macht, die du immer machen wolltest?«

»Was für Sachen?«

»Oh, ich weiß auch nicht. Etwas für mich selbst?«

Er wollte gerade wieder nach meiner Hand fassen, jetzt aber zögert er. Hastig fahre ich fort: »Nicht, dass ich dich und die Sachen, die wir machen, nicht liebe. Du weißt, wie sehr ich unseren Kalender liebe – wie sehr ich unseren Kalender brauche. Es ist nur, in letzter Zeit ...«

Ich will ihn nicht verletzen, indem ich mich ungeschickt ausdrücke. Dieser Mann lebt seit sieben Jahren mit mir zusammen. Als ich in Depressionen versunken bin, hat er mir geholfen, wieder auf eigenen Füßen zu stehen. Wie soll ich ihm meine Sorge erklären, dass ich womöglich gar nicht wirklich auf eigenen Füßen stand, sondern auf seinen, und ich jetzt, da ich vielleicht stark genug bin, ein eigenes Leben zu führen, nicht weiß, was ich mit seinen Schuhen anfangen soll?

Das alles klingt so egoistisch, so unromantisch, so kalt. Und ich bin mir nicht sicher, ob dieses merkwürdige Bild überhaupt Sinn ergibt.

Also sage ich stattdessen: »Mein Leben fühlt sich nicht erfüllt an.«

»Hast du mal versucht, wieder Klavier zu spielen?«, fragt Doug und bietet mir einen Hobnob an. »Oder Songs zu schreiben? Nur für dich selbst?«

Ich ziehe meine Hand weg, um mir die Augen trocken zu wischen.

»Wovor hast du solche Angst?«, fragt er sanft.

Er versteht es einfach nicht. Es gibt zu viel, wovor man Angst haben kann: Dass mir bewusst wird, wie sehr mir das Klavierspielen gefehlt hat, dass ich feststelle, wie schlecht ich geworden bin. Dass es Erinnerungen an meinen Dad wachruft ...

Doch ich zucke nur die Achseln.

»Was würdest du zu deinen Schülern sagen?«, fragt Doug.

»Klebt kein Kaugummi unter den Klavierdeckel.«

Er lacht – ein richtiges Bellen, durch das ich mich immer besser fühle.

»Was hätte dein Dad zu dir gesagt? Wenn du seine Schülerin wärst und Angst hättest, für dich selbst Klavier zu spielen?«

Darauf habe ich keine Antwort.

Doug küsst mich zärtlich auf die Stirn. »Ich bin für dich da, Gina, das weißt du. Was du auch brauchst, ich bin dein Mann.«

Ich denke an die Dinge, die mir für gewöhnlich helfen, wenn ich traurig bin. Routine. Eine vertraute Umgebung. Ablenkung.

»Bestimmt fühle ich mich besser, wenn ich heute Abend zu eurem Bronze-Age-Konzert mitkomme.«

Der Geruch von Craft-Bier, witzelnde Männerstimmen, die Farbe Braun. Wir sitzen an unserem üblichen Tisch im Dane's.

»Also, Gina, wie läuft's mit der Arbeit?«, fragt Jasper.

»Herrgott nochmal!«, ruft Mickey aus. »Im Pub wird nicht über die Arbeit geredet. Was ist der neueste Gossip?«

Ganz ehrlich, was diesen Abend angeht, hätte ich auch einfach Copy & Paste machen können – der einzige Unterschied ist, dass sie *Shy Guy* heute zuerst, zuletzt und als Zugabe spielen.

Ich versuche, den Familiar-Stempel von meinem Handrücken wegzurubbeln.

Nach dem Konzert sitze ich auf meinem dazugeholten Stuhl am Bronze-Age-Tisch und sehe ihnen beim Abbauen zu.

Doug kommt als Erster zurück, wie elektrisiert; seine Aufregung nach jedem Gig zeigt sich in öffentlichen Zuneigungsbekundungen. Seine Hand umfasst meine Taille und wandert immer tiefer. Ich versuche, durch meinen Hintern Signale an seine Hand zu senden, sich fernzuhalten. Doch es klappt nicht.

»Poppy, dein Solo in *One Shot* war großartig«, sage ich.

»Es war wie immer«, erwidert sie und beobachtet Dougs Hand.

Meine Wangen laufen hochrot an. Jasper besorgt die Drinks und ruft Mickey, der einer langbeinigen Blondine zum Abschied noch etwas ins Ohr flüstert.

Als er zu uns herüberschlendert, sagt Poppy: »Ich spiele *One Shot* nicht mehr, wenn wir nicht eine Menge daran ändern.«

»Ich schreibe den Text um«, sagt Mickey leichthin.

»Das reicht nicht.« Sie wendet sich an mich. »Gina, was meinst du?«

Vor Schreck verschlucke ich mich an meinem Gin Tonic. Ich finde, sie sollten einen anderen Akkord, eine Gegenharmonie und mindestens eine Bridge einfügen, aber ich hatte nicht vor, ihnen das zu sagen. Wer interessiert sich schon für die Meinung einer Klavierlehrerin?

Doch sie starren mich alle erwartungsvoll an.

»Ähm, ich weiß auch nicht. Ihr könntet …«

»Wie wär's mit einer Bridge?«, schlägt Doug vor.

»Das ist eine tolle Idee, Kumpel«, sagt Mickey. »Fügen wir eine neue Bridge ein.«

Doug drückt mein Knie unter dem Tisch.

»Aber *Shy Guy* war der Hammer, oder?«, fragt Mickey.

»*Shy Guy* ist immer der Hammer«, erwidert Jasper grinsend.

Poppy wirkt alles andere als begeistert. »Leute, wir hätten keine Zugabe spielen sollen! Was ist aus unserer Grundregel geworden, aufzuhören, solange die Leute noch heiß auf mehr sind?«

Ich nicke zustimmend, doch da begegne ich Mickeys Blick. Scham durchflutet mich. Bestimmt hält er mich für einen größenwahnsinnigen Groupie. Ich sollte nicht vergessen, dass ich keine Musikerin mehr bin. Früher war ich eine von ihnen, jetzt nicht mehr.

Ich brauche noch einen Drink. Anzubieten, eine Runde auszugeben, wäre sinnlos, also gehe ich einfach. Wahrscheinlich bemerken sie meine Abwesenheit gar nicht. Während ich versuche, Big Jeff, den Barkeeper, auf mich aufmerksam zu machen, wünsche ich mir, er würde mehr aussehen wie Cara Delevingne ...

»Immer läufst du weg, ohne dich zu verabschieden«, erklingt hinter mir eine Stimme in starkem nordirischem Dialekt.

Poppys Haare riechen nach Kokos-Shampoo, und ich stelle mir unwillkürlich vor, wie sie es unter der Dusche aufträgt. Verdammt, ich muss mal wieder runterkommen.

»Was darf ich dir holen?«, fragt sie grinsend. »Rum?«

»Oh«, murmele ich verlegen, »nein, danke, nur ein Bier bitte.«

Sie wirkt ein bisschen enttäuscht, doch dann macht sie den Barkeeper mühelos auf sich aufmerksam und rattert ihre Bestellung herunter.

»Das geht auf mich«, sage ich schnell.

Doch sie schlägt das Angebot aus. »Schreib es bitte auf die Bronze-Age-Rechnung, Jeff. Oh, und wenn Mickey noch mehr Absinth will, gib ihm keinen, ja?«

»Jawohl, Ma'am«, sagt er und zwinkert ihr zu.

Warum wirken sich die Interaktionen meiner Freundinnen mit Kneipenpersonal immer so negativ auf mein Selbstbewusstsein aus? Doch Poppy ist bestimmt nicht ohne Grund herübergekommen. Plötzlich bereue ich es, ihr Angebot, mir einen Rum zu spendieren, abgelehnt zu haben, aber es überrascht mich immer, wenn sie sich an solche Sachen erinnert. Heute wissen wir kaum noch etwas übereinander. An der Uni kannten wir unsere Stundenpläne gegenseitig auswendig, so dass wir vor den Vorlesungen Proben, Drinks und Katerkaffee einplanen konnten. Und trotzdem ist das schon jetzt das längste Gespräch, was wir seit Jahren geführt haben. Ich frage mich, ob wir je wieder engeren Kontakt haben werden. Vielleicht könnte ich ...

»Also«, sage ich und versuche, mich lässig an den Tresen zu lehnen, »ähm ... wie geht's dir?«

Sie wirft mir einen Seitenblick zu. »Ziemlich mies, um ehrlich zu sein.«

Mein Ellbogen rutscht ab.

Sie knibbelt nervös am Etikett ihrer Bierflasche herum. »Hat Doug dir nichts davon erzählt?« Mit dankbarem Blick sieht sie zu unserem Tisch. »Nein, er denkt bestimmt, das sei meine Sache. Ach, ich weiß auch nicht, Gina, ich finde einfach, dass es bei Bronze Age gerade nicht so toll läuft, und die Band ist alles, was ich habe. Ich hab mir immer vorgestellt, dass ich an diesem Punkt schon mehr mit meinem Leben anzufangen wüsste.«

»Aber es läuft doch super«, sage ich überrascht. »Euch wurde gerade ein neuer regelmäßiger Gig angeboten.«

»Aber wir entwickeln uns nicht weiter«, erwidert sie. »Wir spielen immer nur *Shy Guy*. Ich hätte nicht gedacht, dass unsere Kreativität mit dem ersten Song, den wir rausgebracht haben, endet.«

Ich versuche, nicht merklich zusammenzuzucken. Es war nur wenige Tage nach meinem Ausstieg aus der Band, dass sie ihren großen Hit aufgenommen haben. Und sie haben mir nichts davon gesagt. Es war auf der Beerdigung meines Vaters, dass ich den Song auf einmal auf dem Smartphone eines Fremden hörte. Auf diesem Weg erfuhr ich, dass jemand anderes meinen Keyboard-Part übernommen hatte.

»Wir spielen dieses Lied schon so lange«, seufzt Poppy, »immer und immer wieder. Wir haben nichts anderes, das uns auszeichnet.«

»In keiner anderen Band spielen nur Rothaarige«, sage ich.

Sie verzieht das Gesicht. »Ich hasse es, wie besessen Mickey von dieser Rothaarigengeschichte ist. Warum kann es nicht einfach nur um die Musik gehen?«

Ich zucke mitfühlend die Achseln, obwohl ich annehme, dass das eine rhetorische Frage war.

Als wir wieder zu den anderen rübergehen, hat Mickey inzwischen Tequila aufgetrieben. »Mit diesem Schnurrbart siehst du so schwul aus«, sagt er grinsend zu seinem Bruder.

Jasper verdreht die Augen, lacht aber. »Ich fühle mich wohl in meiner Männlichkeit, du Arsch.«

»Klar, und ich wette, du fühlst dich auch wohl, wenn du bis zu den Eiern in Männlichkeit steckst, wenn du verstehst, was ich ...«

Die beiden raufen und nehmen einander in den Schwitzkasten. Ich weiß, ich sollte was sagen, aber ...

»Hör auf, Schwuchtel.«

»Hör du doch auf, du Tunte.«

Dougs Stimme übertönt ihr Gezänk. »Lasst den Scheiß, Jungs.«

Sie erstarren mitten in einer Masturbationsgebärde. »Doug, war doch nur ...«

»Nein, Mann, es ist nicht okay, solches Zeug zu reden, wenn ihr beide so hetero seid, wie man nur sein kann. So was habt ihr nicht nötig.«

»Bist du schwul, Doug?«, lallt Mickey – offenbar denkt er noch immer, das alles wäre nur ein Witz. »Also Gina, bist du jetzt Single? Willst du mal richtig gefickt werden?«

Ich will gerade etwas sagen, obwohl ich nicht weiß, was, als Poppy aufsteht. »Entschuldige dich bei den beiden, sonst bin ich in dieser Sekunde raus.«

Was zur Hölle ist hier los?

Mickey ist so besoffen, dass er kaum aufrecht sitzen kann und sich Bier auf sein Konzert-T-Shirt geschüttet hat. Als ihm klar wird, dass er einen Fehler gemacht hat, steigen ihm Tränen in die Augen. Wahrscheinlich bestehen sie zu neunzig Prozent aus Alkohol.

»Tumirechleid«, murmelt er.

Doug nickt und fasst Mickey an der Schulter.

Danach verabschieden wir uns schnell. Ich versuche, Poppy und Jasper zum Abschied zuzunicken, doch sie sind zu beschäftigt damit, Mickey aufzurichten.

Auf der Heimfahrt halten Doug und ich schweigend Händchen.

»Das kam unerwartet«, sage ich schließlich.

»Ja, ich mache mir Sorgen um ihn. Ich weiß, er meint es nicht so, aber dieser Scheiß ist nicht cool. Man sollte keine homophoben Witze machen, vor allem nicht, wenn ...«

Er sieht mich verlegen an.

»Vor allem nicht, wenn – was?«

»Na ja ...«, sagt er, »vor allem nicht, wenn Freunde von ihm vielleicht, du weißt schon, Probleme damit haben, sich zu outen.«

Oh.

Die Tube rattert durch einen Tunnel. Die gleichgültigen Gesichter in einer anderen Bahn rauschen an uns vorbei.

Ich bin so ein Idiot. Die ganze Zeit habe ich mir solche Sorgen gemacht, wie Doug reagieren würde, wenn ich mich oute, dabei hätte ich wissen müssen, dass es genauso ist wie mit Sophie. Er weiß es schon.

Ich umfasse die Haltestange und atme tief durch.

»Wie lange weißt du es schon?«, frage ich schließlich.

»Ich habe schon länger einen Verdacht.«

Ich schlucke, nehme all meinen Mut zusammen und blicke zu ihm auf. Seine Augenwinkel kräuseln sich bei seinem wunderschönen Lächeln.

»Hat Sophie je mit dir darüber geredet?«, fragt er.

»Ähm, ja, neulich im Familiar ...«

»Ach. Ich hab mich immer gefragt, ob was mit Sophie laufen könnte.«

Ich lache laut. »Nein, Sophie ist nur eine Freundin.«

»Vielleicht ist sie nicht ihr Typ. Vielleicht ist sie bi, keine Ahnung. Aber jeder Typ im Dane's hat sie angemacht, und sie geht nie darauf ein. Also ist sie vielleicht, du weißt schon, total lesbisch.«

Einen Moment herrscht Schweigen. Ganz langsam setzen sich die Zahnräder in meinem Kopf in Bewegung.

»Oh. Du meinst Poppy.«

»Was denkst du, ist sie eine Lesbe?«

Mir bleibt die Luft weg. Ich kann nicht aufhören, den Kopf zu schütteln. »Ich ... Ja. Klar. Vielleicht.« Betreten starre ich auf das Muster der Bahnsitze. »Was hältst du davon? Dass Poppy lesbisch sein könnte. Oder bi. Rein hypothetisch.«

Doug macht ein nachdenkliches Gesicht und reibt am Rahmen seiner Brille.

»Das geht mich nichts an«, antwortet er achselzuckend.

Er wirkt ein bisschen verlegen, aber alles andere als homophob. Das ist doch ein gutes Zeichen. Jetzt wäre der perfekte Zeitpunkt, es ihm zu sagen. Ich könnte mich einfach ganz lässig hier und jetzt outen.

Jetzt.

Oder *jetzt*.

Nein, um uns herum sind zu viele komische, betrunkene Männer, womöglich reagieren sie merkwürdig, wenn ich sage, dass ich auf Frauen stehe.

Ich sage es ihm an der nächsten Station.

Okay, der Moment ist vorbei, aber auf dem Heimweg bringe ich es definitiv zur Sprache.

Wenn wir nach Hause kommen.

Doch als wir zu Hause sind, essen wir unsere nächtlichen Hobnobs, ziehen unsere Schlafanzüge mit zusammenpassenden Monogrammen an, legen uns auf unsere »His«- und »Hers«-Kissen und kuscheln. Und obwohl es noch hundert weitere Momente gibt, in denen ich es ihm sagen könnte, tue ich es nicht.

»Toller Gig heute, Schatz«, murmele ich stattdessen, als er mich in die Arme schließt.

Er küsst mich auf den Kopf und schmiegt sich an mich. Und ich denke: Mit ihm im Bett zu liegen fühlt sich so gut an – vielleicht bin ich ja doch hetero. Was könnte sich besser anfühlen als das hier?

Kapitel 9

Als meine Eltern vor dreißig Jahren geheiratet haben, zogen sie in ein Cottage in Greengables. Dad scherzte immer, dass sich so der Postbote gut merken könne, wo die Familie Green wohne. Und schon bevor ich zur Welt kam, hatten sie einen Wursthund. Meine Mum, die Dackel über alles liebt, gibt stets Laute des Missfallens von sich, wenn sie andere Leute mit Wursthunden sieht, als hätte sie die Rasse eigenhändig erfunden und patentiert.

Dad war einer dieser Menschen, die Wortwitze wirklich lustig finden, weshalb er ihnen immer irgendwelche schrecklichen Wurstnamen verpasste.

Der erste hieß Porky, und er machte seinem Namen alle Ehre, so fett wie er war. Als Porky in die große Hundehütte im Himmel einzog, füllten meine Eltern das wurstförmige Loch in ihrem Leben mit einem weiteren Langhaardackel. Mum weigerte sich, den Namen Mustard, Senf, zu akzeptieren (»Was wäre sein Spitzname? Tardy?«), also nannte Dad ihn Ketchup. Dummerweise war die Kurzform von Ketchup noch schlimmer. Wenn Mum ihn nicht finden konnte, rannte sie im Park herum und schrie: »Hat jemand Ket gesehen?!«, worauf bald alle im Dorf dachten, sie wäre auf der Suche nach Ketamin und drogenabhängig.

Mit Ketchup machte ich meine erste Erfahrung mit dem Tod. An meinem vierzehnten Geburtstag pustete ich die Kerzen aus und gab Ketchup heimlich ein Stück Kuchen zu fressen. Eine

Woche später musste er eingeschläfert werden. Als ich heulend vor dem rechteckigen Loch im Garten stand, versuchten mich meine Eltern zu trösten, indem sie mir erzählten, er sei schon lange krank gewesen. Aber ich mache bis heute mich und die Gabelladung verbotener Kuchenglasur für seinen Tod verantwortlich.

Als Ketchup starb (beziehungsweise von mir ermordet wurde), trauerten wir monatelang. Doch schon bald – vielleicht, weil meine Eltern nicht wollten, dass ich jedes Mal, wenn ich Kuchen sah, in Tränen ausbrach – besuchte uns der Wursthund-Storch ein weiteres Mal und brachte uns einen glatten schwarzbraunen Dackelwelpen.

Diesmal setzte Dad seine gesamte Kreativität ein. Von Hotdogs inspiriert, gab er ihm den Namen In-A-Bun, im Brötchen. Mum und ich nannten ihn Bunny. Damals jagte Bunny liebend gern seinen Namensvettern nach, doch heute, an seinem Lebensabend, frisst er einfach die Brötchen-Variante.

Schon seit Tagen redet Doug nur noch darüber, wie sehr er sich freut, Bunny wiederzusehen, wahrscheinlich, um mich von meinen düsteren Gedanken an zu Hause abzulenken. Doch als wir an der St-Pancras-Station in unseren üblichen Zug steigen, ist mir übel. Diesmal habe ich nicht nur Angst, nach Hause zu kommen, all die Dinge zu sehen, die mich an Dad erinnern, und unweigerlich von Trauer und Schuldgefühlen überwältigt zu werden. Was schon schlimm genug wäre. Doch da ist auch noch die ganze Wird-Doug-meine-Mutter-um-Erlaubnis-bitten-mich-zu-heiraten?-Sache. Und er hat ihr einen verdächtig großen Blumenstrauß gekauft.

Auf der Fahrt sehe ich wohl aus, als müsste ich mich übergeben, denn Doug beugt sich über den Tisch und nimmt meine Hand.

»Das wird schon«, sagt er und streichelt meine Finger. Bilde ich mir das nur ein, oder verweilt er verdächtig lange beim vierten Finger meiner linken Hand?

Ich ziehe die Hand schnell weg. Noch gehört sie dir nicht, Kumpel.

Doch er lächelt mich immer noch mitfühlend an, und sein Blick quillt über vor Liebe. Wortlos holt er seine Kopfhörer heraus, reicht mir den einen Ohrstöpsel und spielt *Wouldn't It Be Nice* von den Beach Boys.

Ja, ich weiß, wie klischeehaft das klingt, aber das ist unser Lied. Eines unserer Lieder. Wenn wir in unserer Studienzeit vor den Prüfungen nervös waren, hörten wir immer dieses Lied und stellten uns vor, wie schön es sein würde, wenn wir uns um so etwas keine Sorgen mehr machen müssten.

Doug lehnt den Kopf ans Fenster und schließt die Augen, und ich beobachte ihn eine Weile (was nicht creepy ist, wenn man sich liebt). Gott, er ist so wundervoll. Und ich will ihn auf keinen Fall verletzen. Was, wenn er mir einen Antrag macht und ich sage: »Nein, sosehr ich unsere Routine auch liebe, ich kann nicht aufhören, daran zu denken, wie es wäre, mit Mädchen herumzuknutschen.«?

Wenn alles gleich bleibt, werden auch wir glücklich bleiben. Ganz bestimmt. Wie kann ich ihn also davon abhalten, mir einen Antrag zu machen?

Mal überlegen ... Doug ist in manchen Dingen wirklich konservativ. Wenn er Mums Erlaubnis nicht bekommt, wird er es nicht tun und das Ganze verzögert sich mindestens bis zu unserem nächsten Besuch. Und ich könnte dafür sorgen, dass es dazu nie kommt. Also muss ich ihn nur davon abhalten, allein mit meiner Mum zu reden.

Das Lied endet, und ich öffne die Augen, schon deutlich optimistischer, jetzt, da ich einen Plan habe. Doug sieht mich an, als wolle er mich heiraten.

Nicht heute, mein Lieber.

Mum hupt uns vom Auto aus zu. Als wir näher kommen, erfasst mich heftige Nervosität.

»Hallo, hallo!«

Während ich zusehe, wie sie aussteigt und die hintere Tür für Bunny aufmacht, kommt mir der Gedanke, dass Mum selbst ein bisschen an einen Wursthund erinnert. Überraschend groß und geschmeidig, mit kurzen Stummelbeinen. (Sie darf nicht wissen, dass ich das gedacht habe.) Sie ist ein ebenso würdevoller wie verspielter Mensch und tut alles in ihrem eigenen Tempo; sie hat ihre Gewohnheiten und Gelüste – und mag keine Veränderungen.

Um ehrlich zu sein, sieht sie mir alarmierend ähnlich. Wir haben dieselben scheuen braunen Augen und dieselbe Frisur. Als ich klein war, hat sie sich und mir die Haare immer über der Badewanne auf Schulterlänge geschnitten, und auch wenn ihre inzwischen größtenteils grau sind, sind wir beide nie von diesem Look abgewichen (ob man eine gerade Linie als »Look« bezeichnen kann?). Aber wir haben unterschiedliche Ohren. Ich habe die großen Ohren meines Dads geerbt.

Doug schließt sie in die Arme. Sein Mund ist nahe an ihrem Ohr. Verdammt, er könnte ihr schon in diesem Moment geheime Botschaften zuflüstern …

»Hey, jetzt bin ich dran!«

Etwas zu rabiat zerre ich die beiden auseinander und umarme Mum. Sie scheint sich über die unnötigen Handgreiflichkeiten zu freuen.

»O Ginny«, sagt sie und hält mich ein Stück von sich weg.

»Warum trägst du diese männlichen Hosen? In Kleidern siehst du so viel besser aus.«

Mum trägt ein blaues Kleid mit Blumenmuster, das älter ist als ich – ich kenne es von ihren Schwangerschaftsfotos. Wut steigt in mir auf, und ich will gerade zurückmotzen, als Doug den Blumenstrauß aus der Geschenketüte zu seinen Füßen holt.

»Die sind wunderschön!«, ruft Mum. »Was ist der Anlass?«

»Nichts«, sage ich fröhlich, bevor Doug antworten kann.

»Es freut mich nur, dich zu sehen, Maggie«, fügt er hinzu. »Man sollte auch die kleinen Dinge feiern.« Schleimer.

Mum kichert. Ich werfe ihm einen bösen Blick zu.

»Bunny freut sich auch, euch beide zu sehen.«

Wie aufs Stichwort bellt er laut. Ich kraule ihm durchs Fenster die Ohren. Er ist der Einzige hier, dem ich vertraue.

Mit großer Geste zieht Doug Luxus-Leckerlis aus seiner Geschenketüte und raschelt damit. Plötzlich bin ich Bunny völlig egal. Er schlabbert Dougs Hand ab und windet sich vor Begierde. O Judas, so betrügst du mich also?

Ich muss mich mehr ins Zeug legen.

Ich hätte genau voraussagen können, über welche Themen wir unterwegs zum Cottage reden, und wenn ich nicht mit meinem dringlicheren Antragsproblem beschäftigt wäre, hätte mir vor jedem einzelnen gegraut.

Zuerst fragt Mum immer Doug, wie es mit Bronze Age läuft, um mir dann zu sagen, wie talentiert und wundervoll sie doch seien. Dann redet sie auf mich ein, dass ich doch wieder mit dem Songwriting anfangen solle. Dabei vermeidet sie geflissentlich den Grund, warum ich aufgehört habe, und alles, was mit jenem Sommer nach unseren Abschlussprüfungen zu tun hat.

Genau diese Fahrt vom Bahnhof zum Haus meiner Eltern habe ich unzählige Male mit Dad am Steuer gemacht. Er hörte immer viel zu laut klassische Musik und winkte nur fröhlich, wenn ein anderer Autofahrer über irgendwas in Rage geriet. Der Gedanke bringt mich erst zum Lächeln, dann wird mir schlecht.

»Gleich um die Ecke …«, sagt Mum, und ich beende den Satz in Gedanken mit ihr: »… blühen die Osterglocken!«

Fairerweise muss man sagen, dass unser Dorf im Frühling am schönsten ist, wenn die ersten Blumen aus frisch gemähten Vorgärten sprießen. Osterglocken, Gänseblümchen und Löwenzahn säumen die Ufer zwischen dem Metzger, der Kirche und drei Pubs.

»Maggie, sieh nur«, sagt Doug in herzlichem Ton, »die Osterglocken! Wie hübsche gelbe Trompeten.«

»Ja, hübsche gelbe Trompeten, die sich im Wind wiegen.«

Verträumt lächelnd blicken sie aus dem Fenster und wiegen die Köpfe.

»Tröt tröt tröt«, singt meine Mutter.

»Tröt tröt tröt«, singt mein Freund.

»Wuff wuff wuff«, singt mein Hund.

»Ich muss hier raus!«, kreische ich.

Das Auto wird langsamer, und ich stolpere hastig hinaus. Wir haben mitten auf einer Landstraße angehalten, und ich renne zum erstbesten Baum und lehne die Stirn gegen die kühle Rinde. Doug und Mum folgen mir sichtlich besorgt.

»Ich brauche nur ein bisschen frische Luft«, rufe ich und bedeute ihnen mit einem Winken, nicht näher zu kommen.

Sie bleiben beim Auto stehen und tuscheln leise. Verdammt, ich sollte sie doch nicht allein lassen.

»Ach nein, komm her!«, rufe ich.

Sie kommen beide auf mich zu.

»Nur einer von euch!«

O Mann, was ist das hier, irgendein Tanzspiel?

An dem Blick, den sie austauschen, kann ich erkennen, dass sie abwägen, wer von ihnen besser geeignet ist, meine Haare hochzuhalten, während ich mich übergebe.

»Nur Mum«, rufe ich und komme mir gemein vor.

Doug wirkt ein bisschen enttäuscht, aber er ist selbst schuld, wenn er den Rest seines Lebens mit mir verbringen will.

Mum reibt mir beruhigend über den Rücken. Ich vertiefe mich in die Spalten der Baumrinde.

»Was ist los, Ginny? Mein kleines Mädchen ...«

Mist. Wahrscheinlich denkt sie jetzt, ich wäre schwanger. Das einzige Problem, das ich *nicht* habe. Ich darf nicht zulassen, dass sie ganz aufgeregt wird, weil sie denkt, sie werde Großmutter. Vielleicht sollte ich einfach reinen Tisch machen und ihr sagen, warum mir schlecht ist. Aber warum ist mir schlecht? Liegt es an der Angst, mich zu outen, der Verwirrung, die Dougs möglicher Antrag in mir auslöst, oder dem flauen Gefühl, das mich schon allein bei der Vorstellung überkommt, Dads Sachen zu sehen?

Ein Auto hupt, das auf der Straße hinter unserem feststeckt.

»Ich muss den Weg frei machen, Ginny, aber ich bin gleich zurück, ja?«

Ich bleibe zusammengekauert auf dem Boden hocken. Mum läuft zurück, doch da fällt mir auf, dass Doug sich wieder ins Auto gesetzt hat. Mist.

Ohne auf ihre Proteste zu achten, renne ich an Mum vorbei und steige ein.

»Ehrlich«, keuche ich, »mir geht's gut. Fahren wir einfach nach Hause.«

Schließlich halten wir vor unserem Cottage. Unserem Zuhause. Die nicht zusammenpassenden Blumen und der dreckige Gartenschuppen; die knallgrüne Tür, von der Dad ebenfalls dachte, sie werde dem Postboten helfen, die Greens zu finden. Die Farbe blättert ab.

Ich versuche, die Landluft tief einzuatmen, hyperventiliere jedoch. Doug drückt meinen Arm, bis ich mich beruhige.

»Ich gehe schnell für kleine Mädchen«, verkündet Mum in bemüht heiterem Ton.

»Ich auch«, sagt Doug. »Für kleine Jungs.«

»Ich komme mit!«, platze ich heraus.

Sie sehen mich beide verwundert an, dann wechseln sie einen besorgten Blick.

»Ich meine, äh, ich gehe nach euch.«

Die Toiletten befinden sich an entgegengesetzten Enden des Hauses. Ich lausche an Dougs Tür, um sicherzustellen, dass sie nicht durch die Rohre kommunizieren.

An der Wand vor mir hängt das Familienfoto, das aufgenommen wurde, als ich ungefähr sechzehn war. Einer von Dads früheren Schülern war Porträtfotograf und bot ihm an, gratis Fotos zu machen. Ich weiß noch, dass Mum die Entscheidung, welches ihrer Accessoires für die Ewigkeit festgehalten werden sollte, so nervös machte, dass Dad eine Blume aus dem Garten pflückte und sie ihr hinters Ohr steckte. Auf dem Foto sitzt sie links von mir auf dem Sofa im Wohnzimmer, und ihre Wangen sind noch vor Freude gerötet. Ich bin in der Mitte in einem übergroßen T-Shirt mit Sternen darauf, die Arme unsicher vor der Brust verschränkt. Und rechts von mir sitzt Dad mit seiner Klavierkrawatte, die ich immer so peinlich fand. Er legt voller Stolz den Arm um uns beide. Bunny liegt ausgestreckt auf unseren Schößen, und wir grinsen in die Kamera.

Nun sitzen Mum und ich auf demselben Sofa und trinken schweigend unseren Tee, ohne den Platz zu unserer Rechten anzusehen. Doch Mum ist immer auf dem Sprung. Sie hat kaum probiert, da steht sie schon wieder auf. »Fühlt euch wie zu Hause. Bunny und ich gießen schnell die Pflanzen.«

»Ich komme mit«, sagt Doug.

»Ich auch«, seufze ich und werfe einen sehnsüchtigen Blick auf meine Teetasse.

»Ich will Bunny nur schnell sein Geschäft verrichten lassen«, erklärt Mum, doch da marschieren wir schon alle zusammen nach draußen.

Mit drei Beobachtern gerät der arme Bunny unter Leistungsdruck. Er hebt das Bein, bringt jedoch nur ein klägliches Tröpfeln zustande. Während wir durch den Garten spazieren, machen Doug und ich abwechselnd Komplimente über die Blumen, von denen wir nicht die geringste Ahnung haben.

Früher hatte Mum nie Interesse am Gärtnern, und in jenem Sommer, als sich niemand darum kümmern konnte, verfiel unser Garten zu einer kargen Einöde. Doch jetzt geht sie darin auf. Sie hat die Zwiebeln langsam wieder gesund gepflegt, und in diesem Frühling schauen sogar wieder weiße Knospen hervor. Und die ersten Osterglocken.

»Coole Trompeten«, sagt Doug und stößt Mum leicht mit dem Ellbogen an.

»Offenbar habe ich doch einen grünen Daumen, wie es sich für Mrs Green gehört«, scherzt sie zum hundertsten Mal.

»Unser Tee wird kalt«, sage ich.

»Du kannst reingehen, wenn du möchtest«, bietet Doug an.

»Nein«, erwidere ich entschieden, »unser aller Tee wird kalt.«

»Ginny«, sagt Mum, »warum spielst du nicht ein bisschen Klavier?«

»Ich will nicht die Arbeit mit nach Hause bringen. Und ich hab doch gesagt, unser Tee …«

»Die armen alten Notenbücher setzen schon Staub an.«

»Sie setzen keinen Staub an«, murmele ich. »Du putzt sie jeden Tag.«

»Die Hoffnung stirbt zuletzt«, sagt Mum. »Wie wär's, wenn du ein bisschen Klavier spielst, während ich koche?«

»Kann ich dir in der Küche helfen, Maggie?«, erkundigt sich Doug.

»Das hatte ich gehofft! Mein *Sous-Chef*!«

»Kann ich euer Trois-Chef sein?«, gehe ich schnell dazwischen.

Jeder weiß, dass ich nicht kochen kann.

»Oh«, sagt Mum und wirft Doug einen skeptischen Blick zu. »Natürlich, Schatz, aber die Küche ist nicht groß genug für uns drei.«

»Und ich kann nicht die Klavierbegleitung spielen«, fügt Doug hinzu.

»Ich auch nicht«, sagt Mum.

»Ich auch nicht«, sage ich. »Ich spiele nicht Klavier, ich unterrichte es nur.«

»Bitte, Ginny?«, fleht Mum, sichtlich enttäuscht. »Ich vermisse den Klang von Klaviergeklimper, während ich das Gemüse schneide.«

Dad und ich haben vor dem Essen immer Tonleitern geübt. Als Mum mein Zögern bemerkt, fasst sie mich am Ellbogen und zieht mich zum Musikzimmer.

Die Tür ist zu. Dad hat sie immer offen gelassen, wenn er nicht gerade Unterricht gab. Seit seinem Tod war ich nicht mehr dort drinnen, und die Vorstellung, es staubbedeckt vorzufinden, ist noch schlimmer, als es leer zu sehen.

Doch Mum gibt mir keine Chance. Sie macht die Tür auf, schiebt mich hinein und lässt mich allein.

Das Zimmer ist sauber und aufgeräumt. Das Fenster steht offen, und eine sanfte Brise bauscht die Vorhänge. Unser altes Klavier befindet sich direkt vor mir. An der rechten Wand stehen zwei Stühle; in meinen Gedanken bezeichne ich sie immer noch als seinen Lehr- und meinen Lernstuhl. Der Rest des kleinen Raums ist mit Bücherregalen vollgestellt, in denen sich Notenbücher stapeln. An der Wand gegenüber hängen eingerahmte Zertifikate meiner Klavierprüfungen (na gut, wenn du es unbedingt wissen willst: Ich habe sie alle mit Auszeichnung bestanden). Und die Wand hinter mir ist mit Dankeskarten übersät.

Der Raum ist fast genauso, wie ich ihn in Erinnerung habe, doch die Unterschiede sind offensichtlich. Die große Vase auf dem Tisch voll penetrant duftender weißer Lilien ist neu. Meine Notenhefte, die immer offen auf dem Klavier lagen, sind in einem zugeklappten Pappkarton verstaut. Und der Klavierhocker ist unter das Klavier gerückt.

Dad hat den Klavierhocker nie richtig zurückgeschoben. Das war eins von Mums größten Ärgernissen, wie wenn Männer den Klositz nicht wieder herunterklappen. Auf dem Weg aus der Küche sah sie den Klavierhocker durch die offene Tür und schob ihn aggressiv aus dem Weg, doch wenig später kam Dad herein, spielte ein paar Lieder und ließ ihn wieder mitten im Raum stehen.

Ich will das Klavier nicht anfassen, aber ich kann hören, wie sich Doug und Mum in der Küche unterhalten, und erinnere mich schlagartig, dass ich sie aufhalten muss.

Also ziehe ich den Hocker hervor, setze mich und schlucke schwer. Trete auf die Pedale.

Als ich Dad zum letzten Mal hier gesehen habe, forderten wir uns gegenseitig zu komplizierten Jazzstücken heraus und spielten gemeinsam auf unterschiedlichen Oktaven. Jetzt erscheint mir selbst eine C-Dur-Tonleiter wie ein unüberwindliches Hindernis.

Ich atme tief durch. Komm schon, Gina. Eine Tonleiter würde er dir bestimmt nicht verübeln. Für Mum?

Der Daumen meiner rechten Hand drückt aufs eingestrichene C.

Dann von C zu C, hoch und runter, mit beiden Händen. Immer und immer wieder. Öde, repetitive Tonleitern, so laut ich kann, um Doug und Mum keine Chance zu geben, sich in Ruhe zu unterhalten, und um meine eigenen Gedanken zu übertönen.

Doch nach einer Weile können meine Finger dem Drang auszubrechen nicht mehr widerstehen. Sie spielen Bruchstücke verschiedener Melodien, ein seltsames, mäanderndes Medley aus Songs aus meinen alten Notenheften, Songs von Bronze Age und Phase ... Dabei achte ich darauf, nichts lange genug zu spielen, dass man es erkennen könnte, als wolle ich mir einen Ausweg offen halten. Wie ein Alkoholiker, der am Schnaps schnüffelt, jederzeit bereit, empört die unangerührte Flasche vorzuzeigen, wenn ihn jemand erwischt.

Meine Finger sind ungelenk. Dad wäre schockiert, zu sehen, wie sehr ich aus der Übung bin. Er hat immer gesagt, Unterrichten und Spielen seien zwei Seiten derselben Medaille, und ließ sich keins von beidem nehmen. Doch schon jetzt taumele ich zu nah am Abgrund. Ich merke, wie leicht mir das Spielen fällt, wenn ich es nur zulasse, wie sehr ich es liebe – obwohl ich weiß, dass meine Lieder alles ruiniert haben – wie viele Leute ich damit verletzt habe – wie schwer es war, mein Leben danach wieder aufzubauen ... Je länger ich spiele, desto schwieriger wird es aufzuhören.

Die Tonleitern verwandeln sich in einen Song: einen Song, der verdächtig nach *Cusp* von Phase klingt. Der Text liegt mir auf der Zunge, und ich singe im Kopf mit. Vielleicht könnte ich ihn ganz leise summen ...

»Essen ist fertig!«, ruft Mum von der Tür aus, und ich zucke zusammen. Es fühlt sich fast an, als wäre ich wieder zehn. Schuldbewusst drehe ich mich zu ihr um – wie lange beobachtet sie mich schon?

Erst als ich den Hocker ordentlich unter das Klavier schiebe, wird mir klar, dass es perfekt gestimmt ist. Offenbar hat Mum es erst vor Kurzem stimmen lassen. In der Hoffnung, dass ich es benutze? Aus Gewohnheit? Oder weil sie es nicht ertragen könnte, wenn sich niemand darum kümmert?

»Auf eure Gesundheit«, Mum prostet uns mit ihrem Prosecco zu, »und euer Glück.«

Ich will mein Glas gerade an die Lippen heben, als sie fortfährt: »Und auf die Liebe. Ich bin so froh, dass ihr einander habt. Es ist ein großer Trost für mich, zu wissen, dass meine Tochter einen wundervollen jungen Mann hat, der für sie sorgt. Ich hoffe, sie sorgt auch für dich.«

Übt Mum schon ihre Hochzeitsrede? Ich muss sie dringend davon abhalten, sich die Kante zu geben.

»Und auf noch viele weitere Flaschen Prosecco zur Feier des Tages«, sagt Doug lächelnd.

Sie stoßen an. Ich trinke nur.

Doug ist mit Zähneputzen fertig und versucht, sich an Mum vorbeizuschieben, die gern in Türen steht. Mit einem liebenswürdigen Lächeln macht er sich so klein wie möglich, um durch die schmale Lücke zu passen. Doch Mum will nichts davon wissen.

»Warum nehmt ihr nicht das große Schlafzimmer?«, fragt sie, die Wangen gerötet vor Verlegenheit und Prosecco.

Ja, natürlich, ich verdränge meine Mum einfach aus dem Bett, in dem sie seit dreißig Jahren schläft. Warum bieten einem Mütter so etwas an?

»Mum! Uns geht's gut hier. Danke.«

»Vielleicht sollten wir das Musikzimmer zu einem Gästezimmer umfunktionieren«, murmelt sie, doch wir wissen beide, dass das nie passieren wird.

Ich ziehe sie in eine feste Umarmung, und sie drückt mich ebenso fest. Doug kommt zu uns und schließt uns beide in die Arme. Zwar verharren wir nur kurz, aber es fühlt sich schön an. Wirklich schön. Ich versuche, den Moment auf meiner Festplatte der wohligen Erinnerungen abzuspeichern.

»Gute Nacht, Ginny-Gin.«

»Gute Nacht, Mummy-Mum.«

»Gute Nacht, Doggy-Dog«, experimentiert Mum, hörbar angeheitert.

»Gute Nacht, Maggie-Mag«, sagt Doug strahlend vor Stolz.

Am nächsten Tag fällt es mir leichter, zu verhindern, dass Doug und Mum allein in einem Raum sind. Vielleicht hat er das Gefühl, die Gelegenheit verpasst zu haben, oder vielleicht wollen sie beide um jeden Preis vermeiden, dass ich wieder in Tränen ausbreche, aber wie dem auch sei: Mir kommt es zugute.

Doug brät Tomaten und Zwiebeln aus dem Garten und Eier von Mums Nachbarin Sheila.

»Sie sieht genauso aus wie ihre Hühner«, scherzt meine verkaterte Mum zum dritten Mal an diesem Morgen.

Doug mustert das Ei, das er gerade aufschlagen wollte. »Denkst du, das hat sie gelegt?«

Mum kichert mädchenhaft, als mache er demnächst *ihr* einen Antrag.

Dann unternehmen wir mit Bunny einen Spaziergang durch die Felder und fühlen uns genauso fett und zufrieden wie der Dackel. Ich laufe die ganze Zeit zwischen Doug und Mum. Auf dem Weg über die Landstraßen zeigt uns Mum alle Beerenhecken und erzählt uns, wie viel Marmelade sie schon daraus gemacht hat. Schafe blöken uns von hinter Schwinggattern an, und in der Ferne, zwischen sanften Hügeln, schimmert das Meer hindurch. Nach dem ewigen Grau in London ist dieser Anblick wirklich wunderschön. So weit ich mich seit meinem Abschluss auch von meiner Heimat entfernt habe, diese Aussicht wird sich immer wie zu Hause anfühlen.

In einem Anfall jugendlichen Übermuts jagt Bunny einem Eichhörnchen nach.

»Ich hole ihn!«, rufe ich und renne ihm hinterher. Ich brauche nicht lange, um die Wurst auf Beinen einzuholen. Als ich ihn erreiche, schlabbert er gerade einen Baum ab, seine Zunge hängt heraus und nur ein Ohr ist aufgerichtet. Dieser Dackel ist wirklich das Beste auf der ganzen Welt. Ich hole mein Handy heraus, um ein Foto zu machen.

Als ich es hochhebe, um den kleinen Spinner abzulichten, sehe ich drei Sachen gleichzeitig. Erstens: Eine Nachricht von Sophie, die fragt, wie Operation Wedding Crasher läuft. Zweitens: Mum, die sich vor Entzücken die Hand vor den Mund hält, zu mir sieht und Doug überschwänglich umarmt. Drittens: Bunny, der an den Baum pinkelt.

Ich mache das Foto. Bestimmt wird es sich in unserem Hochzeitsalbum prächtig machen.

Kapitel 10

»Timmy. Das ist ein Fis.«

»Oh, ja«, sagt er und spielt es erneut falsch. Ich mache mir nicht die Mühe, ihn zu korrigieren.

Hope bittet mich nicht mehr um Rat wegen ihrer eigenen Songs.

Ich sage Percy, dass er die Aufnahmeprüfung für die siebte Klasse mit guten Noten bestehen wird, woran kein Zweifel besteht.

Alexa hat die Schnauze voll von Lakritz und experimentiert jetzt mit Pfefferminzpastillen. Wir starren auf die Backsteinmauer im Raucherbereich und seufzen gleichzeitig.

»Dachtest du je, dass sich dein Leben anders entwickeln würde?«, fragt sie.

Ich zerkaue eine Pfefferminzpastille. »Nein, genau davon habe ich immer geträumt. Dass ich bis an mein Lebensende Fimmy Fucker das Fis immer und immer wieder falsch spielen höre.«

In der Ferne bellt ein Hund, und als sei ich darauf konditioniert, denke ich an Doug und dass ich dankbarer sein sollte, ihn zu haben.

»Aber ich habe großes Glück«, füge ich hinzu, »so viel Sicherheit und Stabilität in meinem Leben zu haben.«

Der Hund fängt an zu jaulen.

Alexa wendet sich zu mir um, ihr Gesicht so ausdruckslos wie immer. »Aha.«

Sie nimmt sich noch eine Pfefferminzpastille und schnuppert argwöhnisch daran. »Früher wollte ich Architektin werden«, erklärt sie. Ich sehe sie überrascht an – nicht wegen der Enthüllung an sich, sondern weil sie mir überhaupt etwas über sich erzählt.

»Ich wollte etwas bewirken, nehme ich an. Wolkenkratzer bauen. Bestimmt hätte ich was Besseres zustande bekommen als den Gherkin, diese glänzende Gurke.« Sie zermalmt die Pfefferminzpastille zu Staub. »Wenn mein jüngeres Ich geahnt hätte, wie mein Erwachsenenleben aussehen würde ...«, sagt sie kopfschüttelnd, »dann hätte ich mir nie die Mühe gemacht, mit dem Rauchen aufzuhören.«

Um vier Uhr dreißig poppt ein Reminder auf: *Schreib deinem Freund :)*

Das lächelnde Emoji starrt direkt in meine Seele.

Was würde passieren, wenn ich ihm heute nicht schreibe? Bestimmt würde ihn das nicht wirklich stören. Aber ...

Doch das spielt überhaupt keine Rolle, denn wie immer bekomme ich, noch bevor ich auf Senden gedrückt habe, eine Nachricht von Doug: *Ich liebe dich mehr! :)*

Und dadurch fühle ich mich besser. Definitiv.

Ich bin zu Hause und räume unsere Brettspiele auf, als Sophie mir eine Nachricht weiterleitet:

hey, leute!!! sorry für die gruppennachricht <3 PHASE sucht nach einer neuen keyboarderin!!!! also, wenn ihr irgendwelche coolen, spaßigen lesben kennt, die klavier spielen ... gebt uns bescheid!! wir beginnen heute abend mit den auditions!!! danke!!!! ru xoxo

O Gott.

Einen kurzen Moment erlaube ich mir, es mir auszumalen: Ich bin eine coole, spaßige Lesbe, die Klavier spielt, und ich gehöre zu Phase. Ich sehe zu meinem verstaubten Keyboard, atme tief durch und ziehe eine Ecke des Hockers hervor. Plötzlich bin ich wieder in Dads Musikzimmer. Ich erstarre, wie immer an diesem Punkt. Aber vielleicht ist durch das Tonleiternüben zu Hause irgendein Knoten geplatzt, denn heute – heute versuche ich es noch einmal. Ich singe das Erstbeste, was mir in den Sinn kommt.

I guess I'm just a shy guy

Ich erinnere mich an die Akkorde, an die vertrauten Pausen.

But if you want to try

Nach und nach kommt alles zurück. Anscheinend war es doch für etwas gut, jeden Tag Klavierstunden zu geben.

I could be your shy guy

Vielleicht könnte ich einfach heimlich für mich spielen. Das müsste doch in Ordnung sein.

I could treat you right

Früher habe ich Doug begleitet, wenn er für seine Bronze-Age-Gigs geprobt hat. Es gab mal eine Zeit, in der ich die erfahrenere Musikerin war. Und sieh uns jetzt an: Er wird dafür bezahlt, zweimal die Woche aufzutreten, und ich schimpfe mich Musiklehrerin – obwohl ich die Bezeichnung kaum verdiene. Meine einzige Verbindung zur Kreativität sind er und seine Freunde, die wunderbar ohne mich klarkommen.

Sh-sh-sh-sh-shy guy

Bei unserem letzten gemeinsamen Gig, als wir, in goldenes Licht getaucht, auf der Bühne standen und den Song vor unseren jubelnden Freunden spielten – hätte ich damals irgendetwas anders gemacht, wenn ich gewusst hätte, dass es mein letztes Konzert sein würde?

Yeah I'm your mister right

Hatte ich auch nur die geringsten Zweifel, als ich dort oben stand? War ich so von mir und meinem aufgeblasenen Ego eingenommen, dass ich nicht merkte, wie erbärmlich ich war? Dachte ich wirklich, es wäre dermaßen wichtig, meine dämlichen kleinen Popsongs zu spielen?

Shhh

Das Schlimmste daran ist: Ich glaube, ich wusste es. Ich wusste genau, wie selbstsüchtig und sinnlos das Ganze war, und dennoch habe ich es getan.

Ich schalte das Keyboard aus. Meine Entscheidung steht fest.

Dann solltest du besser schnell Keyboard spielen lernen, Süße, schreibe ich Sophie zurück. *Ich werde nicht vorspielen. Außerdem bin ich krank, darum kann ich heute nicht mit dir ausgehen. Sorry.*

Obwohl ich allein bin, täusche ich ein Husten vor, weil ich das Gefühl habe, dass Sophie mich sonst sofort durchschauen wird.

Um die Lüge wiedergutzumachen (und mich abzulenken), schaue ich noch ein bisschen *SophieSnob*, doch ihr Video über den legendären, subtil benannten Pride-Gig GAY FEST ruft allzu lebhafte Phantasien in mir hervor, eines Tages mit Phase dort aufzutreten. Abrupt erinnere ich mich, dass das in vielerlei Hinsicht unmöglich ist, springe zum nächsten Video: *Top (oder Hop) des Pop: unsere heißesten Idole der Musik,* und es zeigt doch tatsächlich Kit dabei, wie sie einem Fan das Dekolleté signiert.

Ich klappe den Laptop zu und starre eine Weile an die Wand.

Schon der Versuch, wieder zu spielen, war eine dumme Idee. Wann werde ich endlich lernen, dass ich nur klarkomme, wenn ich eine feste Routine habe? Verdammt nochmal, genau dafür sind Routinen doch da – damit man nicht noch mehr ruiniert.

Ich wünschte, Douglas wäre zu Hause; ich fühle mich immer so viel wohler in meiner Haut, wenn er bei mir ist. Also ziehe ich ein Hemd von ihm an, sprühe mich mit seinem Eau de Cologne ein, hole mir eine Packung Hobnobs und esse sie mit der Schokoladenseite nach oben. Während ich seine dreckigen Socken vom Boden auflese, rufe ich mir in Erinnerung, dass zumindest ein Teil meines Lebens geregelt und glücklich ist, und das sollte doch reichen.

Es klingelt. Als ich die Tür aufmache, steht Sophie ausgehbereit in einem glitzernden Minikleid vor mir.

Schnell versuche ich, nicht existierenden Schleim in meinem Hals hochzuwürgen.

»Guter Versuch«, sagt sie, packt mich am Arm und zieht mich zur Tür hinaus.

»Sophie, bitte«, flehe ich, doch sie hört mir überhaupt nicht zu. In einem letzten, verzweifelten Versuch ziele ich auf ihre Achillesferse: »Kann ich mich wenigstens umziehen?«

Doch sie wirft nur einen flüchtigen Blick auf meine Schlabberhose und Dougs Hemd.

»Zieh einfach die Jeansjacke über. Du bist ein Naturtalent.«

Bevor ich weiß, wie mir geschieht, bin ich zurück im Familiar und trinke eine Bad Witch.

»Sophie«, sage ich entschieden, »tut mir leid, wenn ich dich gekränkt oder für Verwirrung gesorgt habe, aber ich bin nicht bisexuell. Lass mich einfach wieder zur Normalität zurückkehren.«

»Kannst du das hören?«, fragt sie.

»Was denn?«

»Das Klopfen.« Sie blickt sich suchend um, schaut unter dem Tisch und unter ihrem Stuhl nach. »Klingt, als säße jemand in einem Schrank fest.«

Ich werfe ihr einen bösen Blick zu.

»Sophie, bitte, ich bin einfach ...«

»Ich kenne dich«, unterbricht sie mich ungehalten. »Ich kenne dich, und ich weiß, dass du mir die Wahrheit gesagt hast, als du dich geoutet hast. Kannst du bitte aufhören, dir selbst wehzutun?«

Zu meinem Entsetzen kommen mir die Tränen. Sophie wischt sie weg. Mit ihren Acrylnägeln kratzt sie mir fast die Augen aus, aber es ist trotzdem schön.

»Du kannst gerne mit meinen Gal Pals abhängen«, sagt sie sanft. »Und du kannst mit mir zu anderen queeren Gigs kommen oder zum Fußball mit Jenny – wusstest du, dass sie ein LGBTQ+-Turnier veranstaltet? Das Beautiful Gayme. Und ich gehe davon aus, dass du dir schon ein paar von meinen Videos angeguckt hast, oder?«

Es ist echt anstrengend, eine beste Freundin zu haben, die immer recht hat.

»Die Sache ist die, Gigi: Du musst herausfinden, ob du damit zufrieden bist, nur ein Teilzeitmitglied der Community zu sein. Aber wenn du dein ganzes bisexuelles Ich akzeptierst, kannst du dann auch akzeptieren, dass du womöglich nie eine queere Beziehung haben wirst? Falls nicht, solltest du dir ernsthaft überlegen, ob es wirklich eine gute Idee ist, Douglas zu heiraten.«

Das H-Wort löst einen derart heftigen Fluchtreflex in mir aus, dass ich fast vom Stuhl falle. »Aber ... ich bin mit Douglas glücklich.«

»Wirklich? Bist du glücklich? Oder gibst du dich nur zufrieden?«

»Autsch, das hat gesessen.«

Sophie droht mir mit dem Finger. »Wenn du deine Gefühle weiter unterdrückst, wird es nur noch mehr wehtun. Du tust so, als wäre alles in Ordnung, aber ich mache mir Sorgen, dass du bald nicht mal mehr den Unterschied zwischen der glücklichen Maske, die du aufsetzt, und deinen wahren Gefühlen erkennen kannst. Ich weiß, nach dem Tod deines Vaters war alles scheiße, und ich will nicht kleinreden, wie sehr es immer noch wehtut. Aber so kannst du nicht weitermachen. Du musst aufhören zu tun, was du denkst, dass du wollen solltest, und tun, was du wirklich willst. Hör auf, dich selbst auszubremsen.«

Ich starre auf einen Riss im Tisch. Und ja, ich erkenne die Ironie darin, nach allem, was Sophie gerade gesagt hat, die Tränen zurückzuhalten, aber ...

»Ich weiß nicht, wie«, flüstere ich.

»Du bist an nichts gebunden, das in deiner Vergangenheit passiert ist. Sieh die Gina von früher einfach als einen Teil von dir. Aber es gibt noch andere Teile von dir, die du bisher nicht ausgelebt hast. Es gibt noch so viel mehr.«

Ich nippe an meinem Drink und lasse ihre Worte auf mich wirken. Nur ein Teil von mir ...

»Fang an, deinen Instinkten zu vertrauen«, fährt Sophie fort. »Wenn heute dein letzter Tag auf Erden wäre, was würdest du bereuen, nicht getan zu haben?«

»Meine Güte«, sage ich, »das ist echt heftig.«

Doch mein verräterisches Hirn stellt sich eine Person vor, die im Hier und Jetzt lebt. Eine Person, die Musikerin sein könnte, ohne sich dafür zu hassen. Eine Person, die mit jemandem zusammen sein könnte, der sie aus anderen Gründen liebt als Doug. Und dieser Jemand verwandelt sich in Kit, die auf der Bühne steht und auf meinen Mund hinabsieht ...

»Niemand anderes wird dein Leben für dich leben«, sagt Sophie. »Genieß es in vollen Zügen. Hör auf, dich mit weniger zufriedenzugeben. Mir ist klar, dass ich wie ein Insta-Account mit Motivationsslogans klinge, aber ich mein's ernst. Man lebt nur einmal. YOLO, Bitch!«

Sie pikt mir mit dem Finger in die Brust. »Und weißt du, was du als Erstes tun wirst? Du wirst für Phase vorspielen.«

Das reißt mich aus meiner Trance. Ich schubse ihre Hand beiseite. »Sophie, hör auf! Selbst wenn ich das wollte – und das tue ich nicht –, kann ich es nicht. Ich habe seit Ewigkeiten nicht geübt.«

»Gut! Phase würden es hassen, wenn du dich strikt an irgendwelche Vorgaben hältst. Bei ihnen dreht sich alles um Improvisation.«

Am liebsten würde ich sie erwürgen. »Ist mein Coming-out noch nicht genug Drama für dich?«, fahre ich sie an. »Ich kann nicht auch noch diese Keyboard-Sache durchziehen. Als ich Bronze Age verlassen habe, habe ich mir geschworen, endgültig mit dem Spielen aufzuhören. Lass mir wenigstens diese eine Sache, die ich weiter unterdrücken kann!«

Sie umfasst mein Gesicht und zwingt mich, sie anzusehen. »Georgina, du musst endlich dein Leben weiterleben. Du hast dich schon viel zu lange davon abgehalten, du selbst zu sein.« Zur Bekräftigung nickt sie mit meinem Kopf. »Du bist Musikerin, aber diesen Teil von dir lebst du überhaupt nicht aus. Du bist queer, und diesen Teil lebst du genauso wenig aus. Phase ist eine queere Band, die dringend eine neue Keyboarderin braucht. Das ist der perfekte Einstieg für dich. Was brauchst du noch? Ein Zeichen des Himmels?«

In diesem Moment tauchen Isobel, Rudy und Kit auf. Sophie dreht sich wieder zu mir um und grinst breit. Ehe ich sie aufhalten kann, winkt sie die drei herüber.

Und so kommen Phase zu uns, sichtlich müde, aber neugierig. Was zum Teufel geht hier vor?

Kit begegnet meinem Blick, genau wie ich es mir noch vor einer Sekunde vorgestellt habe, und mir stockt der Atem. Wenn ich öfter im Familiar abhängen will, brauche ich einen Inhalator.

»Phase«, sagt Sophie, »darf ich vorstellen? George, eure neue Keyboarderin.«

O. Mein. Gott.

»Äh, tut mir echt leid«, sage ich und lege ihr einen Arm um die Schultern, um sie zurückzuhalten. »Sie … sie nimmt Halluzinogene.«

Doch Kit mustert mich stirnrunzelnd. »Als du meintest, du seist Musikerin«, sagt sie, ihre Stimme wie Rauch und Bettgeflüster, »war mir nicht klar, dass du Klavier spielst.«

Mir platzt der Kopf. Vor Freude, dass sie sich an unser Gespräch erinnert. Und vor Entsetzen darüber, was ich ihr erzählt habe.

»Na ja …«, sagt Isobel, sieht von Kit zu mir und streicht sich eine blonde Locke hinters Ohr. »Für heute sind wir eigentlich mit den Auditions fertig …«

»Aber der Backstage-Bereich ist den Rest des Abends frei«, meint Rudy. »Komm und spiel uns was vor! Was soll schon passieren?«

Ich stehe im Aufenthaltsraum und wünsche mir, ich könnte mich wieder auf dem Klo verstecken. Sophie hat mich den Löwen zum Fraß vorgeworfen und sich aus dem Staub gemacht.

»Wir haben allen gesagt, sie sollen einfach irgendwas spielen«, erklärt Isobel und deutet auf das Keyboard wie eine höfliche Henkerin.

Genau die gleiche Yamaha habe ich zu Hause. Aus Gewohnheit stelle ich sie auf eine der leiseren Stufen ein.

Und dann ... puh ... ich weiß nicht, ob es daran liegt, dass ich betrunken bin, oder an Sophies Carpe-diem-Motivationsrede oder einfach daran, dass mir die Melodie seit Wochen nicht mehr aus dem Kopf geht, aber ich spiele das Lied, mit dem Phase damals angefangen haben: *Cusp*.

Zwar habe ich nicht mehr alle Variationen im Kopf, aber an den Refrain erinnere ich mich, als wäre er mir ins Gedächtnis eingebrannt. Ich spiele die Akkordfolge mit der linken Hand und improvisiere mit der rechten, lasse mich von meinem Gefühl leiten. Zuerst wehmütig. Dann ausgelassen. Dann dringlich ...

Isobel stimmt mit ein. So leise ist ihr Gesang noch schöner. Zur Untermalung füge ich eine Gegenmelodie ein. Isobel streicht mit ihren eleganten Fingern über die Oberseite des Keyboards, und auf ihren Lippen erscheint ein perfektes Lächeln. Sie singt, und ich antworte. Mühelos stimmen wir uns aufeinander ein.

Ich hatte vergessen, wie wundervoll es ist, mit anderen Leuten zu spielen.

Da fällt mir ein Lichtstrahl ins Auge. Rudy filmt uns mit ihrem Handy.

Verdammt!

Meine Finger greifen daneben. Nervös, abgelenkt gerate ich aus dem Fluss und kollidiere mit Isobel. Irgendwie bügele ich den Fehler aus, doch jetzt spiele ich bewusst, und mein Hirn kommt mir in die Quere. Hektisch beende ich das Lied.

Ich spüre, wie die drei bedeutungsvolle Blicke austauschen, wage es aber nicht, aufzusehen. Mir ist schwindlig, mein Herz rast, am liebsten würde ich im Boden versinken. Hätte ich doch bloß nie zugelassen, dass Sophie mich hierherschleift. Hätte ich Phase doch nur nie live gesehen. Wäre ich doch nur zu Hause, in Sicherheit.

Dann fängt jemand an zu klatschen.

Kit. Sie sieht mich direkt an, und einen Moment denke ich, sie meint es sarkastisch, und will sterben. Aber nein, sie applaudiert mir wirklich.

»Das war unglaublich«, sagt sie und klopft mir auf die Schulter.

Vielleicht bin ich tatsächlich gestorben.

Kit, Isobel und Rudy grinsen einander an, dann streckt Isobel mir die Hand entgegen.

»George, willkommen bei Phase.«

Eine Gruppe kichernder Fangirls überlässt Kit liebend gern den Tisch im hinteren Teil des Familiar, wo es etwas ruhiger ist, und Isobel spendiert uns Jägerbomben.

»Auf George!«, ruft sie.

»Auf George!«, stimmen Kit und Rudy mit ein.

Ich kichere hysterisch. Zum Glück sind die anderen genauso aufgekratzt. Die Jägerbombe ist noch süßer, als ich sie vom letzten Mal (vor etwa zehn Jahren) in Erinnerung habe, und steigt mir sofort zu Kopf. Ich kann den Zucker auf meinen Zähnen spüren und dieselbe Süße im Atem der anderen riechen.

»Erzähl uns alles«, sagt Isobel und stützt das Kinn auf ihre feingliedrigen Finger. »Wer bist du? Wo hast du dich versteckt?«

»Ich bin Klavierlehrerin«, antworte ich, völlig überwältigt. »Ich bringe gelangweilten Kindern Mozart bei.«

»Ich arbeite auch mit gelangweilten Kindern!«, ruft Rudy. Von Sophie weiß ich, dass sie als Moderatorin einer Bastelshow für Kinder arbeitet. »Wenn man einen Kater hat, gibt es nichts Schlimmeres.«

Weder Kit noch Isobel geben etwas von ihren Jobs preis.

»Ich fasse es nicht, dass du keine Vollzeitmusikerin bist. Du hast *Cusp* einfach …«, Rudy schnipst mit den Fingern, »aus dem Gedächtnis gespielt? Nach Gehör? Du bist ein Genie!«

»Wo hast du spielen gelernt?«, fragt Isobel.

Ich bemühe mich um einen lockeren Tonfall. »Mein Dad hat es mir beigebracht. Die C-Dur-Tonleiter konnte ich schon mit vier spielen. Mein erstes Lied habe ich mit sieben geschrieben. Es war ganz übel. Endloses Gelaber darüber, wie kompliziert ich bin und dass mich niemand versteht.«

Alle lachen, und mein Herz schlägt höher.

»Ist dein Dad auch Musiker?«

Mein Herz klatscht zu Boden.

»Klavierlehrer«, antworte ich bedächtig.

»Wie der Vater, so die Tochter«, sagt Isobel lächelnd.

Nein, denke ich im Stillen, Dad war ein guter Lehrer. Doch ich lächle nur und nicke.

»Verrückt«, sagt Rudy und tätschelt meine Hand, »mein Bruder ist auch Lehrer!«

»Ru, das ist überhaupt nicht verrückt«, schnaubt Kit. »Du hast vier Brüder. Jeder von ihnen hat einen anderen Job und dazu noch eine Frau, von denen auch alle einen anderen Job haben. Im Grunde hat jeder, den du triffst, denselben Job wie einer von ihnen.«

Rudy grinst. »Ich bin die Jüngste«, erklärt sie mir, »und wir haben alle verschiedene Instrumente gelernt. Ich glaube, meine Eltern wollten ein ganzes Orchester erschaffen.« Ihre Zuckerwattehaare hüpfen auf und ab, wenn sie lacht. »Als ich zur Welt kam, waren schon alle Standardinstrumente vergeben, also habe ich den Bass gewählt, weil er so riesig ist. Meine Eltern meinten, ich würde noch hineinwachsen. Auf den Wachstumsschub warte ich noch immer.«

Kit lacht und legt einen Arm um Rudys schmale Schultern. Ich versuche, meine Eifersucht zu unterdrücken. Vielleicht könnte das eines Tages ich sein ...

»Wie habt ihr, ähm, mit dem Spielen angefangen?«, frage ich.

Isobel und Kit wechseln einen Blick und verständigen sich telepathisch, wer als Erstes antwortet.

»Ich habe im Schulchor und in meiner Kirche gesungen«, sagt Isobel und zwirbelt eine lose Strähne zwischen den Fingern. »Sie haben mich immer wieder eingeladen, Soli zu singen, weil ich so jung war.«

»Keine falsche Bescheidenheit«, sagt Kit und stupst sie sanft an. »Sie haben dich eingeladen, Soli zu singen, weil deine Stimme himmlisch ist und du aussiehst wie ein Engel.«

»Werd nicht sarkastisch«, protestiert Isobel, doch ihre Wangen röten sich. Sie wendet sich wieder an mich.

»Kit-Kat wurde natürlich aus dem Chor geworfen, weil sie ständig die Proben geschwänzt hat, um zu rauchen oder mit ihren neugierigen Klassenkameradinnen rumzumachen.«

Kit-Kat? Ich wette, so nennt sie sonst niemand. Meine Eifersucht mischt sich mit Neugier. Dann waren die beiden zusammen auf der Schule? Das heißt, sie sind noch länger befreundet als Sophie und ich. Kein Wunder, dass sie sich benehmen wie ein altes Ehepaar. Macht das Rudy zu ihrer kleinen Tochter? Und mich zu ihrem creepy Onkel?

Kit verdreht die Augen, wirkt aber recht zufrieden mit der Beschreibung. Bei der Erinnerung ans Rauchen greift sie in ihre Lederjacke und holt Zigarettenpapier und Tabak heraus.

»Sie wollten mich von der Schule werfen, aber dem Allmächtigen sei Dank«, sagt sie und bekreuzigt sich, »habe ich meine wahre Bestimmung im Musikzimmer gefunden und wurde erlöst, indem ...«

»... du mit einem Stock auf Sachen einprügelst«, beendet Isobel den Satz.

Gespielt empört drückt Kit die Hand aufs Herz. »Ich prügele mit zwei Stöcken auf Sachen ein!«

Rudy schnaubt so heftig, dass ihr die Jägerbombe aus der Nase kommt. Beim Anblick ihrer schäumenden Nasenlöcher ereilt mich fast dasselbe Schicksal. Ich sehe zu Kit – ihre Wangenknochen in neonfarbenes Licht getaucht, einen Filter zwischen den Lippen – und erschrecke, als sie meinen Blick erwidert.

»George«, sagt sie, »warum bist du nicht schon in einer Band?«

Abrupt höre ich auf zu lachen.

Obwohl sie leise spricht, durchschneidet ihre Stimme den Kneipenlärm mühelos. Ich sehe in ihre dunklen Augen und habe den schrecklichen Drang, ihr alles zu erzählen. Ich würde ihr sofort mein Herz ausschütten, wenn ich nur eine Sekunde glaubte, sie fände es interessant.

»An der Uni war ich in einer Band«, sage ich, unterbreche mich aber, bevor ich irgendwelche Details preisgebe. Ich will nicht, dass mich meine neuen Freundinnen über Bronze Age definieren oder Fragen darüber stellen, warum ich die Band verlassen habe. Sophie meint, Phase könne ein Neuanfang für mich sein. Ein neues Leben. Ich will nicht lügen, aber vielleicht kann ich hier Sachen sagen, die ich sonst nicht sagen würde?

»Nach den Abschlussprüfungen konnte ich nicht bei ihnen bleiben«, sage ich. »Zu viel alter Ballast.«

Sie stöhnen mitfühlend. Wow, das lief besser als gedacht. Hoffnungsvoll lecke ich am Rand meines Glases. »Aber wenn ich ehrlich bin, hatte ich gehofft, eines Tages wieder spielen zu können. Wenn es sich anders genug anfühlt. Wenn ich ich selbst sein kann, ohne ... Ich weiß auch nicht ... Ohne mich schuldig zu fühlen.«

Sie nicken sehr ernst. O nein, jetzt denken sie bestimmt, ich wäre in einer schrecklich homophoben Band gewesen. Darf ich sie in dem Irrglauben lassen? Denn es war wirklich nicht die Schuld von Bronze Age, sondern meine. Aber ich versuche hier gerade, ein neues Leben anzufangen. Ich muss mich nicht allzu sehr mit Ginas Vergangenheit aufhalten.

»Wie dem auch sei«, sage ich, »genug von mir. Ich möchte mehr über ...«

Isobel wedelt mit dem Finger vor meinem Gesicht herum. »So leicht kommst du nicht davon. Was ist mit deinem Liebesleben?«

Verdammt.

Phase ist eine lesbische Band. Sie haben nach einer lesbischen Keyboarderin gesucht. *Phase darf nicht von Douglas erfahren.* Ich will wirklich nicht lügen, aber die anderen harmlosen kleinen Lügen haben ziemlich gut funktioniert ...

»Also?«, hakt Rudy nach. »Hast du eine Freundin?«

Meine Wangen laufen knallrot an.

»Nein«, antworte ich, »ich habe keine Freundin.«

»Willst du eine?«, fragt sie und klimpert kokett mit den Wimpern.

Die Röte breitet sich rasend schnell über meinen gesamten Körper aus.

»Ich mache nur Witze«, sagt sie mit einem Augenzwinkern. »Ich bin vergeben. Aber was ist dein Typ?«

Ohne dass ich wollen würde, schweift mein Blick zu Kit. Ich fasse es nicht, dass mich mein Körper derart verrät – dieser Bastard.

»Ich ... Ich habe nicht wirklich einen Typ«, stammle ich.

Um ihrem Blick auszuweichen, schaue ich auf mein Handy und falle fast in Ohnmacht. Unzählige verpasste Anrufe von Doug.

»Wie zur Hölle kann es schon Mitternacht sein?«

Die anderen meinen lachend, dass Mitternacht doch nun wirklich nicht spät sei. Hektisch suche ich meine Sachen zusammen. »Hört mal, Leute, das war ein sehr schöner – und überraschender – Abend.«

Rudys Kichern geht in ein hilfloses Hicksen über. Isobel reibt ihr mütterlich den Rücken.

»Ich bring dich zur Tür«, sagt Kit und wechselt einen Blick mit Isobel. Kit wirkt am wenigsten betrunken, oder vielleicht merkt man es ihr nicht so sehr an. Sie hilft mir, meine Jacke anzuziehen. Als ihre Finger die Innenseite meines Arms streifen, bekomme ich eine Gänsehaut.

»Echt cool, dass du dabei bist«, hickst Rudy und umarmt mich fest.

»Wegen der Proben geben wir dir noch Bescheid«, sagt Isobel, küsst mich auf die Wange und wischt den roten Fleck weg, den sie hinterlassen hat. Sie gibt auch Kit einen Abschiedskuss auf die Wange, obwohl sie nur die paar Meter zur Tür geht.

O Mann, die drei haben echt keine Berührungsängste ...

Kit hält die Tür für mich auf, die Hand an meinem Ellbogen, und trägt meine Tasche. Die kalte Abendluft fühlt sich an wie ein Schlag ins Gesicht.

Panik steigt in mir auf. Wie soll ich das Doug erklären? Wahrscheinlich hat er schon eine Vermisstenanzeige aufgegeben.

Doch da bietet Kit mir einen Kaugummi an, und während wir schweigend im hellen Mondlicht stehen, vergesse ich alles andere.

Noch eine Minute, bis das Taxi kommt.

»Danke, dass du mit mir wartest«, sage ich. Als sie nicht antwortet, werfe ich ihr einen verstohlenen Blick zu.

Sie sieht auf meinen Kragen hinunter. Schnell vergewissere

ich mich, dass ich keinen ekligen Fleck darauf habe. Doch sie kommt näher – so nah, dass ich meine, ihren »Extra Cool Breeze«-Kaugummi zu schmecken.

Ihre Finger gleiten über meinen Kragen. Mir bleibt die Luft weg. Ich blicke in ihre abgrundtiefen Augen, nur wenige Zentimeter von meinen entfernt. Noch näher.

»Das Hemd steht dir«, raunt sie.

Ich schwöre mir, nie wieder etwas anderes als Hemden zu tragen.

Gemächlich spielt sie am untersten Knopf meines Hemdes herum. Macht ihn auf. Ihre Finger streichen über meinen Bauchnabel. Schauer der Erregung durchzucken meinen Körper, und meine Beine geben fast unter mir nach. Noch langsamer knöpft sie mein Hemd wieder zu.

»Ich habe ein paar«, sagt sie, »die ich nicht mehr anziehe. Wenn du willst, könnte ich sie dir geben. Ich glaube, du sähest darin sehr ...«

Einen Moment verharren wir so, ihr Finger immer noch im untersten Knopfloch meines Hemdes eingehakt. Dann hupt das Taxi, und wir springen auseinander wie erschrockene Kaninchen.

Hastig steige ich ein, sie schließt die Tür, und keiner von uns wendet auch nur eine Sekunde den Blick ab, als ich davonfahre.

Kapitel 11

Sophie ist völlig aus dem Häuschen. »Hab ich dir nicht gesagt, dass sie dich nehmen? Gern geschehen!«

Höre ich da einen Hauch von Eifersucht? Heute schlendere ich gemächlich von der Liberty zur Bahnstation, zu aufgeregt und verkatert, um mich darum zu sorgen, ob ich es noch vor dem Feierabendverkehr schaffe.

»Ich bin jetzt mit den dreien in einer WhatsApp-Gruppe, und heute Morgen haben sie vorgeschlagen, am Wochenende eine Jam-Session zu machen!«

»Eine Jam-Session?«

»Eine Jam-Session!«

»Ich kann es nicht glauben«, seufzt Sophie. »Du bist gerade mal fünf Minuten queer und gehörst schon zum Inner Circle. Das ist nicht fair.«

»Sie haben immer noch Zeit, mich rauszuwerfen«, erwidere ich im Bemühen, bescheiden zu bleiben.

»Das ist wahr«, stimmt Sophie zu, was nun wirklich nicht nötig war. »Aber du bist mein Weg hinein. Ich werde euch alle für *SophieSnob* interviewen, und dann wird sich Kit in mich verlieben! Mission erfüllt! Apropos, wo war Kit eigentlich bei der ganzen Sache?«

Ah. Den Teil mit Kit habe ich bei meiner Erzählung womöglich ausgelassen. Ich will Sophie nicht verletzen, indem ich es klingen lasse, als hätten wir was am Laufen. Und wahrscheinlich habe ich mir das ohnehin nur eingebildet. Wahrscheinlich fummelt Kit an den Knöpfen all ihrer Bekannten herum.

»Sie redet nicht gerade viel.«

»Wohl wahr«, stimmt Sophie zu. »Aber sie sagt so viel mit ihrem Schweigen ...«

Ich nicke und bereue es sofort. Zum Glück kann sie mich durchs Telefon nicht sehen.

»Wie war's mit Jenny?«

»Wir hatten stundenlang atemberaubenden Sex, sie hat mir gesagt, dass sie mich mehr liebt als das Leben selbst, dann habe ich sie gefragt, ob sie das vor laufender Kamera wiederholen würde, und sie hat wieder mit mir Schluss gemacht.«

»Also alles beim Alten?«

»Ganz genau. Und versuch nicht, mich abzulenken, Süße. Hast du es Doug schon gesagt?«

Ich stolpere über den wackligen Gullydeckel. Verdammt.

»Ähm, nicht ganz.«

»Gigi!«

»Ich bin so spät zurückgekommen«, erkläre ich, »dass er schon im Bett war. Also hab ich mich nur entschuldigt und ihm versprochen, dass ich ihm heute Abend alles erzähle.«

»Wirklich alles? Alles, was du mir erzählt hast?«

Ich zögere keine Sekunde. »Ja, alles. Genau wie dir.«

Ich bitte Doug, sich zu setzen, und statte ihn mit Hobnobs, unseren Lieblingstassen und einer Schachtel Taschentücher aus. Hmm, macht mich das zu einer Pessimistin oder einer Realistin?

»Ich wollte mich entschuldigen«, verkünde ich, »dafür, dass ich gestern so spät nach Hause gekommen bin und du dir Sorgen gemacht hast.«

Doug lächelt sein Labrador-Lächeln. »Entschuldigung angenommen. Ich bin nur neugierig!«

»Nun, da wir schon beim Thema ›neugierig‹ sind ...«

Ups, so hatte ich das nicht geplant. Doch Doug tunkt nichts ahnend einen Keks in seinen Tee. Zurück zum Skript.

»Ich war mit Sophie was trinken, und ...«

»Ist es nicht komisch, dass du dich so lange gesträubt hast, ins Familiar zu gehen, und jetzt ist es deine Lieblingsbar?« Er schüttelt den Kopf. »Stell dir nur vor, wie viel Spaß du gehabt hättest, wenn du schon seit Jahren mitgegangen wärst.«

»Also, apropos Spaß, den ich schon seit Jahren hätte haben können ...«

Doug lächelt mich verständnislos an.

»Ich habe zwei Neuigkeiten.«

»Die gute zuerst, bitte!«, ruft er fröhlich.

Sich vor seinem Freund zu outen fühlt sich nicht gerade wie eine gute Neuigkeit an. Also fange ich mit der anderen an.

»Irgendwann gestern war ich so betrunken, dass ich für eine Band vorgespielt habe – und genommen wurde!«

Doug verschlägt es die Sprache. Ich rede schnell weiter. »Sie sind eine Indie-Pop-Band – na ja, Alternative, also eigentlich machen sie einen Mix aus allem –, und sie sind wirklich großartig! Ich weiß immer noch nicht genau, ob sie wirklich an Horoskope glauben, aber das ist jetzt nicht wichtig, und, äh, na ja, wir fangen diesen Samstag mit den Proben an, und ich bin schon mega aufgeregt. Und so nervös, dass mir schlecht ist.« Ich halte inne, um Luft zu holen. Doug starrt mich immer noch reglos an.

Dann breitet sich ein Grinsen auf seinem Gesicht aus. Er umarmt mich überschwänglich und wirbelt mich herum, bis meine Füße fast unseren IKEA-Tisch umwerfen.

»Gina! Das ist phantastisch! Du bist phantastisch! Das schreit nach Prosecco!«

Mum hat uns gut trainiert. Wir haben immer eine Flasche im Kühlschrank, für den Fall, dass es »etwas Kleines« zu feiern gibt.

Ich lache fröhlich. »Aber wir sind beide noch verkatert.«

»Dann ist das unser Katerbier«, sagt er, schon auf halbem Weg zum Kühlschrank, holt eine Flasche zwischen den Tupperdosen mit vorgekochter Bolognesesoße hervor und zieht die Folie ab.

»Ich weiß nicht, ob wir schon feiern sollten«, erwidere ich. »Sie könnten ihre Meinung immer noch ändern.«

»Entschuldige bitte«, sagt er, »bist du Gina Green?«

Verwirrt runzele ich die Stirn. »Äh, ja?«

»Dann solltest du deinen Erfolg keine Sekunde länger infrage stellen. Oder leidest du seit Neuestem unter dem Hochstapler-Syndrom?«

»O mein Gott«, lache ich, »so viele schlechte Dad-Witze heute.«

Einen Augenblick herrscht bedrücktes Schweigen wegen des D-Worts, doch Doug macht nahtlos weiter. »Wir haben keine Zeit für deine Selbstzweifel, Gina. Wie heißt die Band, kann ich sie mir online angucken?«

»Sie sind auf keiner Social-Media-Plattform«, sage ich, dankbar, dass Doug nicht ahnt, wie lange ich das Internet nach Fotos von Kit durchforstet habe.

Doug kratzt sich am Kinn. »Hm … gut für ihr geheimnisvolles Image, nehme ich an, aber man braucht schon irgendeine Online-Präsenz, um eine größere internationale Fan-Base aufzubauen, oder? Damit könnte Sophie ihnen doch bestimmt helfen. Aber egal, wie heißen sie?«

»Phase.«

Fast lässt er die Flasche fallen. »Phase?!«

»Hast du von ihnen gehört?«

Im Stillen freue ich mich, aber das heißt auch, dass er vielleicht weiß ...

»Natürlich habe ich von ihnen gehört! Sie sind total angesagt! Wir sind nie im selben Line-up aufgetreten, schließlich haben wir einen ganz anderen Vibe ... Gina, sind bei Phase nicht alle lesbisch?«

Das ist perfekt. Ich muss nur sagen: »Ja, aber das ist okay, denn die zweite Neuigkeit ist: Ich bin bi!«

Doug blickt von der Proseccoflasche auf, die er gerade öffnen wollte.

»Ja, aber das ist okay ...«

Der Korken knallt. Doug lacht vor Freude, als der Schaum über unsere »His«-und-»Hers«-Sektgläser sprudelt.

»Natürlich ist es okay! Auf meine wunderschöne Freundin Gina!«, ruft er. »Die einzige heterosexuelle Keyboarderin, die gut genug ist, um in eine lesbische Band aufgenommen zu werden!«

»Nein!« Die Bläschen steigen mir in den Hals und bringen mich zum Husten.

Doug klopft mir auf den Rücken. Ich schlucke den bitzelnden Prosecco hinunter – und mit ihm auch meine Neuigkeiten. Sieh nur, wie sehr er sich freut, dass ich in einer Band bin. Das sind genug Neuigkeiten für heute. Von der Bi-Sache kann ich ihm ein andermal erzählen. Es ist doch vernünftig, eins nach dem anderen anzugehen. Und Sophie meint immer, niemand solle sich dazu gedrängt fühlen, sich zu outen.

Mit einem verschmitzten Grinsen sagt er: »Ich nehme an, du wirst deinem Kalender eine neue Farbe hinzufügen.«

Ich fühle mich, als wäre ich ein Level aufgestiegen.

Himmelblau für Doug, Marineblau für die Arbeit, Lila für Sophie, Grün für meine wöchentlichen Telefonate mit Mum, Grau für meine Zeit allein. Die Proben mit Phase werden, beschließe ich ganz unverfroren, pink.

Prosecco schlürfend blicke ich mit einem glücklichen Lächeln auf meinen Kalender. Ein voller Kalender zeugt von einem erfüllten Leben.

Kapitel 12

Samstag früh bin ich so nervös wegen meiner ersten Probe mit Phase, dass ich keine Sekunde länger schlafen kann. Also schleiche ich mich nach unten, um zu üben, und verliere mich im Nu in verschiedenen Variationen von *Cusp* …

Ein Teller Hobnobs erscheint am Rande meines Blickfelds, zusammen mit einem bärtigen Mann, der mich auf die Wange küsst. Ich schrecke leicht desorientiert aus meiner Versunkenheit hoch, nehme die Kopfhörer ab und versuche, die verträumten Gedanken der queeren Musikerin George aus dem Kopf von Dougs Freundin Gina zu verdrängen.

»Danke, Schmusebär«, sage ich automatisch.

Er lächelt mich stolz an. »Sie werden dich lieben.«

Das ist der Plan.

Ich überlege immer noch, was ich anziehen soll, als Mum anruft. Mist, ist es wirklich schon so spät? Eigentlich wollte ich mir für unser Telefonat Zeit nehmen, aber es dauert länger als gedacht, sich zu entscheiden, wie eine Lesbe zu Bandproben aussehen würde.

Nichts von meinen üblichen Klamotten fühlt sich richtig an, also habe ich ein altes kariertes Hemd aus den Tiefen des Wäschekorbs gefischt und Sophies Jeansjacke darübergezogen. Ich hätte sie um Rat bitten sollen, aber sie hätte mich womöglich ausgequetscht, warum ich mir so viel Mühe gebe. Und das konnte ich nicht riskieren.

Jetzt erscheint das Bild meiner Mum mit Bunny auf meinem Handy, auf dem sie mir beide die Zunge herausstrecken.

Verdammt. Ich habe seit Jahren keinen Anruf von ihr ignoriert, aber ich hab ihr noch nicht von Phase erzählt, und ich will es nicht überstürzen.

Also schreibe ich ihr, dass ich sie später zurückrufen werde. Sofort sendet sie mir eine Reihe panischer Nachrichten.

ALLESINORDNUNG??!

Ja!, schreibe ich zurück.

GIBMIRBESCHEID!!!

Ja, mir geht's wirklich gut, bin nur beschäftigt. Meld mich später.

BISTDUSICHER??!

JA, schreibe ich zurück.

Punkt zwei Uhr im Familiar. Der Pub ist geschlossen, aber Phase – ich meine: wir – dürfen auf der Bühne proben. Es fühlt sich seltsam an, nicht an der Türsteherin mit ihrem Katzenstempel vorbeizumüssen.

Die Halloween-Deko lauert am Ende des Gangs, noch gruslíger im Tageslicht. Ist es wirklich erst ein paar Wochen her, dass ich zum ersten Mal hier war? Ich mache ein Selfie vor der Hexentür und schicke es an Sophie mit der Bildunterschrift: *Jam-Session!!!*

Isobel ist die Einzige, die schon da ist. Fein herausgeputzt in einem weißen Rollkragenpullover, High-Waist-Jeans und hochhackigen Stiefeln sitzt sie am Rand der Bühne und zieht ihren makellosen Lippenstift nach. Im Vergleich zu ihr fühle ich mich wie ein verlottertes Straßenkind.

»Hallo?«, sage ich zaghaft.

Mit einem Kreischen springt sie auf und gibt mir ein Küsschen auf beide Wangen. Ich glaube, ich küsse sie im Gegenzug ein paarmal zu oft, aber wir kichern beide genug, dass es nicht unangenehm wird.

»Es freut mich total, dass du dabei bist, George. Ich habe mir Rudys Video von deiner Audition schon so oft angeguckt, und ich bin immer noch hin und weg. Kein Vergleich zu einigen der anderen, die bei uns vorgespielt haben.« Sie macht große Augen und klimpert vielsagend mit den Wimpern.

Die alte Gina hat Mitleid mit den armen Mädels. Doch die neue George denkt: Tja, Pech gehabt.

In diesem Moment kommt Rudy mit vier Kaffeebechern und einem riesigen Tablett Donuts herein. Ihre pinken Haare und gelben Doc Martens hüpfen vor Aufregung.

»George! Aaah! Es ist so schön, dich wiederzusehen! Ich hab uns einen kleinen Snack besorgt ...«

Eine halbe Stunde vergeht wie im Flug, während wir uns über London, Musik und Backwaren unterhalten. Doch immer noch keine Spur von Kit. Isobel nimmt meinen Gedankengang vorweg.

»Kit hat kein Zeitgefühl«, erklärt sie in missbilligendem Ton. »Nur gewöhnliche Sterbliche halten Termine ein. Sie kommt und geht, wann es ihr passt.«

»Dann musst du mich in Zukunft wohl aus meinem Schlafzimmer eskortieren«, erklingt eine tiefe Stimme an der Tür.

Da ist sie, heißer denn je, in einem zerknitterten grauen T-Shirt und mit zerzaustem Haar, als wäre sie gerade erst aufgestanden. Isobel schmollt, rührt aber zwei Päckchen Zucker in Kits Kaffee und reicht ihn ihr.

Kits Augen legen sich in Lachfältchen. »Danke, Isy.«

Dann wendet sie sich mir zu, und ihre Lippen verharren über ihrem Becher. »George. Ich freue mich schon, mit dir zusammenzuarbeiten.«

Mein Herz hüpft erbärmlich.

»Legen wir los«, sagt Isobel und klatscht in die Hände wie eine viktorianische Schulleiterin. »George, unsere einzige Regel ist, dass wir ein Team aus Gleichberechtigten sind. Obwohl jede von uns Songs hat, bei denen sie im Vordergrund steht, sind es alles unsere gemeinsamen Songs. Das macht sie so einzigartig.«

Bronze Age haben meinen Beitrag zu ihren Songs nie offiziell anerkannt. Als Urheber wird immer nur Mickey genannt. Und ich weiß, dass sie die Lieder nicht als Gemeinschaftsprojekt sehen, denn meinen Solo-Song *I Choose You* haben sie nach unserem letzten Gig nie wieder gespielt.

»Wir möchten, dass du eigene Stücke einbringst, sobald du dich dazu bereit fühlst«, sagt Isobel.

»O nein, ich schreibe nicht.«

Mit dem Gedanken, wieder Klavier zu spielen, habe ich mich zwar inzwischen angefreundet, aber eigene Songs zu schreiben ist eine ganz andere Erinnerungserweckungsmasche.

»Keine Sorge«, sagt Kit und drückt beruhigend meine Schulter. Meine Haut kribbelt. »Wenn du nervös bist, kann ich dir helfen.«

Moment. Meint sie etwa, wir könnten zusammen Lieder schreiben? Nur wir beide? Allein? Das wäre ... bestimmt anders genug. Wir würden neue Erinnerungen schaffen ...

»Kein Grund zur Eile«, wirft Isobel ein. »Zuerst arbeiten wir an unserem alten Kram. Aber füg gern einen George-Twist hinzu.«

Zum Glück habe ich keine Zeit, mir Gedanken zu machen, wie um Himmels willen ich einen George-Twist hinzufügen soll, wenn George doch erst seit zwei Wochen existiert, denn wir legen gleich los.

Keine Notenblätter, kein Zeitplan, kein Metronom. Wir hören einander einfach zu und reagieren darauf, spielen nach Gehör und prägen uns die Texte ein. Es sollte frustrierend, unprofessionell und ein einziges Chaos sein. Doch stattdessen ist es ... ganz leicht. Die Zeit scheint stillzustehen im Fluss der Musik und Emotionen.

Mit jedem neuen Lied habe ich das Gefühl, sie besser kennenzulernen. Kit ist virtuos in Songs mit schnellem Tempo wie *Mercury* oder *Co-Star*, aber in *Virgo in June* experimentiert sie kaum und spielt die Hi-Hat nur leise, als hätte sie Angst, etwas falsch zu machen. Isobel hingegen taucht tief in alle Songtexte ein, nur bei *Mercury* schreckt sie vor den nicht jugendfreien Lyrics zurück. Rudy verleiht dem Ganzen eine chaotische Unberechenbarkeit; manchmal bringt sie brillante Riffs ein, dann hält sie sich wieder zurück und erweist sich als zuverlässige Begleitung. Offenbar fühlt sie sich in beiden Rollen wohl, wobei ihre Energie stark von ihrem Zuckerspiegel abzuhängen scheint.

Wenn ich die anderen durch die Musik immer besser verstehe, was lernen sie dann wohl über George?

Der einzige Moment, wo es ein bisschen holpert, ist, als wir Rudys Song *Co-Star* proben. Sosehr ich das Lied auch liebe, ich kann damit nichts anfangen, wenn ich nicht weiß, worum zur Hölle es geht.

Als ich das gestehe, starrt mich Rudy mit offenem Mund an, dann verkündet sie: »Ich werde gleich dein Leben verändern.«

Wie sich herausstellt, ist *Co-Star* eine Astrologie-App. Dort bekommt man »akkurate tägliche Horoskope«.

»Die Daten sind von der NASA«, versichert sie mir. Was die genaue Bestimmung der Sternenpositionen mit diesem Unsinn zu tun hat, weiß ich nicht.

Rudy bittet um mein Handy, um die App für mich einzurichten. Im Stillen klopfe ich mir auf die Schulter, weil ich daran gedacht habe, einen anderen Startbildschirm zu wählen als Doug, der die Kamera küsst.

Rudy fragt nach meinem Geburtsdatum und -ort.

»Hast du vor, meine Identität zu stehlen?«, witzele ich. Nicht, dass ich einen genauen Überblick darüber hätte, welche Identität sie eigentlich stehlen würde.

Alle treten heran, um mein Horoskop zu lesen.

»Ooh …«, sagt Rudy. »Dein Horoskop zu lesen ist, als würden wir dich nackt sehen.«

Vielleicht sollte ich mir das von Kit anschauen?

»Ich wusste, dass du Waage bist«, behauptet Isobel. Ich will gerade erwidern, dass es leicht ist, das zu wissen, wenn man es vor sich sieht, doch ihr Gesicht ist frei von Ironie.

»Waage«, sagt Rudy, »das Sternzeichen des Gleichgewichts und Ungleichgewichts. Immer entzweigerissen.«

»Du bist unentschlossen«, liest Isobel laut vor. *»Du entscheidest dich ungern für eine Seite.«*

»Du tust alles, um Konflikte zu vermeiden«, fügt Kit hinzu.

Ich spiele verlegen an meinen Hemdknöpfen herum.

Ach, komm schon. Gina glaubt nicht an solches Zeug! Es beruht auf Doppeldeutigkeit und Bestätigungsfehlern.

Aber … was denkt George darüber? Ich weiß immer noch nicht, ob diese ganze Queere-Leute-glauben-an-Horoskope-Sache ernst gemeint oder nur ein weitverbreiteter Witz ist. Gehört das zum lesbischen Initiationsritus? Hat man eines Tages Sex mit einer Frau, und sie flüstert einem vielleicht zu: »Alles ist nur erfunden, aber erzähl's nicht den Heteros.«

»Ihr habt mich erwischt«, sage ich und hebe wie zur Kapitulation die Hände. »Ich stecke voller Widersprüche und will es allen recht machen. Und ich bin echt gut im Abwiegen von Zutaten.«

Rudy lacht, und Isobel lächelt, doch Kit studiert weiter mein Horoskop.

Wie beiläufig berühre ich ihren Arm und tippe auf mein Tageshoroskop.

Es lautet: *Hör auf, dich selbst zu belügen.*

Schon viel zu bald öffnet sich die Tür, und die tätowierte Barkeeperin, die ich im Kopf immer noch Cara Delevingne nenne, sieht uns entschuldigend an.

»Sorry, Leute, aber ich muss jetzt die Bar vorbereiten.«

»Ach du meine Güte, schon?«, fragt Isobel.

Die Barkeeperin grinst schief, dann entdeckt sie mich und winkt mir zu. Unwillkürlich muss ich an die doppelten Cocktails denken, winke zurück und mache mich bereit, ihr meinen besten doofen Witz zu erzählen. Wie ging noch mal dieser Witz, den Dad so gern erzählt hat? *Fragt der Klavierlehrer seinen Schüler: »Wozu braucht man die Pedale am Klavier?« Der Schüler darauf: »Um zu bremsen, wenn man einen Fehler gespielt hat.«*

Doch dann spricht Kit mich an, und ich vergesse alles andere.

»Hast du Hunger?«, fragt sie. »Wollen wir uns was zu essen holen?«

Ich checke in Gedanken Ginas Kalender und vergewissere mich, dass Doug heute Abend unterwegs ist, bevor ich zusage.

Ich weiß, ich habe Mum geschrieben, dass ich sie zurückrufe, aber ich kann ja wohl kaum zu meiner coolen neuen Band sagen: »O sorry, ich müsste dann jetzt mal eine Stunde über Gemüseanbau und die Verdauungsprobleme meines Hundes reden.«

Also lasse ich ihre Nachrichten unbeantwortet und halte mich davon ab, mich allzu schuldig zu fühlen, indem ich mir schwöre, sie gleich morgen früh anzurufen.

Verdammt, das heißt, ich muss Doug bitten, unsere Sonntagsroutine zu verschieben. Gott, Dominoeffekte sind echt stressig. Ich fühle mich wie ein Schmetterling, der mit seinem Flügelschlagen einen Tornado auslöst.

Zwanzig Minuten später sitzen wir in einem Park in Hackney Wick und essen Pommes und frittierte Zwiebelringe. (Ich bin so daran gewöhnt, dass Ferdinand bei Cod Almighty meine Bestellung kennt, dass ich vergessen habe zu sagen, dass ich die Soße daneben will. Die alte Gina wäre am Boden zerstört.) Der Park ist ziemlich versifft, und überall um uns herum picken ausgemergelte Tauben herum, doch mit Phase fühle ich mich wie im siebten Himmel.

»Also, wie habt ihr euch kennengelernt?«, frage ich unfassbar gelassen.

Sie grinsen alle und sehen sich auf diese Art an, wie es Pärchen tun, wenn sie entscheiden, wer ihre Geschichte erzählen soll.

»Durch Zufall«, antwortet Kit.

»Schicksal«, berichtigt sie Isobel.

»Wir waren auf einer großen Party in Vauxhall«, fährt Rudy fort.

»Eine von Kits Ex-Freundinnen war mit einer von Rudys Ex-Freundinnen zusammen«, erklärt Isobel, »und sie meinten, wir müssten uns unbedingt kennenlernen.«

Die queere Gewohnheit, in engem Kontakt zu seinen Ex-Partnern zu bleiben, irritiert mich.

»Unsere Freundin hatte zufällig ein paar Gitarren zu Hause,

also fingen wir an zu spielen. Und wir hatten eine Menge Spaß ...«

»Doch dann ist Marsha aufgetaucht«, erzählt Rudy in dramatischem Ton.

»Ich glaube, Marshas Ex hatte sie auch eingeladen«, sagt Kit und nippt an ihrer Cola.

Isobel nickt. »Cassia. Die mit den schiefen Zähnen.« Nebenbei klaut sie Kit eine Fritte. »Jedenfalls hat Marsha einfach, ohne zu fragen, mitgemacht. Und uns herumkommandiert.«

»›Wir spielen in A-Dur‹«, äfft Rudy sie nach, »›genau dreiundachtzig Schläge pro Minute – auf drei!‹«

Die drei lachen laut und erschrecken die armen Tauben fast zu Tode.

»Aber es hat funktioniert«, meint Kit achselzuckend.

»Allerdings«, stimmt Rudy zu. »Plötzlich riefen alle nach einer Zugabe, und Marsha nur so: ›Gebt mir eure Nummern, das machen wir regelmäßig.‹«

»Hauptsächlich, weil sie mit Kit ins Bett wollte«, sagt Isobel missbilligend.

Kit verdreht die Augen. »Sei nicht so katholisch.«

Isobel macht ein tadelndes Geräusch, aber stibitzt noch eine Fritte von Kits Schoß.

»Und das war ... hmm ...« Rudy gibt noch mehr Ketchup auf ihre Zwiebelringe. »Vor etwa neun Monaten?«

»O Mann«, murmelt Kit erstaunt, »das ist echt lange her.«

»Eine ganze Schwangerschaft«, pflichtet ihr Isobel bei.

»Wir haben zusammen ein Baby bekommen«, schwärmt Rudy, und sie sehen einander liebevoll an. Ich knabbere an meinem Göffel.

»Als Marsha ausgestiegen ist«, sagt Rudy, »wussten wir nicht, ob wir besser aufhören sollten.«

»Wir hätten zu dritt weitermachen können«, sagt Isobel. »Wir brauchen nicht unbedingt ein Keyboard. Viele Bands haben nur Gitarre, Bass und Schlagzeug.«

Ich nicke, halte jedoch abrupt inne. Stimm ihnen nicht zu, du Idiotin, sie reden davon, dich loszuwerden.

»Doch dann bist du aufgetaucht«, sagt Kit.

Als ich aufblicke, lächeln mich alle an.

»Deine Audition war wie diese Party«, meint Rudy.

»Die Sterne standen einfach richtig«, stimmt Isobel zu.

Kits Augen glitzern im Abendlicht. Sie hebt eine Fritte, um einen Toast auszusprechen. »Auf George. Und die nächste Phase für Phase.«

Wir stoßen mit unseren Pommes an und wiederholen lachend ihre Worte.

Vielleicht gehöre ich tatsächlich dazu.

»Wann treffen wir uns das nächste Mal?«, frage ich. »Haben wir einen festen Probenplan?«

»Oh, auf feste Gewohnheiten könnte Kit sich nie einlassen«, neckt Isobel.

»Wie wär's mit Mittwoch?«, fragt Kit und streckt sich genüsslich auf der Wiese aus.

Mittwoch ist Ginas Date Night mit Doug …

Dann muss ich ihm das eben nachher beibringen, er hat bestimmt Verständnis dafür. Manche Veränderungen sind gut. Oder? Ein bisschen Abwechslung.

Ich trage es in unseren gemeinsamen Kalender ein.

»Wow, George, dein Kalender ist so voll!«, ruft Rudy, als sie einen Blick auf mein Display wirft und die Schar meiner und Dougs Termine sieht.

»Nein, nein«, stammle ich, »das ist einfach mein Ding. Ich schreibe alles in meinen Kalender, sogar Haushaltskram.«

»Typisch Waage«, sagt Isobel mit einem Zwinkern.

Doch Rudy starrt stirnrunzelnd auf mein Display, und ich habe schreckliche Angst, dass genau in diesem Moment ein Reminder von Doug aufpoppen könnte. Gott, ich weiß, ich muss ihnen irgendwann von ihm erzählen, aber ich will nicht, dass sie es so erfahren. Wenn Kit *Schreib deinem Freund :)* auf meinem Display lesen würde, fiele ich auf der Stelle tot um.

Unauffällig gehe ich zu meinen Kalendereinstellungen. Ich könnte die Benachrichtigungen einfach ausstellen ... Doug würde nichts davon erfahren. Ich brauche sowieso keine Erinnerungen mehr, ich lebe seit Jahren dieselbe Gina-Routine und kenne sie in- und auswendig.

Zum ersten Mal, seit Doug unsere Kalender verknüpft hat, als wir zusammengezogen sind, schalte ich die Benachrichtigungen aus.

In den Sekunden danach erwarte ich fast irgendeinen göttlichen Vergeltungsschlag. Ein Erdbeben oder zumindest eine Sonnenfinsternis. Zumindest dachte die alte Gina wohl damals, in den ersten Monaten nach Dads Beerdigung, dass es ohne ihren Kalender ein Unglück gäbe.

Aber nein, nichts. Nur eine Taube, die mit den Flügeln schlägt.

»Ja«, lache ich und stecke mein Handy zurück in meine Jackentasche. »Typisch Waage.«

An diesem Abend sorge ich dafür, dass ich vor Doug zu Hause bin.

Schnell ziehe ich meine Jeansjacke und mein übergroßes Hemd aus, schlüpfe in mein hübschestes, spitzenbesetztes Seidennachthemd, das mir Doug zu unserem vierjährigen Jubiläum geschenkt hat (das Motto war Seide und Leinen, ich habe ihm ein Wursthund-Geschirrtuch geschenkt), bereite einen Teller Hobnobs vor und mache es mir auf meiner Seite des Betts gemütlich.

Als er zurückkommt und fragt, wie meine Proben waren, antworte ich: »Phantastisch.« Ich frage, wie sein Gig war, und er antwortet: »Phantastisch.« Wir tanzen betrunken durch das Zimmer, dann fallen wir ins Bett und haben phantastischen, ungeplanten Sex.

Wir machen es in unseren Lieblingsstellungen, in unserer Lieblingsreihenfolge, und wie immer kommen wir gemeinsam. Und dann schlafen wir beide mit einem Lächeln im Gesicht ein.

Kapitel 13

Mittwoch, vier Uhr, die letzte Unterrichtsstunde für heute. Mousy Matilda Jennings.

So nenne ich sie nicht wegen ihres Aussehens, obwohl sie mausgraue, zu zwei kurzen Zöpfen gebundene Haare, blasse Haut und eine (wirklich süße) Zahnlücke hat. Nein, für mich ist sie Mousy Matilda, weil sie das stillste Wesen ist, das mir je begegnet ist. Sie berührt das Klavier so sachte, dass es kaum ein Geräusch von sich gibt. Was wirklich schade ist, denn ich glaube, sie könnte ziemlich gut sein, aber leider vermag nur eine ganz bestimmte Sorte Fledermäuse sie zu hören.

Als sie am Klavier kauert, muss ich an eine von Dads Schülerinnen denken. Das Mädchen war so verängstigt, dass man hätte denken können, sie sei entführt und mit irgendeiner bizarren Foltermethode zum Klavierspielen gezwungen worden. Doch schon nach der ersten Stunde mit Dad kicherte sie und schlug so fröhlich auf die Tasten ein, als wolle sie die verlorene Zeit aufholen.

Die alte Gina hätte eine solche Erinnerung verdrängt und einfach still weitergemacht. Doch seit ich bei Phase bin, fühle ich mich, als ob ich … vielleicht etwas zum Besseren verändern könnte? Nicht nur für mich selbst, sondern auch für die Leute um mich herum?

»Matilda«, sage ich leise, und sie zuckt zusammen. »Wusstest du, dass der ursprüngliche italienische Name für ein Klavier *piano e forte* ist?«

Sie starrt mich mit großen Augen an.

»Weißt du, was das heißt?«

Matilda öffnet lautlos den Mund.

»Entschuldige, kannst du das noch mal sagen?«

»Leise und laut?«, flüstert sie.

»Ganz genau! Sehr gut! Also, ich denke, das *piano* hast du perfekt gemeistert, aber wie wäre es, wenn du es mal mit ein bisschen mehr *forte* probierst? Spiel einen Ton, so laut du kannst.«

Sie erschaudert.

»Nur zu, mach mich taub.«

Ihre Mundwinkel heben sich ganz leicht. Dann spannt sie ihre Muskeln an und drückt auf eine Taste.

Der Ton ist fast laut genug, dass ihn das menschliche Ohr wahrnehmen kann.

»Jetzt *fortissimo*!«

Sie spielt ihn erneut, *pianissimo*.

»Und *crescendo*!«

Ein bisschen lauter.

»*Crescendo!*«

Noch ein bisschen lauter.

»*Crescendo!*«

Matilda haut mit beiden Händen in die Tasten und erzeugt einen lauten, klaren, vollen Ton. Aufgeschreckte Krähen fliegen am Fenster vorbei. Ermutigt spielt sie den Akkord erneut, in dekadentem *Arpeggio*. Das Echo hallt lange nach.

Voll Staunen sehe ich Matilda an. Sie stößt ein kleines Kichern aus.

Und zum ersten Mal in meinem Leben denke ich, dass ich diesen Job lieben könnte.

Nachdem Matilda gegangen ist, überlege ich, zu Alexa zu laufen und ihr davon zu erzählen, aber vielleicht würde sie diesen

Zum-Wohl-der-Kinder-etwas-Neues-ausprobieren-Quatsch nicht gutheißen. Also erfreue ich mich allein an der großartigen Neuigkeit.

Ich bin nicht nur Lehrerin geworden, weil ich nicht mehr auftreten konnte, sondern auch, um mich mit Dad verbunden zu fühlen. Aber eigentlich habe ich es nie wirklich versucht. Wenn ich sein will wie er, kann ich das nicht nur dem Namen nach – ich muss auch mit derselben Begeisterung unterrichten. Doch ich war so besessen davon, wie sehr mir die Band und wie sehr er mir fehlt, dass ich nur mich im Blick hatte. Über den Einfluss, den ich auf die Kinder habe, habe ich nie nachgedacht.

Gott, ich bin so egoistisch. Dad wäre alles andere als stolz auf mich. Er wäre enttäuscht.

Meine gute Laune vergeht genauso schnell, wie sie gekommen ist, und nur ein Gedanke bleibt zurück: Ich hätte doch bei der Routine bleiben sollen.

Kit wischt sich den Schweiß von der Stirn. Wir spielen gerade die letzten Takte von *Mercury*, als sie mich dabei ertappt, wie ich sie anstarre. Sie erwidert meinen Blick mit einem trägen Lächeln, wirbelt ihre Drumsticks durch die Luft und lässt sie auf die Becken niederkrachen.

Um nicht auf der Stelle in Flammen aufzugehen, trinke ich einen großen Schluck Wasser.

Wenn ich George bin, vergesse ich all meine Zweifel und Scham. Wenn ich mit Phase spiele, kann ich kaum glauben, dass ich mir dieses Vergnügen so lange vorenthalten habe. Es fühlt sich einfach so … natürlich an.

Doch allzu bald erscheint die Barkeeperin mit den kurz geschorenen Haaren an der Tür und bittet uns, zusammenzupacken. Der Anblick ihres farbenfrohen Crop Tops und ihres schiefen Lächelns lindert die Enttäuschung ein wenig. Insgeheim überlege ich schon, wie ich sie mit meiner nächsten Getränkebestellung zum Lachen bringen kann.

»Also, George«, sagt Isobel, als wir später am Abend in unserer üblichen Nische sitzen, »gibt es irgendetwas, von dem du meinst, dass wir es verbessern sollten, jetzt, da du offiziell zum Team gehörst?«

Das fühlt sich an wie der Teil am Schluss eines Bewerbungsgesprächs, wenn man gefragt wird: »Und haben Sie noch Fragen an uns?«

»Na ja«, murmele ich und zerbreche mir fieberhaft den Kopf. Schließlich lande ich bei dem, was Doug neulich gesagt hat. »Schon. Dass Phase online so gar nicht präsent sind. Ich verstehe, dass ihr euch auf das Live-Erlebnis fokussieren wollt, aber dadurch verpasst ihr eine Chance. Die Leute wollen tolle Live-Momente wiederaufleben lassen und die Songs mit Freunden teilen, die nicht in London wohnen. Ihr – wir – könnten uns eine Fan-Base aufbauen. Wäre das den Kompromiss nicht wert?«

Plötzlich ist es totenstill. Mich beschleichen Zweifel.

»Oder auch nicht«, sage ich hastig.

Doch Isobel nickt. »So habe ich das noch nie gesehen. Dadurch sind wir für viele unerreichbar.«

»Außerdem sind wir super süß«, meint Rudy und kaut auf der Zitrone aus ihrem Drink. »Uns würden Unmengen von Mädels folgen.«

Wir sehen zu Kit – die Entscheidung liegt bei ihr, denn Phase fassen Beschlüsse einstimmig.

Sie zuckt die Achseln. »Probieren wir es aus.«

Offenbar zahlt es sich doch aus, einen Freund zu haben. Zum Glück sind Ginas Social-Media-Accounts privat und schwer zu finden, weil sie eine Lehrerin ist, die nicht von ihren Schülern gestalkt werden will. Also besteht keine Gefahr, dass ich auf diese Art ertappt werde.

Während Rudy unser Profil erstellt, wird mir klar, dass das wahrscheinlich der erste Mittwochabend seit vier Jahren ist, den ich nicht mit Doug verbringe.

Dann streift Kits Knie unter dem Tisch das meine. Wäre es okay, wenn ich den leichten Druck erwidere? Rein platonisch?

Ich erwidere den leichten Druck.

Im nächsten Moment presst sich ihr gesamtes Bein an meins ...

»Hallooo?« Rudy fuchtelt mir mit der Hand vor dem Gesicht herum. »Erde an George?«

»Ähm, was?«

»Bist du ein Gold Star?«, fragt sie grinsend.

Ist das noch so ein Horoskopding?

»Wir sind es alle«, sagt Isobel.

»Na ja ...«, bluffe ich, »ihr habt mein Co-Star-Horoskop gesehen.«

Kits Knie hält abrupt inne.

»Oh«, kichert Rudy, »stand da, dass du noch nie mit einem Mann geschlafen hast? Das muss ich übersehen haben.«

Ich verschütte mein Bier.

Alle lachen, während ich zur Bar renne, um einen Lappen zu holen.

Na großartig. Jetzt habe ich es doch tatsächlich geschafft, meinem Freund vorzulügen, ich wäre hetero, und Phase vorzulügen, ich wäre lesbisch.

Nein, das muss nicht aus dem Ruder laufen. Ich gehe einfach zurück und gestehe ihnen die Wahrheit. Ich sage ihnen, dass ich bi bin und einen Freund habe, und damit ist die Sache erledigt. Alle Missverständnisse beseitigt.

Um einen Lappen zu bitten, ist nicht gerade das Gespräch mit der Barkeeperin, das ich mir ausgemalt hatte, weshalb ich keine blöden Witze in petto habe. Doch als ich ihrem Blick begegne, lächelt sie mich an.

»Oh, hallo, Doubles!«

Dann blinzelt sie mich erschrocken an und hält sich die Hand vor den Mund. »O Gott, es tut mir leid! Es ist nur ... Ich kenne deinen Namen nicht, da dachte ich ... Das ist mir so peinlich, bitte vergiss, dass ich überhaupt was gesagt habe.«

»Nein! Nein, das ist ...«

Wie üblich werde ich rot, aber ausnahmsweise nicht vor Scham, sondern vor Freude. Ich will ihr sagen, dass ich ihr im Kopf auch einen Spitznamen gegeben habe, halte mich jedoch – zum Glück! – zurück. Bestimmt gibt sie allen Stammkunden einen Spitznamen, der etwas mit ihren Bestellungen zu tun hat. O Mann, seit wann habe ich so ein riesiges Ego?

»Schon okay«, sage ich und gebe ihr ein oberpeinliches Daumen-hoch. »Guter Kundenservice!«

Ihr Lächeln verblasst.

»Ja sicher«, murmelt sie und sieht sich um, als wünschte sie, es wären noch andere Gäste da, damit sie einen Vorwand hätte, sich aus dem Staub zu machen. Doch da ist niemand. Sie wendet sich mir wieder zu.

»Ich bin Cara«, sagt sie, und mir klappt die Kinnlade herunter.

»Im Ernst?«

Sie blinzelt ein paarmal, dann sagt sie: »Wenn du schon wieder einen Witz machst, versteh ich ihn nicht.«

»Nein! Nein, das ist nur ein verrückter Zufall, weil ich gleich bei unserer ersten Begegnung dachte, du siehst aus wie Cara Delevingne.«

Einen Moment schauen wir einander unsicher an, dann breitet sich wieder dieses unglaublich süße schiefe Grinsen auf ihrem Gesicht aus.

»Ich bin George«, sage ich selbstbewusster, als ich mich fühle, und reiche ihr die Hand. »Aber du kannst mich Doubles nennen.«

Cara lacht und will meine Hand ergreifen, doch dann wird ihr offenbar bewusst, wie klebrig ihre Hände sind. In der Zeit, die sie braucht, um sie an ihrer Schürze abzuwischen, erscheint Kit hinter mir.

Überrascht ziehe ich meine Hand weg. Im selben Moment streckt Cara die ihre aus, zieht sie aber gleich wieder zurück und tut, als habe sie nur nach einem Glas gegriffen.

O mein Gott. Die Scham kommt mit aller Macht zurück, und ich erröte heftig. Ich wünschte, ich könnte mich in Luft auflösen.

Doch Kit bekommt nichts davon mit. Sie fragt seelenruhig: »George, willst du mitkommen und die Hemden anprobieren, von denen ich dir erzählt habe?«

Ich sehe zu Cara, die meinen Blick nicht erwidert und ohne ersichtlichen Grund eine Zitrone in ein anderes Fach räumt. Aber ich bin sicher, dass sie Kit gehört hat.

Ähm ... lädt sie mich zu sich nach Hause ein? Cara nimmt ihre Zitrone ans andere Ende der Bar mit. Kit fährt sich durch die Haare, und mir steigt ein leichter Kieferndufte in die Nase. Wie berauscht von ihrem Parfüm wende ich ihr meine Aufmerksamkeit zu – wie kann ich Ja sagen, ohne Ja zu sagen?

»Ich wohne ganz in der Nähe. In fünfzehn Sekunden *kommst* du ...«, raunt sie mit einem anzüglichen Lächeln und lässt eine bedeutungsvolle Pause, »locker hin.«

In meinem Kopf blitzen Erinnerungen an den sehr expliziten Refrain von *Mercury* auf.

»So naiv, dass ich dir das abkaufe, bin ich auch wieder nicht, Kit.«

Sie streckt die Hand aus, um auf die Wette einzuschlagen.

Mit einem skeptischen Schnauben ergreife ich sie. »Die Wette gilt.«

Meine Hand fest umfasst, zieht mich Kit mit sich, und in unserer Hast werfen wir einen Barhocker um.

»Fünfzehn«, ruft sie, »vierzehn, dreizehn ...«

Lachend rennen wir über die dunkle Straße und halten kaum lange genug an, um nach Autos Ausschau zu halten.

»Fünf, vier, drei ...«

Hier gibt es keine Häuser.

»Eins«, sagt sie triumphierend und legt die Hand auf die Motorhaube eines großen silbernen Vans.

»Ein Van? Das ist nicht fair!«, keuche ich lachend. »Du hast geschummelt!«

Mit einem selbstzufriedenen Achselzucken holt sie ihren Schlüssel aus der Hosentasche, der mit einer Kette an ihrer Jeans befestigt ist, und schließt die Tür auf. »Home Sweet Home.«

Wow. Ich weiß nicht, was ich erwartet hätte, wenn mir jemand gesagt hätte, Kit wohne in einem umgebauten Van, aber das jedenfalls nicht.

Es sieht darin aus wie in der Zeitreisemaschine einer Bohemienne. Alles ist mit gemusterten Teppichen oder Polstern bedeckt, die aus der ganzen Welt zu stammen scheinen. Es riecht nach Jasmin, Kits Kiefern-Eau-de-Toilette und Marihuana, und ich schwöre, ich werde schon allein vom Einatmen high, obwohl ich nicht sicher bin, was mich am meisten berauscht.

An einer Wand befindet sich eine kleine Kochnische mit einer

Spüle, einem Geschirrschrank und einem Minikühlschrank. Den meisten Raum nimmt das gigantische Bett ein, das mit Kissen und weichen Decken überhäuft ist. Darüber hängt ein handgefertigtes Kreuz – ein Geschenk von Isobel?

»Alles eigenhändig renoviert«, sagt Kit und klopft liebevoll auf das Holz. »Ich mag es, mobil zu sein. Jederzeit aufbrechen zu können. Nicht zu lange an einem Ort zu bleiben.«

Ich dachte, jetzt, da ich Mitglied von Phase bin, hätte ich reichlich Zeit, Kit kennenzulernen. Dass wir allmählich gute, enge und natürlich rein platonische Freundinnen werden würden ... Aber als ich mich in ihrem Wohnwagen umsehe, wird mir klar, dass sie jederzeit ohne Vorwarnung aus meinem Leben verschwinden könnte.

»Wie lange bist du schon in London?«

Sie runzelt die Stirn. »Ein paar Jahre«, antwortet sie hörbar überrascht, und ihre Finger greifen wie von selbst nach der Zigarettenschachtel in ihrer Jackentasche. »Seit wir Phase gegründet haben, sitze ich quasi in dieser Straße fest.«

»Wo warst du vorher?«

»Nach dem College haben Isy und ich eine Weile zusammengewohnt.« Sie lächelt in sich hinein. »Das war, als wäre ich mit meiner nervigsten Freundin verheiratet.«

Wehmütig stelle ich mir vor, mit Sophie zusammenzuwohnen. An der Uni haben wir uns Zimmer direkt nebeneinander gesucht – in der Nähe vom Rest der Bronze-Age-Gang –, doch als wir nach London zogen, erschien es mir die einzig natürliche, erwachsene Entscheidung, mit Doug zusammenzuziehen.

»Warum bist du ausgezogen?«, frage ich. »Warum wohnst du in einem Van?«

»Ich lege viel Wert auf Privatsphäre, schätze ich«, sagt sie und weicht meinem Blick aus. »Auf Unabhängigkeit. Mit Isy als Mitbewohnerin hatte ich das Gefühl, niemanden zu mir einladen zu können.«

Ich erröte.

»Und ich hab sie wohl daran gehindert, eine keusche Nonne zu finden, die sie heiraten kann. Also bin ich ausgezogen.«

Als sie nicht von sich aus weiterredet, frage ich: »Ist dir das lieber? Allein zu wohnen?«

»Klar«, antwortet sie und zieht an ihrer Zigarette. »Jetzt haben wir beide mehr Freiheit. Aber ...«

Sie stößt den Rauch aus und wirft mir einen nachdenklichen Blick zu, als frage sie sich, ob sie mir ihren Gedanken anvertrauen soll oder nicht.

»In letzter Zeit frage ich mich, ob es vielleicht schön wäre, jemanden zu haben, durch den ich mich etwas gebundener fühle. Um Wurzeln zu schlagen. Ein richtiges Zuhause zu haben.«

Sie schluckt schwer. Mir stockt der Atem.

»George«, sagt sie, und ihre dunklen Augen scheinen direkt in mich hineinzusehen. »Ich weiß, wir kennen uns noch nicht lange, aber ... ich hab das Gefühl, als könnte ich ... als könnte ich mit dir über ...«

»Du kannst mir alles sagen«, flüstert George. »Alles.«

Unsere Blicke begegnen sich, und einen Moment lang denke ich, ich verstehe sie. Ich glaube, sie will mir sagen, dass sie das zwischen uns auch fühlt. Dass es ihr plötzlich gar nicht mehr so verlockend vorkommt, ohne jegliche Bindung herumzuvögeln. Sie will mir sagen, dass das mit uns vielleicht anders sein könnte.

Doch dann scheint sie die Nerven zu verlieren. Sie schüttelt den Kopf.

»Ich bin einfach froh, dass wir Freundinnen sind«, sagt sie und drückt ihre Zigarette aus.

Sichtlich unruhig steht sie auf und tigert in ihrem Van herum, räumt beiläufig eine Tasse und einen Teller weg. Mehr Geschirr hat sie nicht. Mir schwirrt der Kopf – will sie mehr von mir als Freundschaft, oder will sie klarstellen, dass wir nur Freundinnen sind?

Ich will nur mit ihr befreundet sein, rufe ich mir in Erinnerung. *Mehr darf daraus nicht werden.*

Ganz und gar platonisch frage ich: »Hat dein Van einen Namen?«

Kit wirft mir einen irritierten Seitenblick zu. »Es ist ein Ford Transit.«

»Nein«, schnaube ich, »ich meinte einen Kosenamen.«

»Oh ...« Ich glaube, sie versteht es immer noch nicht, doch sie fragt: »Was denkst du, wie ich ihn nennen sollte?«

»Van Morrison?«

Den Bruchteil einer Sekunde fürchte ich, mich für immer blamiert zu haben, doch dann lacht sie. Ein richtiges Kichern. Mir ist ganz schwindlig vor Freude.

»Dann heißt er von jetzt an Van Morrison.«

Kit kniet sich hin und zieht einen Kasten unter dem Bett hervor. Darin verbirgt sich alles, was sie gesammelt hat, wie ein Monster unter dem Bett; ramponierte Stadtpläne und Magazine, offene Taschen und verhedderte Kabel. Sie wühlt darin herum, bis sie die Hemden findet.

»Kit, bist du sicher, dass ich die haben kann?«, frage ich und versuche, wie zufällig ihren Arm zu berühren. »Sehr großzügig von dir.«

»Ach was, keine große Sache. Ich trage sie eh nie. Manche davon gehören nicht mal mir.« Sie inspiziert ein zerknittertes Top und schüttelt den Kopf. »Keine Ahnung, wer das hiergelassen hat.«

Ich werde dieses Top verbrennen.

Ohne viel Aufhebens reicht sie mir den Stapel. »Willst du sie anprobieren?«

»Was, hier?«

Hier gibt es nichts, wohinter ich mich umziehen könnte.

Sie zieht eine Augenbraue hoch. »Ich könnte mich umdrehen?«

»Oh, okay.« Ich wünschte, ich wäre nicht so nervös.

»Das hier würde dir bestimmt gut stehen«, meint sie und hält mir ein kurzärmeliges Flanellhemd hin.

Wie versprochen wendet sie sich ab, und ich knöpfe Dougs Hemd auf. Was, wenn sie sich umdreht, während ich noch halb nackt bin? (Was, wenn sie es nicht tut?)

Ich lasse ihr Hemd einen Moment länger offen als nötig, nur für den Fall, dass sie sich umdrehen und einen Blick auf meinen besten schwarzen BH werfen möchte.

Nope.

Also knöpfe ich es zu. Ich fühle mich, als probierte ich vor meinem Date Kleider für den Abschlussball an. Als ich fertig bin, hüstele ich nervös. Kit dreht sich zu mir um.

Ihr Blick wandert langsam von meinem Gesicht an meinem Körper hinab. Dann berührt sie mit zarten Fingern meinen Hals. Ehe ich weiß, wie mir geschieht, ergreift sie beide Seiten meines Kragens, sieht mir tief in die Augen und macht den obersten Knopf zu.

Mir bleibt die Luft weg. Ihre Nähe, ihr Duft ... und das Hemd ist zu eng. Es schnürt mir die Kehle zu, doch ich sage nichts. Meine Haare stecken darunter fest, und ich will sie gerade herausziehen, als Kit mich sanft zurückhält.

»Kurze Haare stehen dir«, sagt sie, während sie ihr Werk begutachtet. »Du siehst mehr aus wie du selbst.«

Kapitel 14

»Sophie, ich brauche einen neuen Look. Hilf mir, so queer wie möglich auszusehen.«

»Ein queeres Umstyling!«, kreischt sie aufgekratzt durchs Telefon. »Na endlich! Das wurde aber auch höchste Zeit! Oh, du hast so ein verdammtes Glück, dass du mich kennst! Das wird ein Riesenspaß. Vorher müssen wir nur noch deine genauen Vorstellungen, dein Budget und deine Schmerztoleranz abklären und – Moment mal, was sagt Douglas eigentlich dazu? Wie ist das Gespräch mit ihm gelaufen?«

Ich zögere nur kurz. »Ja, alles gut. Was brauche ich zur Vorbereitung?«

»Eins nach dem anderen«, ermahnt sie mich, obwohl ihr die Aufregung deutlich anzuhören ist. »Erst mal bekommst du deinen ersten queeren Haarschnitt!«

So lande ich bei einem Unisex-Salon voller sehr netter Friseure mit Pronomenschildchen und Glatze. Zwar fällt es mir erst schwer, jemandem zu vertrauen, der selbst keine Haare hat, dann jedoch texte ich meinen kahlköpfigen Friseur Zee eine absurd lange Zeit damit zu, wie ich gern aussehen würde. Wie ich für Doug, für Mum, für die Liberty und für Phase aussehen muss.

»Also ...« Zee mustert mich nachdenklich. »Die Hälfte der Zeit willst du ein braves Hetero-Mädchen sein und den Rest der Zeit eine kreative Szenelesbe?«

»Äh, ja«, sage ich. »Genau. Hast du schon mal jemanden so aussehen lassen?«

Zee schaltet seinen Rasierapparat an. »Andauernd, Süße.«

Eine Stunde später bezahle ich Zee eine Menge Geld und heule mir dann auf der nächstbesten Toilette die Augen aus.

Mit einer Mütze auf dem Kopf schleiche ich mich nach Hause und begutachte den Schaden im Spiegel.

Die Sache ist die: Schon mein Leben lang trage ich dieselben glatten, schulterlangen Haare wie meine Mum. Und so albern es ist, auch nur ein paar Zentimeter Spitzen schneiden zu lassen hätte bislang schon genügt, mich zu traumatisieren. Und das ist um einiges mehr als ein paar Zentimeter Spitzen.

Doch je länger ich meine neue Frisur betrachte, desto besser gefällt sie mir. Meine beiden Frisuren.

Denn Zee hat mir wie durch Zauberhand einen Haarschnitt mit zwei völlig verschiedenen Modi verpasst. Der Gina-Style ist ein schlichter, gerader Bob mit Pony, feminin, aber auch trendy. Mum wird diesen Look anfangs grauenhaft finden und das Ganze als persönlichen Affront auffassen, aber ich glaube, mit der Zeit wird sie es widerwillig akzeptieren. Kaum zu glauben, aber ich sehe *hübsch* aus.

Doch wenn ich den Bob hochhebe und zu einem lockeren Knoten auf meinem Kopf zusammenbinde, sieht man, dass die komplette Unterseite meines Kopfes rasiert ist, auf etwa zehn Millimeter geschoren, wie Bartstoppeln. Im Nacken sind die Haare zu einem scharfen V rasiert, das auf die Sommersprossen und Leberflecken zeigt, die mir immer so peinlich waren. Das ist die George-Version.

Kurzerhand mache ich zwei Selfies – eins von Gina und eins von George –, schicke Ersteres an Doug und Mum und poste

Letzteres im Phase-Gruppenchat. Die Einzige, die beide zu sehen bekommt, ist Sophie.

omg du hast deine queerness aufgelevelt! du hast nicht nur einen queeren haarschnitt, sondern gleich ZWEI!

Alle außer Mum antworten sofort und schreiben, wie sehr sie die Frisur lieben – obwohl ich mich frage, wie Doug reagieren wird, wenn er den Undercut entdeckt. Schließlich kann ich das nicht ewig vor ihm geheim halten. Es sei denn, ich lasse ihn nie wieder meinen Kopf anfassen. Vielleicht könnte ich so tun, als hätte ich Läuse?

Dann ruft Mum an, und ich weiß, dass ich rangehen muss, sonst ruft sie die Polizei.

»Ginny? Hallo? Hast du einen Nervenzusammenbruch?«

»Hi, Mum«, sage ich und vergewissere mich noch einmal, dass ich ihr nicht das Bild von Georges Undercut geschickt habe. »Nein, alles gut. Wie geht's dir?«

»Ich höre wochenlang kaum etwas von dir, und dann schneidest du dir die Haare ab? Ein Bob? Ein Bob?! Was um alles in der Welt ist bei dir los?«

Ups. Inzwischen habe ich unser übliches Telefonat am Wochenende schon ein paarmal verpasst. Um ehrlich zu sein, hatte ich Angst, sie anzurufen, weil ich nicht aus Versehen etwas über mein Leben als George preisgeben und mich unfreiwillig outen wollte.

Doch mein gewagter Look verleiht mir Selbstvertrauen.

»Ich habe tatsächlich Neuigkeiten …«

»O nein«, sagt sie in düsterem Ton, »ich hasse Neuigkeiten.«

»Es sind keine schlechten Neuigkeiten.«

»Für mich sind alle Neuigkeiten schlechte Neuigkeiten«, seufzt sie. »Na dann los, reiß das Pflaster ab.«

Ich bemühe mich um frischen Schwung in der Stimme. »Ich bin in einer Band!«

»Oh! Oh, das ist wundervoll! Wollte dich Bronze Age zurückhaben?«

»Nein, Mum, nicht Bronze Age. Eine Girl-Band! Genauer gesagt ist es eine les-«

»Aber Doug ist noch bei Bronze Age?«

»Ja, Mum, Doug ist noch bei Bronze Age, und ich bin in einer anderen Band namens Phase.«

»Fazed? Heißt das nicht ›beunruhigt‹? Sind sie so verstörend? Das ist doch keine von diesen Heavy-Metal-Bands, oder?«

»Nein, Mum, *Phase* wie, du weißt schon, ein Zyklus. Wie der Mond. Etwas, das sich mit der Zeit ändert.«

»Wie diese Redewendung, es ist nur eine Phase? Was man diesen Bisexualen nachsagt?«

Das wirft mich völlig aus der Bahn. Ich hätte nicht gedacht, dass sie davon anfängt oder dass sie dieses Klischee kennt oder dass sie »bisexuell« wie eine Krankheit ausspricht.

»Ähm ...«, sage ich und versuche, ihren Ton zu analysieren. »Ja, irgendwie schon.«

»Aber Fazed sind keine Bisexualen?«

»Ähm«, ich zögere, »nicht direkt. Aber Mum, so spricht man das nicht aus.«

»Ja, ja, dann eben Phase. Aber Ginny, sind Phase diese modernen BLT-plus-Leute?«

Panik steigt in mir auf. Sie klingt ganz eindeutig missbilligend. Unwillkürlich muss ich daran denken, wie sich Sophie nach ihrem katastrophalen Outing an meiner Schulter ausgeweint hat. Seitdem hat sie ihre Eltern nicht mehr gesehen.

Das will ich mir nicht antun, und Mum will ich es auch nicht antun. Ich bin die einzige Familie, die sie noch hat. Na ja, abgesehen von Bunny. Aber Bunny wird ihr ganz sicher keine Enkel schenken.

Ich kann das nicht. Ich kann mich nicht vor ihr outen.

»Nein, Mum«, lüge ich. »Sie sind eine ... eine ganz normale Band.«

Ohne etwas von der einschneidenden Entscheidung mitzubekommen, die ich gerade getroffen habe, plappert Mum weiter: »Ich verstehe immer noch nicht, warum du Bronze Age verlassen hast. Du hattest doch so viel Spaß. Sie hätten doch bestimmt ein paar Monate warten können, bis du ... bis du dich gefasst hast, oder?«

Mum weiß genau, warum ich die Band verlassen habe – wie könnte sie das nicht? –, aber anscheinend kann sie es nicht lassen, mir ein schlechtes Gewissen einzureden.

»Wenigstens hast du durch Doug noch Kontakt zu Bronze Age«, fährt sie fort. »Das erinnert dich doch sicher an glücklichere Zeiten. Es ist eine so große Erleichterung für mich, zu wissen, dass du jemand so Beständiges in deinem Leben hast. Es ist ein Segen, eine bessere Hälfte wie ihn zu haben. Dafür solltest du immer dankbar sein, das weißt du, oder?«

Scham, Scham, Schuld, Schuld – ich murmle irgendeine lahme Entschuldigung, dass ich auflegen müsse.

Anstatt sich zu verabschieden, sagt sie: »Keine Sorge, Schätzchen, Haare wachsen nach.«

Donnerstagnachmittag im Raucherbereich des Performing Arts Centre will ich eine Reaktion von Alexa provozieren, also drehe ich den Kopf und zeige ihr den rasierten Undercut unter meinem neuen Gina-Bob.

Ihr Gesichtsausdruck ändert sich nicht. Sie kaut einfach weiter ihr Weingummi. »Hast du dich von Doug getrennt?«

»Nein.«

»Sieht nicht so schlecht aus, wie ich erwartet hätte«, meint sie achselzuckend und bietet mir Süßigkeiten an. Als ich den Kopf schüttele, hält sie mir stattdessen eine Zigarette hin.

»Hat es schon eins der Kinder gesehen?«

»Ja. Ich hab mir unbewusst die Haare hochgebunden, als es mir zu stickig wurde, und Timmy hat mich ›Sir‹ genannt.«

»Problematisch«, meint Alexa.

»Es war ihm furchtbar peinlich. Mir hat es irgendwie gefallen.«

»Vielleicht sollte ich meiner neunten Klasse auch sagen, dass sie mich ›Sir‹ nennen sollen«, überlegt sie. »Vielleicht respektieren sie mich dann endlich.«

»Die anderen haben nur den Bob gesehen. Percy meinte, ich sehe ›sehr modern‹ aus, wenn er das so sagen dürfe.«

»Natürlich meint er das.«

»Und Matilda hat gesagt, es gefällt ihr.«

»*Matilda Maus*?«, keucht Alexa – die Weingummischlange hängt ihr vor Verblüffung aus dem Mund.

»Ja.«

»Ich dachte, sie wäre stumm.«

»Es war das erste Mal, dass sie ohne viel Ermutigung gesprochen hat, das stimmt wohl.«

»Hm«, murmelt Alexa.

»Wir hatten eine richtig gute Stunde. Sie hat lauter als *mezzo* gespielt.«

»Hm«, murmelt Alexa, der immer noch Weingummi aus dem Mund hängt.

Der Gong ertönt. Alexa hebt meine Haare an, begutachtet den Undercut und lässt sie wieder fallen.

Nachdenklich vertilgt sie den Rest der Weingummischlange

und murmelt ein letztes Mal: »Hm.« Dann gehen wir getrennte Wege.

»Halt die Augen geschlossen!«

Nach einem Shopping- und Umstyling-Marathon führt mich Sophie zu ihrem Ganzkörperspiegel.

»Tada!«

Sie hat meine Haare auf dem Kopf zusammengebunden, so dass der Undercut zu sehen ist. Passend dazu trage ich eine neue Brille statt meiner üblichen Kontaktlinsen: eine dieser riesigen, runden Brillen mit silbernem Rahmen, wie sie alle Hipster haben. Zu guter Letzt hat sie mich abgeschminkt, meine Augenbrauen gebürstet (hä?), so dass sie cooler aussehen (was?), meinen Nagellack entfernt und mir die Nägel kurz geschnitten. Außerdem habe ich frische Piercings entlang der linken Ohrmuschel, die immer noch wehtun. Ich trage Kits marineblaues Kordhemd (von seiner Herkunft habe ich Sophie nichts erzählt), neue »Boyfriend«-Jeans (die Ironie ist mir nicht entgangen) und Sophies alte schwarze Doc Martens.

Hier ist sie nun – George.

»Ich liebe sie!«

»Du musst nicht in der dritten Person von dir sprechen«, sagt Sophie und kneift mir in den Po.

Zur Feier des Tages gehen wir im Familiar was trinken. Zum ersten Mal bezahle ich nicht den Hetero-Eintritt.

Zwei *SophieSnob*-Fans kommen zu uns herüber und zeigen uns Fotos von ihren Katzen, die ich tatsächlich süß finde.

Ich bestelle für uns »doppelte« Bad Witches bei Cara, und zu meiner großen Erleichterung hat sie mir verziehen, dass ich sie neulich habe hängenlassen. Genauer gesagt bemerkt sie jedes Detail meines neuen Looks und macht mir Komplimente. Im

Gegenzug sage ich ihr, wie toll ich ihre Tattoos finde, und bin stolz auf mich, dass ich die Farben der Pan-Flagge erkenne, die sie in einem Herzen unter dem Schlüsselbein eintätowiert hat. Zur Belohnung schenkt sie mir ein schiefes Grinsen.

Endlich habe ich das Gefühl, hierherzugehören.

Ich habe die Kunst, kurz vor Doug nach Hause zu kommen, perfektioniert.

Sorgfältig räume ich Hemd, Jeans und Docs weg, tausche Sport-BH und Boxershorts gegen rosa Spitzenunterwäsche ein und ziehe ein geblümtes blaues Kleid an, das sich für einen Abend im Dane's eignet. Dann setze ich die Kontaktlinsen ein, schminke mich und richte meinen Bob, um meinen Undercut zu verbergen.

Als ich die Transformation im Spiegel betrachte, weiß ich, dass mit mir etwas nicht stimmen kann, denn ich bin wirklich nicht in der Lage zu entscheiden, welches mein wahres Ich ist.

»Doug!«, quietsche ich fröhlich, als er heimkommt.

»Gina!«, quietscht er zurück.

Dann haben wir phantastischen ungeplanten Sex – und ich denke definitiv die ganze Zeit an ihn.

Doppelleben machen Spaß!

Kapitel 15

Doppelleben machen keinen Spaß.

Es ist Samstagabend, und ich will mit Sophie und ihren L-Freundinnen ins Familiar.

Also frage ich Phase im Gruppenchat, ob sie auch da sein werden, denn ich kann es kaum erwarten, Kit meinen neuen Look zu zeigen. Doch Rudy schreibt zurück, dass sie was anderes vorhaben: Sie gehen alle zusammen zu einem Konzert von Kehlani. Ohne mich. Rudy entschuldigt sich tausendmal und erklärt, dass sie sich die Tickets schon vor Ewigkeiten besorgt haben und sie inzwischen ausverkauft sind, sonst hätten sie mich eingeladen, aber da bin ich mir nicht so sicher. Mit einem Mal fühle ich mich wieder genauso ausgeschlossen wie bei Bronze Age. Ob sie wohl stattdessen Marsha mitnehmen?

Später, während wir unsere Bad Witches schlürfen und zusehen, wie Polly Amory einen neuen Trick mit ihrem Zauberstab vorführt, kann ich dem Gespräch der Ls nicht folgen, weil ich mich die ganze Zeit frage, ob Kit und Marsha immer noch miteinander schlafen. Als ich mich wieder einklinke, wettert Lin darüber, dass Bisexuelle die privilegierteste Gruppe in der queeren Community seien.

»Das ist eine Tatsache«, übertönt Lins Stimme den lautstarken Protest der anderen. »Die Wahl zu haben ist ein Privileg. Bisexuelle haben per definitionem mehr Wahlmöglichkeiten als

Homosexuelle. Eine Lesbe kann sich nicht einfach entscheiden, was mit einem Mann anzufangen und von heterosexuellen Privilegien zu profitieren. Eine Lesbe kann sich nicht dafür entscheiden, nicht auf offener Straße angegriffen zu werden, bloß weil sie ihre Freundin küsst.«

»Aber was, wenn sich eine bisexuelle Frau in eine andere Frau verliebt?«, erwidert Leighlah.

Lin zuckt die Achseln. »Dann kann sie einfach ihre Tinder-Einstellungen ändern.«

»Wow, wie romantisch«, sagt Sophie, dann schaltet sie in ihren *SophieSnob*-Modus: »Hör bitte auf, bei der Bi-Erasure mitzumachen. In den Medien werden Schwule und Lesben wenigstens allmählich normalisiert. Aber bisexuelle Charaktere werden immer noch als eindimensionale, hypersexualisierte Abziehbilder dargestellt, die ständig fremdgehen. Soziopathen. Oder sie bleiben völlig unsichtbar.«

Ich wünschte, ich könnte mich unsichtbar machen. Betreten nippe ich an meiner halb leeren Witch und tue so, als nähme Willy Nillys theatralischer Monolog mit einem regenbogenfarbenen Totenkopf meine gesamte Aufmerksamkeit in Anspruch. Wie üblich merken die anderen gar nicht, dass ich mich nicht an ihrem Gespräch beteilige.

Das ist alles so verwirrend. Bevor ich mich geoutet habe, dachte ich immer, ich sei eine gute Verbündete der queeren Community. Durch Sophie glaubte ich alle angesagten Ansichten zu kennen, die man haben sollte. Doch je mehr Zeit ich unter queeren Leuten verbringe, umso verunsicherter werde ich. Manche glauben, niemand sollte bi sein, weil das impliziert, dass es nur zwei Geschlechter gebe, andere denken, es sei sowieso jeder bi. Manche denken, queere Leute seien »so geboren«, andere denken, Identitäten seien ständig im Wandel. Manche wollen genauso behandelt werden wie heterosexuelle Leute, andere wollen die Unterschiede bewahren. Der Kampf um die Ehe für alle auf der einen Seite, der Wunsch, die Ehe ganz abzuschaffen, auf der anderen. Und alle vertreten ihre Ansichten mit solcher Leidenschaft. Ich hingegen bin nur das Stereotyp einer unentschlossenen bisexuellen Frau, die nicht einmal weiß, ob sie sich so nennen darf.

»Lasst uns bitte nicht darüber streiten, wer am meisten unterdrückt wird«, stöhnt Lucy. »Können wir bitte ausnahmsweise mal nicht so verdammt aufrichtig und selbstkritisch sein? Lasst uns tanzen!«

»Bestimmt gibt es eine Menge Leute da draußen«, fährt *SophieSnob* fort, ohne sie zu beachten, »die sich nicht bewusst sind, dass sie queer sind, weil es keine Vorbilder gibt. Die denken, sie müssten eins von beidem sein, hetero oder homo, cis oder trans, weil unsere Welt von Binarität besessen ist. Selbst die queere Community.«

»Lin, du bist non-binary«, sagt Leighlah, »also ergibt es überhaupt keinen Sinn, dass du biphob bist. Nur weil deine Ex jetzt einen Mann datet.«

Ich begegne Lucys Blick. Sie verdreht die Augen und neigt den Kopf einladend in Richtung Tanzfläche.

Also vergessen wir die Theorie und tanzen einfach. Natürlich rein platonisch. Tegan and Sara spielen, und die Lichter flackern pink, und vielleicht läuft der Abend doch gar nicht so schlecht. Ich versuche sogar, sexy die Haare zurückzuwerfen, was mit meinem kurz geschorenen George-Schopf wahrscheinlich eher heftigem Zucken ähnelt.

»Ich brauche einen Drink!«, schreit Lucy mir ins Ohr, macht jedoch keine Anstalten, sich einen zu holen. Hmm. Eine quasi verlobte Frau sollte wahrscheinlich nicht in einer Gay Bar einer anderen Frau einen Drink spendieren. Aber ganz zufällig sehe ich, dass Cara Dienst hat, und ich könnte schwören, dass sie uns beobachtet.

»Bin gleich wieder da!«, schreie ich zurück, und als Antwort tanzt Lucy einen verführerischen Shimmy.

»Hey, Cara.«

Sie wischt weiter den Tresen ab. Wenn ich es nicht besser wüsste, würde ich denken, sie wäre wütend auf mich. Ist sie doch noch sauer, weil ich ihr nicht die Hand geschüttelt habe, als Kit uns überrascht hat?

»Hey, Cara«, rufe ich lauter.

»Was willst du?«, fährt sie mich an.

»Oh, sorry. Zwei Bad Witches bitte.« Ich wage es nicht, meinen üblichen Spruch zu bringen. Doch wie als Reaktion darauf, dass ich diesmal keine blöden Witze mache, starrt mich Cara noch grimmiger an und erdrosselt den Cocktail-Shaker.

»Cara, bist du ...«

Ein Arm schlingt sich um meine Schultern. »Wieso dauert das so lange?«, raunt mir Lucy ins Ohr.

Cara knallt unsere Drinks auf den Tresen.

Lucy scheint nichts davon mitzubekommen, stößt mit mir an, setzt sich an die Bar und klopft auf den Hocker neben ihr.

»Viel Spaß noch«, faucht Cara.

Was habe ich falsch gemacht? Was werde ich noch alles falsch machen? Ich will mich bei allen entschuldigen, aber ich weiß nicht recht, wofür.

Verzweifelt sehne ich mir einen Deus ex Machina herbei, der mich rettet, doch stattdessen passiert das genaue Gegenteil. Über Lucys Schulter hinweg sehe ich einen unverkennbaren Schimmer langer roter Haare und tätowierter Arme.

Poppy. Poppy ist im Familiar.

Verdammte Scheiße.

Instinktiv halte ich mir die Hand vors Gesicht.

Was macht sie hier? Sophie hat sie bestimmt noch nie hier gesehen, sonst hätte sie mir davon erzählt. Zumindest hätte sie die fünf Pfund eingefordert, die sie damit bei unserer Wette über Poppys Sexualität gewonnen hätte.

Aber ich habe keine Zeit zu grübeln, ob Poppy als Verbündete der queeren Community hier ist oder um eine Frau aufzureißen. Sie darf mich auf keinen Fall hier sehen, schon gar nicht in meiner George-Aufmachung. Sie würde Doug davon erzählen. Nicht, dass ich etwas Falsches tue, aber …

Lucy kichert und nimmt meine Hand von meinem Gesicht. »Sei nicht so schüchtern.«

Ich stelle mir vor, ich wäre Poppy und würde in einer Gay Bar meine langjährige, quasi verheiratete Freundin queer aufgemacht auf Tuchfühlung mit einer Frau in einem Regenbogen-Minirock vorfinden. Aus ihrer Perspektive würde es sicher aussehen, als machte ich etwas falsch.

Hastig umfasse ich Lucys Schultern und benutze sie als menschlichen Schild, um Poppy die Sicht auf mich zu versperren. Lucy versteht das Ganze völlig falsch, kichert fröhlich und erwidert die Geste. Sie neigt den Kopf und schließt die Augen.

Hinter der Bar fällt ein Glas zu Boden.

Verdammt, verdammt, verdammt, warum kann ich nichts richtig machen? Vielleicht bin ich wirklich ein gieriger, untreuer Soziopath – ohne auch nur die Chance zu haben, mit jemandem rumzuknutschen.

Poppy verschwindet hinter einer Gruppe Butches in Lederjacken. Das ist die Gelegenheit – ich muss schnell die Flucht ergreifen! Ich will gerade wegrennen, als ich Caras Gesicht im Spiegel hinter der Bar sehe. Ihren niedergeschlagenen Gesichtsausdruck. Bin ich dafür verantwortlich? Ich habe schon wieder alles vermasselt.

»Tut mir leid, Lucy, aber ich kann das nicht«, sage ich laut und wende mich zum Gehen. Doch Lucy ergreift meine Hand.

»Warum?«, will sie wissen. »Sophie hat mir gesagt, dass du keine Freundin hast.«

Lange rote Haare tauchen am anderen Ende der Bar auf und kommen direkt auf uns zu.

»Ich ... äh ...«

Ich muss hier weg – sofort! Doch da begegne ich Caras Blick, und eine brennende Röte kriecht meinen Hals hinauf. Ich schäme mich so sehr, weil ich sie angelogen habe (genau wie Kit und Sophie und Doug und Poppy), aber ich weiß nicht, wie ich ihr das schnell oder aufrichtig genug sagen soll.

Also sage ich einfach: »Sorry, ich hab keine Ahnung, was bei mir los ist«, und renne weg.

Gleich darauf mache ich den nächsten dummen Fehler.

Ich hätte mir einfach ein Taxi nehmen sollen, aber normalerweise teilen Sophie und ich uns eins, und da es noch früh ist, laufe ich zur Tube.

Um mich von dem Schock, Poppy zu sehen, und der Erkenntnis, dass ich ein verachtenswerter Mensch bin, abzulenken, höre ich eine aufmunternde *SophieSno*b-Playlist namens *LOUD AND PROUD*.

Als ich in die Bahn steige, wird mir auf einmal bewusst, warum ich so nervös bin. Ich war noch nie als George außerhalb queerer Schutzräume. Und – o Mann, sehen Fremde George anders an als Gina ...

Georges rasierte Haare, ihre Jeansjacke und Docs, ihr fehlendes Make-up, ihre selbstsichere Haltung und die glitzernden Regenbogen-Buttons werden von einer Horde besoffener Männer angestarrt. Einer ganz in der Nähe, mit einem blauen Auge und unruhig auf und ab wippendem Bein, beäugt mich unverhohlen von Kopf bis Fuß. Als wäre ich ein Freak.

Meine Nackenhärchen sträuben sich. Ich setze mich so weit weg wie möglich und hole mein empfangloses Handy heraus, stelle die Musik aus, aber lasse die Kopfhörer drin wie eine nutzlose Rüstung. Ich weiß genau, dass sie über mich reden, obwohl ich nicht verstehen kann, was sie sagen.

Am anderen Ende des Waggons sitzen zwei Frauen, aber würden sie eingreifen, wenn etwas passiert? Vielleicht bilde ich mir das nur ein, aber die Gruppe von Männern scheint immer näher zu rücken.

An der nächsten Haltestelle stehe ich möglichst gelassen auf, doch beim Aussteigen fühle ich sämtliche Blicke auf mir.

Schnell schlängele ich mich durch die Menge am Gleis, laufe ein paar Türen weiter und steige in einen Waggon, der bis auf ein paar auf ihren Handys tippende Teenager leer ist.

Ich löse meinen Dutt, so dass sich der Bob um meine hochroten Wangen legt, stopfe die Jeansjacke in meine Tasche und knöpfe mein Hemd auf, so dass mein schwarzer BH und mein Bauchnabel darunter hervorschauen. Dann krame ich Ohrringe und roten Lippenstift hervor, den ich zittrig, aber sehr dick auftrage. Ich weiß nicht, ob ich näher dran bin, zu weinen, zu schreien oder mich zu übergeben.

Als Gina an der nächsten Station aussteigt, beäugt sie ein Mann mit blauem Auge und unruhig auf und ab wippendem Bein und pfeift ihr nach.

Um drei Uhr nachts leuchtet mein Handy auf. Mit verquollenen Augen – ich liege seit Stunden wach – werfe ich einen Blick darauf. Eine Nachricht von Kit direkt an mich.

übrigens, die kurzen haare stehen dir echt gut x

Ich lese die Nachricht ein zweites und drittes und viertes Mal. Dann lege ich das Handy mit dem Display nach unten auf meinen Nachttisch und kuschele mich in Dougs schlafende Wärme.

Das war es wert.

Kapitel 16

»Gina?«, sagt Doug. »Gina.«

Schuldbewusst blicke ich von meinem Handy auf.

»Sorry, ich hab nur ... mit Phase abgeklärt, was für die Proben nächste Woche geplant ist.«

Irgendwie stimmt das sogar. Ich habe Kit nach ihrem Horoskop gefragt.

Es ist Sonntagabend, unsere Date Night, und Doug gibt sich alle Mühe, nicht genervt davon zu sein, dass ich ihm so wenig Beachtung schenke. Ich lege mein Handy weg und nehme mir fest vor, mehr Engagement zu zeigen.

Doug hat sogar das schicke Silberservice aus dem Schrank geholt, das Mum ihm als Scherz geschenkt hat. Unter der Silberglocke kommen selbst gemachte Spaghetti mit Fleischbällchen zum Vorschein. Ich quietsche vor Freude.

Und dabei hätte ich Douginas Date Night beinahe abgesagt, um mit Phase in den Pub zu gehen. Seit Phase ohne mich auf diesem Konzert waren, habe ich Panik, dass ich in Kits Gedanken nicht präsent genug bin. Wir haben uns ein paarmal geschrieben – manchmal im Gruppenchat und manchmal direkt (!), aber sie hat meinen neuen Look noch immer nicht mit eigenen Augen gesehen, und ich will endlich wissen, wie sie reagiert.

Dougs Fleischbällchen sind köstlich. Kenne ich denn überhaupt keine Scham? Außerdem hat er *Susi und Strolch* für einen romantischen Filmabend ausgesucht. Ich weiß, das ist nicht der anspruchsvollste Film der Welt, aber diese 2D-Hunde rühren mich schneller zu Tränen, als es irgendwelche 4D-Menschen je könnten. Und der Film wird immer einen Platz in meinem Herzen haben, weil …

»Den haben wir an dem Abend geguckt, als wir offiziell zusammengekommen sind«, sage ich, und im selben Moment macht Doug *Bella Notte* an, das Lied aus der berühmten Spaghetti-Kussszene.

»An dem Abend haben wir auch Spaghetti gegessen, weißt du noch? Weil wir darüber geredet haben, wie schwierig es wäre, die Szene nachzustellen, und dann hast du es versucht und alles vollgekleckert.«

Doug reicht mir eine Gabel voll Spaghetti, und an ihrem Ende küsst er mich. Genau wie im April vor sieben Jahren.

»Alles Gute zu unserem siebten Jahrestag«, sagt er.

Mir bleibt der Mund offen stehen.

Ein strahlendes Lächeln erscheint auf seinem Gesicht, und er prostet mir zu.

Nein.

Nein, nein, nein, nein, nein! So was vergesse ich nicht. Mein Kalender erinnert mich daran.

Aber ich habe die Benachrichtigungen ausgestellt, damit sie nicht vor Phase aufpoppen.

Und ich habe nicht in meinen Kalender geguckt, weil ich dachte, ich wüsste alles in- und auswendig.

Ach du Scheiße.

Doug macht sich bereit, die andere schicke Silberglocke hochzuheben.

»Zum siebten Jahrestag schenkt man sich traditionell Wolle und Kupfer, also …«

Unter der Glocke kommt ein wunderschön eingepacktes Geschenk zum Vorschein, in Kupferpapier eingeschlagen und mit Wolle zusammengebunden. O fuck, warum ist er nur so nett?

Er beobachtet mich aufmerksam, während ich das Geschenk auspacke. Einen dicken, weichen kupferfarbenen Schal.

»Den habe ich für dich gestrickt«, erklärt er, und seine Brille beschlägt vor Verlegenheit. »Auf der Fahrt zur Arbeit, damit du ihn nicht siehst. Ich habe ziemlich lange gebraucht, aber ich wollte sichergehen, dass er kuschlig genug für dich ist.«

Als ich ihn nur mit großen Augen anstarre, nimmt er den Schal und bindet ihn mir um den Hals. »Er steht dir«, sagt er und zieht mich damit näher zu sich. Ich denke daran, wie Kit mein Hemd zugeknöpft hat.

Doug streichelt meine Wange auf eine so vertraute Art, dass sie sich schmerzhaft tröstlich anfühlt.

»Ich will ihn nie wieder ablegen«, murmele ich. »Danke.«

Ich küsse ihn lange, teils, weil ich es genieße, teils, um mich für das wundervolle Geschenk zu bedanken, und vor allem, um mir mehr Zeit zu verschaffen.

Als wir uns voneinander lösen, sieht Doug mich erwartungsvoll an.

»Also ...« Ich sollte ihm die Wahrheit sagen. Lügen sind schlecht. »Es tut mir so leid, Schmusebär, aber ...«

O nein, er sieht schon jetzt wie am Boden zerstört aus. Wie ein Welpe, den ich mit Stahlkappenstiefeln getreten habe.

»... dein Geschenk ist noch nicht angekommen.«

Okay, er sieht immer noch aus wie ein begossener Pudel, aber wenigstens nur nass und nicht ernsthaft verletzt. Lügen sind gut.

»Zum Glück«, sage ich, weil ich endgültig den Verstand verloren habe, »ist das nicht das Einzige, was ich für dich habe. Ich habe auch noch ... etwas anderes ... im Schlafzimmer.«

»Hat es was mit Sex zu tun?«, fragt Doug hoffnungsvoll.

»Nein«, antworte ich und verfluche mich innerlich. Das wäre viel einfacher gewesen.

»Na ja, das auch. Aber ich wollte dir auch etwas Physisches besorgen.«

Dougs Stimmung hebt sich. »Ja, bitte besorg mir etwas Physisches!«, ruft er mir nach, während ich ins Schlafzimmer renne.

O Gott, es ist unser siebenjähriges Jubiläum, und zudem habe ich vergessen, dass wir letzten Sonntag keinen Sex hatten, weil ich einen Kater hatte. Ich war viel zu abgelenkt von Georges Leben. Ich muss zurück zu Gina, zurück zu meinem Kalender, zurück zu meinem Freund.

Fieberhaft sehe ich mich in unserem Schlafzimmer um. Warum zur Hölle habe ich ihm etwas von hier versprochen? Das Problem mit allem in unserem Schlafzimmer ist, dass es schon uns gehört.

Fuck, fuck, fuck.

Was hat Doug noch gleich gesagt? Wolle und Kupfer. Wolle und Kupfer. Wolle und … Kupfer!

Hastig greife ich mir das Schmuckkästchen, das mir Mum vor Jahren geschenkt hat, in dem sich ein Familienring befindet. Ich werfe den Ring in eine Schublade, aber das Polster aus Baumwolle lasse ich in dem Kästchen liegen, hole meinen Geldbeutel und lege eine Münze hinein, während ich die Treppe hinunterrenne.

»Ich habe mich auch an die Kupfer-und-Wolle-Tradition gehalten«, verkünde ich außer Atem. »Wir sind so perfekt aufeinander eingestimmt. Alles Gute zum siebten Jahrestag!«

Mit diesen Worten reiche ich ihm das Kästchen. Mein Hang zum Überkompensieren bringt mich fast dazu, mich auf ein Knie niederzulassen, aber ich kann mich gerade noch davon abhalten.

Doug wirft mir einen fragenden Blick zu und öffnet das Kästchen. Darin liegt eine Zwei-Pence-Münze.

Nach kurzem Schweigen sagt er: »Nun, du hast dich nicht gerade in Unkosten gestürzt.«

Ich schwitze wie Sau.

»Weißt du noch, dass ich früher vor jeder Entscheidung eine Münze geworfen habe?«

Doug nickt stirnrunzelnd.

»Das ist die Münze, die ich geworfen habe, als ich mich gefragt habe, ob ich dich um ein Date bitten soll. Das Lustige daran ist, dass ich ... äh ... Kopf gesagt, aber Zahl geworfen habe. Die Münze hat gesagt, ich solle nicht mit dir ausgehen. Also habe ich noch mal geworfen, weil ich trotzdem mit dir ausgehen wollte. Die beste Entscheidung, die ich je getroffen habe.«

Doug sieht noch immer auf die Münze hinunter. Er hat mich durchschaut. Es hat keinen Sinn. Ich habe es vermasselt.

»Das ist das schönste Geschenk, das ich je bekommen habe«, schluchzt er. »Vielen Dank.«

O nein. Das ist noch schlimmer.

»Ich liebe dich so sehr«, sagt er und küsst mich erneut.

Ich werde ihm niemals sagen, dass ich das Kleingeld in meinem Geldbeutel nicht auseinanderhalten kann. Womöglich habe ich diese spezielle Münze schon vor Jahren weggegeben. Lieber Gott, bitte lass die Münze, die ich ihm geschenkt habe, älter als sieben Jahre sein.

Ich entschuldige mich und renne aufs Klo. Mein Magen spielt verrückt, als hätten sich die Spaghetti darin verheddert. Schuldgefühle aller Geschmacksrichtungen.

Kit hat mir ein Meme von einer Klavier spielenden Katze geschickt. Da mein Kopf noch immer leer ist, antworte ich mit zwei Zeilen »Haha«. Ob Kit wohl je einen Jahrestag mit jemandem gefeiert hat?

Als ich zurückkomme, hat Doug den Nachtisch serviert: einen Teller Hobnobs, in deren Schokoguss die Zahl sieben eingeritzt ist. Er kuschelt sich an mich und macht den Film an. Bestimmt wird er zu der Disney-Musik mitsingen.

Genau das tut er.

Ob Kit wohl Disney-Filme mag – vielleicht ironisch?

Doug küsst mich auf die Nase. Kit würde mich niemals auf die Nase küssen.

Er nimmt zwei Kekse und reicht mir den einen. Ich drehe ihn um, so dass die Schokoseite oben ist, und stoße mit ihm an. Kit würde ...

Um Himmels willen, hör auf, ständig an Kit zu denken! Ich habe einen wundervollen Menschen hier bei mir, der mich liebt! Also warum ist es mir so wichtig, was eine Frau, die ich kaum kenne, über mich denkt? Betrüge ich ihn nicht quasi, indem ich so viel an sie denke? Und heißt das, dass ich nicht mehr mit ihm zusammen sein sollte? Aber wie könnte ich so grausam und dumm sein, mich von ihm zu trennen, wenn er doch der perfekte Freund ist?

Dann ist der Film vorbei, und Doug fragt mich, was bloß mit mir los sei, und ich muss so tun, als weinte ich nur, weil die Hundezwingerszene so traurig war, und Doug nickt und fängt auch an zu weinen.

»Lass uns heute keinen sexy Jubiläumskram machen«, sagt er, »das wäre respektlos den Hunden gegenüber, die kein Zuhause haben.«

Ich nicke.

»Wir können es uns für nächstes Jahr aufheben«, scherzt er und steckt die Münze, die ich ihm gegeben habe, in sein Portemonnaie, neben ein Foto von mir, das wir vor sechs Jahren gemacht haben. Ich hänge seinen Schal in den Schrank.

Kapitel 17

Bevor ich mich auch nur ansatzweise bereit dazu fühle, haben wir unseren ersten gemeinsamen Auftritt im Familiar. Was, wenn ich Lampenfieber bekomme? Was, wenn ich vergesse, wie man spielt? Oder, was noch schlimmer wäre, wenn ich hässlich aussehe?

Doug ist schon bei seinem Gig mit Bronze Age. Dass wir beide am selben Abend auftreten, ist unsere neue Routine. Aber es ist seltsam, dass ich Bronze Age – abgesehen von meiner Beinahebegegnung mit Poppy – seit Wochen nicht mehr begegnet bin. (Sophie weigert sich zu glauben, dass Poppy wirklich im Familiar war, sie denkt, das hätte ich mir ausgedacht, um einen Vorwand zu haben, vor Lucy wegzulaufen. Vielleicht hat sie recht.)

Nach Mickeys Anfall von Homophobie war ich nicht mehr bei ihren samstäglichen Gigs, weil ich ihnen die Gelegenheit geben wollte, das unter sich zu klären – ich wollte mich nicht mehr einmischen. Doch nun beansprucht Phase immer mehr meiner Zeit, und inzwischen habe ich Bronze-Age-Gigs sogar »vorläufig« aus meinem Kalender entfernt.

Es ist eine Erleichterung, nicht jede Woche dieselben alten Erinnerungen zu durchleben, die ihre Konzerte heraufbeschwören. Aber es ist traurig, dass sie mich offenbar gar nicht vermissen. Ich frage mich, ob sie überhaupt gemerkt haben, dass ich nicht mehr da bin.

Mum schreibt mir: TELEFONIERENWIRWIEÜBLICH?

Ist es noch »wie üblich«, wenn ich mich seit einem Monat nicht mehr gemeldet habe? Ich habe einfach Angst, dass sie wieder anfängt, Bisexuelle zu kritisieren, und ich nicht angemessen reagiere. Ich weiß nicht einmal, was die angemessene Reaktion wäre. Also lasse ich mir wieder eine Ausrede einfallen und füge es meinem wachsenden Berg an Schuldgefühlen hinzu.

Ich kann mich nicht entscheiden, welches von Kits Hemden ich zu dem Gig anziehen soll. Nach ungefähr zwei Stunden bin ich noch unsicherer als am Anfang.

Auf der Suche nach Rat öffne ich die Co-Star-App. Mein Horoskop lautet: *Heute ist heute.* Na vielen Dank, NASA.

Ich scrolle zu der Liste von Empfehlungen:

Do: Bauchgefühl / Pink / Insekten

Don't: Film / Pussyfooting / Insekten

Also ziehe ich Kits pinkfarbenes Hemd an – das Rosarot sieht okay aus, solange ich nicht selbst rot werde – und schaue zur Sicherheit im Internet nach, was *Pussyfooting* heißt (Urban Dictionary vermeide ich dabei tunlichst – mir graut davor, welche Definitionen ich dort finden würde). Okay, ich sollte unentschlossenes oder ausweichendes Verhalten meiden und nicht um den heißen Brei herumreden.

Ein Kinderspiel.

»Wir sehen uns nach der Pause!«, ruft Polly Amory der jubelnden Menge im Familiar zu. »Ihr wollt doch unseren Haupt-Act nicht verpassen – es gibt eine Debütantin zu begaffen!«

Ihre Debütantin steht am Seiteneingang des Backstage-Bereichs und übergibt sich fast.

Hat sich die Aufregung vor einem Konzert eigentlich schon immer so angefühlt? George hat einen ganzen Schmetterlingsgarten aus Nervosität, Vorfreude und dem Drang, sich zu beweisen, im Bauch. Doch Gina erinnert sich an ihren letzten Auftritt mit Bronze Age – dass sie sich danach geschworen hat, nie wieder aufzutreten. Georges Schmetterlinge ertrinken in Ginas Meer des Grauens.

Wie bin ich wieder hier gelandet? Bin ich nach all der Zeit immer noch so selbstsüchtig, dass ich all meine Moralvorstellungen missachte, nur um auf einer Bühne herumzustolzieren? Was würde Dad denken?

Rudy drückt beruhigend meinen Arm. »George. Du hast keinen Grund, nervös zu sein. Sobald wir spielen, wirst du alles andere vergessen.«

Sie streckt ihren kleinen Finger in der Luft zwischen uns aus. Die anderen verdrehen die Augen, verschränken jedoch bereitwillig ihre kleinen Finger. Auch ich hebe meine verschwitzte Hand und tue es ihnen gleich.

»Sprecht mir nach«, sagt Rudy feierlich. »Wir sind nicht nur eine Phase.«

»Wir sind nicht nur eine Phase«, wiederholen wir mit unterschiedlich starker Überzeugung.

»Wir sind eine Familie«, sagt Rudy.

Ich schlucke den dicken Kloß in meinem Hals hinunter und sehe ihnen in die Augen.

»Wir sind eine Familie«, sagen wir.

»Eine coole, sexy Familie.«

Lachend machen wir uns voneinander los. Kit tritt ihre Zigarette aus, und mit einer schwungvollen Drehung öffnet Isobel die Tür. »Showtime, Mädels.«

Die drei schlendern in die Bar wie über einen Laufsteg. Mit meinem Undercut und der Brille, in Sophies alten Doc Martens und Kits Hemd fühle ich mich wie Frankensteins queeres

Monster. Alle Blicke richten sich auf uns. Ich stolpere mehrmals.

Dann geht alles ganz schnell. Polly Amory kündigt uns an, und wir betreten die Bühne. Von pinkfarbenem Scheinwerferlicht und den glitzernden Vorhängen geblendet, kann ich niemanden in der Menge erkennen, nur schemenhafte Gestalten. Unwillkürlich erinnere ich mich an meinen allerersten Abend im Familiar – wie göttlich Phase damals aussahen. Sehe ich jetzt etwa auch so aus? Oder sehe ich einfach nur krank aus?

Isobel tritt ans Mikro und lächelt strahlend. »Hallo, ihr Lieben«, sagt sie. »Wir sind Phase. Ich bin Isobel, Gottes meistgeliebte Jungfrau. Das Mädel da drüben, das gerade irgendwas isst, ist unsere allerbeste Freundin Rudy, und am Schlagzeug sitzt unser attraktiver Liebling Kit.«

Die dunkle Tanzfläche bricht in Geschrei aus, und mir rauscht das Blut in den Ohren.

»Am meisten freue ich mich, euch unsere neue Keyboarderin und eure neueste Obsession vorzustellen – George!«

Als ich nach vorn gehe, brandet donnernder Applaus auf, und Glückshormone durchfluten mich. Ginas Unsicherheit verschwindet. Auf einmal fühle ich mich wie damals bei Schulkonzerten, Aufführungen an der Uni oder Bronze Ages Gigs oder sogar, wie wenn ich meinen Eltern im Musikzimmer etwas vorgespielt habe. Ich überlasse mich ganz und gar meinem Instinkt.

Ich trete ans Mikro, das nach Isobel und ihren High Heels zu hoch für mich ist, und sage den Text auf, den die anderen mir geholfen haben zu schreiben. »Ich bin George«, verkünde ich grinsend. »Ich bin queer, ich bin Single, und, das Wichtigste, ich bin Waage. Danke, dass ich hier sein darf. Danke fürs Kommen!«

Jemand ruft: »Für dich komme ich jederzeit!«

»Ruf mich an!«, entgegnet George, und alle lachen.

Alles ist heller, farbenprächtiger. Der Vorhang auf der Rückseite der Bühne glitzert wie das Meer bei Sonnenuntergang. Isobel umfasst das Mikrophon, Rudy richtet ihren Bass, Kits Armmuskeln wölben sich, als sie ihre Schlagstöcke hebt. Unsere Blicke begegnen sich … Ich kann nicht glauben, dass ich wirklich hier bin. Auf der anderen Seite.

Isobel zählt *Virgo in June* ein, und Panik steigt in mir auf. Was, wenn etwas schiefgeht? Was, wenn nach dem Gig zur Strafe etwas Schreckliches passiert? Was, wenn …

Doch dann spielen wir, und ich höre auf zu denken. Ich bin einfach da, in Isobels bittersüßen Lyrics, und teile mir die Bass Lines mit Rudy, angetrieben von Kits Trommeln – wir hören alle nur einander. Gemeinsam gelangen wir in einen wundervollen Schwebezustand, als würden wir durchs All treiben oder in den Tiefen des Meeres tauchen. Schwerelos.

Wir spielen den letzten Akkord, und eine Sekunde lang ist alles perfekt.

Dann endet das Lied, und meine Sauerstoffzufuhr bricht ab, und ich schnappe nach Luft, zurück in der realen Welt.

Stürmischer Applaus bricht los. Die anderen grinsen stolz in meine Richtung. Die pinkfarbenen Lichter glitzern mich an, und endlich fühle ich mich wieder lebendig.

Ich habe es geschafft! Ich habe es nicht vermasselt!

Sophie steht jubelnd ganz vorn, ihre Kette und die Pailletten an ihrem Kleid funkeln im Licht. Als ich ihrem Blick begegne, deute ich einen kleinen Knicks an und grinse ihr zu. Dann bekomme ich Angst, die Leute könnten denken, wir wären zusammen, und grinse etwas weniger breit. Doch ich hätte mir keine Sorgen machen müssen, denn im nächsten Moment tanzt Jennys rotes Fußballtrikot zu Sophie hinüber, und sie winken mir in unverkennbarer Pärchenmanier zu.

Sobald wir weiterspielen, versinke ich wieder in luziden Träumen, erwache in der Realität und spüre die Euphorie, wenn der Jubel aufbrandet.

Wie habe ich es so lange ohne all das ausgehalten? Jeder einzelne Song ist so belebend wie eine Bluttransfusion.

Dann schreit die Menge nach einer Zugabe, doch Isobel zwinkert ihnen nur zu und sagt, sie sollen uns auf Social Media folgen. Sobald wir die Bühne durch den Hinterausgang verlassen haben, fallen wir uns in die Arme, und mir wird klar, dass ich schon seit Jahren nicht mehr so glücklich war.

Ich glaube – nein, ich weiß –, dass das die beste Nacht meines Lebens ist.

Plötzlich bin ich wieder dort, vor vier Jahren, lasse das goldene Licht und das jubelnde Publikum bei meinem letzten Studenten-Gig hinter mir zurück und umarme meine Bronze-Age-Bandkollegen. Als ich noch nichts von den verpassten Anrufen wusste. Als ich noch nicht wusste, was ich angerichtet hatte.

Aber nein, das alles ist Gina passiert. Nicht George.

Es ist George, die backstage mit ihrer Band feiert. George, die außer sich vor Freude den Kieferndufl am Hals ihrer Schlagzeugerin einatmet. George, die Musikerin.

Diesmal wird nichts Schreckliches passieren.

Ich dachte immer, Bronze Ages Gerede über Groupies sei hoffnungslos unrealistisch und übertrieben. Aber ganz ehrlich? Nichts geht über einen Hammer-Gig, um die Aufmerksamkeit von Frauen zu erregen.

Als wir auf die Bühne zurückgehen, um abzubauen, ich immer noch am ganzen Körper vibrierend vor Aufregung, stehen Scharen von Frauen um uns herum und versuchen vergeblich, gelassen zu wirken. Phase gehen zu ihnen hinüber wie würdevolle Monarchen, die Untergebene mit einer Audienz beehren. Ich laufe ihnen nach und versuche, ebenfalls vergeblich, gelassen zu wirken.

Im Nu ist Isobel von starken, kurzhaarigen Butches umgeben, und Kit umschwärmen schlanke, langhaarige Femmes. Rudy geht mit ihrer Freundin Amie tanzen und lässt mich als fünftes Rad am Wagen in diesem Beliebtheitswettbewerb zurück. Okay, ich bin von Leuten umgeben, die mich in der Band willkommen heißen, aber ich bin mir sicher, dass niemand mit mir flirtet.

Das spielt sowieso keine Rolle, flüstert Gina in meinem Kopf, weil ich einen Freund habe.

Doch alle Gedanken an Ginas Freund verfliegen, während ich Kit beobachte. Je mehr hübsche Frauen mit ihr flirten, desto heftiger wird mein Drang, ihnen ihre perfekt manikürten Fingernägel in die Augen zu rammen. Nicht gerade feministisch von mir. Macht sie mich mit Absicht eifersüchtig, oder denkt sie einfach überhaupt nicht an mich?

Als wir *Mercury* gespielt haben, hätte ich schwören können, dass Kit mir durch die Musik etwas mitteilen wollte. Wie sie das Tempo angetrieben hat, immer mehr Risiken eingegangen ist, als bitte sie um Erlaubnis, mit mir einen Schritt weiter zu gehen. Ich dachte wirklich, wir würden heute Abend …

Isobel betastet den muskulösen Arm einer ihrer Verehrerinnen, und um sich ihren Status als Alphaweibchen zu sichern, hebt Kit eine ihrer Verehrerinnen hoch und wirbelt sie herum. Es ist nicht auszuhalten.

Sie bekommt wahrscheinlich gar nicht mit, wie ich mich nach draußen flüchte, um frische Luft zu schnappen.

Ich sitze auf derselben Bank, auf der ich Kit vor Wochen angeschmachtet habe. Ich kann nirgendwohin, ohne an sie zu denken.

Sophie hat mir geschrieben.

O mein Gooooooott!!! Du warst PHANTASTISCH!!!!

Bestimmt trittst du bald als Headliner auf dem GAY FEST auf!!!

Im Ernst, ich kann dir gar nicht sagen, wie stolz ich auf dich bin, dass du endlich da bist, wo du hingehörst

Ich nehme Jenny mit nach Hause (lol), aber lass uns ganz bald telefonieren

Vielleicht könnte Dog das nächste Mal mitkommen?

Und Mum hat mir auch geschrieben: BUNNYVERMISST DICH.

Ich bin eine furchtbare Tochter und eine furchtbare Freundin. Ich kann keiner von ihnen antworten. Ich kann nur an Kit denken. Kits dunkle Augen, die mich vom anderen Ende der Bühne aus beobachten. Kits Finger, die sanft über meinen Nacken gleiten. Kits betrunkene Nachrichten spätnachts. Doch das ist alles nur meiner Phantasie entsprungen. Meiner dummen, selbstsüchtigen Einbildung.

Als hätte ich sie mit meinen Gedanken beschworen, ist sie plötzlich da. Mit grimmigem Gesicht betritt sie den Raucherbereich und holt eine Zigarette heraus. Sie wirkt aufgebracht.

Unsere Blicke begegnen sich, und die Hand, mit der sie das Feuerzeug bedient, gerät ins Stocken. Ich wende den Blick ab, weil ich Angst habe, sie könnte den Schmerz in meinem Gesicht sehen. Doch im nächsten Moment hockt sie vor mir.

»George.«

Ich sehe sie nicht an.

»George, komm schon. Lass uns reden.«

Mit einer Kopfbewegung deutet sie auf ihren Van und nimmt meine Hand. Ich lasse zu, dass Kit mich hochzieht, und als wir gemeinsam die Straße überqueren, verschränkt sie ihre Finger mit meinen.

Erst als wir bei ihrem Van ankommen und sie meine Hand loslässt, um ihren Schlüssel herauszuholen, kommt mir der Gedanke, dass ich sie aufhalten sollte. Dass ich hinauszögern sollte, was womöglich gleich passieren wird. Was sicher nicht passieren wird ...

»Lass uns hier draußen reden.«

Kit sieht mich an, ohne zu blinzeln. »George. Wir wissen beide, dass ich nicht wirklich reden will.«

Auf einmal ist es sehr still um uns herum. Ich vergesse, wie man atmet.

»Ich will dich«, sagt sie und kommt näher. »Du weißt, dass ich dich will. Und ich weiß, dass du mich willst.«

Gekonnt schlingt sie ihren Arm um meine Taille, unter mein T-Shirt. Ihr Schlüssel sticht mir sanft in die Seite.

Ich kann den Bühnenschweiß an ihren Armen fühlen, die Wärme ihrer Beine, die sich an meine drücken, kann beinahe das Nikotin auf ihren Lippen schmecken.

Ihr Kopf neigt sich. Meiner neigt sich automatisch in die entgegengesetzte Richtung.

Was, wenn die falsche Entscheidung richtig ist?

»Nein, Kit, ich kann das nicht.«

Ihr Mund verharrt wenige Zentimeter von meinem entfernt. »Warum nicht?«

Ich sollte ihr sagen, dass ich einen Freund habe. Kein Pussyfooting. Oder auch nur: »Weil meine beste Freundin auf dich steht und ich sie nicht verletzen will.«

Aber das ist es nicht. In Wahrheit will ich nicht wie Marsha sein. Oder irgendeins der anderen Mädels, mit denen Kit geschlafen hat, aber an denen ihr nichts liegt.

»Ich bin gerade erst bei Phase dazugekommen«, flüstere ich. »Ich will das nicht vermasseln.«

Kit lacht leise und küsst meinen Hals. Jede Berührung ihrer Lippen versengt mich.

»Damit ruinierst du doch nichts«, raunt sie. »Wir haben nur Sex – ganz zwanglos. Niemand muss davon erfahren.«

Vielleicht hat sie recht.

Vielleicht könnten wir ...

Doug müsste es nie ...

»Nein«, sage ich.

Ihre Hände halten sofort inne, und sie weicht zurück, so dass ich das Gleichgewicht verliere.

Sie sieht aus, als hätte ich sie geohrfeigt.

O Gott.

Ich habe mich falsch entschieden.

»Kit ...«

Wortlos dreht sie sich um und geht zurück zum Familiar.

»Kit, bitte ...«

Doch sie blickt nicht zurück. Wie betäubt stehe ich vor ihrem Van und mache dem Universum alle möglichen Versprechungen, was ich tun werde, wenn sie es sich doch noch anders überlegt und zu mir zurückkommt.

Nach einer demütigend langen Zeit akzeptiere ich, dass sie weg ist.

Jetzt sitze ich im Taxi und wünsche mir, ich könnte den Fahrer dazu bringen, einen Zahn zuzulegen. Ich habe Doug tausend Entschuldigungen geschickt, aber seltsamerweise hat er sie zwar gelesen, jedoch nicht geantwortet. Sieben Jahre sind wir nun schon zusammen, und er hat noch nie eine meiner Nachrichten ignoriert.

Schuldgefühle brodeln tief in meinem Innern. Sobald ich zu Hause bin, werde ich ihm alles erzählen. Alles.

Fast da. Doug hat immer noch nicht geantwortet.

Kit hat mir auch nicht geschrieben. Nicht, dass mich das kümmert. Nicht, dass ich mir wünsche, sie würde anrufen und verlangen, dass ich sofort alles stehen und liegen lasse und zu ihrem Van zurückkomme. Nicht, dass ich das je tun würde.

Vor unserem Haus springe ich aus dem Taxi und versuche, die Tür lautlos zu schließen, um meinen schlafenden Prinzen nicht zu wecken.

Doch im Schlafzimmer brennt Licht. Vielleicht hat er es aus Versehen angelassen. Vielleicht ist er beim Lesen eingeschlafen.

Hastig lasse ich meine Haare herunter und knöpfe mein Hemd auf, wodurch es hoffentlich etwas femininer wirkt. Dann öffne ich die Tür.

Von oben sind Geräusche zu hören. Stimmen.

Während ich die Treppe hinaufschleiche, überlege ich, wer das sein könnte. Hat Doug Besuch? Nach Mitternacht?

Doch der Klang ist blechern. Aha, er hört Musik auf seinem Handy. Das Lied kommt mir bekannt vor, aber ich kann es nicht gut genug hören.

In der Annahme, dass er noch wach ist, entscheide ich mich für eine spielerische Entschuldigung. »Wer ist zu Hause?«, rufe ich, als wäre er ein Hund. »Wer ist zu Hause?« Normalerweise springt er sofort auf, wenn ich das mache, und bedeckt mich mit schlabberigen Küssen.

Keine Reaktion.

Ich öffne die Schlafzimmertür. Doug sitzt angezogen im Bett und starrt auf sein Handy. Er sieht nicht zu mir auf.

Endlich wird mir klar, was ich da höre.

Das Phase-Konzert. Er ist auf unserer Social-Media-Seite. Er sieht sich alle Videos von meinem Auftritt an …

»Ich bin George«, sage ich. *»Ich bin queer, ich bin Single, und, das Wichtigste, ich bin Waage! Danke, dass ich hier sein darf. Danke fürs Kommen!«*

Er spult zurück. Sieht es sich noch einmal an.

Dann schaltet er die Nachttischlampe aus und dreht sich weg.

Teil 2

Kapitel 18

Ich glaube, Doug hat gestern Nacht mit mir Schluss gemacht, aber das ändert nichts an unserer Routine.

Sonntagmorgens räumen wir das Haus auf. Das ist uns ins Muskelgedächtnis einprogrammiert. Ja, vielleicht trennen wir uns. Aber trotzdem muss die Waschmaschine eingeräumt werden.

Schweigend gehen wir unseren jeweiligen Aufgaben nach. Doch dann müssen wir gemeinsam das Bett neu beziehen.

Ich entferne meinen »Hers«-Kissenbezug und er seinen »His«-Kissenbezug. Grimmig holt Doug die Decke aus dem alten Bezug und hält sie an den Ecken hoch. Ohne ihn anzusehen, nehme ich den frischen Bezug und schlüpfe hinein wie ein Gespenst. Normalerweise mache ich dabei gruslige Geräusche und tue eine Weile so, als suche ich ihn heim. Doch heute wechseln wir bei der ganzen Prozedur kein Wort. Als ich nach der Decke greife, berühren sich unsere Hände durch den Stoff, und wir lassen sie erschrocken fallen. Als wir uns beide instinktiv danach bücken, stoßen wir mit den Köpfen zusammen, ich stolpere über den Saum des Bezugs und falle hin. Doug sieht eine Weile zu, wie ich in dem Bezug herumwühle, dann verlässt er das Zimmer. Das Wehklagen des Geistes stößt auf taube Ohren.

Ich muss mich entschuldigen. Es ihm erklären. Ihn überzeugen, mir noch eine Chance zu geben. Aber wie?

Unser Putzritual ist beendet. Danach trinken wir immer eine Tasse Tee zur Belohnung. Mit einem flauen Gefühl im Magen mache ich den Wasserkocher an. Unsere üblichen Kekse auf unsere üblichen Teller zu legen und es uns wie üblich auf dem Sofa bequem zu machen, fühlt sich wie Blasphemie an.

Das Wasser kocht. Zitternd hole ich zwei Tassen aus dem Schrank, die wir sonst nie benutzen. Weihnachtsgeschenke von unseren Eltern. Auf seiner steht: »Keep Calm and Play Bass«, auf meiner: »Dream Big Princess«.

Doug sitzt von mir abgewandt auf dem Sofa. Ich atme tief durch, dann geselle ich mich zu ihm und biete ihm zögerlich eine Tasse Tee an.

Als er die potthässlichen Tassen sieht, bricht er in Tränen aus.

Sofort springe ich auf, schütte den Tee in unsere üblichen Tassen, hole drei Packungen Hobnobs und entschuldige mich dabei wieder und wieder. Er schluchzt laut in seinen Ärmel. In Sekundenschnelle bin ich zurück, setze mich neben ihn und halte ihm die Kekse hin – ein jämmerlicher Versuch, ihn zu trösten. Er schluchzt nur noch lauter.

»Süßer, Süßer, es tut mir so leid! Bitte mach nicht mit mir Schluss. Ich tue alles.«

»Was?«, schnieft er. »Ich dachte, du machst mit mir Schluss?«

Ich starre ihn mit offenem Mund an. »Warum um alles in der Welt sollte ich mit dir Schluss machen?«

»Weil du lesbisch bist!«, jault er.

»Nein, bin ich nicht!«, jaule ich zurück.

Verwirrt blinzelt er mich an.

Also sage ich, vor Verlegenheit wild gestikulierend: »Ich bin bi!«

Außer dem Rotz, der aus seiner Nase quillt, zeigt er keine Reaktion.

»Es tut mir wirklich leid, Süßer – dass ich es dir nicht gesagt habe, nicht, dass ich bi bin –, aber um ehrlich zu sein, war das Ganze ein emotionaler und logistischer Alptraum, also ...«

»Wie lange weißt du es schon?«, nuschelt er, seine Stimme von dem Taschentuch vor seinem Mund gedämpft.

»Ähm, ich glaube, in gewisser Hinsicht schon immer. Ansonsten ... etwa einen Monat?«

Wir blicken einander forschend in die Augen.

Dann fangen wir beide an zu lachen. Und zu weinen. Kurz gesagt gibt es eine Menge Tränen, Taschentücher und Rotz.

Endlich erzähle ich ihm alles.

Na ja, okay, nicht ganz alles.

Ich erzähle ihm nicht, dass Kit mich letzte Nacht fast geküsst hätte. Genau genommen halte ich sie aus der ganzen Geschichte heraus. Ich muss sachlich sein, nicht sadistisch.

»Also, das erklärt einiges«, meint Doug schließlich. »Deine Girl Crushes an der Uni und dass du und Sophie immer diese Verbindung hattet, die ich nicht verstanden habe. Oder dass du lauter über diese Komikerin mit den kurzen Haaren gelacht hast, als ich dich je habe lachen hören.«

»Hey, Mae Martin ist wirklich talentiert!« Nervös breche ich Krümel von meinem Hobnob ab. »Macht es für dich einen Unterschied, dass ich bi bin?«, frage ich. »Für uns?«

Seine wunderschönen blauen Augen richten sich auf mich, aber ausnahmsweise kann ich sie nicht lesen.

»Um ehrlich zu sein, fühle ich mich gerade ziemlich komisch. Du hast mir etwas wirklich Wichtiges verheimlicht.«

O Gott. Mein Magen krampft sich zusammen. Genau davor hatte ich Angst. Er wird mit mir Schluss machen. Ich werde alles verlieren, was mir ein Gefühl von Sicherheit gibt. Unseren Kalender, unsere Vergangenheit, unsere gemeinsame Zukunft ...

»Warum hast du nicht früher mit mir geredet?«, fragt er. »Hast du mir nicht vertraut?«

Ich kratze an dem Familiar-Stempel auf meinem Handrücken. »Ich ... Zuerst dachte ich, es wär nicht so wichtig. Und dann erschien es mir zu wichtig. O Mann, ich weiß auch nicht. Es hat sich angefühlt, als passiere das alles jemand anderem. Ich wollte nicht, dass du denkst, ich wäre dir untreu.«

Er nickt zögerlich. »Also ... nur um sicherzugehen: Du gehst nicht fremd?«

»Nein! Natürlich nicht! Dass Bisexuelle untreu sind, ist nur ein biphobes Vorurteil. Ich habe in den letzten sieben Jahren niemanden außer dir und Bunny geküsst. Du etwa?«

Ich habe den Hang, in die Offensive zu gehen, wenn ich mich angegriffen fühle. Das ist Doug gewohnt, deshalb schlürft er einfach weiter seinen Tee.

»Gina«, seufzt er, »natürlich kümmert es mich nicht, dass du bi bist. Ich meine, es kümmert mich schon, weil es ein Teil von dir ist und du mir wichtig bist. Aber es ändert nichts daran, dass ich mit dir zusammen sein will. Und zwar ... eine sehr lange Zeit.« Er begegnet meinem Blick. »Aber ändert es etwas daran, dass du mit mir zusammen sein willst?«

»Nein!«, schreie ich noch lauter, doch ich kann ihm nicht in die Augen sehen. »Verdammt, natürlich nicht!«

Doug streckt die Hand nach mir aus und zieht meinen Kopf

an seine Schulter. Es ist eine so große Erleichterung, ihm wieder nahe zu sein – ich vergrabe das Gesicht in seinem weichen, kuscheligen Pulli. »Ehrlich gesagt, ich weiß es nicht ...«

Er streichelt meine Haare. »Gina, ist es homophob von mir, wenn ich will, dass wir zusammenbleiben?«

Ich blicke von seiner Achselhöhle zu ihm auf. »O Doug, ich weiß, das klingt schrecklich, aber ich will beides. Ich will mit dir zusammen sein, genau so, wie wir es immer waren. Aber ich muss auch herausfinden, wie es ist, in einer Beziehung zu sein, in der ich ... in der ich mich nicht zu schämen brauche, dass ich in diese andere Welt gehöre. Rein rational weiß ich, dass es keine Rolle spielen sollte, ob ich jemals in einer queeren Beziehung war, und vielleicht tut es das auch nicht, aber ... wie kann ich das wissen, wenn ich es nie probiert habe?«

Eine Weile starren wir schweigend in unsere Tassen. In meinem Kopf schwirren Gedanken an das Familiar und Phase herum. Was würde Sophie wohl zu alldem sagen?

Und da geht mir plötzlich ein Licht auf. Die Lösung ist so einfach, dass ich lachen muss.

»Liebster! Liebster«, sage ich, ganz außer mir vor Aufregung. »Wir können beides haben. Wir könnten eine offene Beziehung führen.«

Einen Moment herrscht Schweigen. Doug nimmt seine Brille ab und spielt am Metallsteg herum. »Die meisten Leute würden eher einen Hauskauf oder so was vorschlagen, wenn ihre Partner ihnen sagen, dass sie für immer mit ihnen zusammenbleiben wollen.«

»Aber, Doug«, ich ergreife seine Hand, »das ist perfekt! Wir lieben uns so sehr, und unsere Beziehung ist so stabil, dass wir uns bedenkenlos auch mal mit anderen Leuten treffen könnten.«

Doug sieht mich stirnrunzelnd an, als wäre ich eine verrückte Wissenschaftlerin in einem Katastrophenfilm.

»Das ergibt so viel Sinn! Siehst du das nicht? Davon würdest du auch profitieren. Du könntest noch mehr Erfahrungen sammeln! Das hier ist doch für uns beide die erste feste Beziehung, und wir sind noch so jung. Hör zu, ich weiß, du liebst mich, aber du stehst doch auch auf ... war es nicht Kristen Stewart?«

»Ja, aber wir haben immer gesagt, wenn ich je die Gelegenheit dazu hätte ...« Er wirft mir einen grimmigen Blick zu. »Willst du etwa auch einen Freifahrtschein für Kristen?«

»Das wollte ich damit nicht ... Obwohl, wenn ich es mir recht überlege: Ja, bitte. Aber was ich eigentlich sagen wollte: Was, wenn wir auch einen Freifahrtschein für Nichtprominente hätten, die tatsächlich zu haben sind?«

»Einen Freifahrtschein?«

Das Ganze übersteigt meinen Horizont, es kommt mir vor, als suche ich nach der Lösung einer Gleichung, die ich noch nicht einmal kenne. Also versuche ich, mir Sophies Vorträge über offene Beziehungen in Erinnerung zu rufen.

»Ich meine keinen Freifahrtschein in dem Sinne, dass wir machen können, was immer wir wollen. Natürlich gäbe es Regeln. Strikte Regeln. Und ständige, offene Kommunikation. Wir könnten es einfach mal versuchen. Einen Monat lang.«

Hmm, in der Zeit eine Frau zu finden, die mit mir schlafen will, könnte schwierig werden ... »Oder sechs Monate. Oder ein Jahr.«

Doug kratzt sich am Bart. »Die einzige polyamoröse Person, die ich kenne, ist Dave aus dieser Jazzband an der Uni.«

Wir verziehen beide das Gesicht.

»Der war komisch.«

»Ja, er war wirklich komisch.«

Darüber müssen wir beide erst einmal nachdenken.

»Ich schlage nicht vor, dass wir so werden wie Dave von Jazz In My Pants. Er war offensichtlich eine eigenartige Person. Und wir müssen auch nicht polyamorös sein, um eine offene Beziehung zu haben. Die Vorstellung, dass du dich in jemand anderen verliebst ...«

Ich blicke in sein hübsches sommersprossiges Gesicht. Ich weiß noch genau, wie er mir das erste Mal gesagt hat, dass er mich liebt. Auf seine typische süße, romantische Art hat er mir ein Mixtape mit Songs gemacht, deren Anfangsbuchstaben »I Love You« ergaben. Die Kassette habe ich immer noch in meiner überquellenden Erinnerungskiste in unserem Schlafzimmer.

Im gleichen Moment strecken wir die Hände nacheinander aus und drücken sie fest. Ich will nicht, dass er sich in jemand anderen verliebt. Er ist *mein* perfekter Freund. Was, wenn ich einen schrecklichen Fehler mache?

Doch Doug scheint sich für die Idee zu erwärmen. »Also du meinst, wir haben Freunde mit gewissen Vorzügen?«

»Vielleicht«, antworte ich, ohne seine Hand loszulassen.

»Hm«, sagt er und tunkt seinen Keks ein. »Du weißt, ich liebe dich, und ich hätte kein Problem damit, nur mit dir zu schlafen. Aber ich nehme an, wenn du mich dazu ermutigst ... Solange wir noch jung sind ... Ich hätte nichts dagegen, mit Kristen Stewarts Zwillingsschwester ...«

»O mein Gott, hat sie wirklich eine ...«

Er tätschelt mir den Kopf. »Gina, denkst du wirklich, wir können eine offene Beziehung führen, wenn du schon bei der Erwähnung einer anderen Frau eifersüchtig wirst?«

»Sophie hat ein Video darüber gemacht, wie man Eifersucht in Compersion verwandelt. Wir werden recherchieren. Und, na ja ... Glaubst du, dass es funktionieren könnte?«

Er streichelt meine Wange. Sein Schweigen hält so lange an, dass ich fürchte, ich hätte alles ruiniert.

»Das ist alles ganz schön viel auf einmal«, sagt er schließlich. »Erst ist meine Freundin eine Lesbe, dann ist sie doch keine. Dann ist sie eine halbe Lesbe. Dann doch nicht. Dann will sie eine praktizierende Halblesbe werden …«

»Das Wort, nach dem du suchst, ist bisexuell.«

»Ja, ich weiß, tut mir leid, ich sollte keine doofen Witze darüber machen. Es ist nur … Hör zu, ich will nicht so tun, als hätte ich ein Problem damit, aber es hat Auswirkungen auf uns. Was, wenn wir unsere Beziehung öffnen und das die Harmonie zwischen uns durcheinanderbringt? Oder einer von uns jemand anderen kennenlernt? Aber wenn ich mich nicht darauf einlasse, fühle ich mich wie ein schrecklicher patriarchaler Unterdrücker, der dich von der Hälfte deiner Identität fernhält. Also … entweder sage ich Ja und ruiniere womöglich unsere Beziehung, oder ich sage Nein und ruiniere womöglich unsere Beziehung.«

Ich nicke niedergeschlagen. »Ich weiß … es tut mir leid.«

»Gina, du musst dich nicht entschuldigen. Aber wir sollten nichts überstürzen. Wir müssen uns das in Ruhe überlegen und darüber reden. Es langsam angehen lassen.«

Verwundert blinzele ich ihn über meinen halb gegessenen Hobnob an. »Dann … denkst du darüber nach?«

»Lass uns beide darüber nachdenken. Und dann reden wir in ein paar Tagen weiter, ja?«

Wir lachen beide nervös und stoßen darauf an.

»Okay! Schön langsam.«

Das Problem mit »schön langsam« ist Kit. Sie hat mir seit letzter Nacht nicht mehr geschrieben, und ich habe zu große Angst, um mich bei ihr zu melden. Doch ich erinnere mich genau, wie sie meine Taille umfasst und mich an sich gezogen hat, an ihre Wärme, ihre Hände, ihren Mund ...

Wenn Doug und ich wirklich eine offene Beziehung eingehen, wäre es doch sinnvoll, es bald zu tun. Am besten, bevor ich Kit das nächste Mal sehe, falls sich eine Gelegenheit ergeben sollte, mich dafür zu entschuldigen, dass ich sie gestern Nacht nicht geküsst habe. Mich zu entschuldigen, indem ich mit ihr rumknutsche.

Was wäre so falsch daran?

Stattdessen schreibe ich in unseren Gruppenchat:

Hey, Gang, haben wir uns schon alle von unserem Mordskater erholt? Wann treffen wir uns das nächste Mal?

Drei kleine Pünktchen zeigen an, dass sie tippen.

Rudy: *Letzte Nacht war so toll!! Ihr habt ein paar richtig coole Moves drauf;) Ich hab IMMER Zeit zu proben!*

Isobel: *Ha, ja, ich muss zugeben, dass ich ein bisschen Kopfschmerzen habe. Die nächsten paar Tage kann ich nicht, aber wie wär's mit Mi? Do?*

Kit: *Ich brauch ne Pause.*

Ich vergrabe das Gesicht in den Händen. Es ist noch schlimmer, als ich dachte. Sie geht mir aus dem Weg. Sie hasst mich. Sie wird mich zwingen, Phase zu verlassen.

Zum Glück fragt niemand, warum Kit eine Pause braucht. Aber wir einigen uns auf nächste Woche Mittwoch.

Also habe ich noch etwa eine Woche Zeit. Eine Woche, um eine offene Beziehung einzugehen und Kit zurückzugewinnen.

Nichts einfacher als das.

Ich lasse Doug gegenüber kleine Hinweise fallen.

»Müsli oder Toast?«, frage ich zum Frühstück. »Oder *beides*?«

Doch er schüttet sich nur fröhlich eine Portion Müsli in seine Schüssel.

Kurz überlege ich, *Über eine offene Beziehung reden :)* als Termin in unseren Kalender einzutragen, aber ich will nicht aufdringlich erscheinen. Stattdessen lese ich im Internet über offene Beziehungen, vor allem, wenn Doug in Sichtweite ist. Von all den Artikeln nehme ich hauptsächlich eines mit: Warum sind alle so besessen von Sex? Ist es wirklich eine so große Sache? Wirklich?!

Abgesehen davon gibt es zu meiner Enttäuschung kaum praktische Ratschläge, wie man eine offene Beziehung führt. Auch gibt es keinen empfohlenen Zeitplan, den ich ausdrucken könnte. Nur endloses Geschwafel über Offenheit, Vertrauen und Ehrlichkeit.

Bla, bla, bla. Das haben Doug und ich alles schon perfekt gemeistert. Wir sind seit sieben Jahren zusammen, und wir hatten nie Geheimnisse voreinander. Na ja, abgesehen von meiner Sexualität. Oh, und ich habe Phase verheimlicht, dass ich einen Freund habe. Oh, und dann ist da noch die ganze Sache mit meinen nicht wirklich freundschaftlichen Gefühlen für Kit. Oh, und dann ist da noch Dougs womöglich bevorstehender Antrag. Aber abgesehen davon haben wir keine Geheimnisse.

Was ich sagen will, ist, dass wir in unserer Beziehung doch schon ziemlich offen miteinander sind. Das hier wäre der vernünftige nächste Schritt für uns. Es ist einfach, eine Tür zu öffnen, die nicht verschlossen ist.

Das versuche ich Doug telepathisch mitzuteilen, bevor wir zur Arbeit gehen, doch es scheint nicht bei ihm anzukommen.

Kapitel 19

Mittwochs ist die Arbeit an der Liberty zurzeit eine echte Wohltat: leckeres indisches Korma zum Mittagessen mit Strudel als Nachtisch und dann eine Unterrichtsstunde mit Matilda, die Chopins *Sostenuto* sehr schön und in einer hörbaren Lautstärke spielt.

Als sie fertig ist, applaudiere ich ihr, und sie grinst mich mit ihrer süßen Zahnlücke an. »Danke, Miss.«

»Nein, ich danke dir! Ich weiß, früher haben dich Auftritte immer nervös gemacht, aber ich denke wirklich, du solltest bei dem Konzert am Ende des Schuljahres spielen.« Ich beobachte ihre Reaktion, aber sie zuckt nicht wie sonst zusammen. »Das wird wie eine unserer Unterrichtsstunden sein – nur können auch andere deine Musik genießen. Was meinst du?«

Stumm starrt sie auf ihr Notenheft, und einen Moment fürchte ich, ich sei zu weit gegangen.

»Ja, bitte, Miss. Ich bringe meine Eltern mit.«

Wir lächeln beide ihr Notenheft an.

»Okay«, sage ich lässig, als würde ich nicht innerlich Freudensprünge machen. »Ich trage dich ein. Wie wäre es, wenn du die zweite Hälfte des Konzerts eröffnest?«

Ein begehrter Platz, und das wissen wir beide. Matilda nickt, strahlend vor Stolz. Mir scheint, als laufe sie sich warm, noch etwas zu sagen.

»Miss?«

»Hm?«

»Ich habe ein paar Sachen über Chopin gelesen und … War er schwul?«

Ich blinzele sie verblüfft an. »Ähm … Ja, das kann gut sein. Es ist schwierig, das mit Sicherheit zu sagen.«

Sie nickt. »Ich bin auch queer.«

Oh …

Das ist das erste Mal, dass sich eine Schülerin vor mir outet. Um ehrlich zu sein, hat mir noch niemand von ihnen etwas Persönliches erzählt. Aber sagt sie mir das, weil sie ahnt, dass ich auch queer bin? Liegt es an meiner Frisur? Wie viele Kinder würden sich vor mir outen, wenn ich meine Haare auf George-Art stylen würde?

Ich will ihr dafür danken, dass sie mir das anvertraut, ihr sagen, dass ich mich geehrt fühle und dass ich sie verstehe. Aber darf ich mich als Lehrerin überhaupt outen? Oder fänden manche Eltern das womöglich unangemessen?

»Das ist schön«, antworte ich ziemlich lahm.

Matilda kaut auf ihrer Unterlippe.

Hastig füge ich hinzu: »Tschaikowsky war vielleicht auch schwul. Und Schubert. Und Händel. Sicherer sein können wir uns bei modernen Komponisten wie Britten, Poulenc und Copland. Lesbische Frauen werden doppelt aus der Geschichte getilgt, aber … Möchtest du mal etwas von Ethel Smyth spielen?«

Matilda lächelt mich schüchtern an und sagt, sie werde gleich über sie recherchieren. Mich durchströmt unbändiger Stolz.

Ich habe das Gefühl, etwas getan zu haben, was auch mein Dad getan hätte. Vielleicht nicht mit diesem speziellen Fokus auf Lesben, aber trotzdem. Und es fühlt sich gut an. Richtig gut.

Vielleicht ist Unterrichten doch gar nicht so schlecht.

Alexa starrt die Wand des Raucherbereichs so durchdringend an, dass die Ader an ihrer Schläfe hervortritt.

»Alles okay, Alexa?«

»Alles?«, erwidert sie schroff. »Alles auf der ganzen Welt? Nein, ich glaube nicht, dass alles okay ist. Zum einen ist da die Klimakrise. Da ist die allgemeine Ungleichheit.«

Ich beobachte sie von der Seite und überlege, ob sie ihre Süßigkeiten oder ihre Zigaretten vergessen hat.

Sie sagt irgendetwas, aber ihre Lippen sind so fest zusammengekniffen, dass ich es nicht verstehen kann.

»Sie wollen den Stundenplan schon wieder ändern«, murrt sie. »Wann werden diese Leute lernen, dass es nichts nutzt, willkürlich irgendwas zu ändern? Sie kreuzen mit ihren großen Ideen auf und denken, sie wären die Ersten, denen es in den Sinn kommt, obligatorischen Musikunterricht einzuführen oder die Geisteswissenschaften abzuschaffen. Aber sie verschwenden keinen Gedanken daran, was diese Änderungen für die Bildung der Kinder bedeuten.« Ihre Finger zucken, als würde sie ein imaginäres Feuerzeug bedienen.

»Aber, Alexa ...«, sage ich nach einer Weile. »Dir ist die Bildung der Kinder doch völlig egal.«

Sie starrt weiter an die Wand. »Nein, offensichtlich ist sie das nicht.«

Die Ader an ihrer Schläfe pulsiert noch immer.

»Ich habe Schoko-Hobnobs in meiner Tasche«, biete ich an.

Doch sie sagt, es gehe schon wieder.

Unsere sonntägliche Date Night. Doug und ich kochen zusammen einen Vorrat Bolognese. Während die Soße köchelt, schenkt Doug uns mehr Wein nach als üblich und stellt seine Lieblings-Indie-Playlist (schlicht KRACHER! genannt) leiser.

»Gina«, sagt er, und an seinem Ton erkenne ich sofort, worüber er reden will. Er holt tief Luft und ergreift meine Hand. »Wenn dir das mit der offenen Beziehung ernst ist, bin ich einverstanden.«

Mein Herz macht einen Satz. »Wirklich?«

»Ja. Wenn du glaubst, dass wir das schaffen, tue ich es auch.«

Irgendetwas stimmt nicht mit mir, denn Doug hat noch nie anziehender auf mich gewirkt als in diesem Moment.

»Wirklich?«, frage ich leise.

»Ja. Ich liebe dich, Gina, und ich vertraue dir.«

Seine Worte und seine strahlend blauen Augen und die feierliche Stimmung bringen mich auf eine etwas verrückte Idee.

Ich gehe vor ihm auf die Knie und nehme seine Hand.

»Douglas Wright«, sage ich.

O Gott, warum habe ich das getan?

»Würdest du mich zur glücklichsten Frau der Welt machen, indem du mir die große Ehre erweist, mit mir eine offene Beziehung zu führen?«

Doug schließt die Augen, und ich kann seinen Gesichtsausdruck nicht deuten. Dann sagt er: »Ja, ich will.«

Wir küssen uns lange. Sein Daumen zeichnet zärtlich den üblichen Pfad über meine Wange nach, und als wir uns schließlich voneinander lösen, sehen wir uns mit feierlichem Blick an.

Dann grinsen wir beide übers ganze Gesicht. Aus irgendeinem Grund tanzen wir eng umschlungen und irre kichernd herum.

»Machen wir eine Flasche Prosecco auf.«

Doug, der schon den Kühlschrank geöffnet hat, wirft mir einen verschmitzten Blick zu. »Weißt du, was das heißt?«

Ich führe seinen Gedanken zu Ende. »Das heißt, wir müssen ›Dates mit anderen‹ in unseren Kalender aufnehmen.«

Kapitel 20

George: Keyboarderin, die ihre Fingerfertigkeit verbessern will. Google mal Phase, *um bei unserem nächsten Gig dabei zu sein! Bi / Offene Beziehung / Waage.*

Douglas: Shy Guy. Wollen wir mal zusammen spazieren gehen? In einer offenen Beziehung, aber nicht auf die creepy Art.

Was sollte nicht normal daran sein, den Profiltext für die Dating-App meines Freundes zu schreiben?

Doug und ich haben die Regeln für unsere offene Beziehung festgelegt und waren uns in allem einig. Um es offiziell zu machen: 1.) Wir werden offen darüber reden, einander alles erzählen und uns gegenseitig informieren, bevor irgendetwas passiert. 2.) Die Leute, mit denen wir ausgehen, müssen wissen, dass wir in einer offenen Beziehung und nicht auf der Suche nach etwas Ernstem sind. 3.) Niemand verliebt sich.

Na ja, okay, in allem waren wir uns nicht einig. Ich habe argumentiert, dass die Leute nichts von unserer offenen Beziehung erfahren müssten, weil man jemandem, mit dem man nichts Ernstes hat, nicht von seinem langjährigen Freund erzählen würde, oder? Doch Doug hat darauf bestanden, dass die andere Person von uns wissen sollte. Und ich konnte ihn nicht zu sehr bedrängen, weil das verdächtig gewirkt hätte.

Also könnte ich nur dann rechtens was mit Kit anfangen, wenn ich ihr von Doug erzähle ... Mit nicht monogamem Sex hat sie ganz offensichtlich kein Problem, aber wie um alles in der

Welt soll ich ihr erklären, dass ich mit einem Mann zusammen bin? Das passt so gar nicht zu meinem Image.

Aber egal, hierbei geht es nicht um Kit. Das Wichtigste ist, dass ich die Chance habe zu erkunden, wie es sich anfühlt, mit einer Frau zusammen zu sein, und ich sollte das Beste daraus machen. Ein erfolgreiches sexuelles Abenteuer würde mir bestimmt helfen, über Kit hinwegzukommen. Oder mich auf neue Ideen bringen, für den Fall, dass Kit und ich je ... Nein, hör auf!

Donnerstags haben wir beide Zeit für Dates mit anderen Leuten. Unsere Dougina-Date-Nights hatten bei der Planung Priorität, damit unsere Beziehung nicht aus dem Gleichgewicht gerät, das heißt jedoch, dass ich einen Abend mit Sophie streichen muss. Was sie bestimmt verstehen wird, schließlich war es quasi ihre Idee, dass wir unsere Beziehung öffnen.

Und nun treten Doug und ich in einen unausgesprochenen Wettstreit, wer sich zuerst ein Date für Donnerstag sichern kann.

Jeder weiß, dass Dating-Apps furchtbar sind, aber für uns sollte es eigentlich nicht so schlimm sein. Ich meine, ich suche im Grunde eine Geliebte. Wenn jemand nicht nach rechts wischt, kann ich einfach Trost bei Doug suchen.

Doch es ist ganz und gar grauenhaft. Ich weiß nicht, was schlimmer ist: sich für jemanden zu interessieren und dann kein Match zu bekommen oder sich für absolut niemanden zu interessieren. Die ersten zwanzig Minuten wische ich nur nach links: Nein zur lustigen »Abby, 28«, weil ihr Lieblingsmusiker Ed Sheeran ist; Nein zur hübschen »Neela, 30«, weil ihr ganzes Profil für Fruitarismus wirbt; Nein zur coolen »Kylie, 25«, weil sie einen ekligen Freund hat (»Wir suchen nach einem Einhorn, um unserem Leben eine neue Würze zu geben!«). O Gott, Doug und ich sind hoffentlich nicht wie diese Dreier-Jäger, oder etwa doch?

Als ich sehe, wie Doug fröhlich nach rechts wischt, wird mir klar, dass ich meine Erwartungen herunterschrauben muss. Ich kann Leute auch noch in der Kennenlernphase aussortieren. Aber von meinen erbärmlich wenigen Matches schreibt mir niemand. Und wenn ich jemandem schreibe, bekomme ich keine Antwort und bin außerdem in der Dating-App-Hierarchie abgestiegen.

Ich kuschle mich an Doug, und wir zeigen uns gegenseitig die Bilder auf unseren Displays. Hin und wieder erscheint dieselbe Person bei uns beiden, und wir sind wie vom Donner gerührt. Wir sind Detektive auf der Suche nach Bisexuellen in London. Vielleicht könnte ich sie nach ihren Doppelleben fragen?

Die nächste Frau auf meinem Display ist »Blaire, 26«. Sie hat kurze Haare und einen grimmigen Blick, und in ihrer Bio steht, sie sei eine »pausierende Komikerin«.

»Klingt nach Spaß«, sagt Doug und beugt sich über mein Handy, um ihre Fotos durchzugehen. »Schade, dass sie anscheinend nur für das andere Team spielt.«

Na super. Mein Freund und ich haben den gleichen Frauengeschmack.

Ich wische nach rechts und werde mit einer sprudelnden Sektflasche auf meinem Display belohnt. Doug gibt mir High Five.

Kurz darauf bekomme ich eine Nachricht von Blaire. Ein Wellen-Emoji. Heiß!

Ich schicke ihr eine Welle zurück und scrolle auf dem Klo durch weitere Profile, während ich auf ihre Antwort warte.

Doch plötzlich sehe ich ein Foto von Isobel vor mir und lasse fast mein Handy ins Klo fallen.

Isobel: Jungfrau sucht nach Hollywood-Romanze. Cottagecore, schon bevor Landlebenleidenschaft cool war. Take Me To Church x

Ihre Fotos sind allesamt Meisterwerke: mit ihrer Gitarre in

einer Kapelle singend, mit Rudy lachend in einer Bar, in einem altmodischen Badeanzug am Strand. Und dann sehe ich das Bild von ihr und Kit.

O Gott.

Das Foto sieht aus wie das Cover eines Hochzeitsmagazins. Kit trägt einen dunkelblauen Anzug und ein weißes Hemd, die obersten Knöpfe geöffnet, so dass ihre silberne Kette zu sehen ist. Isobel trägt ein rotes Kleid, und der Wind weht ihr die langen Locken aus dem Gesicht. Kit reicht ihr ein Glas Wein, und sie blicken einander tief in die Augen. Ich kann meinen Blick nicht abwenden.

Dann wird mir klar, dass Isobel, wenn ich ihr Profil sehen kann, auch meins sehen kann. Mist! Schnell lösche ich die Worte »bi« und »offene Beziehung« aus meiner Bio. Wenn ich Phase alles erzählt habe, werde ich sie wieder einfügen. Was ganz bald der Fall sein wird.

Kits Gesicht in der Dating-App zu sehen, wirft mich völlig aus der Bahn.

Erschüttert lege ich mein Handy auf den Boden und bleibe eine Weile auf dem Klo sitzen, den Kopf in die Hände gestützt. Ich fühle mich ausgelaugt. Diese Sache mit der offenen Beziehung, die Apps, die Frauen – das ist einfach zu viel. Das Ganze war ein Riesenfehler. Ich kann meine Gefühle für Kit nicht verstecken, indem ich einen Ersatz für sie suche. Ich habe keine einzige Person gefunden, zu der ich mich auch nur annähernd so hingezogen fühle wie zu ihr.

Doug klopft behutsam an die Tür. »Gina, alles in Ordnung? Brauchst du eine Magentablette?«

»Nein, nein, alles gut.«

Durch die Tür flüstert Doug laut: »Ich habe ein Date.«

Ich stoße einen erzwungenen Freudenschrei aus und wasche

mir die Hände, während mir Doug von seinem Date erzählt. Ihr Name ist Adelaide, sie ist Software-Ingenieurin, und die beiden werden nächsten Donnerstag in ihrer Lieblingsbar in Soho was trinken gehen.

Ich gebe Laute der Begeisterung von mir, doch mein Gesicht im Spiegel ist panisch. Ist das wirklich okay?

»Gina? Ist das wirklich okay?«

Puh. Wir haben beide die gleichen Bedenken. Vielleicht sollten wir das Ganze einfach abblasen?

Doch Doug fährt fort: »Was, wenn sie mich nicht mag?«

Oh. Ich öffne die Badezimmertür. Er sieht mich an wie ein Welpe mit einem riesigen Stock, den er nicht mehr tragen kann.

»Natürlich wird sie dich mögen«, versichere ich ihm. »Du bist der beste Kerl der Welt.«

Er küsst mich. Ein inniger, leidenschaftlicher Kuss.

Als wir uns voneinander lösen, sehe ich ihn grinsend an. Auf seinem Gesicht erscheint ein ebenso breites Grinsen. Ich werfe einen Blick auf die Uhr. Noch etwas früh, aber ...

Kichernd laufen wir ins Schlafzimmer. Schließlich ist heute Sonntag.

Es ist aufregend, zur Abwechslung mal Neuigkeiten zu haben. Ich will vor allen damit angeben. Natürlich nicht vor meiner Mum. Oder irgendjemandem an der Schule. Oder vor Phase – zumindest noch nicht. Letztlich erzähle ich nur Sophie davon.

Als Entschuldigung dafür, dass ich unsere Faulenzerabende verschieben musste, habe ich sie zu einer queeren Shopping-Tour eingeladen. Wir waren schon bei *Gay's The Word*, wo ich nach Büchern über offene Beziehungen für Doug geschaut, aber mich nicht getraut habe, den Verkäufer zu fragen, ob sie auch etwas Passendes für Heteros hätten.

Jetzt sind wir in einer Upcycling-Vintage-Boutique und suchen nach Jeansjacken.

Während Sophie in der Umkleidekabine ist, erzähle ich ihr ganz nebenbei meine Neuigkeiten.

Sie reißt den Vorhang auf – noch halb nackt – und glotzt mich fassungslos an. »Du und Doug wollt eine offene Beziehung? Inwiefern? Die Wir-machen-bald-Schluss-Variante? Oder die Eheleute-werfen-ihren-Autoschlüssel-zum-Partnertausch-in-eine-Schüssel-Variante?«

»Die Autoschlüssel-Variante.«

Sie starrt mich an. Die anderen Leute im Laden starren sie und ihren aufreizenden BH an.

»Du?! Und Douglas?!«

»Ja«, sage ich in defensivem Tonfall.

»Aber du hast dich gerade erst vor fünf Minuten geoutet!«

Hmm … Zweifel keimen in mir auf. Kurzerhand folge ich Sophie in die Umkleidekabine und ziehe den Vorhang zu.

»Denkst du, es könnte eine schlechte Idee sein?«, flüstere ich.

»Offene Beziehungen sind natürlich grundsätzlich keine schlechte Idee«, erklärt sie und streift geistesabwesend ein freizügiges Top über. »Ich meine, einige meiner Freundinnen finden, dass es genau das Richtige für sie ist, und sind sehr glücklich damit. Es ist nur … Ihr passt nicht in das übliche Offene-Beziehung-Schema. Zunächst mal sind die meisten queer.«

»Unsere Beziehung ist queer.«

»Dann meine ich eben doppelt queer.«

Ich stoße einen tiefen Seufzer aus. »Warum bin ich nie queer genug?«

»Süße«, sagt sie, »es gibt keinen Grund, warum ihr das nicht tun solltet, aber die meisten offenen Beziehungen sind von Anfang an offen. Alle, die ich kenne, die in einer festen Beziehung waren und dann plötzlich was mit anderen Leuten anfangen wollten, hatten es auf eine bestimmte Person abgesehen. Und das ist keine offene Beziehung, Schätzchen, das nennt man fremdgehen, aber mit Ankündigung.«

Sophie lacht. Ich nicht.

»Moment. Gigi. Du hast es doch nicht etwa auf jemand Bestimmtes abgesehen, oder?«

Ich tue so, als wolle ich eine ihrer Jacken anprobieren, und gehe in die Umkleide nebenan. Leider lässt sich Sophie nicht so einfach abwimmeln.

»Wer ist es? Lucy?«

»Hör endlich auf mit dieser Lucy-Geschichte.«

»Wer dann?«

»Niemand«, sage ich und ziehe den Vorhang zwischen uns zu. Nach einem kurzen Kampf hat sie ihn wieder geöffnet. Ich muss sie ablenken.

Also mache ich ein flehendes Gesicht. »Sophie, hilfst du mir, Frauen aufzureißen? Bitte!«

»Ja!«, quietscht sie, alle Zweifel vergessend. »Lass uns zur Feier des Tages irgendwohin gehen, wo wir noch nie waren. Suchen wir dir Frischfleisch, an dem du üben kannst.«

Mit neuem Elan gehen wir in den Laden zurück.

»Sophie«, zwinge ich mich zu sagen, während wir die Hawaiihemden durchsehen, »eins noch ... Ich habe Phase noch nicht von Doug erzählt.«

Sophie vergräbt ihr Gesicht in einem Haufen Strickwaren. »Noch mehr Geheimnisse? Der Stress schlägt mir auf den Magen«, stöhnt sie.

»Bitte, Sophie, ich werde es ihnen sagen, wenn ich richtig bei ihnen angekommen bin.«

Sie gräbt sich bis zu den Weihnachtspullovern durch.

»Kannst du das nicht verstehen? Wenn ich ihnen jetzt davon erzähle, wo ich erst ein Konzert mit ihnen gespielt habe ... Ich bitte dich nicht, zu lügen, ich bitte dich nur, nichts zu sagen.«

Endlich taucht sie wieder auf. »Das gefällt mir nicht, Gigi, das gefällt mir überhaupt nicht.«

»Bitte. Bitte-bitte? Du profitierst doch auch davon. Je länger ich bei Phase bleibe, desto besser stehen deine Chancen, ein richtiges Groupie zu werden.«

»Aber was, wenn ich mit Kit flirte und sie fragt ...«

»Pumpernickel.«

Sophie und ich starren uns über einen Rentierpullover hinweg an.

»Echt jetzt?«

»Echt jetzt. Nur fürs Erste. Irgendwann werde ich es ihnen sagen, versprochen. Aber ich darf es nicht überstürzen.«

Sie seufzt, aber dem Pumpernickel kann sie sich nicht entziehen.

»Okay«, sagt sie schließlich. »Du hast mich gepumpernickelt, dass ich Kit nichts von Doug erzähle. Aber ich will auch einen Pumpernickel. Du musst mir helfen, mit Kit zusammenzukommen.«

Scheiße.

»Sophie, wir sind keine Kinder mehr«, fauche ich sie an. »Was soll ich schon machen? Sie für dich um ein Date bitten?«

»Tu nicht so, als wüsstest du nicht, was ich meine«, erwidert sie in scharfem Ton. »Kit und ich würden so gut zusammenpassen. Sie ist nicht wie Jenny, sie wird meinen Lifestyle und warum ich tue, was ich tue, verstehen. Marsha hat mir erzählt, dass Kit auch eine schlechte Outing-Erfahrung gemacht hat. Deshalb hat sie eine Weile bei Isobels Eltern gewohnt.«

Mein Herz wird schwer.

»Ich weiß, wie wichtig dir Phase sind, und ich werde dir nicht in die Quere kommen. Aber Kit wäre perfekt für *SophieSnob*. Stell dir doch nur mal vor, wie wir zusammen Paarvideos machen.«

Das kann ich mir nur zu gut vorstellen. Auch wenn ich den Verdacht hege, dass Sophie mehr in ihre Vorstellung von Kit verliebt ist als in die echte Kit, passt sie doch viel besser zu ihr als ich. Ein lesbischer Casanova würde sich nie in eine lesbische Jungfrau verlieben. Es war dumm von mir, zu glauben, jemand wie Kit würde je jemanden wie mich ernsthaft wollen.

Wie dem auch sei, Sophie sollte für mich an erster Stelle stehen.

»Natürlich versuche ich, dir zu helfen«, sage ich. »Für dich tue ich alles.«

Sophie legt mir den Arm um die Schultern. »Perfekt. Jetzt lass uns ein paar Ladys suchen, mit denen du rummachen kannst.«

Anscheinend machen nicht alle queeren Clubs einen auf Halloween. Wer hätte das gedacht?

Es ist acht Uhr, und wir sitzen an einem der Seitentische in der schon jetzt überfüllten Royal Vauxhall Tavern. Inmitten chaotischer Stroboskoplichter knabbere ich an meinen Fritten und bewundere die sexy Leute um mich herum. Punkige Kunststudenten kippen Shots neben Pärchen in maßgeschneiderten Power Suits, behaarte »Bären« tanzen um hippe schnurrbärtige »Otter« herum, und es riecht deutlich nach versagendem Deodorant. Alles ist mit Regenbogenstickern beklebt, vom Rollstuhl einer glamourösen Drag Queen bis zu den nackten Brustwarzen eines »Twinks«. Doch ich erkenne nur eine Handvoll bekannter Gesichter aus dem Familiar. Meine Güte, es gibt wirklich viele queere Leute in London. Und seit wann benutze ich Wörter wie »Twink«, um schnucklige junge Schwule zu bezeichnen?

»Gina und Douglas in einer offenen Beziehung«, sagt Sophie und schüttelt fassungslos den Kopf. »Gott, du hast jahrelang überhaupt kein Drama, und jetzt holst du alles auf einmal nach. Also, was ist dein Typ?«

»Keine Ahnung! Ich habe meine Partner einfach immer danach ausgewählt, welcher Mann gerade an mir interessiert war.«

Mit meinem ersten Freund Adam war ich zwei Jahre zusammen – eine lange Zeit, wenn man ein Teenager ist –, und wir sind nur zusammengekommen, weil wir im Schulmusical ein Duett gesungen haben. Ich habe zwei Jahre gebraucht, um zu erkennen, dass ich ihn eigentlich gar nicht mochte. Er war nicht mal ein guter Duettpartner. Was für eine Verschwendung.

Als ich an die Uni kam, war ich bereit für ein Leben voller heißer One-Night-Stands, wie es mir in jeder Fernsehserie versprochen wurde. Stattdessen lernten Doug und ich uns in der Einführungswoche kennen und wurden von der Uni zu »Buddies« ernannt. Und jetzt sind sieben Jahre rum.

Sophie bekreuzigt sich, um die patriarchalische Energie abzuwehren.

»Sieh dich um«, sagt sie, ganz die freundliche Zuhälterin. »Fällt dir jemand ins Auge?«

Ich versuche, die Frauen um mich herum unauffällig zu scannen. Doch während ich mich umsehe, wird mir der fatale, wenn auch ziemlich offensichtliche Fehler in meinem ach so raffinierten Offene-Beziehung-Plan bewusst.

»Was spielt das für eine Rolle?«, frage ich und schlüpfe wieder in meine Jacke. »Niemand steht auf mich. Das ist demütigend. Ich gehe nach Hause.«

Sophie verdreht die Augen und zieht mich zurück auf meinen Hintern.

»Entschuldigung«, sagt sie zu einer Frau, die gerade vorbeiläuft. »Stehst du auf meine Freundin?«

Die Frau sieht von Sophie zu mir. »Auf sie?«

Sophie nickt lächelnd.

»Nein, nicht wirklich. Nicht böse gemeint.«

Während meine Seele vor Scham meinen Körper verlässt, tauschen Sophie und die fremde Frau Nummern aus. Als sie weggeht, wirft Sophie mit einem selbstgefälligen Grinsen die Haare zurück.

»Sehr hilfreich«, murre ich. »Danke.«

»Schlechtes Beispiel. Beim nächsten Mal klappt es.«

Drei grauenhafte Versuche und ein paar Cocktails später singt Sophie ein anderes Lied.

»Gigi«, hickst sie, »denk immer dran, dass selbst die wundervollsten, lustigsten, nettesten, talentiertesten Leute manchmal in eine Bar gehen und nicht mit ihrem Seelenpartner wieder herauskommen. Du kannst nicht erwarten, dass du dich einmal umsiehst, und plötzlich ist da die Julia zu dir als Romeo, die sich Hals über Kopf in dich verliebt.« Aber zur Sicherheit blickt sie sich noch einmal in der Bar um. »Ich meine, ich bin schon so gut wie mein ganzes Leben in der Dating-Szene unterwegs. Ich habe es mit jeder App, jeder Bar und jeder YouTuber-Convention versucht – ohne Erfolg. Dabei sehe ich *so* aus.«

Ich tunke eine Fritte in den Ketchup und stecke sie ihr in den Mund, um sie zum Schweigen zu bringen.

»Ich weiß, du findest Kit heiß«, sage ich wie beiläufig, »aber würde jemand wie Isobel nicht besser zu *SophieSnob* passen? Stell dir das mal vor. Die geballte Femme-Energie. Das wäre doch die Art von Video, die durch die Decke gehen würde.«

Sophie mustert mich argwöhnisch. »Isobel ist eine Göttin«, sagt sie. »Aber ist sie nicht ziemlich prüde? Sie lässt sich nie auf mehr als ein erstes Date ein. Dafür ist sie berühmt.«

»Vielleicht wartet sie einfach auf die Eine. Und du könntest die Eine für sie sein.«

Sophie blockt die Idee nicht gleich ab, also hat dieser Plan, ihre Zuneigung umzuleiten, vielleicht tatsächlich Potenzial ... Während Sophie auf dem Klo ist, versuche ich wie sie Signale auszusenden, dass ich zu haben bin. Ich bin in einer offenen Beziehung. Irgendjemand muss doch was mit mir anfangen wollen.

Niemand? Überhaupt niemand?

O mein Gott, da, jemand kommt auf mich zu! Ich blicke kokett auf.

Und sehe Marsha.

Sie wirkt viel selbstbewusster als bei unserer ersten Begegnung, in einem Top mit Spaghettiträgern und Schlagjeans, die Haare zu engen Cornrows geflochten.

»Sieh mal an, wen haben wir denn da«, sagt sie, die Hände in die Hüften gestemmt, »den Ersatz.«

Wut steigt in mir auf, doch sie bricht die angespannte Stimmung mit einem Lachen. »Ich bin nicht hier, um Streit anzufangen. Ich hab dich bei eurem letzten Gig gesehen. Ich fand's toll, was du mit *Mercury* gemacht hast.«

»Danke«, murmele ich, halte die Arme aber vor der Brust verschränkt.

Sie seufzt. »Ich weiß, Phase sind momentan nicht gerade

meine größten Fans. Ich würde es ihnen nicht übel nehmen, wenn sie schlecht über mich reden.«

»Sie haben dich nie erwähnt«, sage ich, als gehöre ich zu der fiesen Gang aus Mean Girls.

Marshas gelassene Fassade bröckelt. »Oh, verstehe.«

Sofort bekomme ich ein schlechtes Gewissen, die Bitch vom Dienst zu spielen passt nicht zu mir. »Bitte entschuldige, Marsha, ich benehme mich daneben.« Ich bin mir nicht sicher, ob ich zu betrunken bin, um mit ihr zu reden, oder zu nüchtern. »Ich ... ich glaube, ich habe Angst, mit dir verglichen zu werden.«

Ihr Gesicht hellt sich auf. »Schon okay. In einer Band zu sein kann einem das Gefühl geben, man müsse sich als jemand anderes ausgeben. Es freut mich, wenn du deinen Spaß hast.« Sie schüttelt den Kopf. »Ich wünschte, ich wäre von Anfang an ehrlich zu mir gewesen. Es ist eine Sache, dazugehören zu wollen, aber man sollte sich nicht ändern müssen, um dazuzugehören.«

Oh, verdammt.

Plötzlich habe ich den Drang, ihr alles zu erzählen. Zu fragen, warum sie sich mit Kit zerstritten hat. Oder zumindest, ob sie eine Aufnahme von *Cusp* hat, weil mir das Lied nicht mehr aus dem Kopf geht. Doch ich suche zu lange nach den richtigen Worten, und der Moment verstreicht.

Sie lächelt. »Viel Glück, George.«

Auf halbem Weg zur Tür dreht sie sich noch einmal um und zwinkert mir zu. »Schönes Hemd übrigens. An dir sieht es besser aus als an mir.«

Sophie und ich verlassen den Club mit einer Frau, die sie aufgerissen hat. Keine Ahnung, wie sie heißt. Hoffentlich weiß Sophie es.

Während ich vorn im Taxi sitze, ihnen beim Knutschen zuhöre und mich selbst bemitleide, beschließe ich, dieses Tinder-Mädel Blaire anzutexten.

Eigentlich habe ich das Gefühl, dass wir uns gut verstehen, aber manchmal sind ihre Nachrichten schwer zu deuten.

Ich mein's ernst, schreibt sie, *ich bin eine pausierende Komikerin.*

Ich antworte mit Lach-Emojis.

Was ist so lustig?

Du, nehme ich an, erwidere ich neckisch.

Weil ich Komikerin bin?

... Ja?

Aber ich mache zurzeit Pause.

Musst du dich davon erholen, lustig zu sein?

Nein, nur von der Stand-up-Comedy. Die war echt anstrengend.

Haha.

?

Unter einem »pausierenden Schauspieler« versteht man normalerweise was anderes.

Aber ich bin kein Schauspieler, ich bin Komikerin.

Ich habe keine Ahnung, ob wir uns prächtig amüsieren oder ob sie eine Komikerin ohne den geringsten Sinn für Humor ist. Aber ich texte weiter mit ihr, weil meine anderen Tinder-Konversationen bislang immer bei der Frage geendet haben: Top oder Bottom?

Während Blaire sich von ihrer Comedy-Karriere erholt, arbeitet sie bei einer unbekannten Fastfood-Kette namens Pizza Pasta Piazza. Ich heuchle Interesse an mittelmäßigem italienischem Essen und formuliere es als offensichtlichen Wink mit dem Zaunpfahl, mich auf ein Date dorthin einzuladen.

Sie schlägt Freitag vor. Ich bestehe auf Donnerstag. Wir einigen uns darauf, uns um sechs im Pizza Pasta Piazza zu treffen.

VOLLTREFFER!

Als Doug nach Hause kommt, erzähle ich ihm die Neuigkeiten, beschwipst wie wir sind, fummeln wir zur Feier des Tages fröhlich miteinander rum.

Kapitel 21

Es ist Mittwoch, unsere erste Probe, seit Kit versucht hat, mich zu küssen. Ich kann immer noch nicht ganz glauben, dass das keine bloße Wahnvorstellung war.

Doch irgendwie fühlt sich Kit noch unerreichbarer an als früher, als ich noch dachte, ich sei hetero und würde mich demnächst verloben. Dougs Offene-Beziehung-Regeln besagen, dass ich nur was mit ihr anfangen dürfte, wenn sie von ihm wüsste, was sie wahrscheinlich unwiderruflich abturnen würde (sorry, Doug). Außerdem hat mich Sophie gepumpernickelt, ihr zu helfen, mit Kit zusammenzukommen. Mir fällt kein Schlupfloch ein, das es mir ermöglichen würde, sie jetzt noch zu küssen. Ganz abgesehen davon hat mir Kit die Zurückweisung so übel genommen, dass sie mir wahrscheinlich sowieso keine Chance mehr geben würde. Und das ist gut so.

Reden wir also lieber nicht darüber, dass ich eins von Kits sehr weichen Hemden trage. Oder dass ich mich kaum darauf konzentrieren kann, was Isobel und Rudy sagen, weil ich bei jedem Geräusch an der Tür zusammenzucke wie ein Hund, der auf den Postboten wartet.

Schließlich seufzt Isobel und streckt die Beine aus. »Ich sollte unsere Königliche Hoheit wohl aus ihrem Wohnwagen eskortieren.«

Genau in diesem Moment taumelt Kit durch die Tür – offensichtlich hat sie einen Mordskater. Mit wem ist sie wohl ausgegangen? Ob ihre Begleitung hübsch war? Sie meidet meinen Blick ebenso wie ich ihren. Isobel macht ein tadelndes Geräusch.

Kit sieht sich nach ihrem Kaffee um. Ich stehe davor. Als sie auf mich zukommt, beschließe ich, ihr ein Friedensangebot zu machen, nehme ihren inzwischen abgekühlten Kaffee und gieße ihre üblichen zwei Döschen Milch hinein. Ich genieße ihre Nähe so sehr, dass ich noch ein Päckchen Zucker hineinrühre. Als ich ihr die Tasse reiche, berühren sich unsere Fingerspitzen ganz leicht; Kit lässt ihre Finger eine Sekunde zu lang dort verharren, und in meiner wilden Phantasie stelle ich mir vor, dass die unterdrückte sexuelle Spannung zwischen uns Kits Kaffee wie eine Mikrowelle erhitzt.

»Schönes Hemd«, sagt sie mit heiserer Stimme. Das ist ihr Friedensangebot.

Verlegen blicke ich zu ihr auf. Meine Wangen laufen hochrot an (diese verdammten Verräter).

Isobel ruft, wir sollen uns beeilen.

Gott sei Dank hat die Anspannung zwischen uns keinen negativen Einfluss auf unsere Musik. Wenn überhaupt, verleiht sie ihr eine neue Tiefe, einen komplizierten, vielschichtigen Unterton. Bei unserer heutigen Version von *Virgo in June* scheint Isobel meine Gefühle unbewusst aufzugreifen – ihr Text handelt von Reue, von dem sehnsüchtigen Wunsch, jemanden zu küssen, aber die Chance zu verpassen. Jedes Mal, wenn Kit etwas Neues anbietet, werde ich rot. Merkt sie überhaupt, dass sie mit mir flirtet, oder tut sie das unbewusst?

Schon viel zu bald öffnet sich die Tür, und Cara kommt herein. Sie tippt auf ihre Armbanduhr, um uns zu bedeuten, dass wir Schluss machen müssen, meidet jedoch meinen Blick.

O nein, noch eine schöne Frau, die ich verärgert habe. Wenn ich die Nacht, in der Poppy im Familiar aufgetaucht ist, im Kopf

Revue passieren lasse, könnte ich schwören, dass Cara eifersüchtig auf Lucy war. Doch dann wird mir klar, wie egozentrisch das ist. Wahrscheinlich war sie wegen einer Barkeeper-Angelegenheit genervt. Warum sollte sie sich für irgendeine Frau interessieren, die an ihrer Bar hin und wieder doofe Witze reißt?

Doch während wir unsere Instrumente zusammenpacken, bin ich doppelt unsicher, weil ich mich frage, ob mich Kit und/oder Cara beobachten. Vor Nervosität lasse ich etwa hundert Mal meine Wasserflasche fallen, und das Metall scheppert unfassbar laut.

Rudy, die gerade die Träger ihrer lila Latzhose zurechtrückt, sieht mich fragend an und macht eine Geste, als kippe sie einen Drink herunter.

Heute Abend habe ich ein Date mit Doug. Ich habe schon zu oft wegen Phase abgesagt und will ihn nicht wieder sitzenlassen. Aber davon kann ich ihnen nicht erzählen, also springen meine Gedanken zu meinen Plänen für morgen.

»Heute kann ich leider nicht, sorry«, sage ich so laut, dass meine Stimme durch den gesamten Raum hallt. »Ich habe ein Date.«

»Ooooh«, jauchzt Rudy. »Wer ist sie?«

Ich traue mich nicht, nachzusehen, ob Kit und Cara zuhören.

»Wir haben uns über eine App kennengelernt«, antworte ich. »Sie ist Komikerin.«

»O mein Gott, das ist ja verrückt«, ruft Rudy, »mein Bruder ist auch Komiker!«

Wir kichern ausgelassen.

»Erzähl uns, wie es gelaufen ist«, sagt Isobel und trägt noch eine Schicht samtigen Lippenstift auf.

»Schreib ihre besten Witze in den Chat!«, fügt Rudy hinzu.

Kit und Cara halten sich heraus.

»Na ja«, sage ich, »mal sehen, wie es läuft.«

Dann nehme ich all meinen Mut zusammen und winke den beiden zum Abschied zu.

Kit winkt kurz, fast versöhnlich zurück. Und auch Cara, die ganz in ihrer Nähe steht, winkt mir freundlich zu. Als ich mich zum Gehen wende, sehe ich gerade noch, wie die beiden einander bemerken und Caras Lächeln verblasst.

Doug und ich spielen Monopoly und gehen früh ins Bett.

Donnerstag nach der Arbeit mache ich mich sofort auf den Heimweg, um mich für mein erstes Date mit Blaire umzuziehen, und frage Sophie am Telefon um Rat.

»Hoffentlich ist es diese Blaire wert, unseren faulen Abend sausen zu lassen«, grummelt sie. »Also, was trägst du normalerweise zu einem Date mit Douglas?«

Doug und ich sind seit Jahren nicht mehr richtig ausgegangen. Nach unserem zweiten Jahrestag haben wir festgestellt, dass wir unsere Pasta lieber selbst in unseren eigenen vier Wänden kochen.

»Ein Kleid. Und ... Ohrringe? Aber für George fühlt sich das nicht richtig an.«

»Zieh was an, worin du dich wohlfühlst.«

»Wow. Eine völlig neue Erkenntnis.«

»Aber bloß nichts mit Streifen, sonst hält man dich für eine Kellnerin.«

Als ich unsere Schlafzimmertür öffne, erblicke ich einen Haufen Krawatten auf dem Boden und Doug mit freiem Oberkörper.

»Hallo«, sage ich etwas betreten. »Machst du dich für dein Date fertig?«

Er grinst verlegen. Keiner von uns kennt die Verhaltensregeln für Paare, die mit anderen Leuten ausgehen.

»Wie wär's mit dem blauen Jackett?«, schlage ich vor. »Blau steht dir.«

Wie jeden Tag machen wir uns nebeneinander fertig, nur tanzen wir diesmal nicht mühelos umeinander herum, sondern sind uns jeder Bewegung überdeutlich bewusst und stoßen ständig zusammen.

Doug hat mich schon als George gesehen, aber es fühlt sich dennoch ... unnatürlich an. (Darüber hätte *SophieSnob* bestimmt eine Menge zu sagen.) Stillschweigend entferne ich mein Make-up, ersetze meine Kontaktlinsen durch meine Brille und binde meine Haare hoch. Ich ziehe Kits dunkelgrünes Hemd, eine schwarze Kordhose, Doc Martens und eine Jeansjacke an und fühle mich dabei wie ein Serienkiller, der seine Methoden offenbart.

Als ich Dougs Blick im Spiegel begegne, wendet er sich wortlos ab, geht ins Badezimmer und schließt die Tür.

Jetzt mache ich mir Gedanken um meine Unterwäsche. Nicht, dass ich denke, heute Abend würde irgendetwas passieren, aber nur für alle Fälle. Doug ist nicht gerade ein Fachmann für Unterwäsche. Er gibt zu allem sein Einverständnis – wenn man es denn so nennen kann. Er hält meine *Marks-and-Spencer*-Multipacks für schick, weil sie vorn Schleifchen haben. Aber eine Frau ist doch sicher anspruchsvoller? O mein Gott, was, wenn wir die gleiche Unterwäsche tragen? Ist das so, wie wenn zwei Frauen auf einer Party dasselbe Kleid tragen und eine beschämt nach Hause gehen muss?

Und nicht nur die Unterwäsche ... Was ist mit der *Unter*-Unterwäsche? Nachdem ich mich jahrelang für Doug herausgeputzt hatte, verkündete ich irgendwann, dass ich mich nur noch rasieren würde, wann und wo ich wollte. Er erwiderte, dass das natürlich allein meine Entscheidung sei und er ohnehin nie darauf geachtet habe. Ich war außer mir vor Wut. All die vergeudete Zeit und tonnenweise stinkende Enthaarungsprodukte ... Frauen erwarteten doch bestimmt nicht voneinander, sich aus schwesterlicher Solidarität einem Intim-Waxing zu unterziehen, oder etwa doch?

Wenn ich nun meine Gewohnheiten ändern würde, wüsste Doug genau, warum ... Ich will nicht, dass er eifersüchtig wird, weil ich mir mehr Mühe für eine Fremde gebe als für ihn.

Also bleibe ich meiner üblichen Verhaltensweise treu: Ich vermeide es, eine Entscheidung zu treffen, und lasse alles, wie es ist. Ich hätte sowieso nichts tun können – Doug ist schon seit Ewigkeiten im Bad.

Als er schließlich herauskommt, riecht er nach einem Aftershave, das ich nicht kenne. Oh, die Krawatte habe ich ihm gekauft ... Aber für mich hat er sie seit Jahren nicht mehr angezogen ...

»Du siehst toll aus«, sage ich.

»Du auch.«

Einen Moment sehen wir einander schweigend an. Dann beugt er sich vor, um mich auf den Mund zu küssen, und im selben Moment küsse ich ihn auf die Wange.

»Ich hoffe, dein Date läuft gut«, sage ich auf dem Weg zur Tür.

»Na ja, nicht zu gut.«

Er zögert, dann lächelt er. Mehr oder weniger.

»Ja, das wünsche ich dir auch.«

Pizza Pasta Piazza sieht nur wie ein authentisches italienisches Restaurant aus, wenn man nicht richtig hinguckt. Die Tischtücher sind aus billigem Plastik, die Kerzen sind elektrische Teelichter, und selbst die Servietten fühlen sich gummiartig an.

Leider sieht Blaire auch nur aus wie ihre Tinder-Bilder, wenn man nicht richtig hinguckt. Ihr orangefarbener Lippenstift passt nicht zu ihrer olivfarbenen Haut, und ihr Lächeln erreicht nicht ihre Augen. Sie ist durchaus hübsch, aber nicht mein Typ.

Verdammt. Da bin ich zum ersten Mal auf einem Date mit einer Frau und stehe nicht mal auf sie.

Aber ich sollte ihr zumindest eine Chance geben. Vielleicht unterdrücke ich unterbewusst noch immer mein Verlangen.

Zur Begrüßung – soll ich sie umarmen, ihr die Hand reichen oder sie gleich knutschen? – will ich ihr einen kleinen Kuss auf die Wange geben, doch sie dreht den Kopf, so dass ich stattdessen ihre linke Augenbraue treffe.

Mein erstes Wort auf meinem ersten Date seit sieben Jahren: »Sorry!« Kein gutes Omen.

Auf der verzweifelten Suche nach einem Gesprächsthema deute ich auf ihr schwarz-weiß gestreiftes T-Shirt. »In dem Outfit fügst du dich hier perfekt ein.«

Sie sieht an sich hinunter, als müsse sie sich vergewissern, dass sie überhaupt etwas anhat. »Das ist unsere Uniform.«

»Oh … Mir war nicht klar, dass du heute arbeitest.«

»Das hab ich dir doch gesagt. Ich hab geschrieben, dass ich mich zu dir setze, wenn ich Zeit habe.«

»Ich dachte, du machst Witze.«

Sie sieht mich an, als wäre ich der letzte Vollidiot, und führt mich zu einem ungünstig positionierten Tisch. Ich setze mich. Sie bleibt stehen.

»Willst du was trinken?«, fragt sie.

»Klar. Wollen wir uns den roten Hauswein teilen?« Ich habe eine Liste mit Dating-Tipps gelesen, und dort stand, man solle sich eine Flasche Wein teilen. Doch sie runzelt die Stirn, als habe ich etwas völlig Verrücktes vorgeschlagen.

»Ich kann keinen Alkohol trinken, während ich arbeite.«

»Oh, natürlich, klar, sorry. Ähm … dann nehme ich einfach ein Glas. Extragroß.«

Sie notiert sich alles. Verwundert sehe ich zu, wie sie aufschreibt: »Ein Glas roten Hauswein, extragroß, für Tisch zehn.« Dann stürmt sie davon.

Ich fühle mich, als wäre ich sitzengelassen worden. Was mir tatsächlich lieber wäre als dieses Date.

Bis sie zurückkommt, spiele ich nervös an der Plastikkerze herum.

In meiner Ratlosigkeit bringe ich einen Toast auf ihre Gesundheit aus. Sie nickt mir majestätisch zu. Ich trinke einen großen Schluck.

In Windeseile rattert sie die Speisekarte herunter. »… und wir haben keine Pizza Margherita mehr.«

»Was, ihr nennt euch Pizza Pasta Piazza und habt keine Margherita mehr?«

»Warum? Ist das deine Lieblingspizza?«

»Ich habe keine besondere Vorliebe dafür, es ist nur … Ich verstehe nicht, warum ihr gerade die …«

Nein, immer noch keine Reaktion. Ich verstumme.

»Dann nehme ich eine Pasta.«

»Du kannst auch eine andere Pizza haben.«

Gleich drehe ich durch. »Wie könnt ihr eine andere Pizza machen, wenn ihr keine Margherita machen könnt? Wie wär's, wenn ich eine Peperoni-Pizza ohne Fleisch bestelle?«

Sie streicht sich ihren zu langen Pony aus ihren zu großen Augen. »Wenn du keine Salami willst, könntest du eine Pizza Funghi nehmen. Die mag ich am liebsten.«

»Weil du ein *Fun Guy* bist?« Ich lache gezwungen. »Schon kapiert. Echt lustig.«

»Was?«

Als ich ihr verständnisloses Gesicht sehe, lege ich meine Serviette auf den Tisch wie eine weiße Fahne als Zeichen der Kapitulation.

Sie schreibt »Eine Pizza Funghi für Tisch zehn« auf ihren Zettel und macht sich wieder aus dem Staub.

Während sie weg ist, hole ich tief Luft und versuche, auf Anfang zu gehen. Okay, wir sind nicht auf einer Wellenlänge, aber das liegt bestimmt an mir. Ich lerne so selten neue Leute kennen, dass ich völlig aus der Übung bin. Es ist nicht ihre Schuld, dass sie heute arbeiten muss, schließlich habe ich auf Donnerstag bestanden.

Als sie sich endlich zu mir setzt, schenke ich ihr als Entschuldigung ein Glas Wasser ein.

»Tut mir echt leid, wenn ich ein bisschen neben der Spur bin«, sage ich. »Ich bin nur nervös. Mein letztes Date ist schon ... eine Weile her.«

Blaire lächelt einen Punkt irgendwo über meinem Kopf an. »Schon okay!«

Ich lächle zurück und bemühe mich, meinen Wein auf lässig verführerische Art zu trinken. »Also, wie ist es, hier zu arbeiten?«

»Schon okay«, antwortet sie.

Irgendwie schaffe ich es, den Wein hinunterzuschlucken. Sie lächelt immer noch.

»Verstehe. Und, äh ... wie ist es so, eine pausierende Komikerin zu sein?«

»Schon okay!«

Mein Wein ist verschwunden. Ich fühle mich, als säße ich bei einer Dinnerparty neben jemandem am schlechten Ende des Tisches fest.

Während Blaire sich in der Küche erkundigt, wo meine Pizza bleibt, werfe ich einen Blick auf mein Handy und sehe eine Nachricht von Doug.

Hey, Süße, wir trinken noch eine Runde, wenn das okay für dich ist? Hoffe, du hast auch eine tolle Zeit! xxxxx

Ich analysiere meine Gefühle. Eifersucht, ganz eindeutig. Aber ich bin nicht eifersüchtig, weil er ein Date mit einer anderen Frau hat und sich köstlich amüsiert, sondern weil ich ein Date mit einer anderen Frau habe und mich nicht köstlich amüsiere.

Viel Spaß, aber vergiss nicht, dass du mich am meisten liebst. xxxxx

Er liest die Nachricht nicht.

Blaire reicht mir eine Pizza Funghi und sieht mir beim Essen zu. Ich schlinge die Pizza so schnell wie möglich runter.

Wie komme ich hier weg, ohne unhöflich zu sein?

Ein paar Minuten starren wir wortlos auf die Tischdecke, dann sage ich: »Also, es war schön, aber …«

»In einer Viertelstunde habe ich Feierabend«, sagt Blaire. »Wollen wir noch in eine Bar gehen?«

Ich starre sie verblüfft an. Sie starrt zurück und hebt eine Augenbraue im Bemühen, verführerisch zu wirken.

Bin ich derart aus der Übung, dass ich nicht erkenne, ob ein Date gut läuft oder nicht? Geht das hier als schöner Abend durch?

Okay, ich weiß, dass ich keinen Spaß habe, aber Blaire anscheinend schon. Und vor allem will ich nicht, dass Doug ein besseres erstes Date hat als ich.

»Führ mich in deine Lieblingsbar aus«, sage ich. »Ich werde sie bestimmt lieben!«

Es fühlt sich seltsam an, die Hand einer Frau zu halten. Meine und Blaires passen überhaupt nicht ineinander, und sie drückt so fest zu, dass meine Finger taub werden. Außerdem mache ich mir Sorgen, dass uns alle mit Hassverbrechen im Sinn anstarren. Zum Glück sind wir im queer-freundlichen Soho gelandet.

Soho. Doug und Adelaide sind auch in Soho.

Nein, das ist schon in Ordnung. In Soho gibt es Hunderte Bars. Und heute Abend ist viel los. Die Wahrscheinlichkeit, Doug zu begegnen, ist schwindend gering.

Blaire führt mich in die Soho Theatre Bar, und sofort sehe ich Doug.

Er sitzt an einem kerzenbeschienenen Tisch und beugt sich lachend zu einer Frau hinüber, die ihn mit ihren Geschichten offenbar köstlich amüsiert. Sie hat glatte braune Haare, genau wie ich früher. Wie sie dort sitzt und sich angeregt mit Doug unterhält, sieht sie aus wie eine bessere Version von Gina.

Ich ziehe an Blaires Hand, um sie zum Umkehren zu bewegen. »Ich hasse diese Bar!«, rufe ich. »Zu viele Möchtegern-Schauspieler.«

Doch Blaire hört mich entweder nicht, oder sie ignoriert mich und geht einfach weiter. Die Möchtegern-Schauspieler starren mich so böse an, dass ich ihr widerwillig folge.

Ich versuche, sie in eine Ecke zu lenken, wo uns hoffentlich niemand sieht, doch dort ist kein Platz mehr. Es gibt nur noch einen einzigen freien Tisch; einen unmissverständlich, sehr offensichtlich freien Tisch furchtbar nah an Doug und Adelaide.

Dort nimmt Blaire Platz und wirft mir einen herrischen Blick zu.

Ich signalisiere ihr, dass ich uns Drinks hole.

An der Bar überlege ich, ob ich abhauen oder bleiben und masochistisch mit ansehen soll, wie viel Spaß Doug auf seinem Date hat. Vielleicht ist es weniger wahrscheinlich, dass er sich verliebt, wenn ich wenige Zentimeter von ihm entfernt sitze und ihn anstarre?

Ein Hauch blumigen Parfüms steigt mir in die Nase. Die Frau, die aussieht wie eine aufgehübschte Version von Gina, steht direkt hinter mir in der Schlange.

Der Barkeeper will sofort ihre Bestellung aufnehmen.

»Nein, sie war vor mir da«, sagt Adelaide lächelnd und deutet auf mich. »Oh, ich liebe dein Hemd.«

Verdammt nochmal. Compersion ist echt schwer.

Als ich zu unserem Tisch zurückschaue, sehe ich, dass Doug gerade eine Nachricht schreibt. Ich werfe einen Blick auf mein Handy – nichts. Anscheinend habe ich hier drin keinen Empfang.

Adelaide sieht ebenfalls auf ihr Handy, als es aufleuchtet, und lacht glockenhell über seine Nachricht.

Compersion, Compersion, Compersion ...

Wenn mich Doug mit Blaire sieht, soll es wenigstens den Anschein haben, als hätte ich genauso viel Spaß wie er.

Als ich mit den Drinks zu unserem Tisch zurückgehe, fühle ich mich wie ein übel gestimmter Rachegeist.

Doug schaut nicht von seinem Handy auf.

Blaire sagt irgendetwas, das ich nicht höre.

»Hahahahaha! O mein Gott, Blaire, du bist so witzig!«

Sie nickt zustimmend. Ich starre Doug an und setze ein lässiges Offene-Beziehung-Lächeln auf. Doch er hat nur Augen für Adelaide, die in diesem Moment zurückkommt.

Doug macht sein bestes Flirtgesicht. Er sieht Adelaide über den Rand seiner Brille an, zieht eine Augenbraue hoch, grinst schief und beißt sich ganz leicht auf die Lippen, während er redet. Diesen Gesichtsausdruck habe ich schon seit ... vielen Jahren nicht mehr gesehen.

»Ich muss hier weg«, sage ich zu Blaire.

»Willst du mit zu mir kommen?«, fragt sie.

Das lenkt mich ab. Ich starre sie mit offenem Mund an. Denkt sie wirklich, unser Date laufe so gut? Oder vielleicht spielt es keine Rolle, ob man sich versteht oder nicht? Hat man vielleicht sogar besseren Sex, wenn man überhaupt nicht auf die andere Person steht?

Über ihre Schulter sehe ich Doug über Adelaides Geschichten lachen. Er sieht so glücklich aus.

»Ja«, sage ich zu Blaire, ohne den Blick von ihm abzuwenden. »Lass uns gehen.«

Ganz ohne zu wanken, stehe ich auf und stecke die Arme in die Ärmel meiner Jeansjacke, ganz ohne sie zu verfehlen.

Auf dem Weg zum Ausgang stolpere ich und pralle gegen Adelaide.

Blaire versucht, mich aufzufangen, greift aber daneben. Ich entschuldige mich völlig übertrieben und ziehe mich hastig zurück. Doch es ist bereits zu spät: Doug hat mich bemerkt. Das Lachen erstarrt auf seinem Gesicht.

»Oh, hi«, sage ich, als wäre er ein Kollege, den ich kaum kenne. »Ich gehe mit zu ihr, wenn das okay ist.«

Blaire und Adelaide blicken zwischen uns hin und her.

»Äh«, stammelt Doug, die Augen vor Panik weit aufgerissen, »okay.«

Zur Aufmunterung gebe ich ihm ein Daumen-hoch.

Dann, um hier rauszukommen, bevor ich in Tränen ausbreche, nehme ich Blaires Hand und ziehe sie weg.

Auf dem Weg zur Bahnstation fühlt sich Blaires Hand an wie eine Fessel.

Ich bin noch nicht bereit. Meine Verfassung ist definitiv zu emotional und viel zu verletzlich, um zum ersten Mal mit jemandem zu schlafen. Und ich mag sie nicht mal. Doch plötzlich sind wir an der Oxford Circus Station – sobald wir einsteigen, gibt es kein Zurück mehr.

»Blaire«, sage ich zaghaft und halte sie zurück. »Ich ... ich fühle mich wirklich geschmeichelt, aber ich muss morgen früh raus und ...«

Pendler rempeln uns an. Sie mustert mich stirnrunzelnd – offensichtlich versteht sie nicht, worauf ich hinauswill.

»Ich will heute Abend keinen Sex mit dir haben«, platze ich heraus, »danke.«

Ein Passant hebt verblüfft die Augenbrauen.

»Oh.« Sie senkt den Blick. »Hab ich was falsch gemacht?«

»Nein! Nein, wirklich nicht! Es liegt an mir.«

»Dann vielleicht nächstes Mal?«, fragt sie nervös, und ich antworte wie aus der Pistole geschossen: »Ja! Klar!«

Moment. Worauf habe ich mich da eingelassen?

»Also dann, mach's gut«, sage ich.

Sie leckt sich über die Lippen.

O Gott. Der Abschiedskuss.

Seit sieben Jahren habe ich niemanden außer Douglas geküsst. Was, wenn ich vergessen habe, wie das geht?

Mein erster queerer Kuss. Was, wenn dieser Kuss meine wahre lesbische Bestimmung freischaltet und alles verändert?

Mein Blick senkt sich auf Blaires Lippen, und plötzlich bin ich mir der vielen Menschen um uns herum überdeutlich bewusst. Ich bin es nicht gewohnt, mich beim Küssen hinunterzubeugen.

Unbeholfen umfasse ich ihre weiche Wange und denke an Dougs kratzige Bartstoppeln.

Ich neige den Kopf. Sie neigt den Kopf in dieselbe Richtung. Ich neige ihn in die andere Richtung, und sie tut es mir gleich. Ich täusche in die eine Richtung vor, schwenke dann aber in letzter Sekunde um und drücke meinen Mund auf ihren.

Nichts. Absolut gar nichts.

Instinktiv versuche ich, den Kopf zu drehen, doch unsere Zähne stoßen aneinander. Als ich zurückschrecke, stelle ich erschüttert fest, dass ihre Augen offen waren – sie hat mich die ganze Zeit angestarrt.

»Sorry«, murmele ich zum Abschied.

Zurück zu Hause, inmitten Dougs liegen gelassener Klamotten, ziehe ich mein George-Outfit aus und schlüpfe in meinen ältesten Gina-Pyjama. Dann lege ich mich ins Bett, wobei ich mir Dougs kalter Seite der Matratze allzu bewusst bin, und verdrücke eine ganze Packung Kekse.

Ich muss zugeben: Ich bin verdammt enttäuscht.

Womöglich habe ich mich insgeheim gefragt, ob ich in Wahrheit eine Lesbe bin, die nur aus Versehen mit einem Kerl zusammengekommen ist und noch nie wahre Liebe kennengelernt hat, so dass sie eine unvollständige Version davon mit dem gelebt hat, der doch nur ihr bester Freund hätte sein sollen. Es gibt so viele Geschichten über verheiratete Menschen mit Kindern, die spät im Leben erkennen, dass sie queer sind, und sich wie neugeboren fühlen. Aber eine queere Frau hat mich geküsst, und ich habe rein gar nichts gefühlt.

Mein Dad sagte immer, man könne sich nicht Musiker nennen, wenn man keine Musik macht. Kann ich mich überhaupt queer nennen, wenn ich meine Identität nicht wenigstens mit einem schwindelerregenden, spannungsgeladenen, atemberaubenden Kuss besiegelt habe?

Derweil hat mein Freund ein phantastisches Date mit einer anderen Frau. Was, wenn er sich Hals über Kopf in Adelaide verliebt und mich verlässt? Warum habe ich das nicht bedacht, als wir abgemacht haben, eine offene Beziehung zu führen?

Während ich hier in einem Haufen vollgerotzter Taschentücher und Hobnob-Krümel sitze, kommt mir der Gedanke, dass ich Adelaide abschleppen würde, wenn ich er wäre.

Ich umarme ein Kissen, das nach Dougs Antischuppen-Shampoo riecht, und schaue ein *SophieSnob*-Video namens *Was du tun kannst, wenn dein Schatz mit dir Schluss macht.*

Irgendwann höre ich den Schlüssel im Schloss, und Doug schleicht herein, das Gesicht vor Aufregung gerötet.

Während ich mir die Zähne putze, redet er darüber, wie toll das Restaurant war, wie toll die Bar war, wie toll Adelaide war. Als er fertig ist, sind meine Zähne sehr sauber.

»Aber was viel wichtiger ist«, sagt er und drückt endlich Zahnpasta auf seine Zahnbürste, »wie war dein Date, Casanova?«

Ich spucke aus. »Nicht so toll. Wir haben uns einmal geküsst. Aber es hat nicht gefunkt.«

Doug nimmt die Zahnbürste aus dem Mund. »Oh. Zwischen mir und Adelaide auch nicht. Wenn ich es mir recht überlege, war sie zu perfekt.« Er tätschelt meine Schulter. »Nächstes Mal läuft es bestimmt besser.«

Kapitel 22

Doug und ich dachten wohl beide, die Entscheidung für eine offene Beziehung würde sexy Leute dazu bringen, in unserem Schlafzimmer ein und aus zu gehen. In Wirklichkeit ist nicht viel passiert. Unsere ersten Dates sind über einen Monat her, und für keinen von uns war bisher mehr drin als ein Abschiedskuss.

Ich hatte noch ein paar Dates. Freya war ... okay. Candice war ... ganz nett. Halbherzige Nachrichten führten zu halbherzigen Drinks und halbherzigen Abschiedsküssen. Doch der Funke sprang weder bei der einen noch bei der anderen über, und offenbar erging es ihnen ebenso.

Doug ist erneut mit Adelaide ausgegangen und kam freudestrahlend zurück. Mir graut vor dem Moment, in dem er mir mitteilen wird, dass er ein drittes Date mit ihr hat. Was dann wohl Sex bedeuten würde.

Offene-Beziehung-Dates in unseren Kalender zu integrieren war relativ unkompliziert, aber Sex mit anderen Leuten steht auf einem ganz anderen Blatt. Doug und ich leben zusammen. Wir würden es merken, wenn einer von uns nicht im Bett ist, und wir würden es erst recht merken, wenn noch jemand anderes darin ist. Wir haben eine Nachtroutine, eine Lieblingsschlafposition und einen gemeinsamen Wecker. Und die Vorstellung, allein hier zu schlafen, während er jemand anderen im Arm hält, oder dass er hier ohne mich schläft ... ist praktisch und emotional unmöglich.

Also machen wir aus, dass wir nur mit jemand anderem das Bett teilen werden, wenn wir sowieso nicht zu Hause sind; wenn einer von uns auf Tour ist oder auf Geschäftsreise oder so.

Doch wochenlang tut sich nichts in unserem Kalender, so dass ich mich frage, ob Doug auch die Wanderlust gepackt hat.

Heute ist Summer Bank Holiday, der beste Feiertag des Jahres. Doug und ich machen unseren Lieblingsspaziergang durch den Hampstead Heath. Diesen Spaziergang machen wir jedes Jahr, seit wir nach London gezogen sind, und wir sind mit allen Details des Parks bestens vertraut. Doug zumindest. Ich folge ihm einfach und mache mir Sorgen, wo die nächste Toilette ist.

Ich schwitze schon jetzt. Voller Bewunderung blicke ich zum strahlend blauen Himmel, wünschte jedoch, ich hätte meine Sonnenbrille aufgesetzt.

Doug holt meine Sonnenbrille aus seinem Rucksack. »Ich dachte mir, dass du die womöglich vergisst.«

Dankbar küsse ich ihn auf seinen flaumigen roten Bart. Doug reibt mich mit Sonnencreme ein und kümmert sich besonders sorgfältig um die neuerdings ungeschützte Haut an meinem Hals. Als er fertig ist, wechseln wir wortlos die Plätze.

Unterwegs spielen wir unser selbst erfundenes Spiel »Hunde-Bingo«. Die Regeln lauten: Entdecke einen Hund, drücke die Hand des anderen und rufe »Bingo«! Es ist sehr kompetitiv.

»Es wird bestimmt wundervoll, wieder am Meer zu sein«, sage ich und unterbreche mich, als ich einen Chow-Chow mit dichtem Fell erspähe. »Und deine – Bingo! – Eltern wiederzusehen.«

Doug nickt. »Sie freuen sich schon darauf, für dich – Bingo! – Guinness Pie zu backen, weil du den so gern magst.«

Seit der Gründung von Bronze Age verbringen wir jeden Sommer alle zusammen eine Woche im Haus seiner Eltern in Edinburgh. Normalerweise fahren Doug und ich schon ein paar Tage früher dorthin, um seine unnormal normalen Eltern zu besuchen, die dann campen gehen, während der Rest von Bronze Age eintrifft. In den letzten Jahren, seit ich nicht mehr zur Band gehöre und Jasper dabei ist, fühlte sich das etwas seltsam an. Ich koche für sie, lese im Garten, warte, bis sie fertig geprobt haben, und ergehe mich in Selbstmitleid. Natürlich bieten sie mir an, mich dazuzugesellen, aber ich weiß, dass sie mich nicht wirklich dabeihaben wollen. Warum auch? Der Geist des vergangenen Klaviers, der ihre Proben heimsucht ...

Wie wird die Dynamik zwischen uns wohl dieses Jahr sein? Ich habe sie seit Monaten nicht mehr gesehen, habe eine neue Band. Und sie werden die meiste Zeit damit verbringen, für ein Festival zu proben, bei dem sie auftreten, das Scottish Festival of Love. Ich weiß noch, wie wir in unserem zweiten Studienjahr alle gemeinsam dort waren und davon träumten, eines Tages dort spielen zu dürfen. Werden sie mich mehr wie eine von ihnen behandeln, jetzt, wo ich wieder Musik mache, oder werde ich noch mehr zur Außenseiterin, weil ich in einer queeren Band bin?

Hand in Hand mit Doug frage ich wie beiläufig: »Hast du je mit Poppy darüber geredet, ob sie ... du weißt schon ... Bingo!«

»Nein«, antwortet er und übersieht einen Labrador, der im Gras herumrollt, »sie spricht nicht gern über ihre Gefühle. Sie lässt niemanden an sich heran.« Ein nachdenklicher Ausdruck tritt in seine Augen. »Vielleicht kann ich versuchen, es rauszufinden, wenn wir in Edinburgh sind.« Er blickt auf den See hinaus und seufzt.

»Freust du dich darauf, mal ein paar Tage freizuhaben?«

»Ja«, sagt er, als müsse er sich selbst überzeugen. »Es ist immer schön, so zu tun, als wären wir Vollzeitmusiker. Aber …«

Wir setzen uns auf unsere übliche Bank am See mit Blick auf die klaren Spiegelungen der Bäume und Wolken im Wasser. Nach einem Moment wendet sich Doug mir zu. »Hast du je das Gefühl, ein Doppelleben zu führen?«

Ich erstarre.

»Ich habe mein Musiker-Nachtleben mit Bronze Age«, erklärt er, »und ich habe einen Bürojob.«

Die Anspannung in meinen Schultern lässt nach.

»Manchmal ist es gut«, fährt er fort, »sich zu fühlen, als gäbe es doch ein anderes Leben. Wenn etwas bei der Arbeit schiefläuft oder so, ist es beruhigend, zu wissen, dass das nicht meine einzige Option ist. Aber manchmal ist es auch ermüdend. Und verwirrend. Ich weiß nicht, was eigentlich besser zu mir passt. Wenn ich mich auf eins von beidem konzentrieren würde, käme ich wahrscheinlich doppelt so weit. Ich könnte bis Weihnachten befördert werden, wenn ich mich richtig reinhänge. Aber wenn wir alle für Bronze Age unsere Jobs kündigen, könnten wir vielleicht wirklich den Durchbruch schaffen.«

»Wenn du zweigleisig fährst, hältst du dir wenigstens alle Möglichkeiten offen«, sage ich, obwohl ich nicht sicher bin, ob ich das glaube.

»Ja.« Er lächelt matt. »Aber was, wenn ich alles ruiniere, indem ich mir beide Möglichkeiten offenhalte?«

Gedankenverloren schauen wir auf den See, der im Sonnenlicht glitzert. Ein paar Enten tauchen den Kopf unter Wasser.

»Und jetzt führen wir eine offene Beziehung. Um ehrlich zu sein, habe ich kaum genug Zeit dafür. Unser Kalender ist plötzlich so voll. Adelaide hat mir neulich geschrieben, aber jetzt kümmert sie sich donnerstagabends ehrenamtlich um todkranke

Krebspatienten, und ich kriege sie nirgendwo sonst unter, also …« Er schüttelt den Kopf und seufzt erneut. »Manchmal ist mir das einfach zu viel. Es kommt mir vor, als würden mir schöne Sachen entgehen, weil ich nicht mit ganzem Herzen dabei bin. Verstehst du, was ich meine?«

»Ja«, antworte ich, »ich weiß, was du meinst.«

»Zum Glück habe ich dich«, sagt er und küsst meine Hand. »Die einzige Konstante in meinem Leben. Meinen Anker.«

Schweigend blicken wir auf die Kräuselungen des Wassers.

Als wir weiterlaufen, erreichen wir nach kurzer Zeit die Hügelkuppe, wo eine Bank im Schatten einer großen Eiche steht. Bei unserem ersten Ausflug in den Hampstead Heath haben wir hier ein Foto gemacht, und seither wiederholen wir die Tradition jedes Jahr.

Doug schlingt den Arm um meine Taille und winkt kitschig in die Kamera.

Als ich in der Galerie auf meinem Handy zurückscrolle, stelle ich fest, dass ich unbewusst das gleiche Outfit angezogen habe, das ich vor vier Jahren anhatte: ein blaues Kleid mit rosa Blumenmuster, das Doug besonders gernhat. Doch auf diesem Foto spüre ich zum ersten Mal den Wind in meinem neuen Gina-George-Haarschnitt.

Während ich auf die wunderschöne Hügellandschaft und die glücklichen Hunde hinausblicke, wird mir bewusst, dass dies einer unserer Lieblingsorte auf der ganzen Welt ist und dass Doug, wenn er mir einen Antrag machen wollte, es vermutlich hier unter diesem Baum tun würde.

Doug rennt zurück und hantiert mit seiner Kamera. Dann holt er tief Luft und kramt in seinem Rucksack herum. Mit dem Rücken zu mir versucht er, den Inhalt vor mir zu verbergen.

Nein.

Er geht vor mir auf die Knie.

»Hör auf!«, schreie ich.

Doug blickt ruckartig zu mir auf.

Da wird mir klar, dass er nur ein Blasenpflaster auf seine Ferse klebt.

»Was ist los?«, fragt er und hält sofort inne, um sich zu vergewissern, dass bei mir alles in Ordnung ist. »Was ist passiert?«

»Ich ... Können wir das Foto noch mal machen? Ich hab geblinzelt.«

Doug seufzt nachsichtig.

Während wir überlegen, welches der genau gleichen Fotos wir in unseren Schlafzimmer-Schrein aufnehmen wollen, schlingt Doug den Arm um meine Taille und sagt: »Eines Tages werden wir vielleicht nicht nur zu zweit sein, wenn wir dieses Foto machen. Es wird noch jemand ganz Besonderes bei uns sein.«

Das Blut gefriert mir in den Adern.

»Jemand Kleines«, fährt er unbeirrt fort, »mit süßen, winzigen Füßchen.« Er beugt sich zu mir herunter, um mich zu küssen. Aber ich will jetzt kein Kind von ihm!

»Vielleicht jemand perfekt Wurstförmiges?«

Oh, ein Hund.

Als Antwort gebe ich ihm einen richtigen Kuss. Er löst sich von mir und wirft einen Blick auf die Uhr. »Zeit, nach Hause zu gehen, die Bolognese zu machen und dabei ein paar echte Kracher anzuhören.«

Der perfekte Sonntag – wie immer. Ich drücke seine Hand ganz fest, obwohl kein Hund in Sicht ist.

»Bingo.«

Montag ist auch ein Feiertag, und Doug verbringt ihn mit Bronze Age.

Ich liege im Bett und ergebe mich dem Sog schlechter Nachrichten in den sozialen Medien.

Wie so oft hoffe/fürchte ich, dass mir jemand schreibt.

Doch dann schreibt mir Mum, ob wir telefonieren wollen, und ich stöhne in mein Kissen. Selbst nichtssagender Small Talk mit Mum macht mir Angst, weil mir jederzeit etwas über Georges Leben herausrutschen könnte, so dass sie erkennt, dass ich »bisexual« bin, und mich verstößt. Also antworte ich nicht.

Dann schreibt mir Sophie, und ich bekomme Angst, dass sie mich nach einem Kit-Pumpernickel-Update fragen könnte, so dass ich mich entscheiden müsste, sie möglicherweise anzulügen. Also antworte ich nicht.

Dann schreibt mir Doug von den Proben, aber ich will keine Diskussion über Bronze Ages Edinburgh-Pläne, die mich ohnehin schon unruhig machen. Also antworte ich nicht.

Und da ist noch eine Person, die mir ohne Unterlass schreibt – Blaire. Hin und wieder zwinge ich mich, ihr zu antworten, obwohl ich null Interesse daran habe. Ich weiß, das klingt gemein, aber wie oft muss ich mir eine neue Antwort auf »Was machst du gerade?« einfallen lassen, bevor ich den Kontakt abbreche?

Nach dem Mittagessen schreibt Rudy in den Phase-Gruppenchat. Mich durchströmt eine tiefe Erleichterung. Ein Foto von einer Katze mit der Bildunterschrift »Freddie Schnurrcury«.

Isobel antwortet als Erste.

Ru ... das ist unter deiner Würde. x

nein ist es nicht!!!!! Lololol;) xoxoxo

Dann textet Kit: *wollen wir was trinken gehen leute ich langweile mich zu tode*

Mein Herz hämmert. Ich muss etwas schreiben, bevor sie das Thema wechseln und ich meine Chance verpasse.

Sorry ich backe Kekse mit meinem Bruder!!!! Er ist Bäcker!!!! :) :)

Mist, ich muss *sofort* eine Nachricht schicken, bevor der Vorschlag endgültig abgelehnt wird. Ich schreibe sorgfältig alles klein, genau wie Kit es tut.

mir ist auch langweilig.

Na super, wenn Kit mich jetzt hängenlässt, wird das zur Apokalypse für mein Ego. Also füge ich hastig hinzu: *ich war gestern im hampstead heath was trinken, vielleicht gehe ich heute wieder hin.*

So kann Kit mich immer noch abweisen. Zum Schutz füge ich eine Ausstiegsklausel hinzu: *wenn ich es aus dem bett schaffe.*

Mein Blick ist starr auf die kleinen Pünktchen am unteren Bildschirmrand gerichtet.

kann ich dir gesellschaft leisten?, schreibt Kit.

In meinem Bett?!

könnte in einer stunde am eingang sein.

O mein Gott. Bleib cool.

Klar!!!

So cool ... Und verdammt, ich hab vergessen kleinzuschreiben.

isobel, kommst du auch mit?, füge ich schnell hinzu.

du musst zu irgend so einer veranstaltung in der kirche, oder?, schreibt Kit.

Ja! Viel Spaß, aber nicht zu viel! x

Also werden Kit und ich den Nachmittag ganz allein im sonnigen Hampstead Heath verbringen. Wie vollkommen normale, vollkommen platonische Freundinnen.

Zwei Stunden später. Kit ist immer noch nicht da. Mein Akku ist fast leer. Das Wissen, dass mich mein Handy benachrichtigen wird, wenn sie mir schreibt, hält mich nicht davon ab, alle drei Sekunden daraufzugucken.

Plötzlich piept mein Handy, und vor Schreck lasse ich es fallen. Krach!

»Nein!«

Ein Riss zieht sich quer über den Bildschirm. Der schlimmste Tag meines Lebens.

Aber ich habe eine Nachricht von Kit bekommen. Der beste Tag meines Lebens.

Die Nachricht lautet: *sieh hoch.*

Ich sehe hoch, und da ist Kit, die im strahlenden Sonnenlicht auf mich zuschlendert wie ein Engel, der mich zum Himmelstor geleiten will. An ihrem Arm hängt eine Plastiktüte, aus der ein Sixpack ragt, und sie hat zwei Eiswaffeln in der Hand. Sofort verraucht meine Wut, dass sie mich hat warten lassen.

Während wir Seite an Seite unter dem Blätterdach unser rasant schmelzendes Eis essen, fühle ich mich, als wären wir ganz allein auf der Welt.

Stille mit Kit ist nicht das Gleiche wie Stille mit Doug. Mit Doug ist es die Stille zwischen zwei langjährigen Gefährten, die schon alles wissen, was der andere sagen wird. Mit Kit ist sie von gespannter Erwartung erfüllt und dem Bemühen, lässig, aber bloß nicht langweilig zu wirken.

Sie grinst mich an.

»Du hast da ein bisschen Eiscreme«, sagt sie und deutet auf meine Wange, »genau da.«

In der Hoffnung, Kit dazu zu verführen, das Eis wegzuwischen, lächle ich sie kokett an. Doch sie hat den Blick abgewandt und probiert, wie weit sie ihre Serviette werfen kann. Verstohlen wische ich mir selbst die Wange ab.

In diesem Moment wackelt ein unfassbar niedlicher Corgi an

uns vorbei. Ich kann mich gerade noch davon abhalten, Bingo zu rufen, kreische jedoch: »O mein Gott, sieh dir diesen süßen kleinen Wuschel an!«

Kit nickt gleichmütig. Offenbar mag sie keine Hunde. Das hätte ich mir denken können.

Als wir weiterschlendern, begegnen wir einer Gruppe gertenschlanker Frauen mit Tragetaschen. Sie fordern einander heraus, am Ladies' Pond ihre Tops auszuziehen.

»Gehen wir«, sagt Kit und schiebt mich vorwärts.

Am Ufer ist viel los, aber wir finden ein ruhiges Plätzchen nahe am Wasser. Ich ziehe meine Schuhe aus, lasse die Socken jedoch an, weil ich finde, dass ich komische Füße habe.

Kit zündet sich eine Zigarette an. Ich versuche, die vielen »Rauchen verboten«-Schilder zu ignorieren.

Wir legen uns nebeneinander ins Gras. Soll ich es wagen, mich auf die Seite zu drehen? So nah zusammenzuliegen und einander anzuschauen wäre bestimmt unerträglich intim. Also bleibe ich auf dem Rücken liegen.

Schon jetzt bricht mir der Schweiß aus, und ich merke, wie meine Haut zu brennen beginnt, doch ich will den Moment nicht ruinieren, indem ich mich bewege. Kit fühlt sich in der prallen Sonne offensichtlich pudelwohl, ich kann fast dabei zusehen, wie sie braun wird. Ob ihre Sonnenbrille wohl einen weißen Abdruck hinterlassen wird? Wenn jemand grässliche Bräunungsstreifen zu einem Modetrend machen kann, dann Kit.

Sie hat ein kleines Lächeln auf den Lippen. Wovon sie wohl träumt?

»Du starrst mich an«, murmelt sie.

Mist, ich dachte, sie hätte die Augen geschlossen. Ich erröte unter meiner ohnehin schon geröteten Haut, so dass ich garantiert aussehe wie eine rohe Wurst.

»Wie kann es sein, dass du nicht schwitzt?«, frage ich.

»Es ist wirklich ziemlich warm.« Mit diesen Worten zieht sie ihre Schuhe und Socken aus. Sie hat definitiv keine komischen Füße. Dann, mit einer schnellen Bewegung und zu meinem mühsam unterdrückten Erstaunen, streift sie ihre Jeans ab. Sie trägt Calvin-Klein-Boxershorts. Ich mache eine mentale Notiz, mir auch welche zu kaufen. Als sie sich wieder hinlegt, rutscht ihr weißes T-Shirt ein Stück hoch und entblößt ihre Hüfte. Der schräge Knochen neben der weichen Haut um ihren Bauchnabel ist zu viel für mich. Ich blicke aufs Wasser und versuche, mich damit abzukühlen.

»Wollen wir schwimmen gehen?«, fragt sie.

Ich starre sie fassungslos an. »Ich habe kein Handtuch. Und auch keinen Badeanzug. Und im Gegensatz zu dir will ich mich nicht vor lauter Fremden ausziehen.«

»Würdest du schwimmen gehen, wenn sonst niemand da wäre?«

»Ich weiß nicht ... Vielleicht.«

Kit steht auf und bedeutet mir, es ihr gleichzutun. Ich habe das Gefühl, als sei das ein weiterer Test, und ich will unbedingt bestehen, also befolge ich die Anweisung. Da hebt mich Kit plötzlich hoch, wirft mich über ihre Schulter und rennt auf den See zu.

Kreischend haue ich auf ihren Rücken ein, weiß jedoch selbst nicht recht, ob ich mich freue oder Angst habe oder beides. Zu meiner Verblüffung mache ich mir Sorgen, ob ich schwer bin. Alle beobachten uns. Kit trägt mich unbeirrt über die Wiese, und ich strample wild in ihren Armen, und dann ... *Scheiße! Wird sie mich wirklich ...?!*

Eiseskälte. Überwältigende Stille. Ich versuche, den Schock zu genießen, doch mein Herz rast. Panisch öffne ich die Augen und probiere, mich mit dem Wasser zu bewegen. Hier unten ist es nicht blau, sondern grün und grau und orange, von Sonnenlicht durchflutet. Der Anblick ist wunderschön. Doch es ist auch trüb und voller Unkraut und Krabbelviecher und pinkelnder Leute, und was, wenn ich hier unten ertrinke und ...

Gerade als ich denke, ich werde wirklich sterben, durchbreche ich die Oberfläche. Kit jubelt, die Schaulustigen klatschen, die Strandwächter schimpfen. Mir meiner klitschnassen Shorts und meines hauteng am Körper klebenden T-Shirts überdeutlich bewusst, stolpere ich die Treppe hoch, gleichzeitig völlig aus dem Häuschen und zutiefst beschämt.

Kit lässt ihren Charme spielen, so dass wir mit einer Verwarnung davonkommen. Wahrscheinlich kommt es uns zugute, dass sie aussieht wie ein Model aus einem Unterwäsche-Katalog. Sie verspricht, es nie wieder zu tun, und legt einen blütenreinen Geldschein in die Spendendose.

Ganz beiläufig legt sie mir den Arm um die Schultern und lenkt mich vom Ufer weg. Ich lache hysterisch. Sobald der Ladies' Pond außer Sicht ist, lassen wir uns ins Gras fallen und blicken einander mit leuchtenden Augen an.

Dann schreckt sie plötzlich hoch. »George«, sagt sie, »ich hab keinen Flaschenöffner dabei.«

Ich lache noch hysterischer, während sie die Flaschen gekonnt an einem Stein aufschlägt. Wir stoßen an.

Kit holt ihr Handy heraus und macht ein Foto von uns. Ein einziges Foto. Ich habe nur den Bruchteil einer Sekunde, um mein Gesicht zu arrangieren. Sie sieht mühelos schelmisch aus. Ich ähnele eher einer neugeborenen Ratte, aber dank des fröhlichen Lachens immerhin wie eine *süße* neugeborene Ratte. Eine Ratte, die Spaß hat.

Kit fragt, ob sie das Foto posten dürfe, und ich nicke, ganz außer mir, dass sie diesen Moment teilen will. Und das heißt auch, denke ich glücklich, dass ich ein Foto zum Beweis habe und es(/sie) jederzeit ansehen kann.

Kits Bildunterschrift lautet: *george ist aus versehen ins wasser gefallen. sie wurde ganz sicher nicht von kit geschubst.*

Vollauf zufrieden nippe ich an meinem Bier und versuche, mein klitschnasses T-Shirt von meinem BH zu lösen.

»Willst du es nicht lieber ausziehen?«, fragt sie.

»Auf keinen Fall, du Perverse!«

»Ach, komm schon, kannst du dich vor einer Freundin nicht locker machen?«

Ich sehe sie einen Moment zu lange an. Wir trinken, um die Stille zu füllen.

»Wollen wir zurück zu meinem Van?«

Ähm … Lädt sie mich als »eine Freundin« in ihren Sex-Van ein?

»Wir könnten dich abtrocknen«, sagt sie leichthin, »und noch ein Hemd für dich raussuchen. Unser Bier austrinken und ein bisschen Musik hören …«

Und das würde unaufhaltsam zu einer Knutscherei führen, oder? Das bilde ich mir doch nicht nur ein?

Ich trinke noch einen Schluck, um Zeit zu schinden. Dougs Regeln besagen, dass ich ihm von ihr erzählen muss und ihr von ihm. Außerdem hat Sophie mich dazu gepumpernickelt, ihr von ihr zu erzählen und ihr von ihr. Warum ist dann meine größte Sorge, dass Kit, wenn wir uns küssen, wahrscheinlich mehr erwarten wird, und warum habe ich Angst, beim Sex etwas falsch zu machen?

»Vielleicht ein andermal«, sage ich und hasse mich dafür.

Kit kneift ihre Adleraugen zusammen und schüttelt den Kopf. »Ich verstehe dich einfach nicht, George.«

Ich wende den Blick ab.

»Es ist, als wärst du nie wirklich bei mir. Ich weiß nie, was du wirklich denkst.«

Zärtlich streicht sie mir eine verirrte Strähne aus dem Gesicht. Unter ihrer Berührung laufen meine Wangen hochrot an.

»Was willst du wirklich?«, raunt sie.

Ich versuche zu lachen und streife ihre Hand voller Bedauern ab.

»Ich weiß es nicht«, antworte ich. »Ich bin Waage.«

Ohne ein weiteres Wort gehe ich nach Hause.

Doug sagt, er freue sich, dass ich eine schöne Zeit mit Phase im Hampstead Heath hatte, und reibt meinen Sonnenbrand mit Aloe vera ein. Die Schuldgefühle graben sich tief in mein Inneres.

Kapitel 23

Noch bevor er sich hingesetzt hat, streckt Timmy seine Hände aus, und ich sehe auf den ersten Blick, dass er das Fis wieder falsch spielen wird.

»Timmy.«

Er erstarrt. »Hab ich was falsch gemacht?«

»Nein.« Noch nicht. »Aber ich habe mich gefragt, ob wir heute vielleicht mal was anderes ausprobieren wollen.«

Mit ungläubigem Gesicht zieht er die Hände zurück. Wow, okay, die Kinder sind sich bewusst, wie eintönig meine Klavierstunden sind.

Timmy erinnert mich an ein Mädchen, das Dad mal unterrichtet hat. Sie war so verunsichert, weil sie einen Ton immer wieder falsch spielte, dass sich das Problem ausweitete. Der falsche Ton steigerte sich zu einem falschen Takt, und schließlich spielte sie das ganze Stück falsch. Also wandte Dad einen Trick an.

»Hören wir erst mal mit diesem Stück auf«, sage ich. »Versuchen wir es stattdessen mit ein paar Tonleitern.«

Timmy ist so erleichtert, dass er fast vom Stuhl fällt.

Ich spiele ein paar einfache Übungen und bitte ihn, es mir nachzumachen. So lassen wir die Finger eine Weile fröhlich die Tastatur hinauf- und hinuntergleiten. G, F, G. G, Fis, G.

»Kannst du die Melodie noch mal spielen, Timmy?«

Klaglos kommt er der Bitte nach.

»Du hast gerade ein perfektes Fis gespielt.«

Er ist so schockiert, dass er sich zu mir dreht, während seine Finger es erneut spielen. Ich bin ein Genie!

In einem Moment überwältigender Euphorie gebe ich Timmy High Five. Dann erinnern wir uns beide daran, wer wir sind, und sinken auf unsere Plätze zurück. Doch die High-Five-Stimmung bleibt bestehen.

»Diese Woche werde ich üben. Versprochen.«

Mich durchströmt dieselbe Woge von Energie und Genugtuung wie neulich, als ich Matilda geholfen habe. So sollte sich Unterrichten anfühlen. Dad hat sich bestimmt die ganze Zeit so gefühlt. Kein Wunder, dass er nach jeder Stunde übers ganze Gesicht strahlte, unendlich viele Dankeskarten bekam und diese dämliche Klavierkrawatte mit so viel Stolz trug. Könnte ich doch nur mit ihm darüber reden, dass wir beide unterrichten ...

Vielleicht wäre er wirklich stolz auf mich, wenn ich eine bessere Lehrerin werde ... Vielleicht könnte er mir dann verzeihen.

Hope kommt ihre üblichen drei Minuten zu spät, aber diesmal halte ich ihr nicht wie sonst einen Vortrag über Pünktlichkeit.

»Hope«, sage ich stattdessen, »du spielst *Für Elise* gut genug für das Konzert am Ende des Schuljahres. Aber ... willst du immer noch deine eigenen Lieder schreiben?«

Ihr strahlendes Lächeln ist herzerwärmend.

Sie spielt eine einfache Melodie in einer Durtonart, die mich an ein Kinderlied erinnert. Genau, was man von einem Mädchen mit Smiley-Haarspangen erwarten würde. Zu meiner Überraschung fängt sie dann an zu singen:

»Niemand sieht das Ich tief in mir,
Ich weiß nicht, wer ich bin,
Weiß nur, was mich zum Weinen bringt ...«

Diese Zeilen wiederholt sie ein paarmal, schließlich fängt sie an zu schluchzen.

»*Zerschmetter meine Rippen*«, singt sie mit rauer Stimme. »*Leg mein Herz in Schutt, ich war von Anfang an kaputt.*«

Dann nimmt sie die Hände von der Tastatur und dreht sich mit einem sonnigen Lächeln zu mir um. »Gefällt es Ihnen?«

Ich glaube, ich muss ihre Eltern anrufen. »Wow! Vieles daran ist wirklich ... gut. Avantgardistisch.«

Hope strahlt.

»Aber ich frage mich, ob es vielleicht noch besser wäre, wenn Text und Melodie ... zusammenpassen?«

Also machen wir uns an die Arbeit. Sie hat noch andere Ideen, die wieder in eine ganz andere Richtung gehen, und ich zeige ihr, wie sie die Teile zu einem stimmigen Ganzen vereinen kann. Zum ersten Mal überziehen wir die Unterrichtsstunde.

»Danke, Miss«, sagt sie und packt sichtlich beflügelt ihre Sachen zusammen. »Ich kann es kaum erwarten, Ihnen nächste Woche noch mehr vorzuspielen!«

Ich bin auch schon gespannt. Diese Emo-Punk-Seite von Hope ist toll.

Aber jetzt freue ich mich ganz besonders, meine Magie auf Percival wirken zu lassen.

»Guten Morgen, Percy«, begrüße ich ihn fröhlich. »Ist heute nicht ein wunderschöner Tag?«

»Oh! Ja, in der Tat!«, sagt er, überrascht, dass ihm jemand zustimmt.

»Hast du dir noch einmal Gedanken über die Soiree am Ende des Schuljahres gemacht?«, frage ich und greife unbewusst auf

Percys Wortwahl zurück. Verschwörerisch beuge ich mich zu ihm. »Dein Beitrag ist immer ein besonderer Höhepunkt der Veranstaltung.«

Percys Grübchen offenbaren seine Freude. »Das ist sehr freundlich von Ihnen, Miss. Ich muss zugeben, ich übe immer noch Debussys *Clair de Lune* …«

Meine gute Laune verfliegt sofort. Ich will eine gute Lehrerin sein, aber ich muss doch das Recht haben, mir meine geistige Gesundheit zu bewahren. Zumindest ein bisschen? Wie kann ich jemandem das Gefühl eines Stücks beibringen, das mir das Herz zerreißt? Zuzuhören, wie Percy Woche für Woche über *Clair de Lune* walzt, wäre, als würde ich ihm zusehen, wie er auf das Grab meines Vaters pisst.

Anscheinend bemerkt Percy meinen inneren Aufruhr, denn er sagt: »Aber ich verstehe durchaus, dass ich nicht gut genug für diesen Satz der meisterhaften *Suite bergamasque* bin. Daher habe ich ein anderes Stück ausgewählt. Etwas – da werden Sie mir sicher zustimmen – ganz anderes als *Clair de Lune*.«

Mit dieser ominösen Ankündigung holt er das letzte Stück im Lehrplan der siebten Klasse heraus. Das letzte ist normalerweise auch das modernste. O Gott. Percival will doch nicht etwa eins dieser »hippen, postmodernen« Stücke spielen?

Stolz legt er es auf den Notenständer.

Es heißt *Honk Honk Honkytonk* und beschreibt sein Tempo selbst als »mit einem funky Groove, Alter«.

Fast halte ich ihn auf der Stelle zurück. Doch dann ermahne ich mich, dass ich es ihn zumindest probieren lassen sollte.

Percy probiert es. Und es ist noch schlimmer, als ich dachte.

»Aufhören!«, schreie ich nach etwa fünf Sekunden, und die Verzweiflung in meiner Stimme hallt von den Wänden wider.

»Es tut mir furchtbar leid. Habe ich es vermasselt?«

»Du spielst den Rhythmus exakt, Percy. Aber es ist ein Honkytonk! Es ist Jazz – es braucht Schwung!«

»Schwung?«

»Ja, Schwung! Du weißt schon, einen schwungvollen Rhythmus.«

Verständnislos blinzelt er mich an. Um ein Haar frage ich ihn, wie er es in die siebte Klasse geschafft hat, ohne je etwas anderes als einen exakten Rhythmus zu spielen. Doch dann erinnere ich mich, dass ich es war, die mit viel Mühe genau das sichergestellt hat.

Also versuche ich, es auf Percy-Art zu erklären. »Ein exakter Rhythmus wird genauso gespielt wie vorgegeben, jeder Takt hat dieselbe Länge. Achtelnoten werden immer genau halb so lang wie Viertelnoten gespielt und so weiter. Kannst du mir so weit folgen?«

Percy nickt.

»Doch beim Swing«, fahre ich fort, »ist der Rhythmus unregelmäßiger, nicht so präzise. Nicht jede Achtelnote wird exakt gleich lang gespielt, man weicht bewusst vom Rhythmus ab.«

»Wie groß sind die Abweichungen?«

Ich beiße mir auf die Zunge. »Das kommt darauf an. Es gibt keine mathematische Regel. Man muss es fühlen.«

Sein Gesicht nimmt einen niedergeschlagenen Ausdruck an. »Gibt es irgendwelche Methoden, die Sie mir empfehlen können, um diesen Schwung zu meistern?«

Ich habe eine Vision, wie ich Percival Jazz, Synkopierung und die Kunst des Chillens beizubringen versuche. Aber ich weiß nicht, ob ich das kann. Ich bin ja selbst nicht gerade der coolste Mensch der Welt.

»Sorry«, murmele ich. »Vielleicht solltest du bei klassischen Komponisten bleiben.«

Das Schlimmste ist, dass Percy überhaupt keinen Widerstand leistet. Er nickt nur, enttäuscht von sich selbst, weil er mich enttäuscht hat.

»Es tut mir wirklich leid«, sagt er an der Tür. »Ich werde auf dem Konzert Bach spielen. Er erwartet keine anderen Gefühle von mir als tiefen Respekt.«

Percy salutiert mir traurig und stößt sich den Kopf am Türrahmen, dann trottet er davon.

Ich starre das Klavier an.

Mein Dad hätte *Honk Honk Honkytonk* geliebt.

Gott, ich bin so ein Idiot.

Ich habe nicht getan, was mein Dad für mich getan hat: Dank ihm *wollte* ich Klavier spielen. Plötzlich wird mir klar, dass ich meinen Job als Lehrerin die ganze Zeit als Strafe gesehen und meinen Schülern auch das Gefühl gegeben habe. Doch seit ich die Erinnerungen an Dad zulasse, die mich beim Musikunterricht überkommen, fühle ich mich ihm so nahe wie seit seinem Tod nicht mehr.

Ich dachte, meine Schüler wollten nur ihre Prüfungen bestehen und in Konzerten spielen, ohne sich viel Mühe zu geben. Aber – auf einmal erscheint es mir so schmerzhaft offensichtlich – beim Musikunterricht sollte es nicht nur darum gehen, den Kindern beizubringen, richtig zu spielen, es sollte darum gehen, ihnen zu helfen, einfach zu *spielen*.

Blitzschnell renne ich zur Tür.

»Percy!«, rufe ich ihm nach. »Ich finde, du solltest auf dem Konzert beides spielen – *Honk Honk Honkytonk* und *Clair de Lune*! Lass uns nächste Woche daran arbeiten!«

Auf seinem Gesicht erscheint ein breites Grinsen. »Klaro«, sagt er und gibt mir zwei Daumen-hoch.

Wie könnte ich ihm da nicht auch ein Daumen-hoch geben?

Als ich ins Musikzimmer zurückgehe, höre ich, wie ein paar Jungs hinter seinem Rücken »Schleimer« flüstern.

Percy schnaubt nur abfällig und geht beschwingten Schrittes weiter.

Zur nächsten Phase-Probe bringt Isobel einen luxuriösen Obstteller mit und isst Erdbeeren, während Rudy sich mindestens fünf Minuten über das Bild kaputtlacht, das Kit aus dem Hampstead Heath geschickt hat. Ermutigt von dieser Bestätigung meiner Freundschaft mit Kit, verkünde ich nach ihren üblichen zwanzig Minuten Verspätung, dass ich sie diesmal aus ihrem Van eskortieren werde.

Vor ihrer Tür halte ich einen Moment inne, bereite mich mental vor und male mir aus, wie sie aufmacht und mich anlächelt.

Mit wild hämmerndem Herzen klopfe ich den Rhythmus von *Mercury*.

Von drinnen ertönt ein gedämpftes Stöhnen. »Isy?«

»Nein, George«, rufe ich fröhlich. »Ich hab deinen Kaffee.«

Ein kurzes Rumoren, dann öffnet sich die Tür. Im Innern des Vans ist es dunkel, warm und stickig, und überall liegen Kissen herum. Mir schwirrt der Kopf von Kits Parfüm. Verschlafen blinzelt sie mich an, in nichts als einem schwarzen T-Shirt und grauen Boxershorts, und beim Anblick ihrer zerzausten Mähne und ihres Schlafzimmerblicks implodiere ich fast.

»Du kommst also nur in mein Zimmer, wenn ich schon im Bett bin«, murrt sie. »Wirfst du mir bitte ein Hemd rüber?«

Ich werfe ihr ein weißes Hemd zu, das zumindest halbwegs sauber aussieht. Ohne zu zögern, zieht Kit ihr Schlafshirt aus. Instinktiv wende ich den Blick ab, starre zu Boden und hasse mich dafür.

Als ich sie zum Waschbecken tappen höre, gestatte ich es mir, sie wieder anzustarren. Sie spritzt sich Wasser ins Gesicht und putzt sich die Zähne. Kit bei so alltäglichen Dingen zu erleben ist wie eine Droge für mich. Endlich wach, sieht sie mich aufmerksamer und etwas freundlicher an.

Wir packen beide ein paar ihrer Schlagzeugtaschen und greifen gleichzeitig nach ihrem Kaffee. Unsere Hände berühren sich, und wir müssen lachen. Ich nehme ihre Tasse für sie mit und fühle mich, als seien wir ein Paar.

»Danke, James.«

Freundin, Butler, alles das Gleiche.

Als wir hereinkommen, nimmt Isobel augenblicklich einen Notizblock zur Hand und verlangt passiv-aggressiv nach einer Liste. »Wollen wir endlich anfangen? *Virgo in June*, *Co-Star* oder *Mercury*?«

Kit nimmt sich eine Kiwi und prüft, ob sie reif ist. »Wir spielen schon seit Wochen dieselben Lieder, höchste Zeit für was Neues.«

»Wir haben nichts Neues«, faucht Isobel sie an. »Wenn du was Neues willst, musst du es schreiben – aber leider müsstest du dazu ab und zu mal wach, nüchtern und nicht mit irgendeiner Muschi beschäftigt sein.«

Rudy verkneift sich ein Kichern. Auch ich versuche so zu tun, als mache Isobel nur Witze. Hat sich Kit in letzter Zeit regelmäßig mit einer anderen getroffen?

»Herr im Himmel, sorry, Mum«, sagt Kit und schneidet ihre Kiwi auf. »Wie wär's mit *Cusp*?«

Isobel klickt aufgebracht mit ihrem Kuli. »Nein, auf keinen Fall.«

»Warum nicht?«

»Bei Phase geht es darum, in der Gegenwart zu leben. Wir sollten keine Lieder spielen, die nicht mehr relevant sind.«

»Sollten wir solche Entscheidungen nicht eigentlich gemeinschaftlich treffen?«

Isobel knallt ihren Notizblock auf den Tisch. »Warum willst du unbedingt Marshas Lied spielen? Liebst du sie noch?«

Kit starrt Isobel mit offenem Mund an, in jeder Hand eine Kiwihälfte. Auf der Suche nach Unterstützung sieht sie zu mir und Rudy, doch wir sagen nichts – die Antwort auf diese Frage interessiert mich genauso. Schließlich hebt Kit wie zur Kapitulation die Hände. »Natürlich nicht. Meine Güte, ich war nie in sie ›verliebt‹.«

Isobel verschränkt die Arme vor der Brust. Ich tue es ihr gleich.

»*Cusp* war sowieso nicht gut genug. Ich kann mich kaum daran erinnern«, sagt sie achselzuckend und geht zum Angriff auf mich über. »George, wie läuft's mit deinem Song?«

Ich versuche, ruhig zu bleiben – das ist meine Chance, als Friedensstifterin aufzutreten. Als echte Waage. Ich nehme mir eine Orange.

»Ganz gut«, antworte ich und schäle sie gemächlich. »Ich habe ein paar Entwürfe. Sie sind noch nicht fertig, aber wir könnten gemeinsam daran arbeiten.«

Isobel schenkt mir ein Lächeln – endlich –, und ich fühle mich, als hätte ich die Aufgabe der Lehrerin erfüllt und bekäme eine Eins mit Sternchen.

Ermutigt biete ich Kit ein Orangenstück an. Sie nimmt es und stimmt mit einem Achselzucken zu.

»Das wäre somit geklärt«, sagt Isobel und nimmt auch ein Stück entgegen. »Wir fangen bei der nächsten Probe damit an.«

Rudy steckt ihr Stück in den Mund und bleckt es zu einem orangeroten Grinsen. »Ich kann es kaum erwarten, deine Songs zum ersten Mal zu hören!«

Ja, ich auch nicht ...

Jetzt, da wieder Frieden herrscht, sinken wir wie üblich in unseren kollektiven Tagtraum. Doch heute ist er unruhig. Früher hat sich *Mercury* angefühlt wie eine Ode an die Lust, doch jetzt ist es komplizierter. Es gibt mehr Konflikte, unbehagliche Dissonanzen. Der Refrain ändert sich zu: »*You make us come apart / Don't come over it's over it's over.*« *Du bringst uns auseinander / Komm nicht rüber, es ist vorbei, es ist vorbei.*

Natürlich ist der Song immer noch großartig; er ist rau, zweifelnd, schmerzerfüllt. Aber ... liegt es daran, dass ich Kits Annäherungsversuche immer wieder zurückweise?

Da öffnet sich die Tür, und Cara kommt herein.

Ich weiß nicht, was ich empfinden soll: Einerseits bin ich genervt, weil sie den musikalischen Bann bricht, den wir alle zusammen gewoben haben, und mich daran hindert, herauszufinden, was Kit mir sagen will, andererseits freue ich mich von Mal zu Mal mehr, sie zu sehen.

Heute trägt sie ein sommerliches Trägerkleid und stellt ihre skurrilen Tattoos stolz zur Schau. Nur mit Mühe kann ich mich davon abhalten, meinen Blick über ihren Körper gleiten zu lassen.

Sie kommt herüber, direkt auf mich zu.

Ich fühle mehr, als dass ich sehe, wie Kit meine Reaktion beobachtet.

Noch ein Test. Ich muss mich loyal zeigen.

Langsam, demonstrativ wende ich mich von Cara ab. Aus dem Augenwinkel sehe ich, wie sie abrupt die Richtung wechselt, um unsere leeren Gläser einzusammeln, und bekomme ein schlechtes Gewissen. Aber ich habe schon so viele Schuldgefühle angehäuft, dass das auch keinen Unterschied mehr macht.

»Bleibst du noch auf einen Drink?«, frage ich Kit leise. Doch sie schüttelt den Kopf.

»Heute nicht«, antwortet sie und nestelt an ihrer Kette herum. »Ich muss den Kopf frei kriegen. Ich fahre irgendwohin, raus aus London.«

Isobel zieht ihren Lippenstift nach. »Oh, schon verstanden, du bist mal wieder tiefsinnig und mysteriös.«

»Isy, wenn du mitkommen willst ...«

»Ich will dich doch nicht davon abhalten, mit irgendeinem Milchmädchen ins Bett zu gehen.«

Kit verdreht die Augen, streitet es jedoch nicht ab, sondern hebt nur die Hand zum Abschied. »Texte mir, wenn du willst.«

Ich weiß, die Einladung gilt mir persönlich.

Ich verbringe zwei Stunden damit, eine Nachricht an Kit zu verfassen. Gegen sechs Uhr abends schicke ich ihr dann: *hoffe dein ausflug war/ist ok?*

Und schaue jede Stunde nach, ob sie geantwortet hat.

Um 10 Uhr morgens schreibt sie – endlich! – zurück.

Während ich die Nachricht öffne, unterdrücke ich mühsam ein Grinsen – hoffentlich ist es eine Frage oder irgendetwas, womit ich das Gespräch in Gang halten kann.

ha ha jepp

Unter der Dusche zerbreche ich mir den Kopf über jedes Detail unserer Unterhaltung und alles, was ich falsch gemacht habe. Ich bleibe viel zu lange unter dem heißen Wasser, bis jeder Quadratzentimeter meiner Haut rot glüht.

Ich weiß, wie erbärmlich das ist, aber dieses Wissen hält mich nicht davon ab, den Rest des Morgens – während Doug beim Putzen um mich herumfuhrwerkt – zu versuchen, diesen toten Gaul von einem Gespräch wiederzubeleben.

Schließlich schreibe ich: *trommelst du den kühen was vor?*

Um die Mittagszeit erscheint Kit online, liest meine Nachricht und antwortet nicht. Im nächsten Moment ist sie wieder offline.

O Gott, ich wollte fragen, ob sie in der freien Natur übt, aber könnte man meine Nachricht auch als Beleidigung der Frauen verstehen, mit denen sie sich womöglich trifft?

Jetzt hasst sie mich bestimmt.

Oder mit meinem Internet stimmt etwas nicht.

Ich mache mein WLAN aus und wieder an und starte meinen Router neu. Nichts.

Sie hasst mich.

Also muss ich die schwere Entscheidung treffen, ob ich ihr doppeltexte.

Ich weiß, ich weiß, das sollte ich auf keinen Fall. Aber ich werde es tun.

Fieberhaft gehe ich die Liste potenzieller Themen durch: Horoskope, Katzen, kurze Haare ...

O wow, alles, was ich als Besonderheit meiner Beziehung zu Kit ansehe, ist ein Vorurteil über Lesben. Führt sie mit allen Mädchen (Kühen!) dieselben Gespräche? Haben wir überhaupt irgendetwas Einzigartiges gemeinsam?

Schließlich schicke ich Kit einen Link zu *Caravan* von Van Morrison. Neckisch! Spaßig! Und es gibt unzählige Möglichkeiten, darauf zu antworten! Gern geschehen, Kit.

Kit geht wieder online. Zwei blaue Häkchen kennzeichnen meine Nachricht als gelesen.

Einen Moment herrscht Funkstille. Aber nicht lange genug, als dass sie sich den Song angehört haben könnte.

warum schickst du mir das?

Meine Wangen brennen.

darüber haben wir doch in deinem van geredet, schreibe ich zurück. *dein van heißt van morrison. weißt du noch? und dann lief das lied in meiner playlist und ich musste an dich denken.*

Sie schreibt zurück! Wir unterhalten uns in Echtzeit!

ach ja lol

Ich antworte ihr, ohne zu viel darüber nachzudenken: *ich kann nicht glauben, dass du das vergessen hast, du dumme wurst. ich würde nie einen deiner sprüche vergessen.*

Die »dumme Wurst« bereue ich sofort. Aber alles gut, sie tippt!

haha ja aber du legst auch mehr wert auf diese unterhaltung als ich

Ich lese die Nachricht drei Mal. Vor Wut und Scham laufen mein Gesicht, mein Hals und mein gesamter Körper rot an. Frustriert knalle ich das Handy auf den Tisch.

Dann nehme ich es wieder in die Hand, lese die Nachricht erneut und knalle es noch fester auf den Tisch. Ein weiterer Riss in meinem Display.

Wie kann sie so etwas sagen? Natürlich wissen wir beide, dass sie recht hat, aber so etwas sagt man doch nicht.

Was soll ich darauf antworten? Soll ich einfach gar nicht reagieren? Würde das nicht den Eindruck erwecken, als sei ich gekränkt? Aber ich bin gekränkt!

Ich werde sie mit Schweigen strafen.

Alle drei Sekunden sehe ich auf mein Handy.

Doug kocht uns ein köstliches Essen, und wir reden über seine Arbeit, glaube ich. Um ihn nicht zu verärgern, gehe ich ständig aufs Klo und checke dort, ob ich eine Nachricht von Kit habe. Nach dem vierten Mal innerhalb von zwanzig Minuten fragt er, ob alles in Ordnung sei. Ich tue so, als hätte ich Durchfall.

Er bringt mir Tabletten und reibt mir zärtlich den Bauch. Ich bin ein furchtbarer Mensch.

Da Doug schon verplant ist, texte ich Sophie und frage, ob sie Zeit für einen Faulenzer-Abend hat. Vielleicht wird es mir helfen, über Kit hinwegzukommen, wenn ich Pläne schmiede, die beiden zusammenzubringen. Doch sie antwortet, dass sie dachte, ich sei beschäftigt, und mit Rudy auf ein Konzert geht.

Also gucke ich *Friends*, nehme ein Bad – und trinke eine ganze Flasche Wein.

Kapitel 24

Es ist Mitte Juni, als Doug und ich zum ersten Mal konkrete Pläne machen, Zeit in getrennten Betten zu verbringen. Doug nimmt sich ein langes Wochenende frei, um mit Bronze Age eine Hütte im Lake District zu mieten und an neuen Songs zu arbeiten. In den Tagen bevor er fährt, kann ich es kaum erwarten, eine Frau zu mir einzuladen.

Doch als er mit seiner Gitarre und seiner Reisetasche in der Tür steht, will ich plötzlich nur noch, dass er bleibt.

»Schreib mir, bevor irgendwas passiert, okay?«, bitte ich ihn.

Doug nickt grimmig. »Du auch.«

»Und ruf mich danach an. So bald, wie es die sexuelle Etikette erlaubt.«

»Wenn du willst, würde ich dich auch mitten im Sturm der Leidenschaft anrufen«, versichert er mir und wuschelt mir durch die Haare.

»Ja, bitte.«

»Gina«, sagt er, »es ist extrem unwahrscheinlich, dass überhaupt irgendetwas passiert. Ich bin nur drei Nächte weg. Das ist kaum genug Zeit, um jemanden zu verführen. Wahrscheinlich hänge ich nur mit den Jungs ab.«

Vom Fenster aus winke ich ihm und werfe ihm Kusshände zu, bis sein Taxi außer Sicht ist.

Dann binde ich die Haare zu Georges lockerem Knoten zusammen, ziehe ein Hemd an und mache mich an die Arbeit.

Denn Doug hat recht. Wir haben nicht viel Zeit. Ich muss so schnell wie möglich eine queere Frau finden, die mit mir schlafen will.

Also schreibe ich Sophie, dass wir morgen ausgehen müssen, komme, was wolle. Samstag. Aus irgendeinem Grund taucht Cara vor meinem geistigen Auge auf. Könnten wir je ...? Nein, du Idiot, hör auf, deine Ziele so lächerlich hoch zu stecken. Ich bin mir immer noch nicht sicher, ob sie mich gernhat oder mich hasst. Außerdem ist sie so ein fester Bestandteil vom Familiar – wenn etwas zwischen uns liefe (höchst unwahrscheinlich) und ich grauenhaft im Bett wäre (höchst wahrscheinlich), würde sich das in der Bar verbreiten wie Chlamydien. Mein erstes Mal sollte mit einer Fremden sein.

Fieberhaft scrolle ich auf allen Dating-Apps herum, aber ich habe keine große Hoffnung, dass es mir gelingen könnte, innerhalb von drei Tagen aus einem Match Sex werden zu lassen. Es sei denn ...

Blaire! Hi! Sorry, dass ich erst jetzt zurückschreibe. Hast du dieses Wochenende Zeit? Oder ... heute Abend?

Noch am selben Abend stehe ich in Kits schickstem Hemd, meiner Jeansjacke und neuen Boxershorts, die mir schon den Hintern hochrutschen, vor Blaires Wohnungstür. Ich habe alles durchgeplant. Sie wird in der Tür erscheinen, ich werde mit rauchiger Stimme flüstern: »Wo waren wir?«, und dann werde ich sie leidenschaftlich küssen und Lady-Sex mit ihr haben.

Ich will gerade mein Handy ausmachen und klingeln, als ich eine Nachricht von Doug bekomme.

Ich kann es kaum glauben, schreibt er, *aber die sexy Künstlerin in der Hütte nebenan hat mich zu einem ›Willkommensdrink‹ zu sich eingeladen. Ist es okay, wenn ich hingehe und vielleicht ... ein bisschen Sex habe? Viel Glück mit Blaire!!!! xxxxxxxx*

Perfekt!!!!!, antworte ich, obwohl ich innerlich durchdrehe. *Wir sind so aufeinander abgestimmt. x*

Das ist ein Zeichen, dass ich das Richtige tue, sage ich mir. Denk nicht zu viel darüber nach. Und denk bloß nicht darüber nach, ob diese »Künstlerin« besser beim Sex ist.

Kurz entschlossen drücke ich auf die Klingel, setze ein gewinnendes Lächeln auf und bereite meine sexy Stimme vor. Die Tür öffnet sich.

»Wo waren ...«

Blaire trägt eine rosafarbene Bluse mit Rüschen, die überhaupt nicht zu ihrem orangeroten Lippenstift passt, und als sie auf mich zukommt, um mir einen Kuss zu geben, weiß ich mit absoluter Gewissheit, dass ich nicht auf sie stehe. Doch Blaire zeigt genau die gegenteilige Reaktion. Sie mustert mich von oben bis unten, erschauert vor Erregung und fragt mit rauchiger Stimme: »Wo waren wir?«

Wir sind ungefähr gleich groß, und wenn sie die Arme um meinen Nacken schlingt und sich an mich drückt, rangeln unsere Brüste um Platz. Bevor ich weiß, wie mir geschieht, steckt sie ihre Zunge in meinen Mund. Instinktiv weiche ich zurück, dann erinnere ich mich, dass ich sie küssen sollte. Mein Blick fällt auf ihren offenen Mund und ihre rosa Zunge, die schon auf der Lauer liegt.

O Gott ...

»Kann ich dein Bad benutzen?«

»Ich habe ein Zimmer mit Bad«, säuselt sie verführerisch und führt mich nach oben.

Ich spritze mir Wasser ins Gesicht und trockne es mit Blaires Handtuch ab (hoffentlich ist das nicht ihr Duschhandtuch, obwohl das wohl keine Rolle spielt, wenn ich gleich Sex mit ihr haben werde).

»Du stehst auf Frauen«, erinnere ich mein Spiegelbild und gehe zurück ins Zimmer.

»Also ...«, sagt sie vom Bett aus. »Wo waren wir?«

Ach du lieber Himmel. Sie trägt ein Bananenkostüm.

Eine grauenhafte Stille senkt sich über uns.

Schließlich sagt sie: »Tada. Das ist mein Stand-up-Comedy-Kostüm. Lustig, oder?«

Als ich nicht antworte, wankt sie zu mir herüber.

»Das ist ein Witz«, sagt sie und versucht, mich erneut zu küssen.

Mir zuliebe halte ich sie auf. »Sorry«, sage ich, alles andere als erregt, »dein Stängel pikt mich.«

Langsam schält sie sich aus ihrem Bananenkostüm. Zu meinem Entsetzen trägt sie darunter nur BH und Slip.

Gott sei Dank, ihre Unterwäsche ist anders als meine. Doch sie ist rot und aus Spitze mit Netzen an unerwarteten Stellen. Das Ganze schreit laut und deutlich »Sex« auf eine Art, die ich zutiefst alarmierend finde.

»Könntest du das Bananenkostüm wieder anziehen?«

»Was?«

»Ach, schon gut.«

Ich atme tief durch. Komm schon, George, jetzt oder nie.

Blaire steht reglos in ihrer Unterwäsche vor mir und starrt mich an.

»Könnten wir vielleicht Musik anmachen?«, frage ich.

Mit einem Achselzucken deutet sie auf den CD-Player in der Ecke. (Ich spüre einen Stich im Herzen, als ich mich erinnere, dass mein Dad im Auto immer zu laut Musik gehört hat ... O Gott, warum erinnere ich mich ausgerechnet jetzt an Dad?)

Blaire hat sechs CDs auf einem ordentlichen Stapel. Ed Sheeran, Coldplay und jede Menge Kuschelrock. Das ist noch schlimmer als das Bananenkostüm.

Also hole ich mein Handy heraus, lege es in Blaires »Funny Feminist«-Tasse, um den Sound zu verstärken, und spiele eine *SophieSnob*-Playlist namens *Classic Sapphics*: Hayley Kiyoko, Marika Hackman, Arlo Parks, Christine and the Queens, girl in red, The Japanese House, Phoebe Bridgers.

Die sehnsüchtigen, von existenzieller Angst geprägten Lyrics dieser Musikerinnen erfüllen George. Sie liegt auf Blaires Bett, lauscht andächtig und lässt sich von den Begierden überwältigen, die diese Musik entfacht. Mit einem Mal fühle ich mich regeneriert, wieder mit meinem Körper verbunden.

Während die Sapphics singen, beschwöre ich Kit herbei, stelle sie mir so deutlich vor, dass ich ihren Atem hören kann. Ich dimme das Licht und wende mich ihr zu, wie sie dort auf dem Bettlaken liegt. Mit geschlossenen Augen, zu der Musik, lasse ich meine Finger über ihre weiche Taille wandern. Ich spüre, wie sie unter meiner Berührung Gänsehaut bekommt, höre, wie sich ihr Atem beschleunigt. Dass sie angetörnt ist, törnt mich an, und ich lasse sie mein Hemd aufknöpfen, meine Hose herunterziehen, mir mein Top vom Körper reißen …

Ich dachte, das würde sich ganz anders anfühlen als der Sex, den Gina gewohnt ist. Und es fühlt sich tatsächlich etwas anders an, weicher, glatter … Weniger einstudiert, weniger linear, weniger auf ein Endziel ausgerichtet. Wir lassen uns treiben, verweilen in der Hitze. Doch ich hätte mir keine Sorgen machen müssen, dass ich die Mechanik nicht verstehe. Man braucht keine andere Bedienungsanleitung. Sex ist Sex, erkenne ich, auch mit einer anderen Person, die dich zum ersten Mal erkundet.

Das Problem sind die Pausen zwischen den Liedern. In der

plötzlichen Stille geht die Illusion von Kit verloren. Blaires zu lange Haare reißen mich aus meiner Phantasie. Plötzlich wird mir bewusst, dass ihr Stöhnen und Seufzen zu ... Blaire ist. George verliert die Verbindung zu den aufgestauten Gefühlen in ihrem Körper. Alles löst sich auf, und plötzlich bin ich wieder nur ich und fummle ungeschickt herum, weil ich keine Ahnung habe, wie ich diese Person befriedigen soll, an der mir nichts liegt, die ich nicht einmal mag.

Ich fühle mich widerwärtig. Es ist ungerecht, gemein, absolut inakzeptabel, körperlich mit dieser Person, aber mental mit einer anderen zu schlafen. Bestimmt wird Blaire merken, dass ich nicht wirklich bei ihr bin.

Also warum stöhnt sie so laut? Warum stöhne ich so laut?

Ich will sie gerade aufhalten, als das nächste Lied anfängt. *Holy* von King Princess. George ist zurück, und Kit ist mit mir im Bett, und sie bedeckt die Innenseite meiner Schenkel mit heißen Küssen, und ich halte sie nicht auf.

Danach will Blaire reden. Sie erzählt mir einen ihrer langatmigen Witze ohne Pointe, über eine misslungene Pizzabestellung. Ich antworte nicht. Mit ausdruckslosem Blick starre ich an ihre Schlafzimmerwand und fühle mich wie einer dieser widerlichen Kerle, über die sich Hetero-Frauen so oft beschweren.

Was habe ich nur getan? Ich sollte nicht hier sein. Ich hätte nie herkommen sollen. Gott, ich hasse mich.

Eine Entschuldigung murmelnd, wälze ich mich aus dem Bett und ziehe hastig Georges Klamotten an. Blaire versucht, mich zum Abschied zu küssen, doch unser Timing ist mal wieder völlig daneben, und als ich gehe, stolpere ich über ihr Bananenkostüm.

Nur sie lacht.

Ich sitze im Taxi, als Doug anruft. Kurz überlege ich, nicht ranzugehen, aber dann erinnere ich mich, dass er auch gerade Sex mit einer Fremden hatte.

»Wie war's?«, fragen wir im Chor.

Ich versuche zu analysieren, ob er sexuell befriedigt klingt oder nicht.

»Es war ... anders!«, kichert er. »Gut!«

Anders?! Gut?! Macht er mit mir Schluss?!

»War sie besser als ich?«

»Gina, sei nicht albern.«

»Also war sie es?«

»Nein! Natürlich war es nicht so gut wie Sex mit dir, aber es war trotzdem ein Erlebnis.«

»Wir hatten aber auch viel mehr Übung«, merke ich an.

Er brummt zufrieden.

»Wie ist es mit Blaire gelaufen?«

Ich denke einen Moment darüber nach, dann beschließe ich, dass es das Sicherste ist, ihn einfach zu wiederholen. »Es war ... anders! Gut!«

»Dein erstes Mal mit einer Frau war nur ... gut? Wie fühlst du dich?«

»Oh, ich weiß auch nicht ...«, sage ich. Und ich weiß es wirklich nicht. »Es war nicht die beste Erfahrung meines Lebens. Es war nicht so wie mit dir.«

Doug macht ein mitfühlendes Geräusch. »Das tut mir leid.«

»Nein, tut es nicht.«

»Nein, nicht wirklich«, lacht er. »Ich bin erleichtert, dass ich noch eine Chance bei dir habe. Obwohl ich einen Dödel habe.«

»Wir brauchen dringend ein besseres Wort.«

Ich stelle mir vor, wie sich seine Augen in Lachfältchen legen.

»Gina«, sagt er. »Ehrlich gesagt weiß ich nicht, ob ein One-

Night-Stand mit einer Fremden das Richtige für mich ist. Mal was Neues auszuprobieren ist ganz lustig, aber vor allem erinnert es mich daran, dass wir nicht viel verpassen. Es erinnert mich daran, wie glücklich ich mich schätzen kann, dich zu haben.«

»Wow«, witzele ich, »war der Sex echt so mies?«

Ich weiß gerade nicht mehr, ob ich mir mehr Sorgen darüber machen sollte, dass Doug jemand anderen findet oder dass er unsere offene Beziehung beendet, bevor ich die Chance hatte, mit einer Frau zu schlafen, die ich wirklich begehre. Selbst wenn Kit tabu ist, muss es doch andere Frauen geben, die ein angemessener Ersatz wären.

Eine Weile schweigen wir. Ich habe das Gefühl, als würde mir Doug auch etwas verheimlichen.

»Reden wir über unsere offene Beziehung, wenn ich wieder zu Hause bin«, schlägt er vor.

»Auf jeden Fall«, antworte ich. Neue Sorgen regen sich in mir.

»Herzlichen Glückwunsch an uns beide«, sagt Doug.

Nachdem wir aufgelegt haben, versende ich ein paar wirre Nachrichten, schreibe Sophie, dass ich gerade meine Sexualität vollzogen habe, wünsche Mum eine gute Nacht, um meine Hetero-Welt wieder ins Gleichgewicht zu bringen, und antworte auf eine Frage im Phase-Gruppenchat.

Auf meinem Display erscheint eine Nachricht. Sie ist von Kit.

du bist ja so spät noch auf, schreibt sie.

Ich erröte. Es fühlt sich unanständig an, mit Kit zu chatten, nachdem ich gerade beim Sex an sie gedacht habe. Bestimmt kann sie das irgendwie spüren.

du auch, schreibe ich zurück.

kann nicht schlafen. was geht?

Ich tippe: *bin auf dem heimweg nach meinem ersten mal mit einer frau, was körperlich befriedigend, aber emotional sehr verwirrend war. und du?*, lösche es aber gleich wieder.

hatte gerade ein komisches date, schreibe ich nach kurzem Überlegen. *jetzt sitze ich im taxi nach hause.*

Die drei Pünktchen tanzen über meinen Bildschirm.

wollen wir uns treffen?

Bilde ich mir das ein, weil ich nur noch an Sex mit Kit denken kann, oder ist das eine unmissverständliche Einladung?

Zweimal in einer Nacht? Wer bin ich nur? Aber ich habe meine Date-Unterhose an. Und Doug ist weg. Und ich bin sexuell verwirrt. So eine Chance ergibt sich womöglich nie wieder …

Mein Handy zeigt eine Nachricht von Doug an.

Gute Nacht, Honigkuchen xxxx, schreibt er. *Ich bin echt stolz auf uns xxxxxx*

Mein Magen krampft sich zusammen.

Ich lösche die Nachricht, die ich an Kit senden wollte, und schreibe stattdessen: *bin schon wieder zu hause. muss ins bett.*

Vor meinem inneren Auge sehe ich vor mir, wie mich Kit mit eindringlichem Blick mustert und fragt, warum ich vor ihr weglaufe. Vor dem, was wir sein könnten. O Gott.

Nach kurzer Überlegung füge ich hinzu:

ein andermal.

»Aber Gigi, wie war der Sex?!«, fragt Sophie und schlägt mit der Faust auf den Tisch. »Erzähl mir alles ganz genau.«

Betreten stürze ich meine Bad Witch hinunter. Es fühlt sich gut an, wieder im Familiar zu sein, aber es behagt mir nicht, mein Date in allen Details wiederzugeben. Ich kann Sophie wohl kaum erzählen, dass der Sex nur gut war, solange ich an Kit gedacht habe.

»Ich weiß nicht. W-wir waren nicht wirklich auf einer Wellenlänge.«

»Auf einer Wellenlänge?«

Ich vergrabe das Gesicht in den Händen, während ich ihr erzähle, wie unbehaglich ich mich gefühlt habe, wenn keine Musik lief.

»Klingt, als hättest du dir zu viele Gedanken gemacht, Süße. Du konntest dich nicht mit ihr fallenlassen.«

»Ja!«, rufe ich dankbar aus. »Und ich habe die ganze Zeit befürchtet, dass sie auch nicht richtig bei der Sache ist, weil ich nicht glauben konnte, dass wir so unterschiedlich empfinden.«

Sophie nickt weise. »Du hast dissoziiert.«

Frustriert haue ich meinen Kopf auf die Tischplatte, doch Sophie legt ihre Hand dazwischen, so dass ich stattdessen wieder und wieder ihre Handfläche treffe.

»Vielleicht bin ich doch nicht bi. Sophie, was, wenn ich mich geirrt habe und dieses Wort für mich beanspruche, obwohl ich überhaupt kein Recht dazu habe?«

Sophie zieht mich hoch und verpasst mir einen festen Schnipser auf die Wange. »Fang nicht wieder damit an. Gigi, du hast seit sieben Jahren mit niemandem außer Doug geschlafen ...«, sie blickt sich um, als müsse sie sich vergewissern, dass uns niemand belauscht, »und du hattest noch nie einen One-Night-Stand. Nur diese lang andauernden Beziehungen mit Männern.« Sie erschaudert. Langzeitbeziehungen waren ihr schon immer ein Gräuel, was sie bei jeder Gelegenheit betonen muss.

»Du musst die Realität sexueller Abenteuer akzeptieren. Es hätte mich total umgehauen, wenn dein erstes Mal toll gewesen wäre.«

»Aber Dougs erstes Mal war toll.«

Sophies Augenbrauen schießen so schnell in die Höhe, dass sie ihr fast aus dem Gesicht fliegen. »Doug«, flüstert sie, »dein Doug hat mit jemand anderem geschlafen?«

»Ja, in der gleichen Nacht wie ich.«

»Mein Gott, ihr zwei seid einfach schrecklich abgestimmt.«

Ich spiele mit dem feschen Hexenhut in meinem Cocktail herum.

»Gigi«, sagt sie und nimmt meine unruhigen Hände in ihre, »es war dein erstes Mal, und du hattest große Erwartungen. Da ist es nur natürlich, dass du enttäuscht wurdest. Ich denke, unterm Strich hat sich gezeigt, dass du nicht wirklich auf Blaire stehst. Wenn sie ein Kerl wäre, hättest du dann mit ihr geschlafen?«

Schuldbewusst schüttele ich den Kopf. »Sie schreibt mir immer wieder, ob wir uns treffen wollen«, gestehe ich, »und ich weiß nicht, was ich tun soll. Ich fühle mich schrecklich, weil ich mit ihr geschlafen habe, aber ich will sie nie wiedersehen. Weder sie noch ihr verdammtes Bananenkostüm.«

Diesen bizarren Teil des Abends hatte ich bei meiner Erzählung ausgelassen und bereue sofort, dass es mir jetzt doch herausgerutscht ist.

»Verzeihung«, sagt Sophie grinsend, »ihr – bitte was?«

Doch zum Glück ertönt in diesem Moment ein Kreischen hinter mir. Rudy, Isobel und Kit sind da. Als sie zu uns herüberkommen, frage ich mich wieder mal, wie es sein kann, dass diese tollen Frauen meine Freundinnen sind.

Dann begegne ich Kits Blick und erinnere mich unwillkürlich an ihre Nachricht gestern Nacht. Ich erröte heftig. Kann Sophie spüren, dass ich beinahe ihren Pumpernickel gebrochen hätte?

Zu meiner Erleichterung ist Sophie mit jemand anderem beschäftigt. Anscheinend nimmt sie tatsächlich ernst, was ich über

Isobel und *SophieSnob* gesagt habe, denn sie drückt ihr einen Kuss auf die Wange, der deutlich länger anhält als nötig.

»Isobel«, sagt sie mit ihrer verführerischsten *SophieSnob*-Stimme, »du siehst zauberhaft aus.«

Isobel blinzelt überrascht, erwidert den Kuss aber instinktiv. »Oh, danke!«

Mit den Wimpern klimpernd schmachten sie sich gegenseitig an. Ja! Perfekt! Das trifft sich hervorragend! Mich erfasst aufrichtige vorauseilende Compersion.

Ich suche Kits Blick, doch sie starrt Sophie und Isobel an, als ignoriere sie mich absichtlich.

Rudy, die das Geschehen bewusst ignoriert, isst die Limette aus meinem Drink. »Worüber habt ihr geredet, dass George den Kopf auf den Tisch hauen musste?«

Panisch sehe ich zu Sophie in der Hoffnung, dass sie sich irgendetwas ausdenkt, doch sie ist damit beschäftigt, mit Isobel Ringe zu vergleichen.

»Also, grob zusammengefasst«, sage ich und weiß selbst nicht, was als Nächstes aus meinem Mund kommen wird, »ein Mädchen, mit dem ich geschlafen habe, will mich wiedersehen, und ich weiß nicht, wie ich ihr sagen soll, dass ich kein Interesse habe, ohne sie zu verletzen.«

Rudy legt mir die Hand auf die Schulter. »Geht einen Kaffee trinken, macht einen langen Spaziergang, redet über alles, lasst euch Zeit, sag ihr, dass sie dir immer noch viel bedeutet, aber …«

»Rudy, das ist viel zu viel des Guten«, unterbricht uns Kit. »George, du willst nicht mit diesem Mädchen befreundet bleiben, oder?«

Ich schüttele den Kopf. »Es ist nicht ihre Schuld, wir sind einfach … es hat nicht gefunkt.« Ich nehme all meinen Mut zusammen und sehe Kit direkt an. »Was würdest du tun?«

Zu meiner Verblüffung wendet sie den Blick ab und reibt sich verlegen den Nacken. »Äh …«

»Die Leute wissen, worauf sie sich mit Kit einlassen«, wirft Isobel ein – offenbar hat sie doch zugehört. »Eine Nacht im Van der Lust, dann landet man auf der Straße.«

»Besser als ein Date mit dir!«, erwidert Kit. »So viele unschuldige Mädchen haben sich schon in dich verliebt, und du gibst ihnen nur ein Küsschen auf die Wange und ein Bibelzitat.«

Isobel nimmt Sophie ruhig ihren Drink aus der Hand. »Jeder Mensch kann mit dem eigenen Körper machen, was er oder sie will. Und ich hebe meinen für jemand ganz Besonderen auf.«

»Amen«, sagt Sophie, ohne mit der Wimper zu zucken. Ich falle fast vom Stuhl – so eine dreiste Lüge hätte ich nicht mal ihr zugetraut –, doch sie meidet meinen Blick. Sie erkundigt sich nur, ob Isobel einen neuen Drink möchte.

»Ich bin sicher, George holt uns liebend gern welche«, fügt sie in vielsagendem Ton hinzu.

Alle drehen sich zur Bar um, wo Cara arbeitet. Ich könnte schwören, dass sie in unsere Richtung gesehen hat, aber als sie merkt, wie wir sie anstarren, wendet sie schnell den Blick ab.

»O mein Gott!«, kreischt Rudy. »Du und Cara? Ja! Ihr wärt so ein süßes Paar! Mein Bruder ist auch Barkeeper!«

Ich verdrehe die Augen, freue mich aber im Stillen. Erst Blaire, jetzt Cara: Irgendwie schaffe ich es, vor Phase wie eine kompetente Lesbe zu wirken.

An der Bar bin ich so nervös – ob sie wohl heute nett zu mir sein wird oder nicht? –, dass ich frage: »Na, wie geht's denn so?«

Ihre strahlend grünen Augen mustern mich argwöhnisch. »War das ein Zitat aus *Friends*?«

»Äh, nein?«

Sie grinst schief. »Doubles, du musst mich nicht anlügen und auf cool machen.«

Meine Wangen brennen, aber irgendwie gefällt es mir, dass Cara mich so leicht durchschaut.

»Okay«, gebe ich zu, »ich weiß, die Serie ist alles andere als hip und nicht gut gealtert, aber ich hab eine Zeit lang jeden Freitag *Friends* geguckt. Allein. In der Badewanne. Mit einem Glas Wein. Bis ich mitsprechen konnte.« Auf einmal wird George klar, wie tragisch das klingt. Doch Cara sagt in aufrichtigem Ton: »Ganz ehrlich, das klingt wundervoll. Ich wünschte, ich wäre dabei gewesen.«

Genau im selben Moment wird uns die untergründige Badewannenanspielung bewusst, was uns beide in Verlegenheit bringt.

»Ich meine«, stammelt sie, »natürlich nicht in der Wanne ... wenn du nicht ... Ich bin nur ... Guck mal.« Bevor ich weiß, wie mir geschieht, zieht sie ihr Top hoch. Was zum ...?

Oh, jetzt verstehe ich. Außer ihrem – offen gesagt echt heißen – BH zeigt sie mir auch ein grässliches Tattoo von dem Sofa aus dem Vorspann von *Friends*.

»Unglaublich«, murmele ich und kann dem Drang nicht widerstehen, die grausig wackligen Linien mit dem Finger nachzuziehen. Ihre Haut glüht vor Hitze.

»Ja, ich weiß! Das hab ich mir mit siebzehn stechen lassen. Kitschiger geht's nicht, oder?«

Ich ringe nach Worten. »Echt richtig schlecht. Bereust du es?«

»Natürlich nicht«, sagt sie, plötzlich wieder ernst. »Meine Tattoos sind ein Teil von mir, sie stehen alle für etwas, das ich liebe. Warum sollte ich das bereuen?«

Eine Frau in der immer länger werdenden Schlange hinter mir räuspert sich so laut, dass wir nicht weiterplaudern können.

Also verabschiede ich mich widerwillig mit einem schüchternen »Bis später« und eile mit den Drinks zu unserem Tisch zurück.

»Endlich«, murmelt Kit.

Die Eifersucht in ihrer Stimme ist den Wucherpreis wert, den ich für diese Runde bezahlt habe.

Den Blick auf Isobel gerichtet, bringt Sophie einen Toast aus: »Auf Sappho!«

Wir stoßen an, und ich rüge mich innerlich dafür, dass ich gefürchtet habe, Sophie könnte die Phase-Harmonie stören. All meine besten Freundinnen an einem Tisch versammelt. Was gibt es Schöneres?

Während ich zusehe, wie Isobel, Rudy, Kit und Sophie über einen Horoskopwitz lachen, den ich nicht verstehe, komme ich mir dumm vor, weil ich so lange daran gezweifelt habe, genau hierher zu gehören. Ich hätte nicht mit jemandem wie Blaire schlafen müssen, um es mir zu beweisen.

Während Sophie Phase zu einem *SophieSnob*-Interview einlädt, schreibe ich unter dem Tisch eine Nachricht:

Hi Blaire, sorry, dass ich erst jetzt antworte. Entschuldige, aber ich glaube nicht, dass wir uns noch mal treffen sollten. Tut mir leid. Ich hoffe, mit der Comedy läuft es gut! Tut mir echt leid. x

Dann lösche ich ihre Nummer. Da meine Hand schon ganz nah ist, lasse ich sie an Kits Knie ruhen und könnte schwören, dass sie sich enger an mich schmiegt.

Drei Cocktails später ist meine Hand zur Innenseite von Kits Oberschenkel gewandert. Mir ist ganz schwindlig vor Aufregung und Hitze, die direkt von ihrem Bein in meine Wangen auszustrahlen scheint. Mein Gott, ich sehne mich so sehr danach, Kit heute Abend zu küssen. Ich muss sie heute Abend küssen.

Wenn Sophie mit Isobel zusammenkommt, gilt der Pumpernickel doch bestimmt nicht mehr. Dann muss ich Kit nur noch sagen, dass ich in einer offenen Beziehung bin – aber Dougs Regeln erfordern nicht, dass ich ihr sage, mit wem ich in einer offenen Beziehung bin. Und anschließend erkläre ich ihr, dass ich nichts Ernstes will, was genau das sein dürfte, was sie auch will. Eine Win-win-Situation für alle Beteiligten!

»Lasst uns tanzen!«, ruft Sophie, die schon etwas angeschickert klingt, bittet um Isobels Hand und führt sie auf die Tanzfläche. Rudy sieht den beiden lachend nach, zieht mich hoch und durchtrennt damit meine geheime Verbindung zu Kit. Im Nebel des diffusen, schwindelerregenden Stroboskoplichts spüre ich, wie Kit uns folgt.

Dem Alkohol sei Dank lässt George ihre Hemmungen fallen und erlaubt es sich, sich in der Musik zu verlieren. Sie wirft den Kopf zurück, hebt die Arme und genießt das Gefühl, beobachtet zu werden. Ich kann Kits Blick auf mir spüren, und allein der Gedanke, dass sie mir so nah ist, ihr Bein immer noch warm von meiner Berührung, macht meine Bewegungen dringlicher. Ich sehne mich danach, ihren Körper an meinem zu spüren, ihre Hände an meinen Hüften, ihre Lippen an meinem Hals ...

In dem Gedränge auf der Tanzfläche öffne ich die Augen wieder und sehe zwischen den wogenden Massen bekannte Gestalten aufflackern: Rudys hüpfende rosa Locken, Isobels wallende blonde Haare, die Rückseite von Sophies geflochtenen Zöpfen. Doch wo sind Kits kurze, wilde ...

Die Menge teilt sich, und da sehe ich sie endlich. Doch sie erwidert meinen Blick nicht.

Kit tanzt mit Sophie.

Sophie hat die Arme um ihren Nacken geschlungen, und Kits Hände gleiten über Sophies Rücken, ziehen sie näher. Sie küsst Sophies Hals und schiebt die Finger unter die Träger ihres Tops.

Und dann küssen sie sich leidenschaftlich. Die beiden geben ein so schönes Paar ab, dass Isobel, Rudy und ich innehalten und sie wie gebannt anstarren.

Dann renne ich aufs Klo und übergebe mich.

Zu allem Überfluss verschlägt es mich mit Sophie und Kit auf den Rücksitz eines Taxis. Sophie sitzt in der Mitte und hält Händchen mit Kit. Ich quetsche mich so dicht wie möglich an die Tür, weil ich mir sicher bin, dass ich nach Erbrochenem rieche.

Sophie hat mich dabei erwischt, wie ich mich wegschleichen wollte, und mich gezwungen, mein Taxi mit ihnen zu teilen, weil sie »so schnell wie möglich nach Hause müssen«.

»Hast du Blaire geantwortet?«, fragt Sophie.

Ich nicke ruckartig und sehe zu, wie Kit mit dem Daumen über Sophies Handrücken streicht.

»Bestimmt hast du nächstes Mal mehr Glück«, meint Sophie und tätschelt beruhigend mein Knie. »Du solltest Cara nach ihrer Nummer fragen.«

»Cara kann verdammt gut küssen«, sagt Kit.

Mein Magen krampft sich zusammen. Das ist das Einzige, was sie auf der ganzen Fahrt gesagt hat. Gott, ich hoffe, ich muss mich nicht schon wieder übergeben.

»Hey«, sagt Sophie und kitzelt Kit am Knie, »versuchst du, mich eifersüchtig zu machen?«

Kit flüstert Sophie etwas ins Ohr, und sie stöhnt.

»Gibt es hier drin Kotztüten?«, frage ich laut. Sophie sieht mich stirnrunzelnd an, doch ich weiche ihrem Blick aus.

Den Rest der Fahrt herrscht Stille bis auf das Rascheln aneinanderreibenden Stoffs. Ich versuche, mich abzulenken, indem ich aus dem Fenster schaue, doch die hemmungslos umherwandernden Hände meiner Begleiterinnen spiegeln sich in dem Glas wider.

Compersion, Compersion, Compersion. Nein, nein, nein.

Ich bin mir nicht sicher, von wem ich mich mehr hintergangen fühle. Natürlich weiß ich, dass ich in Wirklichkeit sie beide hintergangen habe und nichts anderes verdiene. Doch Kit fummelt an der Falte unten an Sophies Minikleid herum, und ich frage mich, ob ich diese schlimme Strafe wirklich verdient habe.

Wahrscheinlich schon.

Nach den längsten neuneinhalb Minuten meines Lebens stürze ich mich aus dem Taxi. Kit lässt nicht von Sophies Halsgrube ab. Sophie will sich verabschieden, doch ich schlage ihr die Tür vor der Nase zu.

Den ganzen nächsten Morgen verbringe ich in einem benebelten Angstzustand. Mir graut davor, eine Nachricht von Sophie zu bekommen. Mir graut davor, keine Nachricht von Sophie zu bekommen. Ich mache mein Handy aus und wieder an und wieder aus und wieder an.

Erst um fünf Uhr nachmittags leuchtet mein Display auf. Sophie ruft an. Obwohl ich einen ganzen Tag Bedenkzeit hatte, bin ich wie gelähmt. Also lasse ich es klingeln. Sie ruft noch mal an. Ich ignoriere es. Schließlich schreibt sie mir.

O

M

G

!!!!!

Ich hätte genauso gut rangehen können, so deutlich kann ich die Euphorie aus ihrer Nachricht herauslesen. Ich warte ein paar Minuten, dann beschließe ich, dass es besser ist, es aus erster

Hand zu erfahren, als es mir weiter in allen Einzelheiten vorzustellen.

Erzähl mir alles!!!!!

Leider tut sie das.

Kit und sie hatten die ganze Nacht, den ganzen Morgen und den ganzen Nachmittag unglaublich heißen Sex. Jetzt ist sie körperlich erschöpft, hat sich jedoch noch nie so lebendig gefühlt. Noch nie hat sie sich jemandem so nahe gefühlt. Kit hat sich ihr vollständig geöffnet (Sophies Wortwahl, nicht meine), ihr von ihren Träumen und Begierden erzählt, und Sophie sagt, sie seien offiziell ein Paar. Großartig. Also noch viel schlimmer, als ich befürchtet hatte.

von jetzt an komme ich mit zu euren proben, wenn ihr was trinken geht und so!

das passt perfekt!

Mein Herz kann wohl kaum noch tiefer sinken.

hättest du gedacht, dass es sich so schnell auszahlt mit isobel zu flirten? toller tipp, meine pumpernickel-schwester!

Nein, da habe ich mich offenbar geirrt. Mein Herz entdeckt neue Tiefen, in die es sinken kann. Ich fange an zu tippen, doch Sophie sieht, dass ich online bin, und ruft mich an. Diesmal gehe ich ran – und sie schreit schon wie verrückt. Ich schreie zurück. Dann erzählt sie mir alles noch mal bis ins kleinste Detail. Ich schreie noch lauter.

Schließlich steigt ein Gedanke aus dem Nebel in meinem Kopf auf. »Sophie, du hast ihr doch nicht … du hast Kit doch nicht von Doug erzählt, oder?«

Einen Moment herrscht Schweigen.

»Nein, Gigi, so überraschend das auch sein mag, wir haben nicht die ganze Nacht über dich geredet. Wir waren mit anderen Sachen beschäftigt.«

Ich lache gezwungen. »Cool, cool.«

»Du hast gesagt, du würdest ihr von Douglas erzählen.«

»Ja, und das werde ich – es war nur noch nicht der richtige Zeitpunkt.«

»Aber du hast Douglas alles erzählt, oder?«

»Ja, ich habe Doug alles erzählt, was ich dir auch erzählt habe.«

Noch eine Pause.

»Das gefällt mir nicht, Gigi. Ich kann keine Geheimnisse vor Kit haben, jetzt, wo wir uns so nahe sind.«

Frustriert raufe ich mir die Haare. »Sophie, wovon redest du da? Du bist seit Urzeiten meine beste Freundin. Und jetzt willst du unseren Pumpernickel brechen, weil du einen One-Night-Stand mit einer Wildfremden hattest?«

»Es war kein One-Night-Stand, und Kit ist keine Wildfremde. Ich hab dir doch gesagt, dass wir uns lieben.«

»Ach bitte, Kit verliebt sich nicht. Warum sollte es mit dir anders sein als mit all den anderen?«

Die Stille, die auf meine Worte folgt, ist ohrenbetäubend.

»Gigi, warum bist du so …?«

»Kit war auf der Suche nach einer schnellen Nummer, und du hast dich an sie rangeschmissen«, unterbreche ich sie. »Sie will dich bestimmt nie wiedersehen. Und du solltest lieber nicht zu unseren Proben kommen; du blamierst dich nur. Tut mir leid, aber ich versuche nur, deine Gefühle zu schützen.« Ich beiße mir so fest in die Hand, dass es wehtut. Ich zittere. Mir ist schlecht. Schon jetzt bereue ich alles, was ich gesagt habe, aber ich kann es nicht zurücknehmen.

Nach einem langen Moment sagt sie: »Oh, ich blamiere mich also?«

Die Luft knistert.

»Ich bin es nicht, die sich blamiert«, fährt sie fort, ihre Stimme tief und bedrohlich. »Ganz ehrlich? Ich dachte, du wärst queer, aber jetzt bin ich mir nicht mehr so sicher. Für dich ist das alles nur ein Spiel, ein Theaterstück, für das du dich verkleidest. Du willst so verzweifelt dazugehören, dass du dich in das Stereotyp einer Lesbe verwandelt hast. Der Name! Die Hemden! Die Horoskope! Die Frisur! Bist das überhaupt noch du? Entspricht irgendwas davon der Wahrheit? Oder springst du einfach auf den queeren Zug auf, jetzt, da es salonfähiger ist? Weil dir klar ist, dass du sonst nichts in deinem traurigen kleinen Leben hast.« In giftigem Ton äfft sie mich nach. »Ooh, ich bin George, und ich bin interessant, weil ich queer bin. Ich bin in einer Band, was total wichtig ist, ich weiß nicht, was die Community ohne mich machen würde. Oh, aber ich bin nur donnerstags queer. Den Rest der Woche spiele ich glückliche Familie mit meinem Freund. Habe ich schon erwähnt, dass ich einen absolut perfekten Freund habe? Wir sind so glücklich. Wir sind so glücklich, dass wir jeden Sonntag dieselbe Ladung Spaghetti bolognese kochen und seit fünfzig Jahren dieselbe stinklangweilige Sex-Routine haben. Und wenn wir heiraten und aufs Land ziehen, geben wir vornehme Dinnerpartys und erzählen den anderen Hetero-Pärchen, dass wir besser sind als sie, weil wir mal eine offene Beziehung hatten und auch mit anderen langweiligen Leuten Sex hatten.« Sie schnappt nach Luft. »Ich meine, um Himmels willen, mein ganzes Leben dreht sich darum, dass ich lesbisch bin! Ich habe meine Karriere darauf aufgebaut. Ich habe meine Familie dafür aufgegeben. Meine Eltern. Meinen Bruder. Meine Kindheit. Meine Herkunft. Du denkst, für mich wäre alles rosig, weil ich dir nur diesen Teil meines Lebens zeige. Aber du hast keine Ahnung. Ich bin nicht nur queer, wenn es mir gerade in den Kram passt. Ich kann nicht einfach gehen, wenn es schwierig wird. Du willst eine queere Touristin sein und dich im Familiar vergnügen, wenn dir der Sinn nach einem exotischen Erlebnis steht. Tja, der Urlaub ist vorbei, Gina. Verpiss dich und hör auf so zu tun, als gehörst du zu uns.«

Ich weiß nicht, wer zuerst auflegt.

Kapitel 25

Alexa und ich nicken uns mit dem gegenseitigen Verständnis zweier Profis zu, die hervorragend darin sind, so zu tun, als wären sie weder verkatert noch deprimiert. Im Raucherbereich rühren wir drei Päckchen Zucker in unseren Tee.

»Warum bin ich Lehrerin geworden?«, fragt sie das Universum.

»Kannst du nicht mal wieder deinen Vortrag über den musikalischen Wert der Stille halten?«

Alexa schüttelt den Kopf. »Das habe ich dieses Semester schon zweimal gemacht. Wenn ich es übertreibe, kriegen die spitz, dass ich nur meine Zeit absitze.«

Eine Weile ergründen wir den Wert der Stille.

Alexas Süßigkeit der Woche sind mit Schokolade überzogene Rosinen, die sie ganz vorsichtig kaut, damit die matschigen Rosinen nicht zu viel Lärm machen.

»Timmy spielt das Fis wieder falsch«, beklage ich mich. »Er ist ein hoffnungsloser Fall. Hope hat eine Schreibblockade, Percival hat eine ›groovy‹ Blockade – alle haben irgendeine Blockade. Ich wünschte, ich hätte eine Blockade – in meinen Ohren.«

Alexa bietet mir eine mit Schokolade überzogene Rosine an, doch ich lehne dankend ab. »Der Beitrag meiner Schüler zum Abschlusskonzert wird eine Katastrophe. Nein, schlimmer noch, er wird genauso wie letztes Jahr. Einfach eine Reihe von Kindern, die *Für Elise* auf ihre ganz eigene Art falsch spielen.«

Alexa knibbelt die Schokolade von einer Rosine, wirft mir einen Seitenblick zu und steckt die nackte Rosine zurück in die Tüte. »Gina, ist alles in Ordnung?«

Meine Teetasse verharrt auf halbem Weg zu meinem Mund. Normalerweise fragen wir einander nicht, wie es uns geht.

»Ich dachte, du kommst in letzter Zeit ganz gut mit den Blagen klar. Du warst ganz aus dem Häuschen, weil du einen auf *Der Club der toten Dichter* gemacht hast.« Sie gestikuliert mit der Präzision einer Dirigentin in meine Richtung. »Die Frisur, die Klamotten, der Kater ... Du hast dich verändert. Du benimmst dich wie ich, als meine Ehe in die Brüche gegangen ist.«

»Meine Ehe geht nicht in die Brüche!«

»Du bist nicht verheiratet.«

»Nein, aber wenn ich verheiratet wäre, würde meine Ehe nicht in die Brüche gehen. Sie wäre ein voller Erfolg. Es wäre eine ausgezeichnete Ehe. Vielen Dank auch.«

»Okay ... und sonst ist nichts los?«

»Nein.«

»Okay ...«

Wir starren beide an die nackte Backsteinwand gegenüber dem Raucherbereich.

»Warum ist deine Ehe in die Brüche gegangen?«

»Ich bin fremdgegangen.«

Ich ersticke fast an meinem Tee.

»Was uns allerdings endgültig auseinandergebracht hat, war, dass er mich auch betrogen hat.« Mit der einen Hand klopft mir Alexa beiläufig auf den Rücken, mit der anderen wirft sie sich eine Schokohülle ohne Rosine in den Mund. »Ich glaube, er wollte, dass ich es herausfinde. So viele Schlüpfer ... Bestimmt hat er die meisten davon selbst ausgelegt wie eine Spur aus Brotkrumen.« Sie zuckt die Achseln. »Zumindest hatten sie meine Größe.«

Plötzlich wird mir klar, dass Alexa momentan die einzige Person ist, mit der ich über mein verkorkstes Leben reden könnte. Was würde sie wohl zu meinen bisexuellen Offene-Beziehung-Versuchen sagen? Ich mustere sie nachdenklich, während sie die Sonne finster anstarrt. Wahrscheinlich würde sie nicht einmal mit der Wimper zucken. Vielleicht hat sie so etwas sogar selbst schon erlebt. Vielleicht würde sie mir einfach raten, Bach zu hören.

»Wie war es?«, frage ich. »Es zu beenden?«

»Gut«, antwortet sie. »Es war gut, nichts mehr vortäuschen zu müssen. Und nicht mehr erpressbar zu sein. Und nur noch meine eigene Unterwäsche waschen zu müssen.« Sie überlegt einen Moment. »Aber ich mochte die Heimlichkeit beim Fremdgehen. Es hat sich angefühlt, als würde ich wirklich leben, als sei ich die Heldin einer Geschichte.« Mit grimmigem Gesicht leckt sie sich den letzten Rest Schokolade vom Finger. »Aber dann wird dir klar, dass es nicht wirklich er war, der dir dieses Gefühl gegeben hat, und es nur so lange aufregend war, wie es neu war. Ein alter Hut.« Sie wirft die Tüte voll abgeleckter Rosinen in Richtung Mülleimer, verfehlt ihn jedoch. Resigniert starren wir darauf.

»Natürlich hat es mit dem anderen Idioten nicht geklappt«, sagt sie. »Aber das macht nichts, ich habe sein Auto in Brand gesteckt.«

In diesem Moment ertönt der Gong. Alexa legt die Rosinentüte in den Mülleimer und klopft mir ermutigend auf den Rücken.

An diesem Abend will ich Sophie schreiben wie üblich, erinnere mich dann aber, dass ich das nicht kann. Das ist das Seltsamste an der ganzen Sache: Sophie und ich streiten uns zwar ständig, aber wir haben uns noch nie wirklich gestritten.

Also schreibe ich Doug. Er antwortet nicht. Wahrscheinlich hat er Sex mit jemand anderem.

Also schreibe ich Kit. Sie antwortet nicht. Wahrscheinlich hat sie Sex mit jemand anderem.

Wenn ich einen Handel mit dem Universum abschließen müsste, damit wenigstens einer von beiden heute Abend zurückschreibt, wen würde ich wählen?

Mein Display leuchtet auf. Ein Anruf von Doug.

»Doggie!«, rufe ich, als hätte ich mich für ihn entschieden.

»Wie geht's dir, Honigkuchen?«

»Gut«, antworte ich argwöhnisch. So nennt er mich nur, wenn er etwas von mir will. »Wie ergeht es dir mitten im Nirgendwo?«

»Deswegen rufe ich an.« Er klingt begeistert und verlegen zugleich. »Erinnerst du dich noch an die Künstlerin, die mir einen ›Willkommensdrink‹ spendiert hat?«, kichert er. »Wie sich herausgestellt hat, reist sie heute ab, also haben wir es noch mal getan!«

Seine Worte fühlen sich an wie ein Tritt in die Lunge – einen Moment bleibt mir die Luft weg.

Schließlich sage ich: »War es schön?«

Er lacht nur. Noch ein Schlag, diesmal in den Magen.

»Natürlich werde ich sie nie wiedersehen, also ja, es war schön! Ich habe ein paar Sachen gelernt, die wir ...«

Unwillkürlich muss ich an Sophies beleidigende Bemerkung über unsere Sex-Routine denken. Ich frage mich, welches meiner Organe er als Nächstes attackieren wird.

»Meintest du nicht letztens, du magst keine One-Night-Stands?«, erwidere ich.

»Alles in Ordnung? Ich habe doch nichts fal...«

»Du solltest mir vorher schreiben.«

Er seufzt. »Ja, okay, tut mir leid, aber es war gerade deshalb heiß, weil es spontan war. Ich hab dich angerufen, sobald ich allein war. Ich werde nie wieder mit ihr reden. Ich dachte, das wäre der Sinn der Sache?«

Er klingt so vernünftig. Also versuche ich auch, ruhig zu bleiben. »Der Sinn der Sache ist, dass wir beide ein glückliches, unabhängiges Leben führen. Der Sinn der Sache ist nicht, dass du mich demütigst, indem du immer wieder irgendeine dahergelaufene Frau fickst und dann auch noch damit angibst!« Ich lege heulend auf und trinke eine Flasche Wein.

Noch am selben Abend fahre ich mit dem Taxi zum Familiar, gehe aber nicht in die Bar. Stattdessen überquere ich die Straße und steuere auf Kits Van zu.

Doug hat die Regeln gebrochen, also kann ich das auch. Alle anderen können bedeutungslosen Sex haben und sich prächtig amüsieren, also kann ich das auch. Ich bin frei. Ich bin spontan. Ich bin betrunken.

Aus dem Inneren des Clubs dringt gedämpfte Musik: *Come Undone* von Marika Hackman. Meinem Glücksstern sei Dank – das passt perfekt!

Mein Herz pocht im Takt der Musik, als ich an Kits Van klopfe.

Von drinnen ist ein Poltern zu hören. Dann schwingt die Tür auf.

Sophie.

Ich stehe da wie gelähmt und wünschte, ich könnte vom Erdboden verschwinden. In ihren Augen flackert irgendetwas auf, das ich nicht interpretieren kann.

Schließlich sage ich: »Hi.«

Sie antwortet nicht.

»Ich war grad im Familiar. Hab ein bisschen was getrunken. Ja, und da hab ich Van Morrison gesehen. Kits Van, meine ich. Also dachte ich, ich schau mal vorbei.«

Kit taucht aus dem Schatten auf wie ein sexy Dämon.

»Sophie wollte sowieso gerade gehen.«

Die beiden wechseln einen Blick. Einen grimmigen Blick. Haben sie gerade Schluss gemacht? Kann man überhaupt Schluss machen, wenn man nie wirklich zusammen war?

»George«, sagt Kit bedeutungsvoll und nimmt ihren Schlüssel. »Machen wir einen Spaziergang. Sophie, mach bitte die Tür hinter dir zu, wenn du gehst.«

Mit diesen Worten schreitet sie davon.

Mitten auf der Straße erstarrt, blicke ich von Kit zu Sophie und wieder zurück. Ich wünschte, ich könnte eine Münze werfen, mein Horoskop checken oder einfach jemand anderen für mich entscheiden lassen. Gleichzeitig an zwei Orten sein zu wollen ist das schlimmste Gefühl der Welt.

Sophie steht mit verschränkten Armen neben dem Van und sieht mich wortlos an. Meine beste Freundin. Meine frühere beste Freundin. Sollte ich hierbleiben, mich entschuldigen und sie um Verzeihung anflehen? Sie dazu pumpernickeln, mir zu verzeihen?

Aber sie denkt, dass ich nicht hierhergehöre. Dass ich nicht wie sie bin, weil ich nicht weiß, was ich will. Dass ich nicht wirklich queer bin und immer den leichten Ausweg wähle.

Wenn ich mich für Sophie entscheide, würde ich ihr dann nicht recht geben?

Kit sieht über die Schulter zu mir zurück, und das Wogen ihrer zerzausten Haare im Wind scheint mir wie ein Wink des Schicksals. Sie war der Anfang von George. Mit ihr fühle ich mich wie ein neuer Mensch. Als könne ich endlich ich selbst sein. All die Sehnsucht, die Nervosität, die Schmetterlinge in meinem Bauch, wann immer ich an sie denke, das muss doch etwas bedeuten, oder? Kann ich sie nach allem, was ich verändert habe, um diese Chance zu bekommen, wirklich aufgeben, ohne es auch nur versucht zu haben?

Im Grunde genommen ist es genau wie damals, als ich mich entscheiden musste, ob ich bei Bronze Age bleibe oder mich um meinen Dad kümmere. Ich weiß, dass ich es so oder so bereuen werde.

Also renne ich zu Kit und blicke nicht zurück.

Und dann gehen Kit und ich im Gleichschritt nebeneinanderher, als hätten wir endlich den richtigen Rhythmus gefunden. Ich schwöre, ich kann jeden Kubikmillimeter Luft zwischen unseren schwingenden Händen spüren. Alles ist so, wie es sein sollte. Alles wird gut.

»George«, sagt sie nach einer Weile, »wann hast du erkannt, dass du queer bist?«

Schweigend beobachte ich, wie das Licht der Straßenlaternen über ihre glatte Haut tanzt. Ihr atemberaubendes, wie gemeißeltes Gesicht. Ich kann wohl kaum antworten: »Als ich dich kennengelernt habe.«

»Ziemlich spät, denke ich, im Vergleich zu manchen anderen. Und du?«

Sie antwortet mir nicht.

»Dann warst du noch nie in einer Beziehung?«, fragt sie und taxiert mich mit ihren Adleraugen. »Hattest noch nie Sex?«

Allmählich bekomme ich das Gefühl, dass ich nicht wirklich in meinem Körper bin, sondern irgendwo darüber schwebe. »Nichts Ernstes«, erwidere ich lachend.

Kit bleibt abrupt stehen. »Was ist mit deiner siebenjährigen Beziehung zu einem Mann?«

Alles ist still. Ich habe vergessen, wie man atmet. Ihr Gesicht ist wunderschön, selbst wenn sie angewidert aussieht.

»Kit …«

Sie bringt mich mit erhobener Hand zum Schweigen. »Sophie hat mir alles erzählt. Du hast uns von Anfang an belogen.«

Ihre Silberkette baumelt um ihren Hals, als sie sich zu mir beugt, und ich kann ihren Duft und ihren Schweiß beinahe schmecken – ist das womöglich das letzte Mal, dass ich ihr so nahe bin?

»Bei unserer nächsten Probe wirst du den anderen davon erzählen«, sagt sie. »Wir werden abstimmen, ob du bei Phase bleiben darfst. Und nur damit du's weißt: Ich stimme dagegen.« Kit mustert mich von oben bis unten – in dem Hemd, das sie mir geschenkt hat, mit der Frisur, die ich mir für sie habe schneiden lassen – und schüttelt verächtlich den Kopf. »Ich kann nicht glauben, dass ich darauf reingefallen bin.«

Kapitel 26

Ich weiß nicht mehr, wie es sich anfühlt, nicht mit einem tiefen Grauen in der Magengrube aufzuwachen. In meiner letzten Nacht ohne Doug liege ich wach und übe mein Geständnis Phase gegenüber.

»Phase ist mir so wichtig …«, murmele ich morgens vor dem Spiegel und starre auf die dunklen Ringe unter meinen Augen. »Es ist mir unendlich wichtig, dass ihr meine Identität akzeptiert.«

»Ich wollte euch nichts vormachen«, erzähle ich dem Duschvorhang.

»Eine offene Beziehung«, erkläre ich meinem Kaffee.

»Doug – mein Freund – Partner – hat meine Erkenntnis, dass ich zur queeren Community gehöre, super – gut – sehr verständnisvoll aufgenommen und mich in allem unterstützt, und ich hoffe, dass ihr das auch könnt.«

In dieser Situation eins von Kits Hemden zu tragen, erscheint mir vollkommen inakzeptabel. Doch ich kann mich auch nicht dazu durchringen, eins von Doug anzuziehen; wir haben nicht mehr miteinander geredet, seit ich einfach aufgelegt habe, weil er unserer offenen Beziehung entsprechend gehandelt hat.

Letztendlich ziehe ich einen alten, übergroßen schwarzen Pulli an, der meinem Dad gehörte. Er kratzt wie eine Mönchsrobe. Bestimmt sieht Dad voller Abscheu auf mich herab.

Nach meinem Geständnis herrscht angespanntes Schweigen.

Ich wage es nicht, zu Phase aufzusehen.

Auf die Pause folgt eine weitere Pause.

Schließlich räuspert sich Rudy. »Das verstehe ich nicht. Du entschuldigst dich dafür, dass du bi bist?«

Ich zögere und nicke dann.

»Ist das irgendein Witz, den ich nicht verstehe?«

Ich zögere und schüttele dann den Kopf.

Rudy sieht von mir zu Kit, zu Isobel, dann fängt sie an zu kichern. Ihr Lachen hallt in dem leeren Raum wider.

»Warum bist du so zerknirscht? George! Alles gut! LGBTQ+ beinhaltet doch auch ein B!« Sie kommt zu mir herüber und kitzelt mich, um die düstere Stimmung zu vertreiben. »Versuch nur nicht, uns dazu zu bringen, was mit deinem Freund anzufangen! Also echt, das ist das Albernste, was ich je gehört habe. Wir werfen dich nicht aus der Band, nur weil du einen Freund hast. Stimmt's, Leute?«

Den Arm um meine Schultern geschlungen, dreht sie sich zu Isobel und Kit um. »Stimmt's?«, fragt sie erneut.

»Wie können wir jemandem vertrauen, der uns angelogen hat?«, erwidert Kit. Ich schließe die Augen. »Queer ist unser Markenzeichen. In unseren Liedern geht es darum, queer zu sein. Ist das alles nur noch eine Lüge? Um Merchandise zu verkaufen?«

»Ich bin queer«, murmele ich.

»*Zur Hälfte* queer«, braust sie auf.

Plötzlich ist meine Kehle wie zugeschnürt.

Okay. Anscheinend hat Kit ein Talent dafür, meine schlimmsten Ängste wahr werden zu lassen, also sollte ich lieber gehen, bevor sie noch eine meiner zahlreichen Unsicherheiten entdeckt. Vielleicht, dass ich eine furchtbare Freundin bin oder eine grauenvolle Tochter.

Wie betäubt taumele ich zur Tür, doch zu meiner Überraschung hält mich Isobel zurück. »Kit«, sagt sie, und eine Sorgenfalte furcht ihre makellose Stirn, »das war nicht nett und nicht wahr. Du solltest dich entschuldigen.«

Alle Farbe weicht aus Kits Gesicht.

»Schon okay. Sie hat recht«, murmele ich und versuche erneut zu gehen, doch Isobel ergreift meine Schulter.

»Nein«, sagt Kit leise. »Das war falsch von mir.«

Verwundert drehe ich mich zu ihr um.

»Das war biphob und wirklich scheiße ...« Unverkennbar verlegen – wer hätte gedacht, dass ich Kit jemals verlegen erleben würde? – fährt sie sich durch ihre kurzen Haare. »Ich bin nur überrascht. Von dir ... Tut mir leid, dass ich so ein Arsch war.«

Ich blicke starr zu Boden.

»Und jetzt umarmt euch«, sagt Rudy.

»Nein«, protestiere ich, »ist schon gut.«

»Umarmt euch«, beharrt Rudy.

Kit sieht durch ihre dichten Wimpern zu mir auf. Dann schließt sie mich in die Arme, zieht mich fest an sich und vergräbt das Gesicht an meiner Schulter, meine Hände zwischen uns eingeklemmt.

»So ist's gut«, ermuntert uns Rudy. »Drück sie schön fest.«

Ich kann Kits beschleunigten, flachen Atem spüren.

»Das reicht für eine Entschuldigung, meint ihr nicht?«, sagt Isobel.

Mit einem verlegenen Hüsteln lösen wir uns voneinander. Wir sehen uns nicht an, sondern spielen nervös am Proben-Equipment herum. Mein Herzschlag hat sich noch nicht beruhigt.

»Schön, dass das geklärt ist.« Rudy lächelt großmütig und gönnt sich einen Donut. »Also, wer ist der Glückliche? Ist er nett?«

»E-Er heißt Douglas«, stammele ich. »Wir sind seit sieben Jahren zusammen ...«

Rudy schnappt nach Luft. Ich meide Kits Blick.

»Ist er sehr maskulin?«

»Äh, ich weiß nicht. Er hat einen Bart. Und er ist auch Musiker«, plappere ich weiter. »Er spielt Bass wie du, Rudy. In einer Indie-Band. Ähm, kennt ihr Bronze Age?«

Isobel zieht die Augenbrauen hoch und tippt etwas in ihr Handy.

»Ich hab von ihnen gehört!«, antwortet Rudy mit einem enthusiastischen Nicken und summt vor sich hin. »*Good Guy!*«

»*Shy Guy*«, berichtige ich sie. Ich weiß nicht, ob ich mich freuen oder schämen soll. »Während des Studiums bin ich eine Zeit lang mit ihnen aufgetreten.«

»Ach ja!«, ruft Rudy und gestikuliert in meine Richtung, als erinnere sie sich vage. »Und das ist nicht gut gelaufen?«

»Ja ... Ich bin ausgestiegen. Aber«, fahre ich hastig fort, bevor sie fragen können, warum, »ich treffe mich noch ab und zu mit ihnen.«

Kit und Isobel wechseln einen Blick. Anscheinend können sie sich telepathisch verständigen wie Doug und ich. Jedenfalls wie wir es früher konnten.

»Mit ein bisschen Abstand muss ich sagen, dass ihre Musik nicht wirklich toll ist«, sage ich und versuche, ihre Reaktion einzuschätzen. »Ich meine, *Shy Guy* ist ihr bekanntester Hit – ihr einziger Hit –, aber ihre neuen Lieder sind alle ein bisschen ... öde.«

Isobel schnaubt abschätzig und bringt mich damit erst richtig in Fahrt.

»Sie machen einfach immer wieder das Gleiche. Sie entwickeln sich nicht weiter, es ist, als wollten sie die langweiligsten, unoriginellsten Lieder schreiben, die man sich vorstellen kann – und das Ziel erreichen sie.«

Diesmal schnaubt auch Kit, und ihre Zustimmung lässt das Feuer in meinem Innern auflodern, als hätte sie Benzin daraufgeschüttet.

»Sie sind alle nur dazu da, das Ego des Frontsängers zu streicheln«, fahre ich fort. »Im Grunde ist es eine One-Man-Band.«

»Eine One-Woman-Band«, sagt Isobel mit Blick auf Bronze Ages Profil.

»Ja, ihre Vorstellung von Diversität erschöpft sich in Fifty Shades of Rothaarig. Sie sind völlig überholt. Als wären sie wirklich noch in der Bronzezeit.«

Wieder lachen alle. Ich fühle mich in gleichem Maße bestätigt und schuldig. Warum habe ich ständig das Gefühl, als müsse ich die Waagschalen meines Lebens ausbalancieren, aber beide Seiten sind mit Mist beladen?

»Oh, Bronze Age fahren im August nach Edinburgh«, sagt Rudy, die durch ihren Instagram-Account scrollt.

Ist das nicht reizend? Meine lesbischen Freundinnen vergnügen sich mit der Social-Media-Plattform meines Freundes.

»Ja, zu Douglas' Eltern, und dann spielen sie auf dem Festival of Love«, erkläre ich und schaue ihr dabei über die Schulter. »Ich fahre auch mit.«

Aus dem Augenwinkel sehe ich, wie Isobel von ihrem Handy aufblickt und erst Kit, dann mich ansieht. Sie stößt ein enttäuschtes Stöhnen aus.

»Schade«, seufzt sie und streicht sich eine blonde Locke hinters Ohr. »Ich wollte euch alle ins Haus meiner Eltern nach Cornwall einladen. Ich dachte, so kommen wir alle mal raus aus London und können an unseren Songs arbeiten. Ein kleiner Sommerurlaub. Aber wir hätten das Haus nur in genau dieser

Woche für uns.« Mit theatralischer Geste drückt sie die Hand aufs Herz. »Wir können nicht ohne dich fahren, George!«

Rudy sieht aus, als wäre Weihnachten abgesagt worden.

Ich verstehe. Offensichtlich will Isobel, dass ich meine Loyalität unter Beweis stelle. Dass ich zeige, dass ich kein Bronzer bin, sondern eine Phaserin. Doch sie begreift nicht, dass ich genau diese Entscheidung schon seit meinem ersten Abend im Familiar treffen muss. Ich habe Phase über Doug, über Sophie, über meine Mum, über alles in Ginas Leben gestellt. Was macht eine Sache mehr schon für einen Unterschied?

Ich sehe Kit fest in die Augen und sage: »Ich bin dabei.«

Obwohl heute nicht Pizza-Night ist, bestelle ich Dougs Lieblingspizza mit dünner Kruste für ihn zu seiner Ankunftszeit. Doch er kommt später als erwartet.

Eigentlich wollte ich ihn zur Begrüßung überschwänglich umarmen, doch als sich der Schlüssel im Schloss dreht, bin ich zu nervös. Sichtlich erschöpft schleppt er sich in die Küche, und meine Brust schwillt vor Zuneigung und Schuldgefühlen an.

Ich mache den Ofen an, um die Pizza aufzuwärmen, nehme ihm sein Gepäck ab und küsse ihn auf die Wange.

»Hey, bitte entschuldige die Verspätung.«

Er war nur ein verlängertes Wochenende weg – warum fühlt es sich an, als wären wir jahrelang getrennt gewesen?

»Schatz«, ich versuche, seine Hand zu nehmen, »es tut mir wirklich leid, wie ich mich neulich Abend aufgeführt habe.«

Doug zuckt zusammen. »Schon gut.«

»Nein, ist es nicht«, erwidere ich entschieden. »Ich habe überreagiert. Es war nur ... so plötzlich, und es war seltsam, am Telefon davon zu erfahren. Aber meine Reaktion war nicht angemessen. Bitte entschuldige.«

Er zieht seine Hand weg, scheinbar nur, um seine Brille abzunehmen und sie an seinem Hemd zu putzen, doch es fühlt sich an wie eine Zurückweisung.

»Ich habe viel darüber nachgedacht«, rede ich schnell weiter, »und ich habe kein Problem damit! Ich vertraue dir. Wenn du sagst, dass es gut war und es sich nie angefühlt hat, als würdest du unsere Beziehung aufs Spiel setzen, dann ist alles in Ordnung. Ich liebe dich.«

Er drückt meine Hand und seufzt tief. »Ich hasse es, wenn wir uns streiten.«

»Ich auch.«

Ich setze mich aufs Sofa und ziehe ihn auf meinen Schoß. Seine Arme schlingen sich wie von selbst um meine Schultern, und ich vergrabe das Gesicht an seiner Brust. Er riecht nach Reise und Sorge und neuem Aftershave. Um ihn aufzumuntern, lasse ich ihn auf meinen Knien auf und ab wippen, bis sich endlich ein richtiges Lächeln auf seinem Gesicht zeigt.

»Wir lernen dazu«, sage ich. »Mit der Zeit werden wir es besser hinbekommen.«

»Denkst du wirklich, eine offene Beziehung ist das Richtige für uns?«

Ich erstarre.

Er wendet sich zu mir um. »Ich weiß nicht, ob wir das Zeug dazu haben. Langsam kriege ich das Gefühl ... Am Wochenende ...« Er unterbricht sich, dann fängt er noch mal von vorn an. »Wir hatten beide unsere Sachen am Laufen, und –«

»Du hattest mehr Sachen am Laufen als ich!«

»Führen wir darüber Buch?«

»Ja«, antworte ich und verschränke die Arme vor der Brust.

»Und wie willst du das machen?«, verlangt er zu wissen. »Doch nicht etwa mit Kerben im Bettpfosten?«

»Bisher liegen deine Geschichten sowohl in puncto Quantität als auch in puncto Qualität vorn.«

»Aber dir hat sich eine ganz neue Welt eröffnet«, erwidert er. »Die Bronzer sehen mich wegen dieser Sache auf einmal als notgeilen Hippie. Denk doch mal an den ganzen Spaß, den du mit Phase und Sophie hast.«

Mein Magen krampft sich zusammen. Doug merkt sofort, dass etwas nicht stimmt. »Hey, wenn du weitermachen willst –«

»Nein, das ist es nicht. Es ist nur ... Meine Beine werden taub«, sage ich und schiebe ihn von meinem Schoß. Aber ich sollte ihn nicht mit so einer lahmen Ausrede abspeisen. Ich sollte ehrlich zu ihm sein. Zur Abwechslung.

»Sophie und ich haben uns zerstritten.«

Doug starrt mich fassungslos an. »Was? Wie?«

»Na ja, sie hat mit Kit geschlafen, du weißt schon, der Schlagzeugerin von Phase ...«

»Ich weiß, wer sie ist, Gina.«

»Ich hab Sophie gesagt, dass sie sich nur etwas vormacht, wenn sie glaubt, dass Kit es ernst mit ihr meint ...«

Doug saugt scharf die Luft ein.

»Das ist die Wahrheit! Und dann meinte sie, ich wäre nicht wirklich Teil der queeren Community, weil ich einen Freund habe!«

»Das hat Sophie gesagt?«, fragt er ungläubig.

»Ja, hat sie.« Warum habe ich das Gefühl, als müsste ich mich rechtfertigen? »Sie meinte, ich wäre nur als Hobby queer. Biphober Scheiß wie aus dem Lehrbuch. Deshalb haben wir uns zerstritten.«

»Aber du und Sophie streitet euch nie richtig. Es muss doch etwas geben ...« Er verstummt und schnüffelt in der Luft. Jetzt riecht es nicht mehr lecker nach Pizza, sondern verbrannt.

»Scheiße!«

Als ich den Ofen öffne, quillt schwarzer Qualm heraus.

»Scheiße, Scheiße, Scheiße!«

Fieberhaft wedeln wir den Rauch weg, um zu verhindern, dass der …

Der Feueralarm geht los.

»Scheiße, Scheiße, Scheiße!«

Während Doug den Rauchmelder mit einem Holzlöffel zu erreichen versucht, reiße ich alle Fenster auf, und ein heftiger Windstoß peitscht mir die Vorhänge ins Gesicht.

Als der Alarm endlich ausgeht, sehen wir uns die verkohlten Überreste der Pizza an.

»Wir hatten beide ein paar anstrengende Tage«, meint Doug. »Holen wir uns noch eine Pizza.«

»Und Pommes. Und Knoblauchbaguette. Und Käsekuchen.«

Ich warte, bis wir unseren Hunger gestillt und uns beruhigt haben, bevor ich ihm sage, dass ich nicht mit nach Edinburgh fahren werde.

Doug, der gerade die Teller abtrocknet, blickt überrascht zu mir auf. »Du kommst also nicht mit nach Edinburgh, sondern fährst mit Phase nach Cornwall?«

»Es tut mir so leid, aber Isobel meinte, nur in dieser Zeit hätten wir das Haus ihrer Eltern für uns, und die anderen haben sich so gefreut, und wir müssen für … äh … unseren nächsten Gig üben, und …«

Sein Gesicht erinnert an eine traurige Bulldogge. »Ich hab dich ewig nicht mehr gesehen«, sagt er.

»In Edinburgh würden wir doch zwischen den ganzen Proben auch nicht viel Zeit zusammen verbringen. Und ich komme auf jeden Fall zu eurem Konzert beim Festival of Love.«

»Aber meine Eltern haben schon Sekt für unseren ersten gemeinsamen Abend gekauft …«

Ich schlucke schwer und wische mir mit meinen Spülhandschuhen über die Stirn. »Ich rufe sie an und entschuldige mich. Und ich werde eine Flasche zu ihren Ehren öffnen. Wir könnten auch einen Video-Call machen.«

»Nein, schon gut«, sagt Doug und zieht mit seinem Geschirrtuch kummervolle Kreise auf einem Teller. »Sie verstehen es bestimmt. Sie sind so stolz auf dich. Ich habe ihnen Links zu ein paar Liedern von Phase geschickt. Ach, ich find's übrigens toll, was ihr mit diesem einen Rocksong gemacht habt. *Mercury*?«

Ich lasse das Wasser in der Spüle ablaufen und wünschte, ich könnte meine Schuldgefühle mit dem Schaum wegspülen.

»Es tut mir wirklich leid«, sage ich zum hundertsten Mal heute.

Doug küsst mich auf die Stirn.

Es regnet, und unter den offenen Küchenfenstern bilden sich Pfützen.

Kapitel 27

Das Sommerkonzert der Liberty ist zugleich mein letzter Arbeitstag vor den Ferien. Es ist ein schwüler Tag, und die Hitze mischt sich mit der drückenden Anspannung, die in der Luft liegt. Der letzte Countdown des Schuljahres läuft.

Der Dresscode für alle Teilnehmer des Konzerts ist wie immer Schwarz, Weiß und Blau. Aus Solidarität zu den Kindern halte ich mich auch daran und trage ein neues schwarzes Kleid, das zwar tailliert, dem Arbeitsanlass jedoch angemessen ist, riesige blaue Ohrringe und gewagte blaue Wildlederschuhe. Okay, meine Füße tun ein bisschen weh, und mein Lippenstift fühlt sich ein bisschen künstlich an, jetzt, wo ich mich an Georges Lippenbalsam gewöhnt habe, aber ich glaube, ich sehe tatsächlich gut aus. Gina in Bestform.

Alexa ist ganz in Schwarz gekleidet wie auf einer Beerdigung.

Schüler drängen sich im Proberaum seitlich der Aula, machen Gesangsübungen, polieren ihre Flöten und blasen die Spucke aus ihren Trompeten. Die anderen Lehrer wuseln um die Kinder herum und versuchen, sie ein letztes Mal zu motivieren wie halb ohnmächtige Boxer. Doch meine kommen schon klar.

Timmy hat blaue Socken an. Ich versuche noch, ihm zu signalisieren, dass er aus Versehen eines seiner Hosenbeine hineingesteckt hat, aber er ist damit beschäftigt, imaginäre Tonleitern auf seinen Pickeln zu spielen. Hope, die ein süßes gepunktetes Kleid trägt, summt den Refrain ihres selbst komponierten Songs

Nobody Understands My Misery. Percy trägt – wie könnte es anders sein? – eine blaue Fliege mit passendem Kummerbund. Abwechselnd summt er *Clair de Lune* und klopft mit dem Fuß den Takt von *Honk Honk Honkytonk*. In Matildas Haare sind kleine blaue Blumen eingeflochten, und sie kommt so selbstbewusst auf mich zu, dass ich sie kaum wiedererkenne.

»Miss Green«, lispelt sie. »Wenn ich die zweite Konzerthälfte einleite, können Sie mir dann aus dem Publikum zuwinken, damit ich daran denke, laut genug zu spielen?«

Mein Gott, wenn jemand den Wunsch in mir wecken sollte, selbst Kinder zu bekommen, dann ist es Matilda. »Ich glaube, du brauchst keine Unterstützung mehr, Matilda«, sage ich und gebe mein Bestes, nicht allzu stolz zu klingen. »Spiel einfach für dich selbst, und du wirst großartig sein.«

»Bitte, Miss?«

»Okay, okay«, sage ich lächelnd. »Ich werde da sein, versprochen.«

Sie grinst mich breit an und späht dann in die Aula hinaus, wo sich Freunde und Familien versammelt haben.

Im selben Moment kommt Alexa seufzend herein. »Noch fünf Minuten.«

Ich will gerade mein Handy ausschalten, als ich sehe, dass im Phase-Gruppenchat eine große Diskussion über das GAY FEST ausgebrochen ist.

Heute Abend ist der Höhepunkt des Pride-Festivals, einige meiner absoluten Lieblingsbands treten auf, dazu werden einflussreiche Köpfe der Musikindustrie zum Socializing erwartet. Aus Rudys Nachrichten, zwischen all den Ausrufezeichen und Emojis, kann ich herauslesen, dass ein Freund eines ihrer Brüder uns in letzter Minute auf die Gästeliste hat setzen lassen.

Mein Herz hämmert. O mein Gott. Das könnte die coolste Nacht meines Lebens werden.

Sophie wäre so neidisch.

george? Die neueste Nachricht ist von Kit. *bist du dabei?*

Eine angesagte After-Show-Party wie das GAY FEST fängt doch bestimmt nicht vor zehn an, oder? Frühstens. Das Schulkonzert ist normalerweise um halb zehn vorbei, und ich habe ein paar von Georges Sachen in meinem Rucksack im Proberaum.

Mit zitternden Händen schaue ich nach, wie weit der Veranstaltungsort entfernt ist. Quasi direkt um die Ecke! Ich werde ein Taxi nehmen. Ich muss nur Doug erklären, dass Alexa mich nach dem Konzert zu einer Langzeit-Raucherpause mitnehmen will, oder so etwas in der Art.

bin dabei!, schreibe ich zurück. *auf jeden fall!*

Georges Aufregung verleiht Ginas Schritten Schwung, und ich eile durch die Zuschauermenge zur Rückseite der Aula.

»Entschuldigen Sie, Miss Green?«, sagt eine mittelalte Frau, die genauso aussieht wie Percy, in fragendem Ton. Ich schüttele Georges Phantasien von dunklen queeren Räumen ab und lächle sie mit Ginas professioneller Neugier an.

»Vielen Dank, dass Sie sich so sehr für Percy engagieren«, sagt sie. »Sie sind eine große Inspiration für ihn. Die anderen Kinder machen ihm das Leben ziemlich schwer, deshalb freut es mich sehr, dass die Musik zu einem ... einem Zufluchtsort für ihn geworden ist.«

Gina blinzelt verblüfft. *Ich?* Ich habe noch nie jemanden inspiriert ... Ich bedanke mich überschwänglich bei Mama Percy, und Mama Percy bedankt sich überschwänglich bei mir, und als ich weggehe, kommen mir fast die Tränen.

Während ich mich zwischen den Familien hindurchschlängle, denke ich, dass es hier wahrscheinlich einige Leute gibt, denen das Konzert völlig egal ist. Für viele ist das wahrscheinlich nur eine weitere vornehme Pflicht, die sie ihren Kindern auferlegt haben. Aber manche der Kinder haben schon seit Monaten darauf hingearbeitet. Vielleicht entfacht es sogar in einigen von ihnen eine lebenslange Leidenschaft.

Ich weiß noch genau, wie ich mit dreizehn bei so einem Konzert aufgetreten bin und meine Eltern mir aus dem Publikum zuwinkten, mindestens ebenso aufgeregt wie ich. Danach gingen wir zur Feier des Tages zum Chinesen, und auf meinem Glückskeks stand so etwas wie »Du hast eine gute Entscheidung getroffen«, und ich fand, das sei ein Zeichen.

Einen Moment lang ist meine Erinnerung so stark, dass ich meine Mum vor mir sehe; in einem Kleid mit Blumenmuster und einem sommerlichen Regenmantel winkt sie mir zu. Völlig entgeistert blicke ich auf den Platz neben ihr und hoffe, dort auch Dad zu sehen.

Aber nein, natürlich ist er nicht da. Stattdessen sehe ich Doug mit einer Klavierkrawatte um den Hals. Und das ist kein Freud'sches Hirngespinst, denn ein Kind ruft: »Guck mal, Mami, da ist ein Wursthund unter dem Sitz!«

Verwundert gehe ich zu ihnen hinüber.

Bevor ich fragen kann, was um alles in der Welt sie hier machen, küsst mich Doug auf die Wange und sagt: »Du warst in letzter Zeit so beschäftigt mit deiner Band und allem, da wollten wir herkommen und dich unterstützen.«

»Ich habe Doug gezwungen, es geheim zu halten«, fügt Mum hinzu und umarmt mich fest. »Ich bin hergefahren und habe mir ein Zimmer in einem kleinen Bed and Breakfast um die Ecke genommen. Vielleicht können wir nach dem Konzert zum Chinesen gehen?«

Eine Flut von Liebe und Dankbarkeit – und Schuldgefühlen –

übermannt mich, und ich ergreife Mums und Dougs Hände. Bunny kläfft fröhlich zu unseren Füßen.

Während ich sie alle zur Begrüßung streichle, ist mein erster Gedanke: Was habe ich doch für ein Glück? Mein zweiter Gedanke ist: Ich kann es kaum erwarten, mir den Bauch mit gebratenem Reis vollzuschlagen. Dann schaltet sich George ein und erinnert mich an mein Versprechen, zum GAY FEST zu gehen. *Das muss ich absagen*, meint Gina. *Es sei denn …*, überlegt George. *Um Himmels willen, nein*, schimpft Gina, *ich kann mich nicht aus einem chinesischen Restaurant schleichen, mich lesbisch aufdressen und schnell raus- und reinrennen. Wir sind hier nicht bei* Der Diener zweier Herren.

George schlägt vor, dass ich Mum zu dem Event einlade. *Bist du verrückt?*, fragt Gina. *Das ist kein Ort für eine Mutter in fortgeschrittenem Alter und ihren Wursthund. Und außerdem, hast du schon vergessen, wie sie über »Bisexuale« gesprochen hat? Und dass Sophies Familie nach ihrem Outing nie wieder mit ihr geredet hat? Denk nur an Sophies Gesichtsausdruck, wenn sie in ihre alte WhatsApp-Familiengruppe guckt.*

George schmollt, muss sich jedoch geschlagen geben. Gina will gerade triumphierend ihr Handy hervorholen, um Phase abzusagen, als Alexa auf die Bühne kommt. Sie tippt ans Mikro und starrt alle zornig an, bis sie sich setzen.

Doug und Mum ziehen mich auf einen Sitz zwischen ihnen, und ich greife ihre Hände.

Abgesehen von Bunny, der eigentlich nicht hier sein dürfte, aber zu süß ist, als dass ihn jemand wegschicken könnte, fügen sich Doug und Mum perfekt in das Schulkonzertambiente ein, und dafür bin ich unendlich dankbar. Was, wenn Kit, Rudy oder Isobel hier aufgekreuzt wären? Das würde sich einfach … falsch anfühlen.

Liegt das daran, dass ich verklemmt bin, meine wahre Identität verheimliche oder mich sogar dafür schäme? Oder sind Phase einfach zu cool für diese Welt? Oder gibt es queere Sachen und Hetero-Sachen, die schlicht nicht kompatibel sind?

»Willkommen zum Sommerkonzert der Liberty«, sagt Alexa, und ihre Stimme trieft vor Sarkasmus. »Wie üblich sind die Notausgänge unter den Notausgangschildern, und stellen Sie anstandshalber bitte Ihre Handys auf lautlos. Die erste Hälfte des Konzerts beginnt mit ...« Sie schließt die Augen. »... einem Medley von Andrew Lloyd Webber, aufgeführt vom neunten Jahrgang.«

Während die jauchzenden Klänge von *Memory* auf der Bühne ertönen, drängt mich George, Phase jetzt sofort abzusagen. Gina errötet vor Scham, weil sie als Musiklehrerin während eines Konzerts an ihrem Handy herummacht.

Hey, leute, schreibt George voller Selbstmitleid, *tut mir echt leid, aber das öde schulkonzert dauert länger gäääh darum schaffe ich es heute leider nicht es sei denn ihr entführt mich haha viel spaß euch aber nicht zu viel bis bald!*

Ich drücke auf Senden und will mein Handy gerade wegstecken, als der Bildschirm einfriert. O nein, nein, nicht jetzt, du Scheißteil! Verzweifelt streiche ich über die Risse im Display, drücke ein paar Tasten und versuche, es wieder in Gang zu bringen. Es macht einen Neustart. Verdammt, verdammt, verdammt ... Ich weiß nicht, ob die Nachricht gesendet wurde.

Der neunte Jahrgang beendet den nervenzehrenden Auftakt des Konzerts mit *Everything's Alright,* und das Publikum bricht in erleichterten Applaus aus. Ich stecke mein Handy in die Tasche meines Blazers. Wenn die Nachricht nicht gesendet wurde, kann ich es in der Pause noch mal probieren.

Percy stolziert auf die Bühne und verkündet, dass er *Clair de Lune* spielen wird.

Mum wendet sich mir ruckartig zu, und ich begegne ihrem Blick, als die ersten bittersüßen Klänge durch den Saal hallen. Die Musik wogt über uns hinweg wie Mondlicht auf dem Wasser. Ich habe Percy unterschätzt – ich dachte, er wäre irgendein Roboter, aber um ihn dazu zu bringen, *Clair de Lune* mit Gefühl zu spielen, musste ich ihm nur sagen, dass er sich keine Sorgen machen soll, ob er die richtigen Töne trifft, sondern sich einfach von der Musik treiben lassen kann. Um es ihm leichter zu machen, habe ich ihn mit geschlossenen Augen spielen lassen, genau wie Dad es früher getan hat. Selbst jetzt hält Percy die Augen geschlossen. Er wirkt vollkommen entspannt und wiegt sich im Takt der Musik. Durch meinen Kopf schwirren Erinnerungen an heiße Schokolade und Pyjamas und Dad, wie er genau so am Klavier sitzt.

Auch Mum hat die Augen geschlossen. Ich drücke ihre Hand auf meinem Schoß. Ihre Lippen sind fest zusammengepresst, ihre Stirn ist gefurcht, doch sie drückt mit aller Kraft zurück. Nicht eine Sekunde lassen wir einander los. *Nächstes Mal, wenn ich zu Hause bin, werde ich es endlich für uns spielen, versprochen …*

Doch da klingelt mein Handy. *I Kissed A Girl* von Katy Perry dröhnt so laut durch den Konzertsaal, dass es von den Wänden in mein entsetztes Gesicht zurückgeworfen wird.

Hektisch krame ich es aus meiner Tasche – noch nie in der Geschichte der Taschen oder des hektischen Kramens hat etwas so lange gedauert – und sehe, dass es Kit ist, die anruft. Ich drücke auf Ablehnen und versuche, wieder in das Konzert einzutauchen, aber ich kann *Clair de Lune* nicht mehr hören, ich kann das Publikum nicht mehr sehen, alles, was ich noch wahrnehme, ist das Blut, das mir in den Ohren rauscht.

Nach den längsten zwanzig Sekunden meines Lebens, zutiefst beschämt, weil ich Mums, Dougs und unzählige andere angewiderte Blicke auf mir spüre, hole ich mein Handy aus der Tasche. Eine Mailbox-Nachricht, Textnachrichten von allen Mitgliedern von Phase und eine von Kit: DRINGEND! RUF SOFORT ZURÜCK!

Mum und Doug wissen natürlich, dass ich keinen Familiennotfall habe, also flüstere ich ihnen zu: »Sophie!«, und renne aus dem Saal, wobei ich mich leise bei allen Knien entschuldige, gegen die ich stoße.

Draußen vor der Konzerthalle, in Schweiß gebadet, rufe ich Kit an.

»George«, sagt sie, »ich bin draußen.«

Um die Ecke hupt jemand den Refrain von *Mercury*.

»Kit, was ist denn los?«

»Komm einfach her. Sofort!«

Die Dringlichkeit in ihrer Stimme bringt mich dazu, auf das Tor zuzurennen. Bestimmt ist Sophie etwas Schreckliches zugestoßen. Vielleicht haben sie sich gestritten, und Sophie ist vor Trauer zusammengebrochen. Oder vielleicht ist sie zusammengebrochen, weil sie zu viel Sex hatten. Wie auch immer, Sophie ist zusammengebrochen, und ihre letzten Worte galten mir.

Die Sonne geht unter und scheint rot zwischen den Gewitterwolken hervor, die sich am Himmel zusammenballen. So schnell bin ich seit Jahren nicht mehr gelaufen, ich bin sofort außer Atem, schleppe mich aber weiter.

Percy spielt noch immer *Clair de Lune*. Doug und Mum sind bestimmt völlig verwirrt. Doch Sophie braucht mich.

Als ich durch das Schultor auf die Straße haste, sehe ich den Van. Auf dem Fahrersitz kann ich Kits Silhouette erkennen, doch das Scheinwerferlicht blendet mich. Als ich mich dem Wagen nähere, geht die Tür auf und Isobel und Rudy springen heraus.

»Überraschung!«

Ehe ich weiß, wie mir geschieht, packen sie mich und ziehen mich in den Van. Kit startet den Van, und im strömenden Regen brausen wir los.

»Was zur Hölle geht hier ab?!«

»Ein Wunder ist geschehen«, sagt Isobel kryptisch.

»Ein Wink des Schicksals«, kreischt Rudy. »Jemand musste aus dem GAY-FEST-Line-up abspringen. Hat anscheinend einen verdorbenen Burrito gegessen ...«

»... also kidnappen wir dich«, erklärt Kit, »wie du wolltest. Und wir nehmen dich mit zum besten Gig deines Lebens.«

Ich antworte nicht. Vor lauter Aufregung merken die anderen gar nicht, dass ich nicht reagiere.

Der Regen trommelt auf das Autodach.

Normalerweise liebe ich es, wenn mir Entscheidungen abgenommen werden. Aber das ...

»Meine Mum wartet auf mich«, sage ich leise.

»Was?«

Kit rast um eine Kurve. »Schreib ihr, dass sie stattdessen zu unserem Gig kommen soll. Dort hat sie mehr Spaß.«

»Ich kann meine Mum nicht zum GAY FEST einladen«, stammle ich entgeistert, »sie weiß nicht, dass ich ... und Doug ist bei ihr.«

»Du siehst die beiden doch ständig«, entgegnet Kit stirnrunzelnd. »Hey, Mann, das ist eine einmalige Gelegenheit.«

»Ich hab es den Kindern versprochen ...«

»Du bist ihre Lehrerin!«, lacht Rudy. »Vertrau mir, für sie bist du nur irgendein erwachsener Loser, sie merken gar nicht, ob du da bist oder nicht.«

Vielleicht haben sie recht. Bei dem ohrenbetäubenden Prasseln fällt es mir schwer, mich zu konzentrieren.

»Ich könnte gefeuert werden.«

»Na und?«, erwidert Isobel, die noch nie einen Job brauchte. »Du hast selbst gesagt, dass dir das Unterrichten nicht gefällt. Wenn Phase erst berühmt ist, musst du nicht mehr in die Schule.«

»Meld dich einfach krank«, sagt Kit. »Sag, du wärst in Ohnmacht gefallen oder so.«

Rudy hält triumphierend ihre Co-Star-App hoch. »Dein Horoskop für heute lautet: ›Steh für dich ein‹. Es ist vorherbestimmt, dass du das Schulkonzert sausen lässt und stattdessen zum FEST kommst!«

»Okay«, murmele ich.

»Mein Gott«, sagt Isobel und stupst meine Ohrringe an, »musst du das in der Schule tragen? Wie eine Uniform?«

»Du siehst so ...« – ich begegne Kits Blick im Rückspiegel –, »... hetero aus.«

An meinem ersten Abend im Familiar, als ich Kit zum ersten Mal begegnet bin, sah ich auch eher so aus. Und all die queeren Leute haben mich keines zweiten Blickes gewürdigt, oder?

Schnell versenke ich das Gesicht in Kits Waschbecken, und genau im selben Moment schlingert der Van um eine Kurve, so dass ich mir den Kopf anstoße. Mit ein paar Handgriffen entferne ich mein Make-up und binde meine Haare zu Georges Undercut hoch.

»Kann ich mir deine Jeans leihen?«, frage ich und lese weggeworfene Kleidungsstücke vom Boden auf. »Und diese Jacke?«

Kit kann kaum antworten, da habe ich mich schon in George verwandelt. Alle starren mich erschrocken an.

»Wie zum Teufel hast du das gemacht?«, schreit Rudy. »Du Hexe!«

Isobels Hände zucken, als wolle sie sich bekreuzigen.

»Ich habe nur gesagt, dass du hetero aussiehst.« Selbst Kit macht große Augen. »Nicht, dass du schlecht aussiehst. Du … du siehst so oder so gut aus.«

Plötzlich macht sie eine Vollbremsung an einer roten Ampel, und ich taumele in meinen halb abgestreiften High Heels gegen die Seitenwand des Vans. Nachdem ich mir so lange den Kopf zerbrochen, so viel geändert und George entdeckt habe … Steht Kit etwa mehr auf mich, wenn ich aussehe wie Gina?

Mir ist nach Heulen zumute. Ich will allein sein. Aber ich darf den Pride-Gig nicht verpassen, und ich kann das Konzert nicht einfach sausen lassen. Ich muss zurück zu Alexa und den Kindern und – o Gott – zu Mum und Doug und ihnen irgendetwas sagen.

»Wie weit ist es noch?«

»Zehn Minuten, wenn wir die Zeit zum Parken mitrechnen«, antwortet Kit.

»Wir liegen gut in der Zeit«, fügt Isobel mit einem Blick auf ihre Armbanduhr hinzu, »ich habe die Veranstalter gebeten, uns für die zweite Hälfte einzuplanen – das ist sowieso besser; wenn wir gegen Ende spielen, erinnern sich die Leute besser an uns, und …«

»Halt an«, sage ich sehr deutlich.

Alle erstarren. Selbst der Regen hält inne.

»Kit. Ich sagte, halt an.«

Zögerlich sieht sie von Isobel zu mir, dann tritt sie auf die Bremse. Isobel fliegt auf Kits Bett.

»Lass mich raus«, sage ich ruhig. »Bereitet ihr schon alles vor. Ich werde zur Schule zurückrennen, erklären, dass ich wegmuss, und mir ein Taxi zu unserem Gig nehmen. Wir haben noch Zeit.«

Jetzt starren mich die anderen ungläubig an. Hinter uns ertönt wütendes Hupen.

»George, was zur ...«

»Isobel, leihst du mir bitte deinen Lippenstift?«

»George, wir wollten dich ...«

Panik bricht durch meine hauchdünne ruhige Fassade. »Ich werde dort sein«, unterbreche ich sie und reiße die Tür auf. »Und ich werde es wiedergutmachen, aber jetzt muss ich los.«

Ohne ein weiteres Wort springe ich aus dem Van. Kit wartet kaum, bis meine Füße in einer Pfütze landen, da brettert sie schon davon. Die Tür knallt in voller Fahrt zu.

Auf dem Weg zurück zur Schule versuche ich, Isobels Lippenstift aufzutragen. Wer hätte das gedacht? Es ist schwierig, sich zu schminken, während man keuchend durch den Regen rennt.

Irgendwie schaffe ich es zu der Kreuzung, wo die Straße auf die lange Einfahrt der Schule trifft. Immer wieder denke ich, ich kann das nicht, aber irgendein Kampf-oder-Flucht-Instinkt treibt mich dazu an, mich weiter in Gina zu verwandeln. Rennend, keuchend, taumelnd, wahrscheinlich mit Lippenstift überall im Gesicht, löse ich meinen Zopf und binde mit der linken Hand Kits Doc Martens auf, während ich mit der rechten meine High Heels anziehe – und da stolpere ich.

Mit voller Wucht lande ich auf dem Boden, beide Arme vor mir ausgestreckt, um mich abzufangen. Isobels Lippenstift zerbricht. Kits Jacke fällt mit mir zusammen in eine Pfütze.

Ich kann wirklich nicht mehr.

Also bleibe ich auf dem nassen Asphalt sitzen, und das Wasser durchweicht mein Kleid und meine Hose.

Ich sollte auf dem Schulkonzert sein. Ich sollte mit Phase auf der Bühne stehen.

Ich weiß, ich sollte mich einfach für eins von beidem entscheiden und mich bei den anderen entschuldigen. Aber was ist mir wichtiger?

George oder Gina? Wer ist es? Welche ist mein wahres Ich? Ich muss eine Wahl treffen. Jetzt sofort.

Es regnet weiter in Strömen. Die Uhr tickt.

Je länger ich über meine missliche Lage nachdenke, desto unmöglicher erscheint sie mir.

Mein Handy klingelt. Snoop Doggs *Doggy Dogg World*. Ich muss wirklich meine personalisierten Klingeltöne abstellen – das ist so was von aus der Mode.

Ich lasse es klingeln. Mittlerweile ist mein Hintern komplett durchnässt. Selbst in der schwülen Luft fröstele ich.

Doug hat wahrscheinlich in der Pause angerufen, also wird die zweite Hälfte des Konzerts bald anfangen. Matildas großer Auftritt. Ich kann es genau vor mir sehen: Matilda, wie sie in der Menge nach mir sucht und ihre schüchterne Traurigkeit zurückkehrt. Timmys perfektes Fis. Hopes Ode an den Tod. Percy, der *Honk Honk Honkytonk* mit einem funky Groove spielt. Und so will ich sie inspirieren? Indem ich sie hängenlasse und in einer Pfütze sitze?

Aber Phase. So eine Gelegenheit ergibt sich nur einmal im Leben. Heute Abend könnte ich eine richtige Musikerin werden, wie ich es mir immer erträumt habe ... Das ist es doch sicher wert, Kindern nicht dabei zuhören zu können, wie sie Klavierstücke spielen, die ihnen nicht wirklich am Herzen liegen. Wäre es nicht feministischer, lebensbejahender und deutlich mehr empowering, das GAY FEST zu wählen?

Doch Doug wird beruhigend Mums Hand drücken. Mum, die sich solche Mühe gemacht hat, mich zu überraschen, die ich so lange vernachlässigt und angelogen habe. Gott, ich habe sie überhaupt nicht verdient. Und ich verdiene auch Doug nicht, der diese Gelegenheit gewiss nicht nutzen wird, um mit ihr über unsere Hochzeit zu reden, weil er mich sicher gar nicht mehr heiraten will.

Plötzlich muss ich daran denken, was Sophie gesagt hat – dass ich nur queer bin, wenn es mir in den Kram passt. Wenn man zu einer unterprivilegierten Community gehört, sollte man für sie kämpfen – etwas zurückgeben. Im Lauf der Geschichte haben queere Leute so viel geopfert, damit es überhaupt eine Pride Parade geben kann. Und ich kann nicht mal auf eine Portion chinesischer Teigtaschen verzichten?

Ich will beides machen. Ich will beides sein. Ich bin beides.

Wie schaffen das bloß andere bisexuelle Leute? Was mache ich falsch?

Während ich reglos auf dem Boden sitze, höre ich in der Ferne Applaus.

Na großartig, jetzt verliere ich auch noch den Verstand. Und ich zittere so heftig. Das kann nicht vom Rennen kommen, denn ich sitze hier schon seit einer Ewigkeit und hyperventiliere immer noch, es tut weh, einzuatmen, ich schwitze, meine Haut glüht, ich glaube, ich muss mich übergeben und – o Gott, was ist nur los mit mir? Ich fühle mich, als hätte ich eine Panikattacke und ...

Oh. Ich habe eine Panikattacke.

In einem Moment plötzlicher Klarheit bin ich dankbar, dass ich tatsächlich einen Nervenzusammenbruch habe, denn das ist die perfekte Erklärung, warum ich alle enttäuscht habe.

Dann erinnere ich mich, dass ich jetzt in diesem Moment eine Panikattacke habe, und frage mich, ob man an einer Panikattacke eigentlich sterben kann, denn ich bin sicher, dass ich hier und jetzt sterben werde und alle herausfinden werden, dass ich sie angelogen habe, und mich noch mehr hassen werden, als ich mich selbst hasse, und ich weiß nicht mal, wie sie mich auf der Beerdigung nennen würden, und, o Gott, ich werde sterben, ohne mich bei Sophie entschuldigt zu haben …

Mit einem Akkustand von zwei Prozent tue ich das Einzige, was mir einfällt: Ich rufe Sophie an.

»Du musst mit dem ganzen Scheiß aufhören, Gigi.«

Als Sophie gekommen ist, um mich abzuholen, habe ich erst aufgehört zu zittern, als sie Doug und Kit von ihrem Handy aus eine Entschuldigung geschickt hat. Doch jetzt, da wir zusammen in einem Taxi nach Hause sitzen, kann ich sie nicht ansehen.

»Das einzige Mal, dass ich dich so gesehen habe«, sagt sie, »war, als du den Anruf gekriegt hast, dass dein Dad gestorben ist. Damals hatte ich schreckliche Angst um dich, und jetzt …«

»Panikattacken sind nicht so schlimm, wie man glaubt«, unterbreche ich sie. »Letztlich ging's mir doch wieder gut. Und jetzt geht's mir auch wieder gut. Sorry, dass du meinetwegen herkommen musstest.«

Sophie greift nach meiner Hand. Ich schüttle sie ab und versuche, das Grauen zu ignorieren, das mich einfach nicht loslässt.

»Verstehst du es immer noch nicht?«, sagt sie. »Du machst das Ganze viel komplizierter, als es sein müsste. Es würde dir helfen, ehrlich zu den Leuten zu sein, die dir wichtig sind.«

»Ich bin ehrlich«, stöhne ich. »Ich weiß, ich habe Mist gebaut, aber jetzt weiß Doug von Phase, und Phase wissen von Doug. Das hat überhaupt nicht geholfen.«

»Was ist mit deiner Mum?«, erwidert Sophie.

Ich starre sie fassungslos an. »Du weißt besser als alle anderen, warum ich mich vor ihr nicht outen kann. Was, wenn sie genauso reagiert wie deine Mum?«

Sie starrt ebenso fassungslos zurück. »Die Situation ist ganz …

Meine Eltern sind in ... Du verstehst das nicht. Natürlich würde deine Mum dich unterstützen.«

»Das dachtest du auch«, entgegne ich grimmig. »Und ich weiß, dass es nicht das Gleiche ist, aber die Familie meiner Mutter hatte auch verdammt viele Vorurteile. Du hast nicht gehört, wie sie über ›Bisexuale‹ redet.«

Sophie schluckt schwer, atmet tief durch und versucht es dann noch einmal. »Ich glaube, du hast mich angerufen, damit ich dich aufhalte. Ich glaube, das war ein Hilfeschrei.«

Meine Abwehrhaltung geht in Aggression über, und ich lache gehässig.

Doch davon lässt sich Sophie nicht abhalten. »Du musst aufhören, dich zweizuteilen, Gigi. Was immer du hinter meinem Rücken mit Kit getrieben hast, was auch immer du dachtest, mir zumuten zu können – ich weiß noch ganz genau, wie es war, als wir wirklich beste Freundinnen und füreinander da waren. Vor diesem ganzen George-und-Gina-Unsinn, vor deinem Beziehungskalender, bevor du Bronze Age verlassen hast, bevor ...«

»Tja, tut mir furchtbar leid«, sage ich kalt, »ich habe nicht darum gebeten, dass mein Dad stirbt.«

»Gigi ...«

»Nein, Sophie. Du verstehst es nicht. Du hast deine Wahl getroffen. Du bist lesbisch. Aber ich lebe in beiden Welten, und ich will beide Welten, und jetzt, da ich beide Welten habe, werde ich sie auch behalten.«

Bis zu meiner Wohnung sind es noch zehn Minuten zu Fuß, doch ich bitte den Fahrer anzuhalten.

»Tut mir leid, dass ich dir Umstände bereitet habe, aber keine Sorge, ich werde dich nicht noch mal um Hilfe bitten.«

»Hör dir doch mal zu! Das passt nicht zu dir, Gigi, bitte, hör mir zu ...«

»Ich bin es leid, dass mir alle sagen, wer ich bin und was ich tun soll, vielen Dank auch.«

Das Taxi hält, und ich öffne die Tür. »Ich bin Gina, und ich bin George. So einfach ist das. Niemand außer dir bittet mich, eine von beiden aufzugeben. Also wenn ich dich verlieren muss, um ganz und gar ich selbst sein zu können …« Ich werfe einen letzten Blick in das niedergeschlagene Gesicht meiner besten Freundin.

»Dann ist es eben so«, sage ich und schlage die Tür zu.

Teil 3

Kapitel 28

In der ersten Augustwoche fährt uns Kit nach Cornwall. Ich fühle mich, als wäre ich in einem Arthouse-Film: Obwohl wir physisch in einem großen Van über eine Autobahn brettern, cruisen wir emotional in einem Cabrio durch einen mit Neonlicht beleuchteten Tunnel.

Alle sind schrecklich nett zu mir. Der Abend des Schulkonzerts liegt ein paar Wochen zurück, aber noch immer ernte ich die Früchte. Selbst Kit zeigt sich sanft und fürsorglich und macht es mir mit Kissen im hinteren Teil des Wagens gemütlich. Ich sollte öfter einen Nervenzusammenbruch erleiden.

Nach meinem Streit mit Sophie habe ich mich im Badezimmer eingeschlossen und saß reglos auf dem Boden, bis Mum und Doug zurückkamen. Mum brachte mich ins Bett, gab sich selbst die Schuld, weil sie mich überrascht hatte, und meinte, sie habe sowieso nicht wirklich Lust auf Chinesisch, aber ob sie wohl eine Scheibe Toast haben könne, wenn das nicht zu große Umstände mache? Falls Doug verärgert war, dass Sophie und nicht er mein Notfallkontakt war, hat er es sich nicht anmerken lassen.

Ich dachte, meine Anwesenheit sei so wichtig für beide Anlässe, doch anscheinend habe ich mich wie immer überschätzt. Phase waren beim GAY FEST, sind jedoch aus Mitleid mit ihrer panischen, hypersensiblen Keyboarderin nicht aufgetreten und haben nur Kontakte geknüpft. Alexa antwortete auf meine langatmige Entschuldigung, sie beneide mich dafür, dass ich dem Konzert entkommen konnte, und sie werde nächstes Jahr auch einen Anfall haben. Obwohl es mir widerstrebte, fragte ich sie, wie das Konzert gelaufen sei, und sie meinte: »Größtenteils grauenhaft. Nur deine Schüler waren überraschend gut.«

Die schlimmsten Gewissensbisse bekam ich, als eine Karte mit Genesungswünschen eintraf, die offensichtlich von Matilda gebastelt und von den anderen unterschrieben worden war. Ich hängte sie über mein Keyboard und dachte dabei an Dads überfüllte Dankeskarten-Wand. Kurz überlegte ich, ihnen zurückzuschreiben: »Danke und herzlichen Glückwunsch! Es tut mir so leid, dass ich nicht mit meinen eigenen dummen Entscheidungen klarkomme«, entschied mich jedoch dagegen. Ich werde es ihnen nächstes Semester erklären.

Jetzt kann ich all das vergessen, sollte es vergessen, denn was vorbei ist, ist vorbei.

Denn jetzt sitzt Isobel in einem weißen Leinenkleid und einer roten Retro-Cat-Eye-Sonnenbrille am Steuer, Kit ist da, sonnengebräunt in einer lockeren schwarzen Weste und mit einer Ray-Ban-Brille, und Rudy trägt eine regenbogenfarbene Latzhose und hat ihren rosa Afro lila gefärbt, was ihre Energieleiste voll aufgefüllt hat (wir beide sitzen wie aufgeregte Schulkinder hinten). Ich trage eins von Kits Jeanshemden und fühle mich zumindest ästhetisch zugehörig.

Isobel spielt den DJ, und da ich mich in letzter Zeit so fleißig mit queeren Musiker:innen vertraut gemacht habe, erkenne ich die meisten wieder: St. Vincent, Clairo, Liz Lawrence, Pale Waves, Claud, Mary Lambert, Melissa Etheridge, Emily Burns, Morgan Saint, Your Smith, Miya Folick, Julia Jacklin, und eine Reihe von Artists ganz in Kleinbuchstaben: boygenius, k. d. lang, dodie, chloe moriondo, mxmtoon ...

Dann übernimmt Rudy das DJ-Zepter: Mitski, Dorian Electra, Rina Sawayama, The Aces, Girl Ray, Keeana Kee, Lady Gaga, Tayla Parx, Sir Babygirl, L Devine, Frances Forever, Kim Petras, Self Esteem, Goat Girl, Planningtorock und eine Reihe von Artists ganz in Großbuchstaben: MUNA, SOPHIE, REYNA, IDER, FLETCHER, BLOXX, MICHELLE, GIRLI ...

Zu guter Letzt ist DJ Kit dran: Ich erkenne kein einziges Lied wieder.

Sie bieten mir immer wieder an, auch etwas auszusuchen, aber ich habe zu viel Angst, etwas Falsches vorzuschlagen. Stattdessen mache ich Videos von unseren Karaoke-Covern und lade die besten auf Phases Social-Media-Seiten hoch. Wo ich schon dabei bin, überfliege ich die Flut von Kommentaren, um zu sehen, ob *SophieSnob* etwas geschrieben hat. Hat sie nicht.

Ich weiß immer noch nicht, was zwischen Kit und Sophie vorgefallen ist. Hoffentlich werde ich auf dieser Reise die Wahrheit herausfinden – dass es nur ein Two-Night-Stand war und Sophie das Ganze falsch interpretiert hat. In letzter Zeit träume ich oft, dass sie sich entschuldigt hat und wir wieder Freundinnen sind. Manchmal bin ich es auch, die sich entschuldigt, aber die Version gefällt mir nicht so gut.

Jetzt cruisen wir durch eine Landschaft, geprägt von Obstgärten, Wäldchen und endlosen gelben Rapsfeldern. Vorbei an einem »Willkommen in Cornwall«-Schild, durch kopfsteingepflasterte Alleen, entlang an weiß getünchten Häusern, Souvenirläden, die Pasteten, Scones und Fish and Chips verkaufen, und eine sonnengesprenkelte Landstraße hinunter.

»Oooh!«, rufe ich aus und deute auf ein wunderschönes Anwesen zwischen den Hügeln. »Hat noch jemand eine dieser National-Trust-Karten, mit denen man historische Gebäude gratis besichtigen kann?«

Isobel streicht sich verlegen eine Locke hinter ihre Perlenohrringe. »Das ist mein Haus.«

Ihr »Haus« ist ein elegantes georgianisches Anwesen aus perfekt symmetrischem grauem Backstein, mit hohen Fenstern und über und über mit Blauregen bewachsen. Kunstvoll geschnittene Hecken säumen den Kiesweg.

»Zum Strand braucht man nur zehn Minuten«, verkündet Isobel stolz.

Als sie uns später herumführt, komme ich aus dem Staunen nicht mehr heraus. Kit hat bestimmt schon oft hier übernachtet, und Rudy war auf allen Partys, aber für mich ist es, als wäre ich bei einer Ausstellung – mit dem einzigen Unterschied, dass ich mich hinsetzen darf. In meinem geräumigen Zimmer steht ein Himmelbett, die geblümte Tapete ist erstaunlich geschmackvoll, es duftet nach Platterbsen, und ich habe einen herrlichen Ausblick auf den Rosengarten. Ich verstecke meinen ramponierten alten Rucksack in dem antiken Kleiderschrank.

Dann geselle ich mich zu den anderen in das kunstvoll rustikale Speisezimmer, und Isobel reicht mir ein Glas Champagner.

»Habt ihr Hunger?«, erkundigt sie sich, ganz die perfekte Gastgeberin. »Ich koche uns was.«

Natürlich bieten wir unsere Hilfe an und inspizieren den gut gefüllten, gigantischen Kühlschrank. So viele Waitrose-Produkte habe ich noch nie außerhalb eines Waitrose-Supermarktes gesehen. Um die Spannung zu erhöhen, beschließen wir, alle einen Teil der Mahlzeit zu kochen und uns gegenseitig zu überraschen. Ich bin für die Beilage zuständig – die anderen nehmen immer noch übertriebene Rücksicht auf mich.

Na ja, Pommes mag jeder, oder?

Sobald sie im Ofen sind, gehe ich ins Badezimmer und texte Doug.

Wir sind gut angekommen. Isobels Haus ist der Wahnsinn, grüß deine Eltern ganz lieb von mir.

Ich weiß genau, was wir gerade tun würden, wenn ich dort wäre. Zuerst hätten wir eine Tour durch den Gemüsegarten seiner Eltern gemacht und ihren zauberhaften Langhaarcollie gestreichelt (der zufällig auch Jasper heißt, wodurch es bei Bronze Age immer wieder zu Verwechslungen mit Mickeys Bruder kommt). Dann hätte ich ihren Willkommenssekt getrunken und würde wenig später die dritte Portion Fleischpastete verdrücken, so dass ich beim *Cranium*-Spielen mühsam das Pupsen unterdrücken müsste.

Doug hat noch nicht geantwortet. So viel dazu, nett zu seiner Freundin zu sein, die nur wenige Wochen zuvor eine Panikattacke erlitten hat.

Mum hingegen hat mir schon wieder getextet, obwohl ich ihre letzten zwei Nachrichten noch nicht beantwortet habe.

HISÜSSEICHHOFFEBEIDIRISTALLESOKBUNNY HATFIESEFLÖHE

Ich habe ihr nicht gesagt, dass ich nach Cornwall fahre, und nun, da ich hier bin, fühlt es sich zu spät dafür an. Ich sollte lieber warten, bis ich zurück bin. Also kippe ich meinen Champagner hinunter und lasse mein Handy in meinem Zimmer liegen.

Isobel trägt eine Schürze und legt gerade Shura auf Vinyl auf. Als ich ihr anbiete nachzuschenken, macht sie ein Riesentheater, dass ich mich ausruhen solle, als würde ich zusammenbrechen, wenn ich nur eine Champagnerflasche in die Hand nehme. Rudy ist über und über mit Schokolade beschmiert, weil sie Pudding macht und dabei ständig »abschmecken muss«. Kit ist draußen auf der Veranda, wendet Burger auf dem Grill und raucht. Unsicher, weil ich nicht sehen kann, ob sie mich hinter ihrer Sonnenbrille beobachtet, gehe ich zu ihr. Doch als ich ihr Glas auffülle, schenkt sie mir ein echtes, ungezwungenes Lächeln und klopft auf die Bank neben sich.

Ich lausche dem Brutzeln.

»Burger, was?«, frage ich schließlich.

Sehr geistreich ...

»Ja«, schnaubt sie. »Überraschung!«

»Ich mache Pommes.«

»Cool.«

Dümmlich lächelnd nippen wir an unseren Drinks.

Kit bläst ihren Zigarettenrauch von mir weg. »George. Tut mir echt leid wegen neulich Abend. Wenn ich dazu beigetragen habe ...«

Einen Moment genieße ich schweigend das Prickeln auf meiner Zunge. Sie redet so selten von sich aus, dass ich die Erfahrung voll auskosten will.

»Und ich habe überreagiert«, fährt sie fort. »An dem Abend mit Sophie. Du hättest nicht ... Du bist eine von uns, egal, was ...«

Sie wirft mir einen verlegenen Blick zu und reibt sich den Nacken. Hoffentlich verbirgt ihre Sonnenbrille die Röte, die meine Wangen überzieht.

»Danke«, sage ich, als ich sicher bin, dass sie mir sonst nichts weiter sagen will. »Ich ... Das bedeutet mir viel.«

Während sie die Burger wendet, betrachte ich ihr Gesicht im Profil – ihre goldbraune Haut erstrahlt im Abendlicht. »Ähm, Kit? Was ist zwischen dir und Sophie passiert?«

»Sie hat es dir nicht erzählt?«

Als ich nicht antworte, zuckt sie die Achseln und dreht die Patties. »Ich will nicht schlecht über deine Freundin reden.«

Im Stillen flehe ich sie an, schlecht über sie zu reden.

»Ich schwöre, ich versuche, allen immer vorher klarzumachen, dass es bei mir nur um Sex geht.«

Die Röte breitet sich weiter über meinen Körper aus.

»Aber aus irgendeinem Grund denken sie immer, ich lüge. Und dann bin ich die Böse. Nur weil ich sie nicht heiraten will.«

Ich rühre mich nicht von der Stelle. Der Rauch vom Grill vermischt sich mit dem Rauch ihrer Zigarette. Meine Augen brennen, aber ich kann den Blick nicht von ihr abwenden. »Hattest du je tiefere Gefühle für eine?«

Zu meinem Erstaunen errötet Kit. »Ja, einmal«, antwortet sie bedächtig, in einem wehmütigen Ton, den ich noch nie bei ihr gehört habe. »Aber sie will nicht mit mir zusammen sein.«

Sie wirft mir einen flüchtigen Blick zu, sieht aber schnell wieder weg und hüstelt verlegen. Mein Herz macht einen Salto. O mein Gott. Sie sagt es wirklich. Sie hat Gefühle für *mich*.

Die Sonne brennt auf uns herab. Meine Beine sind den ihren schmerzhaft nah. Kit drückt ihre Zigarette aus und verzieht das Gesicht, meidet jedoch immer noch meinen Blick.

»Aber ich ... ich kann diesen Scheiß nicht schon wieder durchmachen, George. Es ist zu ... Ich will einfach nur gute Freundinnen und tollen Sex. Keine Romantik, keine Verwirrung.«

Ihre Stimme bricht, und da wird mir plötzlich alles klar. Die ganze Zeit hat sie genauso gelitten wie ich. Heftiges Verlangen wallt in mir auf. Ich schmecke den Champagner auf meinen Lippen, aber ich muss ihn auf ihren schmecken.

Als Kit sich endlich zu mir umdreht, ist ihr Gesichtsausdruck so verzagt und kompliziert, dass ich mich nicht länger zurückhalten kann. Ich umfasse ihre Wange.

Und genau im selben Moment streckt Isobel den Kopf durch die Tür. »George, ich glaube, deine Pommes brennen an.«

Kit und ich springen auseinander. Als ich davonstolpere, sieht sie mich nicht an. Sie holt nur noch eine Zigarette heraus und sagt: »Wir sehen uns, Schwester.«

Schwester? Schwester?!

Auf unsicheren Beinen wanke ich davon, verwirrter als je zuvor.

Wenig später sitzen wir alle zusammen an einem mit weißem Tischtuch und einer Unmenge Silberbesteck gedeckten Tisch, der groß genug für zwölf Leute ist. Isobel hat gegrillten Spargel mit Muskatbutter und elegant gefaltetes Ziegenkäse-Gebäck gemacht. Auf Kits Veggie-Burgern türmen sich gebratene Zwiebeln, Chilisoße und Gewürzgurken in Brioche-Brötchen von Waitrose Essentials. Meine Pommes sind angebrannt. Zum Nachtisch hat Rudy einen – es gibt kein passenderes Wort dafür – Klumpen Schokobiskuit mit Sahne und Eis gemacht. Zum Glück bin ich nicht laktoseintolerant.

Während ich mich ausruhe, satt und kugelrund, wirft Isobel einen Blick aus dem Fenster.

»Ihr Lieben«, sagt sie, »das habe ich ganz vergessen. Heute Abend gibt es einen Supermond, den müssen wir uns unbedingt vom Strand aus ansehen.«

Ist es nicht ein bisschen spät, um noch einen Ausflug zu machen? Sollten wir nicht lieber ins Bett?

»Ich will gern noch eine Runde schwimmen«, sagt Kit.

Plötzlich bin ich Feuer und Flamme für die Aktion. Unsere Aufregung nimmt zu, während wir hektisch Flaschen, Feuerzeuge, Handtücher, Taschenlampen und die Reiseversion von *Boggle* einpacken.

Rudy rennt vor, Kit gibt Anweisungen, und Isobel treibt alle zur Eile an, bis sie den höchsten Punkt eines bergauf führenden sandigen Pfades erreichen. Dort verharren ihre Silhouetten. Außer Atem schließe ich mich ihnen oben auf dem Hügel an und lasse den Blick schweifen.

Der Mond ist voll, groß und überwältigend blassrosa. Der Himmel erstrahlt in einem wolkigen Lila und geht nahtlos in das indigoblaue Meer über. Die Spiegelung des Lichts verläuft zickzackförmig über die Wasseroberfläche, wie mit Kreide gezeichnet. Schweigend stehen wir da und genießen die Aussicht.

Dann fängt Rudy plötzlich an zu kreischen, reißt sich das Top vom Leib und rennt aufs Meer zu. Wir jubeln ihr zu, Isobel und Kit werfen ihre Schuhe in den Sand und folgen ihr. In der Zeit, da sie in der Ferne herumplanschen, breite ich die weichen Handtücher und Decken am Strand aus, gieße Cola und Rum in vier Plastikbecher und lasse – mein Herz zieht sich zusammen, als ich ihren Namen sehe – *SophieSnobs* Playlist »Mitternachtsstimmung« auf den Miniboxen laufen: Orla Gartland, SOAK, Snail Mail, Pillow Queens, Saint Sister, Aibhe Reddy, Catey Shaw ...

Während ich der Musik lausche und Kit beobachte, wie sie knietief im Wasser herumtollt, gehen mir ihre Worte immer wieder durch den Kopf. »Aber ich ... ich kann diesen Scheiß nicht schon wieder durchmachen, George.« Sie hat die letzten paar Monate dasselbe empfunden wie ich. Sie hat Angst, sich fallenzulassen, zumal sie jetzt von Doug weiß. Deshalb will sie, dass wir einfach Freundinnen bleiben. Freundinnen, die unter Umständen ganz unverbindlich Sex haben werden.

Also gut.

Das ist okay.

Eigentlich ist es sogar perfekt. Damit wäre Doug zufrieden. Sophie wäre zufrieden. Ich wäre mehr als zufrieden. Genau das wollte ich doch die ganze Zeit!

Als die drei zurückkommen, vor Kälte zitternd, aber übers ganze Gesicht grinsend, drängen wir uns dicht zusammen, stoßen auf Sappho an und bewundern den rosa Supermond.

»Alles okay, George?«, fragt Kit leise.

Ich kann nur nicken.

»Also, wann wirst du deinen Macker abservieren«, sagt Isobel und streicht meine Haare glatt, »und unserem lesbischen Hexenzirkel beitreten?«

Wir lachen, aber ich weiß, dass sie nicht wirklich Witze macht.

Früh am nächsten Morgen, als die Dämmerung das Meer in rötliches Licht taucht, erwachen wir mit einem Krampf im Rücken und pelzigen Zungen. Auf dem Weg zurück zu Isobels Haus trägt Kit die schläfrige Rudy huckepack. Als ich ins Bett falle, sind meine Klamotten voller Sand und meine Hand kribbelt bei der Erinnerung, dass meine Finger beim Aufwachen mit Kits verflochten waren.

»George, proben wir deinen Song.«

Gott, bitte vergib mir jedes schlechte Wort, das ich je über das Songwriting anderer Leute verloren habe. Verkatert und bei Weitem nicht ausgeschlafen, hat uns Isobel mit Kaffee geweckt und ins Gesellschaftszimmer getrieben – einen hohen Raum mit bodentiefen Fenstern, Holzboden, eingebauten Bücherregalen und einem Flügel.

»Spiel, was du hast«, befiehlt Isobel, »dann arbeiten wir zusammen daran.«

Die anderen machen es sich mit ihren Tassen in der Hand auf den Sesseln bequem und sehen mich erwartungsvoll an.

Ich räuspere mich. »Ich habe die Bridge noch nicht geschrieben.«

Sie nicken ermutigend.

»Und die Strophen sind noch nicht ganz fertig.«

Sie nicken weiter.

»Und der Refrain ist ...«

»Sing das verdammte Lied!«

Im Kopf habe ich den Song schon hundertmal gespielt. Aber jetzt, da ich ihn vor den anderen spielen soll, weiß ich nicht mehr, wie ich meine Finger bewege.

»*You said* ...«, fange ich an zu singen, doch meine Stimme bricht vor Nervosität.

»Sorry. Sorry, ich fange noch mal von vorn an.«

Ich spiele das Intro noch einmal. Ihre Blicke durchbohren mich. Meine Kehle ist wie zugeschnürt.

»*You said ...*«

Plötzlich stehe ich wieder mit Bronze Age auf der Bühne und spiele meinen Song. Doch die triumphale Erinnerung wird von dem überschattet, was danach passiert ist. Die Scham hindert mich am Singen.

Werde ich je darüber hinwegkommen? Wie kann ich mich Musikerin nennen, wenn ich jedes Mal wie gelähmt bin, wenn ich versuche, meine eigene Musik zu spielen? Gott, vor Phase eine solche Blockade zu haben, ist so frustrierend, so peinlich.

Ich kann nicht glauben, dass ich schon wieder an diesem Punkt bin. Dass ich schon wieder meine dummen kleinen Lieder spiele und so tue, als wären sie etwas wert. So viel wert, dass ich alles andere dafür aufgebe.

Mir ist klar, dass Selbstmitleid und Selbsthass keine sympathische Kombination sind. Da ich mich nicht einfach in Luft auflösen kann, klappe ich den Klavierdeckel zu und renne weg.

Ein Klopfen an meiner Tür – der Rhythmus von *Mercury*. Im nächsten Moment tanzt Kit, zwei Teetassen in den Händen balancierend, um die Tür, öffnet und schließt sie mit einer anmutigen Bewegung.

Beschämt setze ich mich im Bett auf und nehme die Hände von meinem verheulten Gesicht, um die Tasse entgegenzunehmen. Ich entschuldige mich, doch sie winkt ab.

»Als ich *Mercury* zum ersten Mal gespielt habe«, sagt Kit und setzt sich auf die Bettkante, »habe ich zehn Minuten lang auf mein Schlagzeug eingetrommelt. Ich dachte, ich hätte es gerockt. Und die anderen nur so: Wo ist die Musik? Wo ist der Text?«

Ich pruste sehr attraktiv heißen Tee aus meiner Nase.

»George, hast du die Lyrics aufgeschrieben? Darf ich …?«

Das ist eine Fügung des Schicksals. Ich gebe ihr mein Notizbuch, in dem ich jedes Gespräch mit Kit und all meine aufgestauten Gefühle aufgeschrieben habe, um sie zu einem Songtext zu verarbeiten. Vielleicht habe ich sogar irgendwo ein K mit Herzchen darum gemalt.

Kit blättert das Buch durch.

»Nur diese eine Seite«, sage ich, obwohl ich innerlich ausflippe.

So nahe neben mir, dass sich unsere Knie berühren, liest Kit die Lyrics, die ich über sie geschrieben habe. Über uns. Zwar habe ich den Ursprung verschleiert, indem ich ein anderes Sternzeichen eingefügt habe – Zwillinge –, aber sie wird es wissen. Voller Erstaunen wird sie zu mir aufblicken, daraus zitieren und mich küssen.

Es ist so weit.

Mein Herzschlag hämmert mir in den Ohren. Wie gebannt starre ich in ihr wunderschönes Gesicht und warte auf eine Reaktion.

Endlich blickt sie zu mir auf.

»George«, murmelt sie. »Ich weiß nicht, was ich sagen soll.«

Zaghaft legt sie ihre warme Hand auf mein Bein. Ich befeuchte meine Lippen. Beuge mich vor …

»Die sind nicht schlecht«, sagt sie. »Ein guter Anfang. Und du hast sie ordentlich genug aufgeschrieben, dass Isobel sie lesen kann.«

Ich blinzele ein paarmal.

Also findet sie an meinem Liebeslied lediglich meine Handschrift bemerkenswert? Cool.

Ich wende mich von ihr ab, doch Kit umfasst meine Wange und dreht mich wieder zu sich um. »George«, sagt sie, ihre dunklen Augen sanft und eindringlich, »kannst du nicht sehen, dass ich alles an dir liebe?«

Ich erröte so heftig, dass mir die Luft wegbleibt. »Ich …«

»Das ist eine wirklich gute Zeile«, sagt sie und zeigt auf mein Notizbuch. »Aber ich glaube, ›du kannst nicht sehen‹ würde sich noch besser anhören.«

Ich starre sie verblüfft an. Die Röte weicht aus meinem Gesicht, beschämt von sich selbst.

»Du meinst im Text«, sage ich ausdruckslos. »Okay, nur damit ich das richtig verstehe … *Du kannst nicht sehen, dass ich alles an dir liebe?*«

»Jepp«, antwortet sie. »Sehr schön.«

Ich nehme ihr das Notizbuch ab und streiche die Zeilen durch. Wo ich schon dabei bin, kann ich mir auch gleich die Augen ausstechen.

»Danke.«

»Gern geschehen, Schwester.«

Zurück im Proberaum sind Rudy und Isobel wieder behutsam nett zu mir, als hätte ich erneut eine Panikattacke gehabt. Seit wann ist George eigentlich so ein Loser?

Isobel schlägt vor, dass ich *Gemini* erst mal nur auf dem Klavier spiele und sie mich begleitet.

Doch ich verliere mich nicht in der Musik, wie ich es normalerweise tue, wenn ich mit Phase spiele. Vielleicht liegt es daran, dass ich mich zu sehr konzentriere oder dass Kit nicht verstanden hat, dass es bei dem Lied um uns geht, was verdammt wehtut, doch als Isobel anfängt zu singen, zucke ich bei jedem Wort zusammen.

»You said you're a Gemini
No matter how hard I try
You won't be satisfied
You're always split in two.«
Du sagst, du seist Zwilling
Egal, wie sehr ich mich bemühe
Du bist nie zufrieden
Du bist immer entzweit.

Zuzuhören, wie Isobel mein Lied singt, fühlt sich an, als würde ich in meinem eigenen Auto auf dem Beifahrersitz mitfahren. Etwas ist verkehrt. Damit will ich nicht sagen, dass sie schlecht ist – natürlich nicht. Es ist nur … nicht die Reise, die ich mir vorgestellt habe.

»I said cool, ha ha, yeah, that's fine
You don't have to be just mine
You can't be simplified
I'll make do with half of you.«

Ich sagte, cool, ha ha, schon okay
Du musst nicht mir allein gehören
Du kannst nicht weniger sein, als du bist
Ich begnüge mich mit der Hälfte von dir.

Beim Refrain wird ihr schnippischer Ton todernst.

»Gemini
You're half in love with me
But you can't see
I've fallen for all of you.«
Zwilling
Du liebst mich zur Hälfte
Aber du kannst nicht sehen
Dass ich alles an dir liebe.

»Und dann kommt die Bridge«, schreie ich, um das Klavier zu übertönen. »La la la la. Dann geht es mit den Strophen weiter.«

Als Isobel wieder einsteigt, liegt eine derart zärtliche, gewaltige Kraft in ihrer Stimme, dass ich fast vergesse weiterzuspielen. Es fühlt sich an, als würde sie mein Tagebuch laut vorlesen.

Wenn Teilen eine Tugend ist, bin ich eine Heilige
Es kümmert mich nicht, dass ich nur eine Beilage bin
Warum schenkst du mir nicht die Hälfte deines Herzens?
Es wäre ein Anfang.
Zwilling
Würdest du ihr immer noch nachsehen
Wenn ich hübscher wär?
Für dich ändere ich alles an mir.

Mit geschlossenen Augen halte ich den letzten Akkord, und dann hält uns alle die Stille in ihrem Bann.

Auf einmal sehe ich, wie Isobel Tränen wegblinzelt. »Das muss aufs Album.«

Rudy applaudiert. Kit sieht mich nicht an, sie starrt zutiefst erschüttert zu Boden, als habe sie endlich etwas erkannt. Mir schlägt das Herz bis zum Hals.

Am Nachmittag fahren wir mit dem Van ans Meer. Rudy zeigt ihrer Freundin Amie per Video-Call, wie sie eine Sandburg baut. Die anderen nehmen ein Sonnenbad und hören dazu Janelle Monáe. Isobel liest *Love Letters* von Virginia Woolf und Vita Sackville-West, und Kit liest ein queeres Magazin, wodurch ich mir vorkomme wie ein unkultivierter Dummkopf. Das Einzige, was ich in den letzten Monaten gelesen habe, war mein Twitter-Feed.

Ich schlendere am Strand entlang und rufe Doug an.

»Gina, hi! Sorry, dass ich gestern nicht rangegangen bin.« Er klingt, als hätte er vergessen, die Wäsche zu machen.

»Schon gut«, sage ich leichthin. »Du musst nicht jederzeit erreichbar sein. Ich wollte nur hören, wie's dir geht.«

Was bin ich doch für eine coole Freundin.

»Okay! Also, wie geht's?«

»Gut«, antworte ich nachdrücklich und grabe die Zehen in den warmen Sand. »Und dir?«

»Ich bin glücklich, dass du glücklich bist!«

»Compersion. Wie läuft's mit der Gang?«

»Ganz gut. Jasper hat heute Morgen eine Socke gegessen und alles vollgekotzt.«

»O Mann, Mickey sollte ihn von so was abhalten.«

Doug lacht bellend. Da wird mir klar, dass ich dieses Lachen schon viel zu lange nicht mehr gehört habe. Es hat mir gefehlt.

»Honigkuchen … ähm … Unsere Beziehung ist doch noch offen, oder?«

Auf einmal reicht das Wasser zu hoch.

Wenn wir zum Proben bei Dougs Eltern waren, sind wir nie jemand anderem begegnet als ihren uralten Nachbarn.

»Ähm, ja? Warum? Bist du scharf auf Mrs Cockburn?«

Doug lacht überrascht und auch entsetzt. »Ich will wissen, ob sie dem Namen gerecht wird.«

Wir kichern beide.

Dann fragt Doug zaghaft: »Hast du in Cornwall auch eine Mrs Cockburn?«

»Na ja …« Ich sehe zu Kit, die sich in der Sonne räkelt, ihre goldbraune Haut noch betont durch ihre weiße Weste. Ich darf nicht vergessen, dass ich eine coole Freundin bin und dass Doug ein cooler Freund ist.

Okay. Jetzt oder nie. Ich hole tief Luft.

»Ich bin ein bisschen in Kit verknallt.«

Mit starrem Blick sehe ich zu, wie die Wellen meine Füße umspülen.

»Ja, Gina«, sagt Doug, »das dachte ich mir.«

Oh.

Die nächsten Worte sprudeln nur so aus mir heraus. »Es ist nichts passiert. Und ich bin nicht mal sicher, ob ich will, dass etwas passiert. Nur eine kleine Urlaubsschwärmerei, du weißt schon, aber das hat nichts zu bedeuten, sobald wir wieder zusammen sind, ist Schluss damit und …«

Ich bin keine coole Freundin.

»Ja«, seufzt Doug.

Wolken ziehen über mich hinweg.

»Das ändert nichts daran, was ich für dich empfinde«, versichere ich ihm verzweifelt.

Ich stelle mir vor, wie er sich die Nasenwurzel reibt. »Dann ändert es auch nichts daran, was ich für dich empfinde.«

Plötzlich ist mir kalt. Taumelnd wate ich aus dem ansteigenden Wasser.

»Glaubst du wirklich, mit jemandem aus der Band zu schlafen, zählt als Gelegenheitssex?«, fragt Doug bedächtig. »Selbst wenn man Gefühle aus dem Spiel lässt?«

»O mein Gott! Wir haben nicht miteinander geschlafen! Wir haben uns nicht mal geküsst!«, protestiere ich und verkneife mir ein »noch«.

»Ja«, sagt Doug, »aber ...«

»Okay, du hast recht. Zusammen in einer Band zu sein und Sex zu haben ginge zu weit. Zu schwierig, das voneinander zu trennen. Ich werde es lassen.«

Dummer Mund, was sagt er nur. Ich habe Doug doch angerufen, um die Erlaubnis einzuholen, mit Kit rumzuknutschen, nicht, um mir eine noch tiefere Grube zu graben.

»Das habe ich nicht gesagt«, erwidert er unbehaglich. »Ich bin sicher, es wäre theoretisch möglich, jemandem nahe zu sein und mit ihm zu schlafen, ohne dass es unsere Beziehung beeinflusst. Ich will dich nicht kritisieren oder es dir verbieten oder ...«

Offenbar glaubt er mir nicht – er denkt, ich habe schon mit Kit geschlafen. Der Drang, mich zu verteidigen, flammt noch heftiger auf.

»Nein«, sage ich, ebenso zu mir selbst wie zu ihm. »Die Regel lautet: nichts Ernstes mit irgendjemand anderem, nichts, was zwischen uns stehen könnte. Also ist es besser, wenn ich die Grenzen nicht verschwimmen lasse. Kein Sex mit Freundinnen. Das geht in Ordnung. Natürlich. Ich liebe dich.«

Schweigen.

»Ich liebe dich«, wiederhole ich.

Er murmelt, dass er losmuss.

»Oh. Okay, viel Spaß mit Mrs Cockburn.«

»Ha. Danke.«

Eine Weile starre ich aufs Meer hinaus.

Dann setze ich mich zu den anderen und teile mir eine Zigarette mit Kit.

In dieser Nacht schlafe ich unruhig. Als ich leise Schritte die Treppe zum Dachboden herunterkommen höre, meine ich zu träumen. Doch die Dielen vor meiner Tür knarren. Eine schemenhafte Gestalt verharrt direkt davor.

Kit steht vor meiner Schlafzimmertür. Alles in mir schreit, dass das meine Chance ist, und übertönt das erneuerte (und ausdrückliche) Versprechen, das ich Doug gegeben habe.

Doch nach einem qualvoll langen, atemlosen Moment verschwindet der Schatten wieder.

Hat sie es sich anders überlegt? Ist sie geschlafwandelt? Oder ... Moment, Isobels Zimmer ist direkt gegenüber von meinem, und Rudy schläft nebenan ... Bestimmt dachte sie, das sei zu riskant.

Also gehe ich schnell aufs Klo, putze mir die Zähne und klettere die Leiter zu Kits Zimmers hinauf.

Sie sitzt auf dem Bett, das Gesicht in den Händen vergraben. In dem Licht und der Dunkelheit, still und angespannt, wirkt sie wie ein Renaissance-Gemälde. Ich knie mich vor sie.

Erstaunen zeichnet sich auf ihrem Gesicht ab, und ihre dunklen Augen leuchten auf, als könne sie nicht glauben, dass ich es wirklich bin. Zögerlich streckt sie eine Hand aus und streicht mit den Fingerspitzen über meine Wange. Meine Lippen. An meinem Hals hinunter.

Dann umklammert sie meine Taille, und meine Hand wandert zu ihrem Hüftknochen. Ihre vergrößerten Pupillen begegnen meinem Blick, ihr Körper erhitzt, ihr Mund nur einen Herzschlag entfernt.

Und ich halte inne.

Ich will, dass dieser Moment ewig anhält. Jeder Quadratzentimeter meines Körpers ist wie elektrisiert. Noch nie in meinem ganzen Leben war ich so heiß auf jemanden, und das Gefühl wird noch verstärkt von der Angst, den Bann zu brechen, dem Wissen, dass es jeden Moment vorbei sein wird, so oder so.

Wird sie die Distanz zwischen uns überbrücken oder vor mir zurückweichen?

Ich sehe zu, wie sie sich auf die Lippe beißt. Wir atmen dieselbe Luft. Doch sie rührt sich noch immer nicht.

Es ist an mir.

Und so beuge ich mich schließlich vor, als ich die Spannung nicht mehr aushalte, und schließe die Lücke zwischen uns.

George hat sich so oft vorgestellt, Kit zu küssen. Sie hat sich genau ausgemalt, wie viel Platz Kits Lippen auf ihrem Mund einnehmen würden. Dass der Kuss stürmisch, ja sogar grob sein und sie vor ungezügeltem Verlangen zu fest in ihre Unterlippe beißen würde. Immer und immer wieder hat sie sich vorgestellt, dass Kit die Kontrolle übernehmen würde. Begierig würde sie George – *mich* – an die Wand drücken, an meinen Haaren ziehen, an meinen Klamotten reißen, über meinen Rücken kratzen ...

Doch stattdessen ist unser erster Kuss unfassbar sanft.

Die Zärtlichkeit berührt mich umso mehr, weil ich überhaupt nicht damit gerechnet habe. Jeder Muskel in meinem Körper verschmilzt mit Kit, und ich höre ein leises Stöhnen von irgendwo zwischen uns. Zwar weiß ich nicht, von wem es kam, aber ich will es unbedingt noch mal hören. Ich fühle mich vollkommen, durch und durch lebendig, als wäre ich auf Drogen, die mich ihre Berührungen überdeutlich spüren lassen. Wie sie ganz sacht mit den Fingerspitzen über mein Ohr streicht, wie sie die Sommersprossen an meinem Hals nachzeichnet, die unendliche Wärme ihres Mundes …

George will die Kontrolle übernehmen. Ihr ein Stöhnen entlocken, sie dazu bringen, mir direkt in die Augen zu sehen und meinen Namen zu rufen. Schwer atmend drücke ich Kit aufs Bett, setze mich rittlings auf sie und halte ihre Hände über ihren Kopf.

Einen Moment lang ist Kits Gesicht vollkommen ernst. Unter ihrem eindringlichen Blick kann ich an nichts anderes denken. Doch dann breitet sich ein selbstzufriedenes Grinsen auf ihrem Gesicht aus.

»Ich wusste, früher oder später würdest du deine Meinung ändern«, lacht sie.

Es ist, als hätte sie mich geohrfeigt. Schockiert starre ich sie an, und das Blut rauscht mir in den Ohren. Taumelnd weiche ich vor ihr zurück, vergrabe das Gesicht in den Händen und lasse mich zu Boden sinken. Ich schäme mich so sehr, dass ich am liebsten im Erdboden versinken würde.

Ich dachte, dass sie … Ich dachte, dass sie das Gleiche empfindet wie ich. Doch ich habe die Kontrolle verloren, und ihr ist das scheißegal.

Ich kann den Gedanken nicht ertragen, dass sie immer noch dort sitzt und mich beobachtet. Sie wird mich wieder auslachen. Mir sagen, wie erbärmlich ich bin. Mich rauswerfen.

Stattdessen zieht sie mich sanft zurück aufs Bett, was fast noch schlimmer ist, hebt mein Kinn an und wischt mir die Tränen von den Wangen. Ich kann sie immer noch nicht ansehen.

»Schon okay, Schwester«, flüstert sie mir ins Ohr. »Ganz ehrlich, das passiert ständig. Ist schon gut.« Sie nimmt mich in den Arm und hält mich fest.

Schritte auf der Treppe zum Dachboden. Panik in Kits Augen. Wir haben gerade genug Zeit, aus dem Bett zu springen.

»Guten Morgen, Kit-Kat.«

In einem rosa Seidenpyjama, mit zwei Kaffeetassen in den Händen, erscheint Isobel in der Tür. Bei unserem Anblick gerät sie ins Stocken, fasst sich aber gleich wieder.

»Und guten Morgen, George.« Sie blinzelt mich verwundert an. »Entschuldige, deinen Kaffee habe ich nicht mitgebracht.«

»Oh, schon ... schon okay. Danke. Ich wollte gerade ...« Ohne irgendjemanden anzusehen, haste ich davon. »Bis später.«

Am liebsten würde ich sagen: »Nichts passiert.« Doch ich weiß nicht, ob das stimmt.

In der Küche singt Rudy lauthals zu Queen mit und baut einen wackligen Pfannkuchenturm. Sie bietet mir auch welche an, doch im Moment bekomme ich nichts herunter. Munter erzählt sie mir, dass sie mal eine Live-Sendung im Fernsehen moderiert hat, bei der Kinder Pfannkuchen backen mussten, und vor laufender Kamera eine Ladung Teig abbekommen hat. Ich versuche, an den richtigen Stellen zu lachen, bin aber zu nervös wegen Kit und Isobel.

Vielleicht reagiere ich über. Das ist einfach nur ein bisschen peinlich, oder? Das wird die Band nicht gleich auseinanderbringen, schließlich war Kit vorher schon mit Marsha zusammen. Bei diesem Gedanken fühle ich mich besser, bis ich mich daran erinnere, dass Marsha tatsächlich die Band auseinandergebracht hat – oder sie zumindest verlassen musste, als es mit Kit nicht geklappt hat. Was, wenn Kit bereut, dass sie die Nacht mit mir verbracht hat? Was, wenn sie es mir übel nimmt, dass ich nicht wirklich die Nacht mit ihr verbracht habe? So oder so bin ich erbärmlich.

Nach einer gefühlten Ewigkeit, die meine Lebenserwartung drastisch reduziert, kommen die beiden in die Küche. Isobel schaltet sofort in ihren Produzentenmodus. Kit lächelt mich verstohlen an und wendet den Blick ab.

Okay, dann ... tun wir also so, als wäre nichts passiert? Cool, cool, cool.

»Da wir das GAY FEST verpasst haben«, sagt Isobel, »sollten wir uns nach anderen Gelegenheiten für Gigs umschauen. Wir brauchen Live-Erfahrung außerhalb des Familiar.«

»Wie wärsch mit Feschtivals?«, fragt Rudy mit vollem Mund. »Isch nich nächschte Woche einsch in Schottland?«

»Das Festival of Love«, sage ich.

»Wir können nicht bei einem Festival mitmachen, das schon in einer Woche stattfindet!«, erwidert Isobel ungehalten.

»Ja, Bronze Age treten dort auf«, murmele ich, »und sie haben sich vor einem Jahr beworben.«

»Cool!«, ruft Rudy und zeigt mir dabei einen Mundvoll Pfannkuchen.

»Ich sehe mir ihren Auftritt an, wenn wir hier fertig sind«, sage ich lässig, als wäre es ganz normal, vor der Frau, mit der ich letzte Nacht rumgeknutscht habe, von meinem Freund zu sprechen. »Vielleicht kann ich Genaueres rausfinden, und dann bewerben wir uns für nächstes Jahr. Allerdings ist das Festival nicht gerade queer.«

»Wie meinst du das?«, fragt Isobel, ohne mich anzusehen.

Mein Herz wird schwer. Ich glaube, sie hat jeglichen Respekt vor mir verloren, jetzt, da ich eine gefallene Frau bin. Durch ihre Reinheit fühle ich mich schäbig.

»Weiß nicht genau«, antworte ich. »Aber ich hab mir neulich die Webseite des Festival of Love angeguckt, und das Line-up strotzt nicht gerade vor Diversität. Ganz schön ironisch bei dem Namen.«

Wir sehen uns die Webseite gemeinsam an. Je länger sich Isobel die Liste der Artists anschaut, desto wütender wird sie.

»Sie haben keine offen queeren Leute engagiert. Überhaupt keine! Kaum People of Color, nur ein paar Frauen, und barrierefrei scheint es auch nicht zu sein. Ich sehe nichts über einen Rollstuhlzugang, induktive Höranlagen oder irgendetwas dergleichen. Wie kann es sein, dass so was überhaupt erlaubt ist?«

»Wir sollten etwas unternehmen«, sage ich, obwohl ich nicht weiß, was, aber trotzdem will, dass Isobel mich wieder mag.

Zum ersten Mal an diesem Morgen begegnen ihre eisblauen Augen meinem Blick, dann krempelt sie die Ärmel ihrer Strickjacke hoch. »Phase sollte ein Statement veröffentlichen.«

Rudy und Kit nicken zustimmend. Ehe ich weiß, was geschieht, entwerfen wir einen Post auf Social Media:

@FestivalOfLove. Weiße, körperlich gesunde Hetero-Männer sind nicht die einzigen Musiker. Weiße, körperlich gesunde Hetero-Männer sind nicht die Einzigen, die lieben. #FestivalOfHate

Kurz überlege ich, ob ich Doug und Bronze Age warnen sollte, verwerfe den Gedanken jedoch – die Kreise, in denen sich unsere Bands bewegen, überschneiden sich nicht. Sie werden den Post nie zu Gesicht bekommen.

Wir drücken auf Senden.

Mir bleibt nicht viel Zeit, meinen Vorstoß in die Welt des Aktivismus auszukosten, denn Isobel kann heute Morgen nicht stillsitzen und beordert uns sofort in den Proberaum, um an *Gemini* zu arbeiten.

Um ehrlich zu sein, hat es kaum noch Ähnlichkeiten mit

dem Song, den ich geschrieben habe. Ich hatte es mir auf das Wichtigste reduziert vorgestellt: nur ein Klavier und ein gebrochenes Herz. Nicht ... das. Und so ironisch das bei einem Song, bei dem es darum geht, sich hin- und hergerissen zu fühlen, auch ist, können wir uns nicht einigen, wer welchen Part übernimmt. Isobel verdreht meine Lyrics zu einer anderen Art unerwiderter Liebe. Rudy versucht, das Ganze mit einer süßen Bass-Untermalung zu beschönigen, und meine Klaviermelodie – die meinen Song tragen sollte – geht in Kits lautem Getrommel unter.

»Es klingt noch nicht ganz richtig«, gibt Isobel zu, »aber wir arbeiten weiter daran. Fügen noch ein paar Phase-Akzente hinzu.«

Ich beiße mir auf die Zunge. Sollten wir es nicht lieber vereinfachen, ein paar Sachen rausnehmen? Aber wahrscheinlich liege ich falsch. Vielleicht ist mehr wirklich mehr.

Als wir in der Pause unsere Handys checken, haben wir unzählige Benachrichtigungen. Alarmiert sehen wir uns an.

»Unser Post geht ziemlich viral ...«

Ziemlich viral? Hunderte Menschen haben ihn sofort geteilt, unter ihnen auch, wie ich entsetzt feststelle, *SophieSnob*. Ihre Tausenden Fans haben sich dem Kampf angeschlossen, und jetzt wird #FestivalofHate auf Twitter zum Trend.

Sofort hören wir auf zu proben, laufen herum wie ein vierköpfiger Roboter, antworten, liken, sharen und sehen zu, wie die Zahlen immer weiter hochschießen. Kommentare von Ticket-Besitzern, die verkünden, dass sie das Festival boykottieren werden. Spendenaufrufe für Wohltätigkeitsvereine, die sich für mehr Diversität und Barrierefreiheit einsetzen. Hunderte Trolle, die redegewandte Beiträge wie »fickt euch!!!« schreiben und darauf von Isobel systematisch gemeldet, mit Screenshots in den ursprünglichen Thread gepostet und mit Benzin übergossen werden.

Wird Bronze Age denken, das sei meine Schuld? Ist »Schuld« überhaupt das richtige Wort, wenn wir doch etwas Gutes tun?

Bis zum Abend haben es unsere Songs auf unzählige Playlists mit dem Motto #FestivalOfLove geschafft; unsere Plays auf Spotify gehen durch die Decke. Die Anzahl unserer Follower hat sich vervierfacht, die Tickets zu unserem nächsten Gig im Familiar sind auf einen Schlag ausverkauft, Journalisten bitten um eine Stellungnahme und fragen, ob wir annehmen würden, wenn man uns einen Gig auf dem Festival anböte.

»Das ist gar nicht mal so unwahrscheinlich«, meint Kit mit einem hämischen Grinsen. »Wenn ich im PR-Team des Festivals wäre, würde ich uns einen Platz anbieten, um das Problem aus der Welt zu schaffen.«

Ich weiß, ich sollte außer mir vor rechtschaffener Wut sein, aber plötzlich bekomme ich Mitleid mit den Leuten auf der anderen Seite. Sie sind wahrscheinlich keine bösen Menschen ...

»O mein Gott«, ruft Rudy und hält ihr Handy hoch. »Stormzy hat geschrieben, dass er nicht als Headliner auftreten wird, wenn sie nicht für mehr Diversität sorgen!«

Die anderen jubeln, doch mir wird flau im Magen. Wie um alles in der Welt können meine hundertfünfzig Zeichen Einfluss auf jemanden wie Stormzy haben? Und wenn er nicht auftritt, wie viele werden dann noch abspringen? Was, wenn das Festival ganz abgesagt wird?

Ich schreibe Doug.

Hey, Schatz, wie geht's? Hast du den Post über das Festival of Love auf unserem Band-Account gesehen? Eigentlich wollten wir nur darauf hinweisen, dass es nicht gerade inklusiv ist, aber jetzt gibt es einen richtigen Shitstorm. Hoffe, er legt sich bald. xo

Er liest die Nachricht. Seine drei Pünktchen verharren auf meinem Bildschirm.

»Leute«, ruft Rudy aus dem Wohnzimmer, »wir sind im Fernsehen!«

Zwar ist es kein bekannter Sender, aber tatsächlich, selbst im Fernsehen wird darüber berichtet, wie unser Social-Media-Account binnen weniger Stunden explodiert ist.

»Die nach eigenem Bekunden ›queere Popband‹ Phase hat in einem Statement über das Festival of Love, eines der größten schottischen Musik-Events, die fehlende Diversität bemängelt ...«

Sie zeigen Bilder von einem Fotoshooting, das Rudy im Familiar gemacht hat. Und auf einmal ist da George, im landesweiten Fernsehen, mit ihrem rasierten Undercut, ihrer Hipsterbrille, in einem Flanellhemd und Doc Martens lässig auf das Klavier gestützt, als würde sie dort hingehören.

Rudy, Isobel und Kit fallen sich in die Arme, aber mir wird schwindlig. Hastig gehe ich ins Badezimmer und mache die Tür hinter mir zu.

Ich kann wohl nicht wirklich behaupten, ich wäre »geoutet« worden, nachdem ich monatelang in einer queeren Band gespielt habe, aber das war nur vor anderen queeren Leuten. Jetzt verkündet es ein Fremder. Ich weiß, ich sollte loud and proud sein, aber ... ich bin es nicht gewohnt, die queere Community zu repräsentieren. Noch ein Bi-Privileg, nehme ich an. Jetzt wissen es alle ... Alle meine Schüler und ihre Eltern. Alexa und meine Kollegen an der Liberty. Meine Mum.

O Gott. Ich hätte ein Pseudonym benutzen sollen. Ich hätte maskiert auftreten sollen. Das Ganze ist völlig außer Kontrolle geraten.

Den Kopf gegen die kühlen Badezimmerfliesen gelehnt, atme ich tief durch. Mein Handy piept – Doug hat endlich geantwortet.

Was soll das?

Mein Herz schlägt schneller. Mit zitternden Fingern schreibe ich zurück: ?

Wollt ihr erreichen, dass das Festival abgesagt wird? Oder seid ihr bloß auf einen eigenen Slot aus?

Mein Magen rumort, als ich die Nachricht noch einmal lese.

findest du es okay, dass ein so bekanntes festival überhaupt keine queeren leute auftreten lässt?

Es kommt mir vor, als hänge meine Loyalität in der Schwebe. Passend zu meinem Sternzeichen sehe ich eine Waage vor mir. Die Gina-Schale wird von Doug unten gehalten, vom Gewicht all der Glückspfennige und Hobnobs, die wir über die Jahre angesammelt haben. Doch die George-Schale wird mit Goldbarren überhäuft: kreative Erfüllung, aufregende neue Freundschaften, eine intensive Schwärmerei ...

Ich sage nicht, dass es richtig ist, schreibt Doug. *Kannst du dich bitte daran erinnern, dass ich hier nicht der Böse bin, Gina? Aber das ist die größte Chance, die wir je hatten. Wir freuen uns schon seit Jahren darauf, schon vergessen? Fühlt sich an, als wirfst du uns den Wölfen zum Fraß vor, weil es für euch von Vorteil sein könnte. Ich dachte immer, du unterstützt uns.*

Ginas Waagschale stürzt in sich zusammen.

tja, ich dachte, du würdest mich unterstützen, also lagen wir wohl beide falsch. vielleicht sollten wir endlich aufhören so zu tun, als wären wir noch dieselben menschen, die wir vor sieben jahren waren, und uns was neues suchen.

Dann schalte ich mein Handy aus, gehe zurück zu den anderen und küsse Kit auf den Mund.

Kapitel 29

Mein heutiges Horoskop: *Der schlimmste Tag deines Lebens ist der beste Tag für jemand anderen.*

Do: Rechne mit Zusammenstößen / Flucht / Trink genug

Don't: Schubsen / Ziehen / Panik kriegen

Tja, sehr ermutigend.

Wisst ihr, was das Beste daran ist, auf einem Festival zu spielen? Der Zugang zu den Toiletten für die Artists.

Ja, das Festival of Love hat uns angefleht zu kommen, und gnädig, wie wir sind, haben wir ihr Angebot angenommen. Von Anfang an ist unser Aufenthalt komfortabel wie ein Plüschsofa. Nachdem man uns nach Schottland chauffiert hat, werden wir von kriecherischen Offiziellen empfangen, die uns versprechen, »die Diversität auf dem Festival im nächsten Jahr noch beträchtlich zu steigern«.

Dann geleiten sie uns zu zwei privaten Jurten. Die Unterbringung hat keinerlei Ähnlichkeit mit dem durchnässten Zelt, in dem Doug und ich übernachtet haben, als wir auf dem Festival in Glastonbury waren (was letztlich zu laut für uns war). Hier gibt es richtige Betten, Aufbewahrungskisten und Steckdosen. Wir sprechen nicht darüber, wer in welchem Bett schlafen wird, aber ich lege meinen Rucksack demonstrativ zu dem von Kit.

Außerdem haben wir einen Wohnwagen ganz für uns allein. In unserem Rider, unserer Anforderungsliste für den Gig, haben wir nicht nur unsere Technik, sondern zum Spaß auch eine Unmenge an Drinks und Snacks verlangt, aber es ist tatsächlich alles da: Champagner, Rum, vier verschiedene Sorten Cola (eine normale Coca-Cola für Kit, Diet für Isobel, Cherry für Rudy und Zero für mich) und sogar Rudys Lieblingswaffeln.

Als ich einen Blick auf das Line-up werfe, stelle ich fest, dass uns ein Slot jenseits unserer Professionalität zugeteilt wurde. Phase ist auf dem offiziellen Plakat in der dritten Reihe von oben zwischen weltberühmten Bands gelandet. (Bronze Age steht in winziger Schrift in der dritten Reihe von unten.) Wir haben tonnenweise Anfragen von Journalisten, Scouts und Agenten, die sich unbedingt mit uns treffen wollen.

Das fühlt sich alles so ... real an. Phase könnte es wirklich schaffen. Und dann wäre ich eine richtige Musikerin. Genau wie Dad immer gesagt hat.

Es könnte sein, dass mein Durchbruch als Musikerin auch in finanzieller Hinsicht nötig ist, denn ich glaube, die Liberty wird mich feuern.

Mein erster Gedanke ist, wie seltsam es ist, dass sie mir in den Sommerferien eine Mail schicken. Mein zweiter Gedanke: Vielleicht wollen sie sich erkundigen, ob alles in Ordnung ist, nachdem ich das Konzert verpasst habe. Mein dritter Gedanke: Ach du Scheiße.

Sehr geehrte Ms Green,
der Liberty Secondary liegt das Wohlergehen ihrer Kinder sehr am Herzen. Dem Schulleiter ist zu Ohren gekommen, dass Sie Mitglied einer »queeren Popband« sind. Diese Tätigkeit hatte interne Diskussionen über Ihre Zukunft an der Schule zur Folge. Doch wir möchten keine übereilten Entscheidungen treffen. Vor dem Herbst-

semester werden wir deshalb ein Treffen anberaumen, um das weitere Vorgehen zu besprechen.

Mit freundlichen Grüßen.

Ich kann nicht glauben, dass mir ein Disziplinarverfahren droht, weil ich queer bin. Ich war jahrelang eine furchtbare Lehrerin, und ausgerechnet jetzt wollen sie plötzlich über das Wohlergehen der Kinder reden? Okay, ja, ich habe sie bei ihrem Auftritt im Stich gelassen, um in einer Pfütze meines eigenen Elends zu sitzen, aber abgesehen davon bin ich in meinem Job viel besser geworden – ich habe ihnen geholfen, sie sogar inspiriert. Und nun soll ich sie enttäuscht haben, indem ich in einer »queeren Popband« bin.

Wieder einmal sind meine beiden Welten inkompatibel.

Wieder einmal wäre Dad von mir enttäuscht.

»George, alles okay?«, erkundigt sich Rudy.

Ich versuche, mein verheultes Gesicht zu verstecken. Die anderen drehen sich zu mir um, sichtlich besorgt.

»Wieder Stress mit dem Freund?«, fragt Kit.

Ich schüttele den Kopf, das Gesicht immer noch in den Händen vergraben.

Wie soll ich meinen Lebensunterhalt verdienen? Ich habe keine Ersparnisse. Als Klavierlehrerin wird man nicht gerade reich. Mum kann mir nichts leihen. Was, wenn mir die Schule ein schlechtes Zeugnis ausstellt? Muss ich bei Doug schnorren? Aber was, wenn Doug und ich uns ...

»Können wir irgendwie helfen?«, fragt Isobel.

Ich blicke zu ihnen auf. Isobel mit ihrer vermögenden Familie, Rudy mit ihrem Fernsehhonorar, Kit, die immer auf den Füßen landet.

»Mir geht's gut, wirklich – ich hab nur zu viele Waffeln gegessen.«

Rudy schnappt nach Luft. »Du hast meine Waffeln gegessen?!«

»Es tut mir so leid«, sage ich und breche in Tränen aus.

Erschüttert versichert mir Rudy, dass sie nur einen Witz gemacht hat und ich so viele Waffeln essen kann, wie ich will. Isobel schenkt mir ein Glas Rum mit einem Schuss Cola ein. Kit massiert mir die Schultern, was mich ein bisschen aufmuntert.

Schließlich brauche ich den Job an der Schule nicht mehr, wenn Phase groß rauskommen. Wir könnten auch unter der Woche proben. Wir könnten auf Tour gehen. Ich brauche keine homophobe Schule, in der ich nicht sein darf, wer ich bin. Ich bin stolz darauf, dass ich Frauen knutsche, besonders diese eine sehr sexy Frau, und die Liberty wird es bereuen, wenn sie je meinen berühmten Namen benutzen wollen, um ihre Schule anzupreisen.

Scheiß auf sie, richtig?!

Doch dann muss ich an Matilda, Timmy, Hope und Percy und die süße Karte denken, die sie mir geschickt haben.

Ich brauche etwas, um meine Zweifel zu vertreiben. Zum Glück habe ich die perfekte Ablenkung direkt neben mir.

Ich ergreife Kits Hand, um auf Erkundungstour zu gehen.

Seit unserem Ausflug nach Cornwall sind Kit und ich Gute-Freundinnen-die-manchmal-knutschen. Jetzt, da zwischen Doug und mir Funkstille herrscht und Sophie und ich auch nicht mehr miteinander reden, ist es viel leichter, die verschiedenen Teile meines Lebens voneinander zu trennen. Ironischerweise verstehe ich jetzt, dass offene Beziehungen besser funktionieren, wenn man nicht alles geheim hält. Allerdings kommt die Erkenntnis ein bisschen spät.

Auf dem Weg zum Backstage-Zelt halten Kit und ich Händchen und teilen uns eine Zigarette, und ich könnte schwören, dass uns die Leute beobachten. Ob sie uns wiedererkennen, homophob sind oder einfach auf Kit stehen, kann ich nicht sagen. Kit genießt die Aufmerksamkeit, strafft ihre braun gebrannten Schultern, schreitet forsch aus und bedient sich am Buffet. Ich versuche, es ihr gleichzutun.

Andere Musiker sitzen herum, ebenfalls sichtlich darum bemüht, lässig zu wirken. Ich erkenne einige von ihnen wieder, und mein Hochstapler-Syndrom geht mit mir durch – bis Kit ihren warmen Arm um meine Schultern legt und mich zu einem Sofa in der Ecke führt. Als sie mein Gesicht zu sich umdreht, mich auf die Nase stupst und ihre Finger über den Rahmen meiner Brille bis zu meinem Ohr gleiten lässt wie eine Katze beim Betasten eines neuen Spielzeugs, vergesse ich alles andere. Alles, was ich sehe, sind ihre goldbraune Haut, ihre weichen Lippen und ihre dunklen Augen, die im Licht glitzern. Vielleicht sollte ich mir auch einen Nasenring zulegen, aber dann würden sie sich vielleicht verheddern, wenn wir ...

Kit beugt sich vor und küsst mich, und mein gesamter Körper kribbelt, als würde ich mich in ein heißes Bad sinken lassen.

Schon viel zu bald zieht sie sich zurück und beißt sich auf ihre geröteten Lippen. Ich versuche, nicht in Ohnmacht zu fallen, als ich über ihre Schulter eine Gruppe von Leuten hereinkommen sehe.

Eine Gruppe von rothaarigen Leuten in bronzefarbenen Jacken.

Fast falle ich wirklich in Ohnmacht. Fuck. Ich kann nicht auf Doug treffen, während Kits Zunge buchstäblich in meinem Mund steckt.

Hastig springe ich von Kits Schoß, ergreife ihre Hand und ziehe sie zur Rückwand des Zelts.

In dem klaustrophobisch engen Raum zwischen der äußeren und der inneren Zeltwand beschleunigt sich mein Atem. Kit grinst mich an, offenbar hält sie meinen entsetzten Gesichtsausdruck für einen Ausdruck der Lust.

»So viele Orte, um sich zu verstecken«, raunt sie dicht an meinem Hals.

»Gut zum Lauschen«, stoße ich hervor. Meine Brille beschlägt.

Kits Lippen erreichen meine, und sie küsst mich erneut. Mein Gehirn setzt aus, genauso wie wenn wir zusammen Musik machen.

Etwa zehn Sekunden bin ich im siebten Himmel. Dann wandert ihre Hand unter mein Hemd. Na ja, eigentlich ihr Hemd. Schon klar, was ich meine, oder?

Möglichst unauffällig verwehre ich ihr den Zugang. Stattdessen fummelt sie an meinem Gürtel herum ... Und ja, klar, das ist verdammt heiß, aber was, wenn uns jemand sieht? Nicht nur irgendjemand, sondern mein Freund? Compersion ist eine Sache, aber ich glaube, seine Freundin dabei zu erwischen, wie sie sich fingern lässt, dürfte wohl kaum als Compersion durchgehen.

Also schiebe ich Kit weg. Sie fängt gleich wieder an, doch ich sage, es sei zu stickig. Das ist mir alles zu viel. Ich bekomme keine Luft. Ich muss hier raus.

Als wir unser Versteck verlassen, treffen wir auf Douglas.

Zum Glück halten wir nicht Händchen. Oder irgendwelche anderen Körperteile.

»Gina?«, fragt er verwundert.

»Doug! Hi!«

Einen Moment herrscht angespannte Stille.

»Äh. Kit, das ist Doug. Doug, Kit.«

Keiner von beiden regt sich. Sie starren mich an. Leider habe ich keinen Fun Fact à la Bridget Jones, mit dem ich sie miteinander bekannt machen könnte, außer »Ihr habt einen ähnlichen Frauengeschmack«. Als ich Poppy mit zwei Bechern Kaffee herüberkommen sehe, durchströmt mich tiefe Erleichterung. Abgesehen von ihrer bronzefarbenen Jacke ist sie ganz in Schwarz gekleidet: zerrissene Jeans, dicker Eyeliner und eine Beanie-Mütze, die ihre rote Lockenmähne betont. Kit und Poppy beäugen sich neugierig. Bei der Vorstellung, dass Kit was mit Poppy anfangen könnte, kommt mir die Galle hoch.

Kit streckt Poppy die Hand entgegen, und Poppy reicht Doug den Kaffee, um sie zu schütteln. Es scheint, als wollten sie ihre Drummer-Fähigkeiten messen, so fest drücken sie zu. Keine von ihnen zuckt auch nur mit der Wimper.

»Kit Tsuki«, sagt Poppy. »Ich habe dich spielen gehört. Du hast den Hang, zu schnell zu spielen. Darauf solltest du achten.«

»Poppy O'Flanagan. Ich habe dich auch spielen gehört«, erwidert Kit. Mein Magen krampft sich zusammen. »Obwohl man die meiste Zeit kaum erkennen kann, dass du nicht nur ein Drum-Computer bist.«

Beide lassen ihre Hände sinken. Im Zelt ist es auf einmal totenstill.

»In einer Band, wo man deine Talente zu schätzen weiß, wärst du besser aufgehoben«, meint Kit.

Dougs Brille ist beschlagen, so dass ich den Ausdruck in seinen Augen nicht erkennen kann.

»Meine Talente werden geschätzt, vielen Dank auch«, entgegnet Poppy.

Kit zuckt die Achseln. »Okay, wenn du dich damit zufriedengeben willst.«

Kit dreht sich im selben Moment zu mir um, in dem sich Poppy zu Doug umdreht. »Wir sollten besser ...«

Doug und ich sehen instinktiv einander an, dann wenden wir schnell den Blick ab.

»Wir haben gleich unseren Soundcheck«, lügt Doug den Boden an.

»Cool«, sage ich zu dem gleichen Fleckchen Erde. »Wir geben gleich ein Interview.« Ich will nicht angeben, aber mir wird augenblicklich klar, dass es genau so klang.

»Oh«, sagt er und reibt sich den Nacken. »Cool. Steht gar nicht in deinem Kalender.«

Meine Wangen brennen. »N-Nein, den habe ich in letzter Zeit nicht aktualisiert ...«

Poppy und Kit wechseln einen Blick. Nicht auszuhalten.

»Wir reden später«, sage ich im gleichen Moment, in dem Doug sagt: »Na dann, wir sehen uns.«

Als wir gehen, drehe ich mich noch einmal um. Er sich nicht.

Als wir zu unseren Jurten zurückkommen, sind Isobel und Rudy verschwunden. Wir sind allein. Ich will gerade erwähnen, wie unangenehm die Begegnung mit Doug und Poppy war, als Kit mich von Neuem küsst.

Okay, genau, jetzt, da wir die Lizenz zum Knutschen haben, wäre es eine Vergeudung kostbarer Zeit, nicht rumzumachen. Wir sind wirklich phänomenal gut im Knutschen. Meine Erfahrungen mit Doug mögen mehr in die Tiefe gehen, ihre gehen auf jeden Fall mehr in die Breite. Sie ist einfallsreicher, kühner, mit zärtlichen Bissen und deutlich mehr Zunge ...

Ihre Finger gleiten unter meinen BH.

Nun, ich bin kein völlig hoffnungsloser Fall. Ich verstehe die Hinweise durchaus. Auf der einen Seite schreit alles in mir *Ja, bitte!* – schließlich habe ich von diesem Moment geträumt, seit ich Kit zum ersten Mal gesehen habe. Aber auf der anderen Seite bin ich mir bewusst, mit wie vielen Leuten sie schon geschlafen hat, und das verunsichert mich. Vermutlich ist die Anzahl ihrer Liebschaften im dreistelligen Bereich, während ich überhaupt nur mit drei Leuten im Bett war.

Außerdem hängt mir immer noch unsere Begegnung mit Doug nach. Darüber will ich entweder mit Kit als »Freundin« reden oder in Ruhe nachdenken, denn ich fühle mich immer noch schuldig, weil ich die Regeln gebrochen habe, obwohl Doug und ich offensichtlich Beziehungsprobleme haben. Auf der *anderen* anderen Seite mache ich mir langsam Sorgen, dass Kit das Interesse an mir verlieren wird, wenn wir in dieser Sache nicht vorankommen.

Meine Verwirrung hindert mich daran, mich Kit hinzugeben.

Sie deutet aufs Bett. »Wollen wir ...?«

Als ich nicht antworte, hebt sie mein Kinn an und sieht mir fest in die Augen. »Du hast das Sagen«, meint sie, obwohl es sich nicht so anfühlt. »Ja oder nein?«

Zärtlich küsst sie meinen Hals. Ein Teil von mir entspannt sich, der andere versteift sich.

»Was hält dich davon ab?«, fragt sie.

Gutes Argument.

»Ich will dich«, raunt sie.

Am liebsten würde ich so etwas antworten wie: »Wow, cool, ich würde gern irgendwann mehr als knutschen, aber ich glaube, im Moment kann ich das nicht.« Doch das wäre peinlich, und natürlich will ich Sex mit ihr haben ... ganz bestimmt.

»Könntest du mir ein Glas Wasser holen?«

Sie zieht sich zurück. Runzelt die Stirn. »Hör mal, wenn du nicht in Stimmung bist ...«

Ich zucke zusammen. »Es ist nur ... das geht ein bisschen schnell.«

Sie lacht – nicht gerade das Geräusch, das ich von meiner

Liebhaberin im Schlafzimmer hören will. »Ich habe es noch nie so langsam angehen lassen.«

Ich erröte bis zu den Haarwurzeln.

»Ich bringe dir ein Glas Wasser, aber ganz ehrlich, schon okay. Lass uns einfach ein bisschen abhängen.«

Als Kit weg ist, breche ich auf dem Bett zusammen, vergrabe das Gesicht in den Kissen und schreie vor angestauter sexueller Spannung und Selbsthass.

Komm schon, George. Leb einfach mal!

Okay. Ich werde es tun. Wir werden es tun.

Kurz entschlossen ziehe ich mich aus. Dann ziehe ich mich wieder an. Dann ziehe ich nur Hemd und BH aus. Dann denke ich daran, wie komisch meine Brüste aussehen, und ziehe beides wieder an.

Wenn Kit zurückkommt, werde ich etwas Verführerisches sagen wie ...

Mir wird schon was einfallen.

Minuten verstreichen.

Wo holt Kit das Wasser her? Direkt von der Quelle?

Endlich sind in der Jurte nebenan Geräusche zu vernehmen. Mit angezogenem, aber aufgeknöpftem Hemd gehe ich in Position. Sexy. Verführerisch.

Durch die Lücke der Zeltöffnung sehe ich Kit, wie sie Sophie küsst.

Die beiden berühren einander überall und stöhnen laut. Zum Glück übertönen sie den Schreckenslaut, den ich bei dem Anblick ausstoße.

Was macht Sophie hier? Wusste Kit, dass sie kommt, und hat mir nichts davon gesagt? Wie können sie es wagen, jetzt herumzuknutschen?

Hastig ziehe ich mich zurück und wäge meine Optionen ab: Entweder gehe ich dort raus und bringe sie auseinander, oder ich verstecke mich, bis sie weg sind. Ich fühle mich so beschämt, betrogen, schockiert und schuldig, dass ich zu Letzterem tendiere. Aber wenn ich hierbleibe, werden sie in dem anderen Bett miteinander schlafen wie eine grauenhafte Farce meines Plans. George, der Support für Sophie, die Headlinerin.

Nein, auf gar keinen Fall.

Schnell schlüpfe ich wieder in meine Klamotten wie eine wütende Schlange, dann stampfe ich demonstrativ laut in meinen (Sophies) Doc Martens zu der anderen Jurte und reiße die Tür auf. Als hätte ein unsichtbares Publikum »Sie ist hinter euch!« geschrien, drehen sie sich beide zu mir um.

Mit einem raschen Blick versuche ich einzuschätzen, ob Kit schuldbewusst wirkt oder ob es sie tatsächlich kaltlässt, dass sie mit zwei Frauen an direkt nebeneinanderliegenden Orten rummacht. Soll ich das normal finden?

Kit zieht vielsagend die Augenbrauen hoch, doch ich verstehe sie überhaupt nicht. Es ist schwierig, nicht vom Schlimmsten auszugehen, wenn ihre Hände auf dem Hintern meiner früheren besten Freundin liegen.

»Guck mal, Sophie ist da«, sagt Kit lächelnd. »Und sie interviewt uns heute Nachmittag.«

Sophie starrt auf einen Punkt irgendwo zu meiner Linken. Erst jetzt fällt mir das bunte Band um ihren Hals auf, das sie als Journalistin kennzeichnet. *SophieSnob* interviewt endlich Phase, die einzige queere Band auf dem Festival of Love. Natürlich.

»Hey«, sagt Kit und stupst sie sanft mit dem Ellbogen an, »du wirst doch was Nettes über uns schreiben, oder? Ein kleiner Gefallen unter Freundinnen?«

»Meine Kritiken sind ehrlich«, erwidert Sophie.

Das war es dann wohl mit meiner Karriere als Musikerin. Nicht einmal Kit kann so tun, als würde sie die frostige Spannung in der Luft nicht bemerken.

»Ihr seid doch wieder Freundinnen, oder?«, fragt Kit.

Schweigen.

»Kommt schon, wir sind doch alle erwachsen«, tadelt sie uns. »Jetzt wissen alle die Wahrheit über Georges Freund, ihr seid beide hier, um die Musik zu feiern und am Festival of Love teilzunehmen ... Lasst uns wieder Freundinnen sein.«

Ja, dass wir beide mit Kit »befreundet« sind, ist genau das Problem.

Sophie und ich sehen einander nicht an. Ich muss daran denken, wie sie mich als teilzeit-queer bezeichnet hat. Dass sie behauptet hat, ich sei nur queer, wenn es gerade günstig für mich sei. »Gehöre ich für dich jetzt dazu?«, will ich sie fragen. Jetzt, da alles so denkbar ungünstig ist?

Doch wir stehen nur stumm da, bis ich nachdrücklich sage: »Kit, wir sehen uns in ein paar Minuten beim Soundcheck?«

»Der Soundcheck ist erst heute Nachmittag«, erwidert sie und fummelt schon wieder an Sophies Kleid herum.

»Ach, dann habe ich mir den Timetable wohl falsch gemerkt.«

Als ich gehe, kehrt mir Sophie demonstrativ den Rücken zu, und ich höre Kit flüstern: »Kann ich irgendwas tun, damit du uns eine gute Kritik schreibst?«

Von Wut und heftiger Übelkeit übermannt, ergreife ich die Flucht und werfe im Laufen einen Blick auf mein Handy: zehn verpasste Anrufe von Doug.

Ich rufe ihn zurück.

»Wir hatten nicht mal Sex, okay?«, fahre ich ihn an. »Warum warst du so …?«

»Gina«, unterbricht er mich, »Jasper hat sich die Hand gebrochen. Kannst du bei unserem Konzert Keyboard spielen? Jetzt gleich?«

Kapitel 30

Bronze Age haben in ihrem Rider ein paar Kisten Heineken geordert. Niemand bietet mir eins an.

In ihrem beengten Wohnwagen gehen wir ihre Musik durch. Vielleicht liegt es an meiner gereizten Stimmung, aber ich könnte schwören, sie sind überrascht, wie schnell ich die Songs draufhabe. Doch im Vergleich zu Phase ist ihre Musik so simpel: schlichte Akkordfolgen, alles exakt aufgeschrieben – und das Gute an ihrem statischen Repertoire ist, dass ich die meisten ihrer Stücke noch aus unserer Studienzeit kenne.

Jetzt erscheint es mir nur noch seltsam, wie oft ich mir diesen Moment vorgestellt habe. So lange habe ich mir gewünscht, dass mich Bronze Age bitten zurückzukommen, wodurch ich wundersamerweise all meine Blockaden überwinde und diesen einen perfekten Uni-Gig wieder aufleben lasse, so dass das grauenhafte Nachspiel in Vergessenheit gerät.

Doch jetzt, da mein Wunsch in Erfüllung gegangen ist, ist nichts so, wie es sein sollte: Doug bricht in Schweiß aus, Poppy weicht meinem Blick aus, und Mickey benimmt sich noch divenhafter als sonst. Sind sie derart neidisch, weil Phase einen besseren Slot im Line-up bekommen haben?

Vielleicht mache ich mir zu viele Gedanken. Bestimmt sind sie nur nervös und besorgt wegen Jasper.

»Wie hat er sich überhaupt die Hand gebrochen?«, frage ich.

Mickey, der gerade seine Gitarre stimmt, wirft mir einen grimmigen Blick zu. »Er hat sich draufgesetzt.«

»Wie bitte?«

»Jasper saß auf seiner Hand und hat seine Position geändert. Und plötzlich schreit er vor Schmerz.«

Verblüfft blinzele ich ihn an.

»Man sitzt doch ständig auf seiner Hand«, sagt er wie zur Verteidigung.

»Er hat sich mit seinem Hintern die Hand gebrochen?«, hake ich nach.

»Genau genommen ist es eine Verstauchung zweiten Grades.«

Ich sehe zu Doug, der wortlos mit seinem Gitarrengurt herumhantiert, ohne mich auch nur eines Blickes zu würdigen. So viel zum Thema Festival of Love.

»Hier«, sagt Mickey und wirft mir etwas zu, das aussieht wie ein orangefarbenes Fellknäuel.

Bei genauerer Betrachtung stellt es sich als rote Perücke heraus. Billig, synthetisch, unnatürlich neonfarben, wahrscheinlich aus einem Kostümladen, obwohl ich nicht weiß, wen man damit darstellen soll. Pumuckl vielleicht?

Das kann doch nur ein Witz sein. Ich setze die Perücke auf und wedle mit den Händen wie ein Clown. Niemand lacht.

»Die kann ich nicht tragen. Aus offensichtlichen Gründen.«

»Es geht um unser Image«, entgegnet Mickey. »Unser Markenzeichen ist, dass wir alle rothaarig sind.«

»Aber was habt ihr davon, so zu tun, als wäre alles normal? Sagt doch einfach, dass ich nur einspringe, weil sich euer Keyboarder das Handgelenk verstaucht hat. Ihr müsst nicht mal erwähnen, dass er das geschafft hat, indem er mit dem eigenen Arsch auf seiner Hand gesessen hat.«

»Das ist unsere Chance, endlich ernst genommen zu werden!«, braust Mickey auf. »Wir dürfen nicht zulassen, dass die Kritiker uns abschreiben, weil wir nicht in der üblichen Besetzung auftreten.«

»Sie werden euch nicht ernst nehmen, wenn ich aussehe wie Johnny Depp als verrückter Hutmacher.«

»Kannst du nicht eine Mütze aufsetzen?«, blafft Doug.

»Ich habe keine Mütze«, erkläre ich. »Warum kann ich nicht einfach ...?«

»Poppy, gib Gina deine Mütze, damit sie sie über der Perücke tragen kann.«

Aller Augen richten sich auf Poppys Beanie.

»Nein«, sagt sie.

»Danke!«, rufe ich und nehme die Perücke ab.

Poppy wirft mir einen nachdenklichen Blick zu. »Du könntest sie mit Gel glätten«, schlägt sie vor.

Das ist kompletter Irrsinn.

»Hört mal, Leute, ich helfe wirklich gern, aber ich tue euch hier einen Gefallen.« Ich werfe mit der Perücke nach Mickey. »Und dieses Teil werde ich nicht tragen. Darin sehe ich bescheuert aus, und das wird eurem Image nicht helfen.«

»Oh, Verzeihung, Eure Hoheit«, sagt Mickey und verbeugt sich höhnisch, »wir wissen ja, dass du zu den Gay Lords des Festivals gehörst, und tausend Dank, dass du dich auf unser Niveau herablässt ...«

Mit einem abfälligen Schnauben betrachtet er meinen Undercut, mein Hemd und meine Doc Martens. »Aber für deine lesbische Band bist du gerne bereit, ein Kostüm zu tragen. Die Gina, die wir kannten, ist in diesem Aufzug kaum noch wiederzuerkennen.«

Ich sehe zu Doug und Poppy in der Erwartung, dass sie ihre

queere Freundin in Schutz nehmen werden, wie sie es im Great Dane's getan haben. Doch sie wenden sich ab.

Wie einen grässlichen pelzigen Bumerang wirft Mickey die Perücke zu mir zurück.

»Mickey, du bist manchmal echt ein engstirniges, überhebliches Arschloch«, ereifere ich mich und gestikuliere dabei wild mit dem orangefarbenen Fellknäuel. »Und ihr solltet nicht zulassen, dass er euch wie Dreck behandelt. Das ist keine Anfängernummer mehr. Werdet endlich erwachsen.«

Frustriert werfe ich die Perücke auf den Boden und zermalme sie unter meinem Absatz. »Ich muss euch nicht helfen. Ihr findet bestimmt einen anderen Keyboarder, mit dem ihr mich ersetzen könnt – ist euch ja auch problemlos gelungen, als mein Dad gestorben ist!«

Mit diesen Worten schlage ich die Tür hinter mir zu. Die kurze nostalgische Wiedervereinigung mit Bronze Age so zu beenden tut weh, aber ich gehöre jetzt zu Phase. Sie sollten mich endlich wie eine Gleichberechtigte behandeln.

Wenig später holt Doug mich ein und ergreift meine Hand. Ich ziehe sie weg.

»Gina, das mit Mickey tut mir leid. Er ... er macht eine schwierige Zeit durch. Psychische Probleme.«

Na super, jetzt stehe ich als die Böse da.

»Jasper ist der Einzige, der ihm Halt gibt, und ich weiß, das ist keine Entschuldigung, aber zumindest eine Erklärung. Bestimmt wird es ihm später schrecklich leidtun.«

»Es geht nicht nur um Mickey«, erwidere ich. »Du und Poppy wollt mich offensichtlich auch nicht dabeihaben.«

Doug errötet und wendet den Blick ab. »Nein, nein, ich ...« Er reibt sich die Nasenwurzel. »Bitte, Gina, wir brauchen deine Hilfe. Niemand sonst könnte unsere Keyboard-Parts so schnell lernen wie du. Ich weiß, es ist nicht das beste Timing, aber wir beide sollten doch eine Lösung finden, meinst du nicht? Bitte tu uns den Gefallen. Für deine alten Freunde. Für mich.«

Sieben Jahre zusammen sollten doch etwas bedeuten, schätze ich.

»Nur dieses eine Mal«, sage ich.

»One Shot«, stimmt er mit einem matten Lächeln zu.

Nachdem ich in ihren dreckigen Wohnwagen zurückkomme, verschwinden die anderen irgendwohin und lassen mich mit der roten Perücke allein. Ich schicke ein Selfie mit genervtem Gesichtsausdruck in den Phase-Gruppenchat.

Warum verkleidest du dich als Clown???!!, schreibt Rudy.

Die werde ich auf der Bühne tragen, erkläre ich.

hahahaHA dein Freund ist so ein Witzbold :P, antwortet sie.

Gut, schreibt Isobel. *So erkennt man dich nicht als Mitglied von Phase. Nimm sie dann für unser Interview ab.*

Kit sieht meine Nachricht nicht.

»Festival of Love! Seid ihr gut drauf?«

Der darauf folgende Jubel wird durch die Distanz gedämpft. Ein Zaun und Ordner halten die Menge von uns fern. Noch nie habe ich auf einer so großen Bühne gespielt. Selbst die anderen Band-Mitglieder sind weit von meinem Platz an Jaspers Keyboard entfernt. Mickey hüpft wie üblich wild auf der Bühne herum.

»Wir sind Bronze Age!«, ruft er. »Ich bin Mickey, und wir freuen uns sehr, hier zu sein!«

Mit aller Willenskraft kämpfe ich gegen das Déjà-vu-Gefühl an. Klar, ich will meinen letzten Gig mit Bronze Age wiederaufleben lassen, aber ich darf mich nicht in Erinnerungen an den

Rest jener Nacht verlieren, während ich hier oben stehe. Ich darf nicht vor all diesen Leuten eine Blockade bekommen, auch wenn eine Stimme in meinem Hinterkopf flüstert, ich solle mich schämen, dass ich wieder an diesem Punkt bin. Noch immer dieselbe egoistische Selbstdarstellerin. Dieselbe schlechte Tochter, die ihr Versprechen bricht, für immer aufzuhören.

Mickeys Gesicht wird auf drei Bildschirme hinter uns projiziert. Er hat einen Pickel mit einem Abdeckstift übermalt, der nicht ganz zu seiner Hautfarbe passt.

»Das ist Poppy am Schlagzeug.«

Poppy trommelt ein Solo und wirft ihre roten Locken zurück, so dass die Bildschirme aussehen wie eine Shampoo-Werbung.

»Und mein Kumpel Doug am Bass.«

Auf den Bildschirmen erscheint Dougs fröhliches Grinsen. Mein Magen zieht sich zusammen. Ich weiß, wie sehr er sich schon immer gewünscht hat, auf einer solchen Bühne zu spielen. Und jetzt erfüllen wir uns diesen Wunsch gemeinsam. Wie wir es vor Jahren geplant haben. Nach dem Gig werden wir uns wieder vertragen. Ganz bestimmt.

»Und …«

Gleich wird Mickey mich vorstellen. Ich setze ein freundliches Lächeln auf und halte mich mühsam davon ab, an meiner Perücke herumzuzupfen. Hebe die Hand zu einem Winken.

»… danke, dass wir hier sein dürfen!«, ruft Mickey und zählt zum Auftakt bis drei.

Ich tue so, als hätte ich mich nur gestreckt.

Entgegen meinem Rat fangen wir mit *Shy Guy* an. Mickey denkt, damit »ziehen wir das Publikum auf unsere Seite«.

»*I guess I'm just a shy guy.*«

Ich muss daran denken, wie ich den Song damals zum ersten Mal aus dem Handy eines Fremden gehört habe, mit Jasper am Keyboard, ohne auch nur geahnt zu haben, dass Jasper so kurz nach meinem Ausstieg schon meinen Platz übernommen hatte.

Hör auf, blödes Hirn, spiel einfach weiter.

Das Publikum liebt den Song. Sie springen herum, singen mit und schwenken ihre Bierbecher. Schon jetzt sitzen einige Leute auf den Schultern ihrer Freunde.

Und dann passiert es: Auch mich reißt die Begeisterung mit. *Shy Guy* packt einen einfach. Es ist einfach. Es macht Spaß. Meine Finger spielen die Akkorde ganz automatisch. Und während ich den Refrain spiele, löst sich die Anspannung tief in meinem Innern – die Anspannung, die schon seit Jahren dort festsaß. Vielleicht kann ich meine alten Erinnerungen an diesen Song endlich durch neue ersetzen.

Das letzte »Shh« singen wir alle zusammen, die Menge rastet aus, und einen perfekten Augenblick lang ist alles genau wie bei unserem letzten Gig. Goldenes Licht scheint auf uns herab, meine ältesten Freunde grinsen mich an wie früher, und ich kann mir fast einbilden, wir seien wieder in jener Studentenbar und würden unseren Abschluss feiern und könnten den Rest dieser Nacht neu schreiben. Ohne diesen Anruf. Ohne Ausstieg aus der Band. Ohne Gewissensbisse.

»Danke, Festival of Love!«, ruft Mickey. »Jetzt spielen wir ein paar unserer neueren Songs. Der nächste heißt *One Shot.*«

Aus der Menge ertönt ein seltsames Geräusch.

»Shhshhshh.«

Ein Stimmengewirr wie weißes Rauschen. Wollen sie ihn zum Schweigen bringen?

»ShhhShhhGuyShhhhGuyhhh.«

Alle singen immer noch den Refrain von *Shy Guy*.

Mickey fummelt an seinem völlig verschwitzten Headset-Mikro herum. »Wenn ihr es gut mit uns meint«, sagt er lachend, »spielen wir *Shy Guy* vielleicht später noch mal!«

Doch die Menge grölt noch lauter. Jetzt haben sich die Stimmen zu einem Chor vereint und singen zusammen wie im Fußballstadion.

»SH-SH-SH-SH-SH SHY GUY SH-SH-SH-SH SHY GUY.«

Mickey tut, als sei er in den Witz eingeweiht, und zählt lautstark bis drei, um zu *One Shot* überzugehen.

Doch es klingt, als laufe Musik aus zwei Richtungen gleichzeitig. Die beiden Songs prallen misstönend aufeinander wie die musikalische Interpretation einer Migräne. Poppy spielt zu schnell, Doug rutscht in die falsche Tonlage, und selbst Mickey singt den falschen Text. Ein Tropfen klebrigen Gels rinnt von der Perücke auf meine Stirn.

Am Ende ist Mickeys Make-up vom Schweiß völlig verschmiert. »Okay, ihr wollt *Shy Guy*? Dann bekommt ihr *Shy Guy*!«

Also spielen wir *Shy Guy* noch drei Mal und verlassen die Bühne.

»*Blue Da Ba Dee*«, sagt Mickey.

»*Somebody That I Used to Know*«, fügt Doug hinzu.

»*The Ketchup Song*«, seufzt Poppy.

»Ich meine ja nur, es ist nichts Schlimmes daran, ein One-Hit-Wonder zu sein«, erklärt Mickey zum wiederholten Mal. »Immerhin steckt das Wörtchen ›Wonder‹ im Namen.«

Er ist trunken vor Enttäuschung und von einer Menge Bier.

»Wen interessiert das Festival of Love überhaupt?«, sagt er. »Das ist doch eine völlig veraltete Shitshow.«

Ich stimme lautstark zu und nehme mir noch ein Heineken.

»Hast du irgendwas von Jasper gehört?«, fragt Doug.

Mickey sieht erneut auf sein Handy. »Nein. Er ist immer noch im Bett. Am Boden zerstört, weil er sich die Hand gebrochen hat, mit der er sich einen runterholt.«

Poppy macht ein Gesicht, als müsse sie sich übergeben.

»Gerade gibt es ja Gossip in rauen Mengen, oder?«, sagt Mickey mit einem anzüglichen Grinsen. »Wie läuft's mit der offenen Beziehung, Gina?«

Alle wenden sich mir zu, sichtlich angespannt.

»Gut«, antworte ich lässig. Höchste Zeit für einen Themenwechsel. Warum fällt mir kein anderes Thema ein? Mickeys Wangen haben sich gerötet. In seinen Augen liegt ein boshaftes Glitzern, das ich noch nie gesehen habe.

»Habt ihr eigentlich eine *Mange à trois*?«, will er wissen.

Hilfe suchend sehe ich zu Doug, doch er ist stumm vor Schreck.

»Es heißt *Ménage à trois*, Mickey«, erwidere ich und verschränke die Arme vor der Brust. »Und nein, wir haben keine Dreier. Wir treffen uns nur manchmal mit anderen.«

»Sehr modern«, schnaubt Mickey. »Dann macht er unter der Woche einen auf glückliches Ehepaar mit dir und vögelt Poppy auf Tour?«

Die Welt friert ein.

Mickey stößt Doug mit dem Ellbogen an. »Ich dachte immer, es Doggie-Style zu treiben, hieße was anderes, aber vielleicht lassen sie dich auch von hinten ran, was? Na? Hab ich recht?« Er hebt eine Hand, um Doug ein High Five zu geben, doch der ist zu einer Statue erstarrt. Wie Poppy. Wie ich.

Mit trüben Augen blickt sich Mickey in dem neu entstandenen Skulpturengarten um und versteht endlich, was Sache ist.

»Oooh«, sagt er und versucht, die Hand auf den Mund zu legen, verfehlt ihn jedoch. »Sollte das ein Geheimnis sein? Aber ich dachte, ihr wärt alle so offen?«

Ich will fragen: »Ist das wahr?« Doch das ist überflüssig. Der Blick, den Doug und Poppy tauschen, sagt mir alles, was ich wissen muss.

Plötzlich ergibt alles einen Sinn. Sein Interesse an Poppys Sexualität, dass er mich gefragt hat, ob es okay sei, mit jemandem aus der Band zu schlafen ... Er meinte nicht mich und Kit, sondern sich selbst und Poppy.

Wie lange treffen sich die beiden schon hinter meinem Rücken? Steht Doug schon immer auf sie? War ich seine zweite Wahl?

Ich sehe zu, wie die beiden einen verzweifelten Blick wechseln, und stelle sie mir beim Sex vor. Zärtlich, dringlich, fieberhaft. Poppys Haare auf unseren »His«-und-»Hers«-Kissen, Doug in Positionen, die nichts mit unserer Routine gemein haben.

Jäh reiße ich mir die Perücke vom Kopf und lasse sie auf den Tisch fallen.

Kapitel 31

Völlig verloren stehe ich vor einem Stand voller Festival-Ramsch, als Doug mich findet. Über die Regenbogengummibänder hinweg sehe ich in sein niedergeschlagenes Gesicht.

»Honigkuchen ... Gina, es tut mir so, so leid. So wollte ich es dir nicht sagen ...«

Aufgebracht klicke ich mit einem Festival-of-Love-Kuli. »Mochtest du Poppy vor mir?«

Er starrt mich fassungslos an. »Natürlich nicht! Wir waren immer nur Kumpels. Ich dachte sogar eine Zeit lang, sie wäre lesbisch, weißt du nicht mehr? Ich ... Könntest du bitte mit dem Geklicker aufhören?«

Ich klicke weiter. Er reibt sich die Nasenwurzel.

»Als ich ihr gesagt habe, dass wir jetzt eine offene Beziehung führen, hat sie angefangen, jede Menge hypothetische Fragen darüber zu stellen, ob wir beide ... Anfangs haben wir nur Witze gemacht, aber durch die Fragerei haben sich ganz neue ... irgendwie haben wir einander anders angesehen. Ich weiß auch nicht, es ging alles so schnell, und ich wollte mit dir reden, aber du hast so viel Zeit mit Phase verbracht ...«

»Mach nicht mich verantwortlich für das, was du getan hast«, erwidere ich, und meine Finger krampfen sich um einen Festival-of-Love-Teddy.

»Das tue ich nicht, aber findest du nicht auch, dass ...« Doug seufzt und verschränkt die Arme vor der Brust. »Hör zu, ich hatte Angst, dass ich alles ruiniere, wenn ich es dir sage, darum habe ich es immer weiter rausgeschoben. Ich hab mir Sorgen gemacht, du würdest mich hassen, Poppy hat sich Sorgen gemacht, du würdest sie hassen, also ...«

Ich kann nicht glauben, was ich da höre.

»Ach, Poppy hat sich Sorgen gemacht? Was für eine gute Freundin. Wie nett von ihr! Nur schade, dass ihre Sorge nicht ausgereicht hat, um sie davon abzuhalten, meinen Freund zu ficken!«

Ein Mann, der an dem Stand stöbert, blickt sich interessiert um.

Doug zuckt zusammen, dann flüstert er: »Ich habe mich an alle Regeln gehalten. Natürlich wusste sie von dir, und sie wusste auch, dass nichts Ernstes daraus werden kann – und es hat sich immer ganz anders angefühlt als mit dir.«

Ich sehe von der Schneekugel auf, die ich schüttle. »Immer? Wie oft hast du mit ihr geschlafen?«

Doug verdreht entnervt die Augen. »Das spielt doch keine Rolle. Es gab keine Regel, die besagt ...«

Gerade wollte ich ihn noch mit der Schneekugel bewerfen. Doch plötzlich bin ich wie gelähmt. »Doug? L-liebst du sie?«

Er schließt die Augen und reibt sie hinter seiner Brille, wie er es damals immer getan hat, wenn er bis spätabends in der Bibliothek arbeitete.

»Das werde ich nicht mit einer Antwort würdigen«, sagt er.

Doug. Mein Doug ...

Ich kann ihn nicht mehr ansehen. Das herumwirbelnde weiße Konfetti in der Schneekugel verschwimmt vor meinen Augen.

Ich wende mich ab und will weglaufen, doch er hält mich am Handgelenk fest. »Gina, bitte, rede mit mir.«

»Worüber denn?«, schreie ich. »Das Wetter? Oder wie lange du schon mit jemand anderem ins Bett gehst?«

Der lauschende Mann kommt noch etwas näher.

»Du warst bestimmt überglücklich, als ich Bronze Age verlassen habe! Du wusstest, dass ich unseren Müll trenne, während du im Backstage Poppy vögelst!«

Doug hebt abwehrend die Hände. »Ich hab tausendmal versucht, dich zu überzeugen, zu Bronze Age zurückzukommen! Ich hab dir unendlich oft gesagt, dass du bei uns willkommen bist und wie sehr wir dich vermissen, aber du hast uns jedes Mal abgewiesen.«

»Na klar, du hast mich zu euren wöchentlichen Gigs im Dane's eingeladen«, schnaube ich. »Hast du je darüber nachgedacht, wie scheiße es sich für mich anfühlt, im Publikum zu sitzen und zuzusehen, wie ihr ohne mich euren Spaß habt?«

»Es war deine Entscheidung, aufzuhören«, schreit Doug. »Du warst diejenige, die uns getextet hat, dass du Bronze Age verlässt! Aus heiterem Himmel, nachdem wir gerade dieses phantastische Konzert zusammen gespielt hatten! Du wolltest unsere Lieder nie wieder spielen! Du hast gesagt, du würdest nie wieder auftreten! Das war deine Entscheidung!«

Er hat vollkommen recht. Es war meine Entscheidung. Ich habe mich entschieden, bei diesem Konzert zu sein, anstatt bei meinem Dad zu bleiben. Dämliche Poplieder zu spielen, anstatt an der Seite meines Vaters zu sein. Eine erbärmliche, selbstsüchtige, egoistische Poserin zu sein, der ihre nutzlosen Ambitionen wichtiger waren als ihre Familie.

Und nachdem ich von dieser Bühne runtergekommen war, von Adrenalin und Aufmerksamkeit berauscht, und mein Handy herausholte, um ihm davon zu erzählen, sah ich die unzähligen verpassten Anrufe von meiner Mutter. Und ich wusste, was ich getan hatte. Noch bevor ich ihre Nachricht sah, in ihren dämlichen Großbuchstaben.

ESTUTMIRSOLEID.

Wie hätte ich weiter die Songs spielen können, die ich gesungen hatte, während er starb? Ich musste mich irgendwie bei ihm entschuldigen, ihm sagen – zu spät –, dass ich meine Entscheidung bereute. Also verließ ich Bronze Age und schwor mir, nie wieder Musik zu machen. Doch nicht einmal das habe ich richtig hinbekommen.

»Du hast die Band verlassen und wolltest für immer mit dem Klavierspielen aufhören«, fährt Doug fort. »Was hätten wir denn tun sollen – unsere Träume auch aufgeben? Das kam alles so plötzlich. Wir hatten eine so tolle Zeit zusammen ... Wir dachten, du würdest dich vielleicht noch umentscheiden – haben gehofft, du würdest es tun, denn es wäre ein Jammer, wenn du nie wieder Musik machen würdest! Aber falls nicht, wollten wir, dass du wenigstens eine Erinnerung hast. Ein Andenken. Eine Aufnahme unserer Stücke. Wir dachten, es sei ein großes Glück, dass Jasper zu Besuch kam und gut genug Keyboard spielte, um für dich einzuspringen. Wir haben dir die Aufnahme nicht gleich geschickt, weil es sich nicht richtig anfühlte, während du ...« Er schluckt schwer, zwingt sich aber zum Weiterreden. »... während du offensichtlich Zeit zum Trauern brauchtest. Und du hast uns ausdrücklich gesagt, dass wir nicht zu der Beerdigung kommen sollen ...«

Ich fange wieder an, mit dem Kuli zu klicken. Er ist schon kaputt. Doug gestikuliert wild, doch ich kann mich nicht dazu durchringen, ihm in die Augen zu sehen.

»Es war nur ein x-beliebiges YouTube-Video«, erklärt er in flehendem Ton. »Es war reiner Zufall, dass daraus ein *Shy-Guy*-Meme wurde, und dann war es auf allen möglichen Playlists, und plötzlich haben wir unzählige Anfragen bekommen, und wir dachten, na ja, Gina hat sowieso aufgehört, was spielt es da für eine Rolle, ob ...«

»Und derweil höre ich *Shy Guy* auf dem Handy eines Wildfremden«, entgegne ich bitter, »ohne auch nur von der Aufnahme zu wissen, mit jemand anderem am Keyboard. Am Tag der Beerdigung meines Vaters.«

Zum ersten Mal während des gesamten Streits sehen wir einander an. Dougs Gesicht ist schmerzverzerrt, seine Augen von Tränen verschleiert.

»Es tut mir leid. Es tut mir so unendlich leid, Gina, du weißt, wie leid es mir tut. Ich habe deinen Dad geliebt.« Er lacht wehmütig. »Und seine schlechten Witze.«

Ich will weinen und schlafen und allein sein.

»Wie soll ich irgendetwas glauben, was du sagst?«, seufze ich. »Wie soll ich irgendetwas davon glauben, wenn du mich die ganze Zeit belogen hast?«

Doug reibt sich die Nasenwurzel und atmet tief durch. »Das habe ich nicht«, erwidert er, berichtigt sich jedoch sofort: »Na ja, jedenfalls kaum. Ich habe dich nicht so oft angelogen wie du mich. Über deine Sexualität, über Kit – über wer weiß was sonst noch.«

Frustriert gestikuliert er mit seiner Brille und deutet vorwurfsvoll mit dem Bügel auf mich. »Ich habe alles geändert, um dich glücklich zu machen. Obwohl ich wollte, dass alles so bleibt, wie es war. Wie wir es immer geplant hatten. Ich wollte dir ...«

Mein Blick fällt auf diese neuartigen Gummiringe, die aufleuchten, wenn man dagegenschlägt. Als ich daraufhaue, flackern sie auf, erlöschen jedoch gleich wieder, als würden sie unsere düstere Stimmung wahrnehmen.

Wie gut kann Doug wohl noch meine Gedanken lesen? Er

weiß doch bestimmt, dass ich seinen Plan, mir einen Antrag zu machen, erraten habe.

Leise sage ich: »Ich glaube, ich hätte Ja gesagt.«

Doug blickt von dem Festival-of-Love-Schlüsselanhänger auf, mit dem er herumspielt.

»Du hättest Ja gesagt?«, fragt er. »Aber jetzt nicht mehr?«

Ich kann ihm nicht in die Augen sehen.

»Ich ... ich weiß es nicht.«

Plötzlich ertönt eine bedrohliche Stimme vom anderen Ende des Standes: »Wenn ihr meine ganzen Sachen anfasst, müsst ihr auch dafür bezahlen.«

Doug und ich erschrecken uns fast zu Tode. Er kauft den Hunde-Schlüsselanhänger, an dem er herumgefummelt hat.

Währenddessen stehe ich unbeholfen herum und warte, dass wir unser Gespräch (Streit? Antrag? Trennung?) fortsetzen können.

Als Doug zu mir zurückkommt, bietet er mir den Schlüsselanhänger an. Der Aufdruck ist so schlecht, dass die Augen des Hundes bis in seine Ohren ragen. Ich starre Doug so lange ausdruckslos an, bis er das Ding wegsteckt.

Ziellos wandern wir zwischen den Ständen umher, weichen glücklichen Festivalbesuchern aus und achten sorgsam darauf, uns nicht zu berühren.

»Was jetzt?«, fragt er schließlich.

»Ich weiß nicht ... Wirst du dich weiter mit Poppy treffen?«

Er windet sich wie unter Schmerzen. »Schätze schon, bei Proben und so. Wirst du dich weiter mit Kit treffen?«

»Schätze schon«, plappere ich ihm nach, »bei Proben und so.«

Doug und Kit haben dieselbe Angewohnheit, sich den Nacken zu reiben, wenn sie sich unbehaglich fühlen. »Eigentlich wollten wir uns nur einmal die Woche mit anderen Leuten treffen.«

Ich denke an unseren gemeinsamen Kalender, in den ich seit Cornwall nicht mehr reingesehen habe. Seit ich Kit geküsst habe. Doch ich erinnere mich deutlich, wie eingeengt sich Gina durch unsere aufeinander abgestimmte Terminplanung, unsere Sperrstunden und unsere in Stein gemeißelten Date-Nights fühlte. Wie oft ich heimlich Termine herumschieben musste, als ich Phase beigetreten bin, wie unruhig es mich machte, ständig die eine oder andere Seite enttäuschen zu müssen.

»Ich weiß nicht mehr, wie ich meinen Kalender aufteilen soll«, sage ich.

Doug wendet sich mir zu, wobei er in Erbrochenes tritt.

Vor Ekel würgend, hüpft er ins Gras, wischt seinen Schuh ab und sieht mich dabei mit angewidertem Gesicht an. »Willst du ernsthaft andeuten, dass ich zu viel deiner Zeit in Anspruch nehme?«

Gerechter Zorn wallt in mir auf, so dass ich wütend um ihn herummarschiere, während er die Brocken abputzt.

»Vor Phase hat sich mein ganzes Leben um dich gedreht!«, erwidere ich ungehalten. »Wie eine viktorianische Hausfrau habe ich darauf gewartet, dass der Herr des Hauses von *seiner* Karriere und *seinen* Freunden zurückkehrt, damit wir uns *seine* Lieblingspizza bestellen können!«

»Wir waren uns einig, dass die mit der dünnen Kruste ...«

»Es geht mir nicht um die Pizza, Doug, sondern um unseren Pizza-Abend! Und all die anderen festgelegten Abende. Die todlangweilige, unfassbar anstrengende Routine, in die du die letzten sieben Jahre unseres Lebens hineingezwängt hast!«

Plötzlich wirkt Doug wieder wie ein trauriger Welpe. »Ich dachte, du magst unsere Gewohnheiten«, wimmert er. »Du warst diejenige, die nicht damit aufhören wollte.«

»Du hast damit angefangen!«, entgegne ich aufgebracht.

»Weil du depressiv warst!«

Ich kann nicht anders, als voranzulaufen, vorbei an all den Hippies und Friedenszeichen, auf der Suche nach Raum zum Atmen. Doug versucht, mich aufzuhalten, wagt es aber immer noch nicht, mich zu berühren; stattdessen joggt er neben mir her.

»Als wir nach London gezogen sind, bist du kaum aus dem Bett gekommen«, keucht er außer Atem. »Du warst nicht mehr in der Lage, eigene Entscheidungen zu treffen. Ich hatte solche Angst um dich. Jedes Mal, wenn ich zur Arbeit gegangen bin, dachtest du, ich würde nicht zurückkommen. Du warst die ganze Zeit in Panik. Ich dachte, wenn du meinen Kalender sehen könntest, würdest du dich sicherer und mit mir verbunden fühlen und … und dich daran erinnern, was dir draußen in der Welt entgeht.«

Plötzlich packt er meinen Arm und wirbelt mich herum. Ich lasse zu, dass er mich in eine feste Umarmung zieht. »Ich dachte, diese kleinen Sachen in deinen Kalender zu schreiben, würde dir helfen. Und das hat es doch auch, oder?«

Er hat recht. Vom Bett aus zuzuschauen, wie seine Pläne Gestalt annahmen, zu sehen, wie die Tage ohne Überraschungen oder Angst vergingen, hat geholfen. Und so doof das vielleicht klingt, seine kleinen Notizen, in denen er mich ermunterte, einen Spaziergang zu machen, meiner Mum zu schreiben oder einfach ein Glas Wasser zu trinken, ließen irgendwann auch wieder mehr möglich erscheinen. Ich brauchte jemanden, der mir half, Entscheidungen zu treffen, die ich nicht bereuen würde. All meine Zukunftspläne waren in sich zusammengebrochen, und Doug half mir, mein Leben von Grund auf wiederaufzubauen.

Er war so gut zu mir, während ich nichts anderes war als selbstbezogen und unmöglich zufriedenzustellen. Wie ich es schon immer war.

»Sobald du wieder auf eigenen Füßen standest«, fährt Doug fort, »habe ich dir gesagt, dass der Kalender doch nur freiwillig ist. Ich habe immer wieder Sachen herumgeschoben. Ich habe versucht, eine Balance …«

Der Selbsthass bohrt sich in mein Innerstes wie ein Messer. Und dann, weil ich ein furchtbarer Mensch bin, richte ich es auf Doug.

»Gut gemacht«, sage ich und klatsche spöttisch. »Mein Ritter in glänzender Rüstung, der die Prinzessin mit der Erinnerung, Wasser zu trinken, vor der Trauer um ihren Vater rettet. Ich sollte dir eine Medaille verleihen.«

Doug versucht sichtlich verlegen, meine Hand zu ergreifen.

Ich werde lauter. »Aber zuerst musst du es in unseren Kalender schreiben, was? Weil ich nichts ohne deine Erlaubnis tun kann! Paare sollten gleichberechtigt sein, Doug, sie sollten teilen, aber ich habe dir alles gegeben!«

Mit eisigem Blick sehe ich in seine hübschen blauen Augen. »Ich glaube, es hat dir gefallen, das Sagen zu haben. Eine Freundin zu haben, die nichts hat außer dir. Die dich vergöttert. Die deine Entscheidungen nie infrage stellt. Dadurch hast du dich wie ein großer starker Mann gefühlt, oder? Tja, weißt du was? Mich macht viel mehr aus als das. Mein Leben besteht aus viel mehr als der Hälfte deines Kalenders!«

Einen Moment starren wir einander schwer atmend an. Dann rastet er aus. Wutentbrannt nimmt er sein Handy, tippt sein Passwort ein und ruft die Kalender-App auf.

»Na gut, dann lösche ich das alles einfach«, knurrt er und sticht mit dem Finger auf das Display ein. »Date-Night. Gelöscht. Sonntagsspaziergänge. Gelöscht. Sex. Gelöscht.«

Auf meinem Handy leuchtet eine Benachrichtigung nach der anderen auf. Abgesagter Termin. Abgesagter Termin.

»Schreib deinem Freund. Gelöscht. Trink ein Glas Wasser. Gelöscht.«

Die himmelblauen Zeilen verschwinden, bis keine einzige mehr übrig ist. Dann verschwindet sein Name. Er hat mir den Zutritt zu seinem Kalender verwehrt.

»Du bist vollkommen frei, wie du es wolltest. Bist du jetzt zufrieden, George?«

Doug sieht mich noch angewiderter an als das Erbrochene. Dann schüttelt er nur den Kopf.

»Ich hole meine Sachen aus der Wohnung ab, wenn du nicht zu Hause bist. Schreib mir bloß nicht.«

Kapitel 32

Die Trennung von Doug ist das Beste, was mir hätte passieren können. Endlich kann ich rund um die Uhr George sein. Ich selbst sein.

Zur Feier des Tages kaufe ich einen veganen Salat, wie es Lesben tun. Mit dem Reinigungstuch, das ich dazubekomme, wische ich mir die Bronze-Age-Bühnenschminke ab. Die ätzende künstliche Zitrone brennt auf meiner Haut.

Nein, ich bin nicht zu borniert, um zu begreifen, dass das alles meine Schuld ist. Ich weiß, dass ich Brücken zerstört habe. Ich weiß, dass mich einige Leute hassen. Mit gutem Recht. Ganz ehrlich, sie hassen mich nicht annähernd so sehr wie ich mich selbst.

Doch ich habe eine letzte Chance. Einen letzten Neuanfang. Diesmal wird alles gut werden. Denn ich habe mich endlich für die richtige Seite entschieden.

Gina ist tot, lang lebe George.

»Wie war der Zirkus?«, fragt Rudy, und Isobel und Kit kichern.

»Ganz okay«, antworte ich gelassen. »Doug und ich haben uns getrennt.«

In der plötzlich eintretenden Stille öffne ich meine Cola-Dose, trinke drei große Schlucke und bekomme prompt einen Schluckauf.

»Du hast dich von Doug getrennt?«, fragt Sophie zaghaft nach. Anscheinend hat sie vor Überraschung ganz vergessen, dass sie mich hasst. Unsere Blicke begegnen sich zum ersten Mal seit Wochen, und der besorgte Ausdruck in ihrem Gesicht bringt meine Fassade fast zum Einsturz.

Unsere Gliedmaßen zucken. Unser Muskelgedächtnis sagt uns, wir sollten uns umarmen.

»Es war einvernehmlich, denke ich«, sage ich mit einem schmerzhaften Hicksen.

»Alles in Ordnung?«, fragt Rudy und fängt an meiner Stelle an zu weinen.

»Ja«, sage ich leichthin. »Die Trennung war überfällig. Höchste Zeit für eine Veränderung.«

Ich glaube es beinahe.

»Das Beste, was passieren konnte«, meint Kit und schlingt den Arm um meine Schultern. »Vielleicht fühlt es sich im Moment nicht so an, aber du wirst schon sehen. Und du weißt ja: Der beste Weg, über jemanden hinwegzukommen, ist, jemand anderen ranzulassen.«

Ganz schön dreist, sich vor allen und besonders vor Sophie an mich ranzumachen, aber ich kann nicht behaupten, dass ich mich nicht geschmeichelt fühle.

»Ich hab vorhin ein süßes Mädchen getroffen«, fährt Kit fort. »Ein Fangirl. Ich glaube, sie wäre genau dein Typ. Blond. Wenn du willst, geb ich dir ihre Nummer.«

Ich streife Kits Arm ab und werfe ihr einen grimmigen Blick zu. Sie lächelt.

Wie unverfroren kann man sein?

Mein Schluckauf wird immer heftiger.

»Kit«, sage ich, »eine Frage: Siehst du alle Menschen als ersetzbares Sexobjekt?«

Kits Lächeln erstirbt. Sie will gerade etwas erwidern, als Isobel in die Hände klatscht.

»Denkt dran, Mädels, Sophie ist hier, um uns zu interviewen!« Bedrohlich zieht sie ihre gezupften Augenbrauen hoch. »Wir werden ihr zeigen, wie Phase wirklich sind, nicht wahr? Also reißt euch zusammen. Sophie, ist das Licht so gut für dich?«

Isobels unerschütterliche Professionalität ist wie ein Anker, an dem wir uns alle festklammern. Rudy sorgt für die gemeinhin fehlende gute Laune. Kit steuert Bad-Boy-Vibes bei. Wütend hickse ich das gesamte Interview hindurch.

»Also«, sagt *SophieSnob* und wirft einen Blick auf ihre letzte Karteikarte, »was steht als Nächstes für Phase an?«

»Wir haben große Ambitionen«, säuselt Isobel in die Kamera. »Wir wollen unsere Fans immer wieder überraschen.«

»Solange wir weiter gern zusammen spielen und die Leute Lust haben, uns zuzuhören, bin ich glücklich, egal, was passiert«, sagt Rudy grinsend, wobei sie ihre Fernseherfahrungen als Moderatorin einer Kinderserie durchscheinen lässt.

»Wir haben nicht alles durchgeplant«, fügt Kit hinzu und lehnt sich auf dem Sofa zurück. Anscheinend hat sie meinen Angriff auf ihre Ehre schon vergessen. »Wir hängen einfach ab, jammen und schauen, was dabei herauskommt. Und wir folgen unseren eigenen Regeln.«

Ihre Kifferparodie regt mich auf.

»Wir sind nicht irgendein Alte-Männer-Club …«

»Ein paar Regeln brauchen wir trotzdem«, unterbreche ich sie, »sonst – hicks – fällt alles auseinander.«

»Wir müssen weiter experimentieren«, sagt Kit in die Kamera. Vermutlich hofft sie, dass *SophieSnob* mich einfach herausschneiden wird. »Niemals Nein sagen.«

»Klingt ganz nach dir«, murmele ich.

»Was auch passiert«, sagt Isobel ruhig und klimpert mit den

Wimpern, »es steht alles in unseren Sternen. Wenn die Zuhörer unsere Zukunft wissen wollen, können sie einfach unser Horoskop lesen. Oder auf unsere Social-Media-Seiten gehen.«

Alle außer mir lachen. Ich gieße mir noch ein Glas Rum ein und lehne mich voller Verachtung auf dem Bett zurück.

»Letzte Frage«, sagt Sophie mit ihrer Kamerastimme. »Was bedeutet euch Phase?«

»Freundschaft«, antwortet Rudy mit einem aufrichtigen Lächeln.

Oh, wenn wir sie nicht hätten! Plötzlich tut es mir leid, dass ich so ein Arsch war. Auf einmal wird mir klar, dass es keine gute Strategie ist, die letzten Freundinnen zu vergraulen, die mir geblieben sind.

Die anderen sehen mich erwartungsvoll an, doch ich weiß nicht, was ich sagen soll. Wie kann ich die letzten Monate in Worte fassen?

»Veränderung«, hickse ich. »Zugehörigkeit. Kreativität.«

Sophie erhascht meinen Blick. Ja, antworte ich ihr im Stillen, das ist meine hochtrabende Art zu sagen, dass mir die Band geholfen hat, mich zu outen.

Isobel und Kit denken eine Weile nach. Dann sagen sie beide gleichzeitig, direkt in die Kamera: »Schicksal.«

Sie sehen einander an und lächeln. Das ist der perfekte Abschluss für das Video-Interview, und dessen sind sie sich bewusst.

»Vielen Dank, Isobel, Kit, Rudy und ...« Sophie verschluckt meinen Namen, »dass ihr euch die Zeit genommen habt.«

»Wir danken dir, *SophieSnob*«, intonieren wir. Ich lege die Betonung auf »Snob«.

»Und wir freuen uns alle darauf, herauszufinden, was die Zukunft für Phase bereithält«, sagt Sophie und beendet die Aufnahme. »Danke, Leute. Nachher nehme ich noch euer Set auf und schneide dann alles zusammen. Soll ich euch das Video schicken, bevor ich es veröffentliche?«

»Ach nein, wir vertrauen dir«, antwortet Isobel und schüttelt Sophie die Hand. »Poste es einfach, wann immer es dir passt.«

Sophie erwidert den Händedruck, offensichtlich irritiert von der Formalität. Ich glaube, Isobel will Sophie in ihre Schranken weisen.

»Habt ihr Hunger?«, fragt Sophie immer noch mit ihrem vornehmen *SophieSnob*-Akzent.

Isobel wirkt überrascht, als hätte der Klempner gerade dem Hausbesitzer eine Tasse Tee angeboten, doch die anderen willigen ein.

»Cool. Komm, Baby«, sagt Sophie und greift nach Kits Hand.

Mir wird schlecht.

»Kit, kann ich einen Moment mit dir reden?«, frage ich und greife nach ihrer anderen Hand. »Allein?«

Isobel sieht von Sophie zu mir zu Kit. »Wir warten bei den veganen Salaten«, verkündet sie und streicht ihr Kleid glatt. Sophie wirft ihre Zöpfe zurück und führt sie weg, wobei sie demonstrativ nicht zurückblickt.

Als sie gehen, höre ich Rudy murren: »Veganer können auch Pommes essen, das weißt du, oder?«

Kit wartet, bis sie außer Hörweite sind, bevor sie auf mich losgeht. »Hör mal, es tut mir echt leid, dass du abserviert wurdest oder was auch immer«, braust sie auf, »aber das ist kein Grund, dich mir gegenüber wie ein Arsch aufzuführen.«

»Wir waren drauf und dran, Sex zu haben, aber dann hattest du im Nebenzimmer Sex mit meiner besten Freundin. Kit, du bist hier der Arsch.«

»Nein, du hast ziemlich deutlich gemacht, dass du nicht mit

mir schlafen willst. Und das ist okay. Aber du kannst mir keine Vorwürfe dafür machen, dass ich jemanden gefunden habe, der Sex mit mir will.«

Ich werde rot vor Verwirrung. »A-Aber was ist mit uns?«

Kit zuckt die Achseln, als wisse sie nicht, was ich mit »uns« meine. Ich erröte noch heftiger.

»Kit«, sage ich, »können wir einen Moment vollkommen, unmissverständlich ehrlich zueinander sein? Die Karten offen auf den Tisch legen? Jetzt, da ich keinen Freund mehr habe ...«

Vor meinem geistigen Auge flackert wenig hilfreich ein Bild von Doug mit angewidertem Gesicht auf. Ich verdränge es schnell.

»Jetzt, da ich Single bin und du Single bist, müssen wir nicht mehr nur Freunde bleiben ... Wir könnten zusammen sein. Offiziell.«

Kit wendet den Blick von mir ab und starrt durch die offene Wohnwagentür.

»Ich hab nichts dagegen, wenn du eine offene Beziehung willst«, füge ich hastig hinzu. »Genau genommen will ich selbst eine offene Beziehung. Darin bin ich super.«

Die Stille dehnt sich.

»Es könnte so sein wie zwischen dir und Marsha.«

Die Stille macht Yoga.

»Meine einzige Regel wäre, dass du dich nicht mehr mit Sophie triffst.«

Die Stille vollendet eine intensive Pilates-Einheit.

»Bitte sag doch was.«

Schließlich seufzt Kit, holt Tabak, Filter und Zigarettenpapier aus ihrer Jackentasche und legt alles auf den Tisch.

»Hör zu, dieser Beziehungskram liegt mir nicht«, sagt sie ausdruckslos. »Ich dachte, wir verstehen uns. Keine Gefühle, nur gute Freundinnen, toller Sex. Aber jetzt wird mir klar, dass du das nicht kannst. Also sollten wir der Sache einen Riegel vorschieben.« Sie öffnet die Tabakdose, nimmt einen Klumpen heraus und zerrupft ihn. Mit einer beiläufigen Geste bietet sie mir an, mir auch eine zu drehen. Ich starre sie nur an.

»Wie meinst du das?«, stoße ich hervor, meine Kehle wie zugeschnürt. »Willst du damit sagen, du empfindest gar nichts für ...«

»Ich will die Band nicht auseinanderbringen«, sagt sie.

Unwillkürlich erinnere ich mich, wie ich genau das zu ihr gesagt habe, als sie mich küssen wollte. Kit verteilt den Tabak ungerührt auf dem Papier.

»Die Dynamik innerhalb von Phase wurde komisch, als Marsha wollte, dass wir ein ›Paar‹ sind. Ich glaube, Isy ... Ich weiß auch nicht. Vielleicht liegt es daran, dass sie selbst so prüde ist. Sie meint, das wäre unprofessionell oder so.« Kopfschüttelnd dreht sie die Zigarette zwischen den Fingern. »Sie benimmt sich merkwürdig, seit sie uns beim Knutschen erwischt hat, oder?«

Mir ist aufgefallen, wie kurz angebunden Isobel seither war, aber ich dachte bloß, das Ganze sei ihr peinlich wie einer Mutter, die Kondome im Zimmer ihrer Tochter findet.

Kit seufzt und steckt sich die Zigarette in den Mund. Ich hasse es, wie entspannt sie ist. Es ist so beschämend, wie wenig sie sich daraus macht, obwohl es mir verdammt wichtig ist. Ihr Desinteresse an meinem verzweifelten Verlangen macht mich wütend.

Kurz entschlossen reiße ich ihr die Zigarette aus dem Mund und knalle sie auf den Tisch. »Dann bricht die Band eben auseinander! Na und? Es gibt sie noch nicht mal ein Jahr. Wir können uns sowieso auf keine Richtung einigen. Niemand weiß, wie es weitergeht. Rudy könnte einen großen Fernsehjob bekommen, Isobel könnte Nonne werden, du könntest auf Reisen gehen.« Ich umfasse ihr Gesicht und zwinge sie, mich anzusehen. »Warum können wir nicht zusammen auf Reisen gehen?«

»Du hast zu viel, was dich hier hält«, erwidert Kit und macht sich von mir los.

»Nein«, sage ich nachdrücklich und ziehe sie wieder an mich, »habe ich nicht. Keinen Freund, keine Freunde, und bald auch keinen Job mehr. Vor meiner Mum kann ich mich nicht outen, also ist es besser, wenn ich sie nicht sehe ...«

Ich denke an Mum, allein im Cottage meiner Eltern. Wie der Garten verwildert. Wie Bunny immer älter wird.

Mit heiserer Stimme füge ich hinzu: »Ich kann sie anrufen, selbst wenn wir in Usbekistan sind.«

Kit löst sich erneut von mir, weicht zurück und reibt sich das Gesicht.

»Es geht nicht darum, dass ich zu viele Bindungen habe«, sage ich leise. »Es geht darum, dass du keine eingehen kannst.«

Sie antwortet nicht.

Plötzlich erinnere ich mich an die Nacht, in der wir uns zum ersten Mal begegnet sind. Wie Kit auf dem Boden des Aufenthaltsraums im Familiar saß, mir die Hand schüttelte und mich George nannte. Ohne sie gäbe es George überhaupt nicht.

Im Moment weiß ich nicht, ob ich ihr dankbar sein oder sie dafür hassen sollte.

Ich nehme ihre Zigarette und reiche sie ihr. »Ich habe alles an mir geändert, verstehst du? Nur damit du mich bemerkst.«

»Ich bin mir sicher, dass du dich nicht wirklich verändert hast«, sagt Kit unbehaglich und zündet die Zigarette nicht an. »Vielleicht habe ich dir nur geholfen, neue Seiten an dir zu entdecken.«

Hat sie recht? Hätte ich George früher oder später auch ohne ihre Hilfe gefunden?

»Vielleicht«, räume ich ein. »Aber die alte Gina hätte sich wohl kaum die Haare abrasiert, wenn sie nicht eine Chance gewittert hätte, mit dir zu flirten.«

Die Zigarette lodert auf. Rauch wabert um Kits Gesicht, und ihre mahagonibraunen Augen glitzern, als sei sie nicht sicher, ob ich es ernst meine oder Witze mache. Ich bin mir auch nicht sicher.

»Es tut mir leid, George«, sagt sie und stößt den Rauch aus. »Es ist kompliziert.«

Aha, die alte Leier! Die Leier, mit der man jemanden abspeist, der einem völlig egal ist.

Aber es tut nicht einmal mehr weh. Es ist eine seltsame Erleichterung, zu erkennen, dass meine Gefühle nicht im Geringsten erwidert werden.

»Nein«, sage ich im Brustton der Überzeugung, »es tut dir nicht leid, und es ist nicht kompliziert.« Ich klaue ihre Zigarette, nehme einen tiefen Zug und registriere mit einer gewissen Genugtuung die Überraschung in ihrem Gesicht. »Ich kann dir genau sagen, was das Problem ist. Du magst mich einfach nicht so wie ich dich. Wenn zwei Leute wirklich zusammen sein wollen, muss es nicht kompliziert sein.«

Kit wendet den Blick ab, und auf ihrem Gesicht zeigt sich ein Ausdruck, den ich nicht deuten kann. Zu gern würde ich denken, meine scharfen Worte hätten sie verletzt, doch mir wird endlich klar, dass die meisten Dinge, die Kit tut, nichts mit mir zu tun haben.

Als sie endlich wieder zu mir aufblickt, habe ich das Gefühl, dass ich zum ersten Mal die wahre Kit sehe. Nicht die Phantasie, die ich auf sie projiziert habe. Nur einen Menschen, der seine eigenen Probleme hat.

Schweren Herzens reiche ich ihr die Zigarette zurück, so dass sie noch ein letztes Mal daran ziehen kann. Die letzte meiner Hoffnungen, eines Tages mit ihr zusammen zu sein, fällt mit der Asche zu Boden.

»Lass uns Freundinnen bleiben, ja?«, fragt sie und reicht mir die Hand, genau wie in der Nacht, als wir uns kennengelernt haben. »Vergeben und vergessen?«

Unentschlossen sehe ich auf die Hand zwischen uns hinab und dann wieder hoch zu Kit. Gott, es ist wirklich verlockend, ihre Hand einfach zu ignorieren. Doch es würde mir bestimmt guttun, damit abzuschließen – zumindest ansatzweise.

Also schüttle ich ihre Hand und sage: »Okay, Schwester.«

»Festival of Love!«, ruft Isobel in ihrem melodiösen Singsang.

Die Menge brüllt vor Begeisterung. Es ist, als wären wir im Familiar, nur jubeln uns statt der üblichen neunzig Fangirls Tausende zu.

»Wir sind Phase. Wir wurden nicht zum Festival of Love eingeladen, bis wir darauf hingewiesen haben, dass im diesjährigen Line-up wieder einmal kein Platz für Bands wie uns war. Für Liebe wie unsere.«

Die Menge applaudiert stürmisch, und Isobel drückt in einer aufrichtigen Geste der Dankbarkeit die Hände aufs Herz und blickt gen Himmel. »Danke! Vielen, vielen Dank! Unser erster Song ist *Virgo in June*!«

Ich sollte es genießen, dass Georges Gesicht in voller Größe auf die riesigen Bildschirme hinter der Bühne projiziert wird. Dass George endlich ohne Schuldgefühle auftreten kann. Das sollte der beste Moment meines Lebens sein. Stattdessen denke ich immer noch an Kit. Kann ich wirklich mit ihr befreundet bleiben, ohne dass es mich in den Wahnsinn treibt? Wie machen die Lesben das bloß? Aber wenn ich nicht mehr in ihrer Nähe sein kann, muss ich die Band dann verlassen?

Dann spielen wir *Virgo in June*, und ich sinke in meine vertraute, glückselige Trance; der Song vertreibt all meine Sorgen.

»*Another lonely afternoon*«, singt Isobel,

»*I'll sing my same old tune,*

Virgo in June.«

Ich bekomme kaum mit, wie die Bühnenlichter um uns herum die Farbe wechseln, von Blau zu Rosa zu Lila und wieder zurück, und die Leute ihre Feuerzeuge schwenken. Kits lockeres Tempo unterstreicht Isobels emotionalen Gesang, Rudys treibender Bass ergänzt meine nostalgischen getragenen Akkorde. Diesen einen Song lang harmonieren unsere Unterschiede perfekt.

Doch dann endet er.

Die Menge rastet völlig aus, und ich werde mit einem Ruck aus meiner Trance gerissen. Sie schreien, jubeln, werfen ihre BHs auf die Bühne.

Bitte, bitte lass mich das nicht aufgeben. Wir sind so perfekt in Einklang, wenn wir zusammenspielen. Dann sollten wir unsere Streitigkeiten jenseits der Bühne doch bestimmt auch irgendwie beilegen können, oder?

Doch es liegt nicht nur an Kit und mir. Es wird immer deutlicher, dass die Balance, die Phase ausgemacht hat, ins Wanken geraten ist. Selbst vor unserem Auftritt haben wir darüber gestritten, in welcher Reihenfolge wir unsere Stücke spielen. Isobel meinte, für unseren bisher größten Auftritt sollten wir uns an eine feste Reihenfolge halten. Ich habe ihr zugestimmt. Doch Kit hat widersprochen und gemeint, dass wir uns nicht ändern sollten, bloß weil mehr Leute zusehen, sondern wie immer spielen, was sich richtig anfühlt. Rudy sagte, ihr sei beides recht. Letztlich einigten wir uns darauf, dass wir mit *Virgo in June* anfangen und Isobel uns die anderen Lieder zurufen würde.

Isobel gibt uns ein Zeichen, das ich als *Supermoon* interpretiere, ein neues Stück, das wir in Cornwall geschrieben haben, und ich spiele mein Klavier-Intro. Doch Rudy spielt das liebliche Intro zu *Co-Star,* und Kit legt mit dem Punkrock-Beat von *Mercury* los. Im Bruchteil einer Sekunde wird uns allen klar, was passiert ist. Mit hämmernden Herzen wechseln wir instinktiv zu *Mercury*.

Ich weiß nicht, ob überhaupt jemand im Publikum etwas davon mitbekommen hat, aber für uns vier fühlt es sich an, als hätte sich zwischen uns ein Krater aufgetan.

Plötzlich achten wir viel zu genau darauf, im Takt und im Gleichklang mit den anderen zu bleiben, damit es bloß nicht erneut zu Missverständnissen kommt. Wir haben das Vertrauen ineinander verloren, sind keine Synchronschwimmer mehr, sondern nur vier Leute, die im selben Pool herumplanschen.

Die nächsten Lieder sagt Isobel sorgsam an. Die Menge jubelt noch immer, doch mich überkommt keine Freude, sondern nur Übelkeit.

Unser gesamtes sicheres Repertoire ist aufgebraucht, aber wir brauchen noch mindestens einen Song – ein großes Finale. Wir könnten *Gemini* nehmen, doch es klang noch zu überladen, als wir es zuletzt gespielt haben. Wir hätten uns etwas Gutes für den Schluss aufheben sollen. Rudy und ich sehen uns über die Bühne hinweg an und versuchen, uns unsere Panik nicht anmerken zu lassen.

Kit leitet auf eigene Faust den nächsten Song ein. *Cusp*. Doch Isobel wirbelt zornig herum.

»Nein!«, faucht sie.

Die Menge lacht. Wir sehen sie mit erzwungenem Grinsen an, als wäre das alles Teil der Show.

»Improvisieren wir einfach«, sagt Kit. Soll das ein Witz sein? »Darin sind wir am besten.«

Selbst Isobels schöner Schein bekommt unter so viel Druck Risse. Ganz vorn im Publikum entdecke ich ein Regenbogenband, daran Sophies Kamera, die direkt auf uns gerichtet ist. Dies ist der Auftritt, an den man sich von uns erinnern wird.

»Okay«, sagt Isobel zu Kit, »ich vertraue dir.«

Also zählt uns Kit ein, Rudy ruft die Tonart, und wir improvisieren ein Lied live vor Publikum, auf dem Festival of Love.

Es ist ein Desaster.

Rudy und ich wechseln einen Blick und versuchen, den Rhythmus einfach und stabil zu halten. Doch Kit legt sich zu sehr ins Zeug und treibt das Tempo immer weiter an. Isobel singt einen Songtext, den wir schon vor Monaten verworfen haben – mit gutem Grund. Er handelt davon, dass die erste Liebe ewig währt, selbst im Tod. Nicht gerade ein Partyknaller. Ein paar besonders besoffene oder bekiffte Leute im Publikum tanzen weiter, doch die Stimmung ist ruiniert. Immer mehr Leute gehen.

Das Lied endet mit einem Wimmern.

Auf der großen Leinwand hinter uns kann nicht einmal Rudy ihr Lächeln aufrechterhalten, und Isobels perfekte Fassade bröckelt. Kit wirft ihre Drumsticks weg und sieht aus, als würde sie jeden Moment wütend davonmarschieren.

Niemand weiß, was wir als Nächstes spielen oder ob wir die Bühne einfach verlassen sollen.

Was hätte Dad getan, schießt es mir durch den Kopf, wenn er hier wäre und sehen würde, dass wir kurz davor sind, aufzugeben? Wahrscheinlich hätte er einen furchtbaren Witz gemacht und uns zugerufen, wir sollen endlich weitermachen, damit er den Boogie-Woogie tanzen kann.

Bei dem Gedanken muss ich lachen. Wie im Delirium kichere ich in mich hinein und verdränge die Scham und Schuldgefühle, die mich immer überkommen, wenn ich ohne ihn auftrete. Stattdessen erinnere ich mich, wie oft er mich ermutigt hat. Dass er mir beigebracht hat, mich nicht unterkriegen zu lassen, wenn ich etwas vergeige. Dass er mir gesagt hat, wie stolz er auf mich ist, weil ich tue, was ich liebe.

Ich erinnere mich, wie er und Mum mir selbst bei den furchtbarsten Gigs zugejubelt haben.

Klar, meine dummen kleinen Popsongs können ihn nicht zurückbringen. Aber vielleicht muss ich sie nicht aufgeben, um ihm zu zeigen, wie sehr er mir fehlt.

»Festival of Love!«, schreie ich ins Mikro.

Die Menge klatscht unsicher. Doch das genügt.

Kit, Isobel und Rudy wenden sich zu mir um, aber ich sehe sie nicht an. Mein Blick sucht und findet Sophie in der ersten Reihe.

Ich schiebe meinen Hocker zurück, öffne die zu engen obersten Knöpfe meines Hemdes, löse Georges Dutt und schüttle meine Haare zu einer Seite aus, wo es sich gut anfühlt.

»Das nächste Lied heißt *Gemini*«, sage ich. »Es handelt davon, dass man versucht, alles zu haben, aber einem letztlich nichts bleibt. Oder vielleicht andersrum. Ich möchte es meinem Dad widmen.«

Und dann singe ich *Gemini*, nur ich an meinem Keyboard, wie es sein sollte. Und all meine Zweifel lösen sich auf.

»Verdammte Scheiße, was sollte das?!«, fährt mich Isobel an.

Bevor ich die Bühne unter donnerndem Applaus verlassen

habe, habe ich der Menge benommen zugelächelt, wie berauscht vor Freude.

Doch als ich Isobels und Kits zornige Gesichter sehe, stürzt meine Hochstimmung ab wie ein Asteroid. Rudy versucht, als Friedensstifterin zwischen uns Stellung zu beziehen.

»Ich werde mich nicht dafür entschuldigen, dass ich unseren Auftritt gerettet habe«, sage ich. »Ihr habt aufgegeben, ich habe uns über die Ziellinie gebracht. So läuft es in einem guten Team. Ach, und ich bin raus.«

Ohne ein weiteres Wort nehme ich meine Tasche und gehe zur Tür. »Danke für die schönen Erinnerungen. Wir sehen uns.«

Isobels manikürte Klauen halten mich zurück. »Du kannst nicht einfach aussteigen«, faucht sie. »Wir waren im Fernsehen!«

»Kit und ich hatten ein langes Gespräch und sind zu dem Schluss gekommen, dass wir nicht länger zusammenarbeiten können«, erkläre ich. Isobel wirft Kit einen vorwurfsvollen Blick zu. »Die Band ist völlig aus dem Gleichgewicht. Vielleicht steht in unseren Sternen …«

»Red dich nicht mit Horoskopen raus«, sagt Isobel warnend. »Du weißt nicht mal, was sie bedeuten.«

»Da hast du verdammt recht!«, sage ich frustriert. »Ich verstehe Astrologie nicht! Ich verstehe eine Menge lesbischen Kram nicht! Poetry-Slams. Umschnalldildos. Katzenbabys. Das alles ist mir neu. Ich habe ständig an mir gezweifelt, weil ich dazugehören wollte – weil ich wollte, dass ihr mich mögt.«

»Natürlich mögen wir dich!«, versichert mir Rudy.

»Danke, Rudy, aber es liegt nicht an euch, sondern an mir. Also, ich frage mich, ob es wirklich an mir liegt oder eher an dieser verqueren Persona, dieser komischen Rolle, in die ich mich flüchte, um all dem in meiner Psyche zu entkommen, was ich so lange unterdrückt habe – aber egal, ich wollte all das nicht ...«

»Du bist so egoistisch«, fällt mir Isobel ins Wort. »Dann hattet du und Kit eben eine kleine Tändelei – na und? Du wirst darüber hinwegkommen und sie auch.« Sie wendet sich Kit zu. »Das wirst du doch, oder?«

»Bin ich bislang doch immer«, antwortet Kit unbehaglich.

»Bitte ... Ich will nicht, dass sich Phase trennen, Kit-Kat.«

Kit blickt erschrocken auf. Plötzlich glänzen Tränen in Isobels kristallklaren Augen.

»Ich will nicht, dass wir uns trennen.«

Instinktiv geht Kit zu ihr und fasst sie an den Schultern. »Isy, hör mir zu. Wir werden uns nie trennen, okay? Was auch mit irgendjemand sonst passiert, was auch mit Phase passiert, wir werden immer zusammenbleiben.«

»Aber was, wenn das nicht stimmt?«, schluchzt Isobel, der die Mascara in eleganten Linien über die Wangen läuft. »Was, wenn alles auseinanderbricht und du dich verliebst und ...«

»Ich werde mich nicht ...«

»Doch, das wirst du! Das wirst du! Und dann wirst du keine Zeit mehr mit deiner pingeligen, verklemmten, prüden Schulfreundin vergeuden!«

Kit schüttelt sie. »Ich werde immer bei dir bleiben, du Dummkopf!«, ruft sie aufgebracht und umfasst Isobels Gesicht mit beiden Händen. »Weil ich dich liebe. Ich habe dich immer geliebt.«

Isobel blinzelt sie verblüfft an.

Ich blinzele sie verblüfft an.

Keine Ahnung, was sie denkt, aber ich denke: *Was zur Hölle?!*

Kit streichelt sanft Isobels Arme, ergreift ihre Hände und starrt darauf hinab, während sie Isobels lange Finger streichelt und nervös an ihren Ringen dreht. »Keine Sorge, ich weiß, dass du nicht dasselbe für mich empfindest. Das hast du damals in der Schule mehr als deutlich gemacht. Und ja, es ist hart, nicht dein Ein und Alles zu sein, wie du es für mich bist. Aber du bist und bleibst die wichtigste Person in meinem Leben. Die einzige Person, die ich in meinem Leben brauche. Für immer und ewig.«

»Aber«, schnieft Isobel, »ich habe dir doch in der Schule gesagt, dass ich dich mag.«

Ein tiefer Schmerz flackert in Kits Gesicht auf. »Ja, vielen Dank dafür. Du ›magst mich mehr als all deine anderen Freundinnen‹.«

»Ich meinte«, sagt Isobel bedächtig, »dass du mehr für mich bist als eine Freundin.«

Kit erstarrt, ihre Augen weit aufgerissen.

»Ich dachte, das wäre offensichtlich«, sagt Isobel unfassbar schön schluchzend. »Ich habe dich immer geliebt. Immer. Ich warte schon mein ganzes Leben darauf, dass du mich wählst.«

Und plötzlich ergibt alles einen Sinn. Jedes Mal, wenn ich dachte, Kit wolle mich mit anderen Frauen eifersüchtig machen, tat sie es in Wirklichkeit für Isobel. Jedes Mal, wenn ich dachte, sie wolle mir etwas in Geheimsprache oder durch Phases Lieder sagen, sagte sie es in Wirklichkeit zu Isobel. O Gott, selbst in Cornwall, als sie Isobel mein Liebeslied singen hörte … Kein Wunder, dass mir Isobel die kalte Schulter gezeigt hat, nachdem sie uns auf dem Dachboden erwischt hat. Es ging nie um mich. Es ging immer um Kit und Isobel. Ich war nur eine Randfigur in der Geschichte ihrer Liebe.

Die Tür zum Backstagebereich schwingt auf, und dort steht Sophie mit einem Strauß Rosen.

Doch Kit und Isobel bekommen nichts davon mit. Für sie ist Sophie nur ein weiterer Nebencharakter.

Alle sehen zu, wie Kit und Isobel sich küssen – ein perfekter Hollywood-Kuss. Isobels Hals neigt sich nach hinten wie ein tanzender Schwan, und Kit beugt sich über sie wie ein siegreicher Held. Man kann die schnulzige Geigenmusik förmlich hören.

Als sie sich endlich voneinander lösen, bleibt Sophie, Rudy und mir der Mund offen stehen.

»Gehen wir es langsam an«, flüstert Kit in Isobels Ohr, die sie anschmachtet.

»Wir haben lange genug gewartet«, lacht Isobel atemlos. »Lass es uns schnell angehen. Ziehen wir wieder zusammen. Gehen wir auf Reisen. Holen wir uns eine Katze. Erleben wir alles, was es zu erleben gibt – zusammen!«

Und wieder küssen sie sich, noch inniger.

»Sorry, aber was zur Hölle geht hier vor?«, fragt Sophie.

Der romantische Soundtrack gerät ins Stocken wie eine kaputte Schallplatte.

»Na ja«, sage ich, »ich hatte gerade meinen großen Trennungsmoment, aber dann haben mir die beiden die Show gestohlen.«

»Du hattest deinen großen Trennungsmoment?«, erwidert Sophie fassungslos. »Das ist mein großer Trennungsmoment.«

»Ich habe keinen Trennungsmoment«, wirft Rudy ein.

»Nein, wir lieben dich alle immer noch sehr, Rudy«, sagt Isobel sichtlich verlegen und streicht sich eine lose Strähne hinters Ohr.

»Lasst uns Freundinnen bleiben«, sagt Kit und lächelt breiter, als ich sie je habe lächeln sehen. »Aber zuerst …« Unvermittelt hebt sie Isobel in die Arme und trägt sie auf die Bühne, wobei beide irre kichern.

Sophie, Rudy und ich starren einander ungläubig an. Dann

sehen wir von hinter der Bühne aus zu, wie Kit ins Mikro schreit: »Festival of Love, ich bin in meine beste Freundin verliebt!«

»Und ich in sie!«

Aus der Menge erschallt wilder, stürmischer, anhaltender Applaus. Isobel und Kit lachen, ohne einander auch nur eine Sekunde loszulassen.

»Isy?«, sagt Kit. Sie spricht nicht länger ins Mikro, doch von unserem Platz aus können wir ihre zärtliche Ich-kann-mein-Glück-kaum-fassen-Stimme hören.

O Gott. Sie wird doch nicht ...

»Kit?«, raunt Isobel.

Und dann fragen beide gleichzeitig, wie beim letzten, perfekt getimten Vers eines Duetts: »Willst du mich heiraten?«

Ihre Antwort sind ein strahlendes Lächeln und ein Kuss, und Rudy rennt schreiend auf die Bühne, um ihnen zu gratulieren. Die Menge gerät völlig außer sich.

Obwohl wir verfeindet sind, weiß ich, dass Sophie und ich in diesem Augenblick haargenau dasselbe denken: *Was um alles in der Welt ...?!*

»Ich verschwinde«, sage ich und will davonstürmen, was sogleich an der Tür scheitert, die man aufziehen, nicht aufstoßen muss. Noch während ich mich neu sortiere, höre ich Sophie: »Nein, ich verschwinde«, doch als sie die Tür hinter sich zuschlagen will, hat sie keine Chance gegen den Schließmechanismus, der die Tür im Schneckentempo zufallen lässt. Frustriert tritt sie dagegen.

Mit all der aufgestauten Nervosität und Verwunderung in mir muss ich beim Anblick, wie sie sich in ihren absurd hohen Stöckelschuhen über ihren verletzten Fuß beugt, laut loslachen. Sie wirft mir einen bösen Blick zu.

»Sophie, komm schon«, sage ich. »Es ist vorbei, können wir nicht endlich wieder ...?«

»Nein«, erwidert sie, und das Lachen erstirbt in meiner Kehle. »Dass Kit uns beide abserviert hat, macht es nicht besser, wie du mich behandelt hast. Ich wollte dir nur helfen. Als du mich aus dieser Pfütze angerufen hast, weil du Panik hattest wegen dem ganzen Schlamassel, den du dir eingebrockt hast, habe ich dir alles verziehen, sogar dass du dein Versprechen gebrochen hast. Aber du warst immer noch nicht ehrlich zu mir. Wir sind offensichtlich nicht so gut befreundet, wie ich dachte.«

»Sophie, bitte. Ich habe mich geändert. Schon wieder. Bitte, hör mir zu. Pumpernickel. Pumpernickel!«

Doch sie schüttelt nur den Kopf und humpelt davon.

Kapitel 33

Weil ich die Gedanken an Doug und Poppy im Liebestaumel, Isobel und Kit in ihren Flitterwochen, Rudys mitleidiges Gesicht und Sophies ganz und gar nicht mitleidiges Gesicht nicht ertragen kann, fahre ich in einem Schlafwagen zurück nach London.

Der Begriff ist der reinste Werbebetrug. Genau wie mein Ticket für die günstigste Option: »Komfortsitz«.

Noch nie zuvor habe ich in einem öffentlichen Verkehrsmittel geweint. Nach dem ersten Schock, dass mein Körper vor lauter Fremden massenhaft Tränen von sich gibt, ist die Erfahrung recht befreiend. Doch dann wird dieses unkontrollierbare kehlige Heulen daraus, wenn einem klar wird, wie tief all der angestaute Kummer sitzt, bis man schließlich geradezu unmenschliche Töne von sich gibt und der Rotz aus allen Körperöffnungen gleichzeitig zu kommen scheint.

Keiner der anderen Passagiere sagt etwas zu mir oder nimmt meine Anwesenheit auch nur zur Kenntnis, was mich stolz macht, Britin zu sein.

Ich frage mich, ob ich wohl wieder eine Panikattacke bekomme, was zwar so beängstigend wie unoriginell wäre, aber vielleicht würden mich die Leute dann lieber mögen?

Hm, nein. Ich fühle mich ganz anders als bei dem Schulkonzert oder nach meinem letzten Gig mit Bronze Age. Damals war ich von zu vielen Optionen und Möglichkeiten überwältigt, ich hatte zu viel zu tun, zu viele Rollen zu spielen, war innerlich so zerrissen, dass ich überhaupt nicht mehr funktionieren konnte.

Jetzt sind meine Waagschalen vollkommen leer.

Da ist keine Gina. Keine George. Und niemand, der sie vermisst.

Ein Neuanfang sollte sich doch eigentlich aufregend anfühlen. Wie ein unbeschriebenes Blatt. Ein neues Kapitel. Doch ich kann mich nicht des Gefühls erwehren, all meine Leben aufgebraucht zu haben.

Ich werfe einen Blick auf mein Handy, teils, um zu sehen, ob mir jemand geschrieben hat, teils, um zu sehen, ob mein Kalender oder mein Horoskop eine Antwort auf mein bedeutungsloses kleines Dasein hat. Aber ich habe kein Internet.

In einem Anfall von Zerstörungswut lösche ich die Horoskop-App. Schließlich habe ich sie nur benutzt, um mir einzureden, dass Kit mich mag. Die App hätte mich wenigstens vorwarnen können. Verdammte NASA …

Als Nächstes klicke ich auf die leer gefegte Kalender-App, um sie ebenfalls zu löschen. Jetzt, da Doug, Sophie, Phase und die Liberty nichts mehr mit mir zu tun haben wollen, hat es keinen Zweck, sie zu behalten.

Doch ein einzelner grüner Termin ist noch übrig. Ein Dauertermin jeden Sonntag, den ich viel zu lange vor mir hergeschoben habe: *Ruf Mum an.*

Einen langen Moment starre ich ihn an. Dann klicke ich auf meinen Chatverlauf mit Mum. Im Kontaktbild erwidern sie und Bunny meinen Blick mit herausgestreckten Zungen.

Rasch überfliege ich unsere einseitige Konversation; Mums geduldige Fragen, wie es mir geht, und meine Ausflüchte. Dann atme ich tief durch und schicke ihr eine Nachricht, ob ich nach Hause kommen kann.

Also, quasi jetzt gleich? Wäre es okay, wenn ich morgen früh ankomme? Kein Problem, wenn nicht!

Wenige Sekunden später erscheint das Symbol, das anzeigt, dass Mum schreibt. Doch es verharrt eine lange Zeit dort. Ich stelle mir vor, wie sie qualvoll langsam die Leertaste zwischen sämtlichen Buchstaben drückt, um mir mitzuteilen, dass auch sie nichts mehr mit mir zu tun haben will.

I C H M A C H E L A S A G N E W I L L S T D U P O M M E S O D E R R Ö S T K A R T O F F E L N

Sobald mein Gehirn das satzzeichenlose Kreuzworträtsel gelöst hat, fange ich wieder an zu weinen.

Ich texte zurück: *Beides. Bitte.* Und schicke ihr ein lächelndes Emoji.

Zwar habe ich keine Freunde mehr, aber wenigstens liebt Bunny mich noch. Er hüpft auf den Hinterbeinen herum, ein kleiner Springstab der Freude, der sich vor Aufregung gleich einpinkelt. *Heul nicht schon wieder rum, Gina.*

Mum zieht mich in eine feste Umarmung, die ich definitiv nicht verdient habe, packt mich auf den Beifahrersitz und tadelt mich dafür, dass ich eindeutig meine Vitaminergänzungsmittel nicht genommen habe.

Als wir in unsere Einfahrt einbiegen, sehe ich, dass Mum die Tür des Cottage smaragdgrün gestrichen hat und in den Blumenbeeten weiße Nelken, Lilien und Chrysanthemen blühen. Ich bewundere die Obstbäume und atme die frische Landluft tief ein.

Dann stellt Mum den Motor ab. »Ich mache uns eine Tasse Kakao, und dann erzählst du mir alles.«

Mein Magen krampft sich zusammen. »Mum, bitte, es ist alles in Ordnung, wirklich. Ich will einfach nur in einem richtigen Bett schlafen …«

Mum lässt Bunny heraus, schlägt die Autotür hinter sich zu und steckt den Schlüssel ins Haustürschloss, während ich noch mit dem Sicherheitsgurt kämpfe. »Geh in dein Zimmer. Zieh deinen Schlafanzug und Pantoffeln an. Wir sehen uns dann um fünf auf dem Sofa. Na komm. Hopp, hopp!«

Mit diesen Worten eilt sie in die Küche, Bunny dicht auf den Fersen.

Ach du liebe Güte. Ich hatte gehofft, ich könnte es vermeiden, ernsthaft mit ihr zu reden. Wenn ich ihr irgendetwas über mein Leben erzähle, werde ich wohl nicht umhinkommen, mich zu outen.

Doch es gibt kein Entrinnen mehr – ich bin hier gefangen, zwischen Schafweiden eingekesselt.

In meinem Kinderzimmer, während ich mir vor meinem mit Stickern beklebten Spiegel gut zurede, frage ich mich, ob das alles leichter gewesen wäre, wenn ich meine Sexualität früher erkannt hätte. Ob es leichter gewesen wäre, wenn es mehr Vorbilder geben würde, wenn die Welt die Menschen eher akzeptieren würde, wie sie sind. Ob ich dann vielleicht nicht das Bedürfnis gehabt hätte, diesen Teil von mir zu unterdrücken. Ob vielleicht gar keine Notwendigkeit bestanden hätte, sich auf ein Label festzulegen, wenn alle daran glauben würden, dass jeder ein bisschen bi sei, ein bisschen »bisexual« …

O Gott. Bei der Erinnerung daran, wie abfällig Mum das Wort ausgesprochen hat, vergrabe ich das Gesicht in meinem Kissen.

Wenig später klopft Mum an die Tür und teilt mir mit, dass mein Tee kalt wird.

Also schlüpfe ich in meine wärmsten Pantoffeln und einen meiner alten Schlafanzüge, den Klavier spielende Kühe zieren. Ich atme den Lavendelduft des Weichspülers tief ein und stelle mir den Pyjama als Rüstung vor.

Am Rand meines üblichen Platzes auf dem Sofa kauernd, blicke ich schuldbewusst zu dem Familienporträt von uns vieren auf; Mum, Dad, Bunny und ich als Teenie starren anklagend auf mich herab.

Meine echte Mum sitzt auf ihrem Platz auf dem inzwischen ziemlich abgenutzten Sofa und nippt erwartungsvoll an ihrem Tee.

Ich glaube, ich werde nie die richtigen Worte finden. Also beschließe ich, einfach mit der Tür ins Haus zu fallen. Alle Blicke, ob fotografisch oder real, sorgsam meidend, sage ich: »Doug hat mit mir Schluss gemacht, Sophie hasst mich, ich verliere wahrscheinlich meinen Job, und ich habe meine Band kaputt gemacht.«

Mum nickt mir zu, um mich zum Weiterreden zu ermuntern. Als ich es nicht tue, fragt sie behutsam: »Und hast du eine Ahnung, warum?«

Ich hole tief Luft und erkläre: »Ich glaube, ich bin bisexuell.«

Mum verschluckt sich an ihrem Tee. Sie meidet meinen Blick.

»Oh«, sagt sie schließlich und hält sich sichtlich schockiert die Hand vor den Mund. »Ach du lieber Himmel.«

Wie betäubt starre ich auf das abgewetzte Muster des Teppichs, und meine Sicht verschwimmt. Ich hatte die ganze Zeit recht. Ich hätte mich nie outen sollen. Warum habe ich nichts aus Sophies Erfahrung gelernt?

Doch dann lacht Mum leise. »Tut mir leid, Ginny, das ist mir so peinlich. Ich habe es falsch ausgesprochen, nicht wahr?« Sie schneidet den frisch gebackenen Obstkuchen an. »Also, warum sind deine Freunde wütend auf dich, nur weil du bisexuell bist? Ich verstehe all diese modernen Begriffe nicht wirklich, und es tut mir aufrichtig leid, wenn ich etwas Falsches sage, aber ... das ändert doch nichts daran, wer du bist, oder? Du bist immer noch meine kleine Ginny. Möchtest du ein großes oder ein kleines Stück?«

Völlig entgeistert blinzele ich sie an. Sie schneidet ein riesiges Stück Obstkuchen für mich ab und reicht es mir.

Ich sehe von ihr zu dem Stück Kuchen und wieder zurück. »Aber …«, stammle ich, »ich dachte, du würdest wütend werden.«

»Warum um alles in der Welt sollte ich wütend auf dich sein?« Sie klingt aufrichtig verwirrt.

»Weil … weil …« Ich blicke mich um und versuche, die latente Homophobie in Worte zu fassen, die ich in unseren Gesprächen wahrgenommen zu haben glaubte. »Weil ich dachte, du willst, dass ich heirate und Kinder und einen Wursthund mit einem Wurstnamen kriege.«

Sie lässt sich in die Polster zurücksinken. »Heutzutage kannst du das alles auch mit einer Freundin, oder?«

»Ich … Na ja … Ja, da hast du recht.«

»Oder auch nicht«, fügt sie achselzuckend hinzu. »So bin ich es gewohnt, und, na ja, ich habe einfach angenommen, dass Doug und du es genauso macht – aber nur, weil ich dachte, du bist glücklich mit ihm, Ginny. Natürlich ist es auch vollkommen in Ordnung, wenn du nichts davon tust. Ich werde immer für dich da sein. Dafür sind Mütter schließlich da.« Sie schiebt sich einen großen Bissen Kuchen in den Mund. »Mhmm, der ist wirklich gut geworden, wenn ich das selbst sagen darf.«

Während ich zusehe, wie sie sorgfältig ein kleines Stück für Bunny abteilt und es ihm gibt, denke ich nur, wie sehr ich sie liebe. »Ich war so bescheuert«, murmele ich.

»Ach ja«, sagt sie freundlich und tätschelt meine Hand, »wir haben alle unsere bescheuerten Momente. Na los, hau rein.«

Bei einem Verdauungsspaziergang durch den Garten erzähle ich ihr alles. Na ja, abgesehen vom Sex. Sie hat zwar kein Problem damit, dass ihre Tochter queer ist, aber sich ihre Tochter im Bett mit einer Frau in einem Bananenkostüm vorzustellen, muss nun wirklich nicht sein.

Bunny watschelt neben uns her und schnüffelt an den Rosen. Während wir gemächlich zwischen den Blumenbeeten hindurchschlendern, fühle ich mich allmählich besser. Nur eine Sorge lässt mich nicht los.

»Ich habe keine Ahnung, was ich jetzt tun soll«, sage ich und streiche gedankenverloren über die Blütenblätter einer Duftwicke. »Ich weiß nicht, ob ich versuchen soll, die Scherben meines Lebens wieder zusammenzusetzen, oder ob ich alles so falsch gemacht habe, dass ich noch mal ganz von vorn anfangen sollte. Ich weiß immer noch nicht, ob ich als Gina oder als George glücklicher bin.«

»Warum kannst du nicht einfach du selbst sein?«

»Das ist ein schöner Motivationsspruch«, sage ich, »aber ich weiß nicht, wer ich bin.«

»Oh, Süße«, sagt Mum lächelnd, »niemand weiß, wer er ist! Jeder benimmt sich widersprüchlich. Jeder führt von Zeit zu Zeit ein Doppelleben, zumindest im Kopf. Du machst dir solche Sorgen, dass die verschiedenen Teile von dir nicht zusammenpassen, dass du das Offensichtliche übersiehst. Sie gehören zusammen. Denn sie machen dich zu dem Menschen, der du bist. Unserer überbesorgten, talentierten, liebevollen, liebenswerten Georgina Green.« Das Abendlicht funkelt in Mums schokobraunen Augen. »Also, es überrascht dich vielleicht, zu hören, dass ich nicht viel über LDBZ-Belange weiß …«

»LGBTQ+«, berichtige ich sie lachend.

»Ja, euren Alphabet-Club«, sagt sie, »aber gibt es nicht noch andere Leute mit B? Du bist doch sicher nicht die Einzige, die so fühlt.«

Ich kann nicht glauben, dass mir meine Mutter Ratschläge über Queerness gibt, aber sie hat recht.

Ich habe mir solche Mühe gegeben, allen zu beweisen, dass ich sowohl in die Hetero-Welt als auch in die Homo-Welt gehöre, dass ich mich selbst in eine Schublade gesteckt habe. Ich habe die Identitäten anderer Leute als Kritik an meiner eigenen gesehen. Aber es gibt nicht den einzigen richtigen Weg, queer zu sein, genau wie es nicht nur einen Weg gibt, hetero zu sein. Zweifellos habe ich eine Menge Leute mit ganz verschiedenen Sexualitäten und Genderidentitäten getroffen, doch wegen meiner eigenen Unsicherheit ist mir ihre Vielfalt komplett entgangen. Und ich gehöre genauso in den Alphabet-Club wie sie alle. Ich bin nicht »halblesbisch« oder »halbhetero«. Ich bin vollständig bi, die ganze Zeit. Und endlich wird mir klar, dass das völlig okay ist.

Juhu, Selbstakzeptanz! Verleiht mir eine Medaille!

Doch während ich den Blick über unseren Garten schweifen lasse, über die Blumen, die Dad angepflanzt hat, bevor ich geboren wurde, werde ich den Gedanken nicht los, dass er vielleicht anders darüber gedacht hätte. Enttäusche ich ihn schon wieder?

Mum und ich setzen uns auf die Bank unter dem Apfelbaum, und ich frage mich, ob sie auch gerade an ihn denken muss.

Wir haben nie über den Tag geredet, an dem mein Dad gestorben ist. Wir haben nicht einmal richtig über ihn geredet, seit er tot ist, nur in zaghaften Randbemerkungen und versehentlichen Anekdoten. Doch jetzt, da die Schleusentore geöffnet sind, kann ich sie nicht mehr schließen.

Also atme ich die nach Lilien duftende Sommerluft tief ein und frage leise: »Glaubst du, Dad wäre enttäuscht von mir?«

»Oh, Ginny …«

Bevor ich die Nerven verliere, rede ich schnell weiter. »Er hat Doug geliebt, aber ich habe unsere Beziehung kaputt gemacht. Er hat Sophie geliebt, aber unsere Freundschaft habe ich auch kaputt gemacht. Er hat seinen Job als Musiklehrer geliebt, aber ich war eine furchtbare Lehrerin, Mum. Mir graut vor der Vorstellung, wie vielen Kindern ich die Freude an der Musik genommen habe. Und jetzt werden sie mich feuern, und ich glaube, er würde ihnen recht geben. Er hat mir beigebracht, Musik zu lieben, aber ... ich habe alles kaputt gemacht.« Ich starre auf die Äpfel am Boden, weil ich mich nicht traue, Mum anzusehen – zu sehr fürchte ich, Vorwürfe und Enttäuschung in ihren Augen zu sehen.

»In jener Nacht, als ich von der Bühne kam und all die verpassten Anrufe von dir gesehen habe, dachte ich immer wieder – wäre ich doch nur da gewesen. Wenn ich bei ihm gewesen wäre, wäre er vielleicht nicht ...«

»Du bist keine Magierin«, erwidert Mum geradeheraus. »Du bist nicht mal Ärztin. Du kannst keine Wunder wirken. Es war nicht deine Schuld, dass dein Vater krank war.«

»Aber es war meine Schuld, dass ich nicht wusste, wie krank ...« Ich schüttele hoffnungslos den Kopf. »Es schien ihm wieder gut zu gehen. Oder nicht? Er schien ... Ich weiß noch, an dem Tag, als ich weggefahren bin, nur eine Woche vorher, war ich bei ihm, und er konnte aufstehen, und wir waren im Musikzimmer und haben zusammen *Clair de Lune* gespielt, und er hat mir gesagt, ich solle wieder an die Uni gehen und meine Abschlussprüfungen machen. Er ...« Plötzlich ist meine Kehle wie zugeschnürt. Die Einzelheiten hatte ich bis zu diesem Moment verdrängt. »Er hat gewitzelt, dass er den Prüfern so viel bezahlt hat, da sollte ich doch wenigstens aufkreuzen.«

Ich bin nicht sicher, ob Mum lacht oder schluchzt. Bunny kläfft zum Trost, und Mum streichelt seine weichen Ohren.

»Aber ich hätte ... ich hätte nicht ... Wenn es auch nur den geringsten Zweifel gegeben hätte, hätte ich doch bei ihm sein sollen. Wir hätten ... Wir hätten wenigstens ein bisschen mehr Zeit zusammen gehabt.« Ich schlucke schwer. »Aber ich war nicht da. Ich bin abgehauen, um auf meinem verdammten Studikonzert herumzuposen.« Am liebsten würde ich im Erdboden versinken. »Das werde ich mir nie verzeihen. Niemals.«

»Ginny«, sagt Mum mit belegter Stimme und nimmt meine Hand. »Ginny, ich weiß nicht, ob jetzt der richtige Zeitpunkt ist, dir das zu sagen, aber ... Dein Vater wusste, dass es zu Ende geht. Er wusste es, und er wollte nicht, dass du ihn sterben siehst.«

Die Welt verschwimmt. Ich ziehe meine Hand weg, springe auf und taumele zurück.

Das kann nicht sein.

»A-Aber warum ...«

Bunny fängt an zu jaulen.

»Ginny, Ginny.« Mum folgt mir und umfasst zärtlich mein Gesicht. »Hör mir zu. Er hat dich so sehr geliebt. Du warst sein Star. Und er war fest entschlossen, dafür zu sorgen, dass sein Tod nicht deinem Leben zum Hindernis wird.«

Ich versuche, mich von ihr loszumachen, doch sie hält mich fest.

»Er dachte, wenn du fort bist und tust, was du liebst, würde dir das helfen, ohne ihn weiterzumachen. Er war so stolz auf dich. Er hat so gern damit angegeben, dass du Musikerin bist ...« Das Lachen bleibt ihr in der Kehle stecken. »Und es tat ihm so unendlich leid, dass er dich nie wieder würde spielen hören.«

Jetzt kann sich auch Mum nicht länger zusammenreißen, lässt die Hände sinken und fängt hilflos an zu weinen. Fieberhaft greife ich nach ihrer Strickjacke, ziehe Mum an mich und nehme sie in den Arm.

»Er wäre am Boden zerstört«, schluchzt sie in meine Schulter, »wenn er wüsste, dass du seinetwegen aufgehört hast zu spielen. Dass du dir die Schuld an seinem Tod gibst. Dass du ihn nicht nur furchtbar vermisst, sondern dich auch noch bestrafst.« Sie zieht sich ein Stück zurück, streicht mir die Haare aus dem Gesicht und blickt mich mit tränennassen Augen an. »O Ginny, ich hatte ja keine Ahnung. Bitte verzeih mir. Ich dachte, du hättest wirklich deine Meinung geändert – ich dachte, du wolltest Klavierlehrerin werden. Um ihm näher zu sein.«

Ich schüttele den Kopf und nicke gleichzeitig. Mum klopft ihre Taschen ab, holt ein zerknülltes Taschentuch hervor und reicht es mir. Ich bin mir ziemlich sicher, dass es schon benutzt wurde, putze mir aber dennoch damit die Nase.

»Ich hatte immer gehofft ...« Sie schnäuzt sich lautstark. »Ich dachte, solange du mit Doug noch glücklich bist, würdest du irgendwann wieder bei Bronze Age mitmachen und dich erinnern, wie sehr du es liebst, in einer Band zu spielen, und wie gut du darin bist.« Sie steckt ihr vollgerotztes Taschentuch zurück in ihre Tasche und schnieft leise. »Als du mir gesagt hast, dass du wieder in einer Band bist, habe ich mich so für dich gefreut. Ich wollte zu euren Konzerten kommen und dich anfeuern. Aber dann hast du mir nichts mehr erzählt.«

Gedankenverloren spielt sie an meinen Haaren herum, fährt über meinen Buzz Cut und streicht mir eine lose Strähne hinters Ohr. »Natürlich verstehe ich jetzt, warum. Aber ... O Ginny, es tut mir so leid, dass du das Gefühl hattest, du könntest mir das nicht anvertrauen. Es tut mir so leid, dass ich nicht für dich da war, als du mich brauchtest. Es tut mir leid, dass ich dich im Stich gelassen habe.«

»Nein, nein, Mum, mir tut es leid«, versuche ich sie zu beruhigen. »Mir tut es leid.«

»Ich glaube, wir hatten beide einen bescheuerten Moment«, meint Mum nachdenklich.

Ich begegne ihrem Blick. Unser Schluchzen geht in schmerzhaftes Gekicher und dann in hysterisches Hicksen über, das uns erneut zum Lachen und Weinen bringt.

Die Abenddämmerung verwandelt den Himmel in ein Aquarell aus Indigoblau und Gold.

Mum wischt mir die Augen mit einem weiteren alten Taschentuch ab und lächelt. »Ich hoffe, du verstehst jetzt«, sagt sie, »dass du ihn vermissen und trotzdem glücklich sein kannst. Das ist alles, was er sich gewünscht hat. Natürlich wäre er stolz auf dich. Auf alles an dir. Das war er immer, und nichts könnte das ändern. *Wir* werden es immer sein. Davon kann uns nichts und niemand abhalten.«

Eine lange Zeit umarmen wir uns fest. Dann murmele ich in ihre Schulter: »Das müssen wir feiern. Hol den Prosecco.«

Am nächsten Morgen, als ich verkatert am Frühstückstisch sitze und weich gekochte Eier esse, wage ich es endlich, einen Blick auf mein Handy zu werfen.

Unzählige Benachrichtigungen von Phases Social-Media-Account, verpasste Anrufe und Nachrichten von unbekannten Nummern – und eine Nachricht von Sophie mit einem YouTube-Link.

SophieSnob hat ihr Interview mit Phase gepostet.

Ich mache wohl einen panischen Eindruck, denn Bunny fängt an zu kläffen.

»Tief durchatmen«, sagt Mum. »Finde deine Balance. Es wird wieder bergauf gehen.«

»Aber was, wenn nicht?«

»Aber was, wenn doch?«, erwidert Mum in fröhlichem Singsang.

Ich werfe ihr einen bösen Blick zu. »Aber was, wenn ...«

Mein Handy, das zwischen uns auf dem Tisch liegt, klingelt lautlos – eine unbekannte Nummer. Mum drückt auf Annehmen und stellt den Anrufer auf Lautsprecher.

»Hallo? Spreche ich mit George Green?«

»Äh, ja, ich glaube schon?«

»Na endlich! Ich versuche schon seit Ihrem Auftritt beim Festival of Love, Sie zu erreichen. Haben Sie schon jemanden, der Sie vertritt?«

Mum lässt ihren Toast fallen. Bunny macht sich gierig darüber her.

»Nein«, sage ich verblüfft zu dem Telefon, »Phase hat noch keinen Agenten, aber ...«

»Nicht Phase«, erklärt der Agent. »Sie. Solo. Wir finden *Gemini* großartig und möchten mehr von Ihnen hören. Könnten Sie uns mehr Material schicken?«

»A-Aber ... ich habe kein ...«

Mum wedelt drohend mit ihrem eiverkrusteten Messer.

»Ja, natürlich, bis Ende der Woche«, stammele ich.

Nachdem ich aufgelegt habe, starren Mum und ich uns eine Weile ungläubig an und hören zu, wie Bunny den Boden sauber leckt.

»Mum, ich habe kein weiteres Material. Ich habe nur das eine Stück, das ich mit Phase geschrieben habe.«

»Du hast Hunderte Notizbücher voller Lieder, die auf dem Klavier Staub ansetzen.«

»Die sind uralt und grauenhaft!«

»Dann behalt die guten Teile davon und schreib bessere neue.«

»Muuuuum ...«

»Na los, ab ans Klavier«, befiehlt sie und benutzt ein Geschirrtuch als Peitsche. »Du darfst erst gehen, wenn du einen guten Anfang für dein neues Lied hast.«

Wir wechseln einen gespielt grimmigen Blick. Dann grinsen wir übers ganze Gesicht. Genau wie früher.

Im Musikzimmer hole ich die Schachtel mit meinen Notizbüchern heraus. Das oberste ist über und über mit Uni-Stickern beklebt.

Als ich es aufschlage, bekomme ich einen Moment keine Luft – nicht nur wegen des Staubs, sondern weil ich Dougs, Poppys und Mickeys Handschrift wiedererkenne ... Ein Entwurf von *Dance With Me*, mit Bierflecken übersät. Mehrere Seiten, auf denen wir *Shy Guy* mit verschiedenfarbigen Stiften überarbeitet haben. Mickey hat einen Penis an den Rand gemalt.

In der Mitte des Notizbuchs, wo die Einträge enden, finde ich einen Song namens *I Choose You*. Das letzte Lied, das ich damals geschrieben habe, während ich mit Dad zu Hause war. Nur ein einziges Mal habe ich es vor Publikum gespielt: am Ende meines letzten Gigs mit Bronze Age.

Wie ging es noch mal?

Ich spiele eine Weile, eingelullt von dem Geruch nach Waschmittel, Lavendel und Hundehaaren.

Und weißt du was? Mum hatte recht. Ein paar Teile sind es wert, aufgehoben zu werden.

Eine Weile später, während ich mir Notizen mache, fällt mir auf, dass die letzte Seite des Buches sorgfältig eingeschlagen ist.

Als ich dorthin blättere, verschlägt es mir den Atem.

Eine Nachricht in Dads Handschrift.

Ginny,

ich wollte Dir schreiben, um mich bei Dir zu bedanken. Danke, dass Du hier bei mir warst und für uns Klavier gespielt hast. Dir zuzuhören war das Allerschönste in meinem wundervollen Leben mit Euch. Sogar jetzt in diesem Moment summe ich eines Deiner Lieder – es ist ziemlich gut! Wer ist Dein Lehrer?

Ich hoffe, Du verstehst, warum ich wollte, dass Du gehst. Es war wohl die schwerste Entscheidung, die ich je getroffen habe. Aber mir ist klar geworden, dass es nichts anderes als egoistisch wäre, Dich hierzubehalten. Ich will nicht, dass Du Dich so an mich erinnerst. Ich will, dass Du Dein Leben lebst. Ich weiß, Deine Zukunft wird von hellem Licht, wunderschöner Musik und Unmengen von Menschen erfüllt sein, die Dich lieben. Was auch passiert, ich werde immer bei Dir sein. Und ich feuere Dich an, lauter als alle anderen. Spiel weiter. Kümmere Dich um Deine Mum. Und kraul Bunny für mich am Bauch.

Du wirst immer meine Lieblingstochter sein.

In Liebe,

Dad

Minuten oder Stunden später merke ich, dass Mum mich von der Tür aus beobachtet.

Ich zeige ihr den Brief nicht. Aber ich schließe die Augen und spiele *Clair de Lune.*

Nachdem die letzten Töne verklungen sind, lasse ich den Klavierstuhl leicht schief stehen.

Kapitel 34

Mit einem gigantischen Brotkorb stehe ich vor Sophies Tür.

Ich klopfe an und hole tief Luft; nicht nur, um mich zu beruhigen, sondern auch, um den herrlichen Duft des Pumpernickels einzuatmen.

Die Tür öffnet sich. Sophie sieht mich und schließt sie sofort wieder.

Na, das lief ja großartig.

Wenige Sekunden später öffnet sich die Tür wieder, und dort steht Sophie, ebenfalls mit einem gigantischen Brotkorb.

Eine Weile blicken wir uns schweigend an und versuchen, nicht zu lächeln. Dann begutachten wir unsere jeweiligen Brotkörbe.

»Deiner ist kleiner«, stelle ich fest. »Heißt das, dir tut es weniger leid als mir?«

»Ich wollte dir nicht so viele Blähungen bescheren«, erwidert sie. »Außerdem habe ich dir eine Karte geschrieben, und du nicht, also …«

»Aber ich habe eine Rede vorbereitet, also …«

Unsere Blicke begegnen sich, und diesmal müssen wir beide grinsen.

»O Sophie, du bist die Liebe meines Lebens! Ich war eine wirklich schlechte Freundin, du hast nichts falsch gemacht, und ich hab dich nicht verdient, aber ich vermisse dich so sehr. Ich sehne mich so sehr danach, wieder mit dir abzuhängen.«

Sophie nickt. Nach kurzem Schweigen bedeute ich ihr, dass sie jetzt an der Reihe ist, eine herzergreifende Rede zu halten.

»Lies einfach die Karte«, sagt sie, »wenn du ein paar Stunden hast, um sie gebührend wertzuschätzen. Ich habe sogar Gelstifte benutzt.«

Hoffnungsvolle Vögel scharen sich um uns, also flüchten wir uns in Sophies Wohnung. Das Unbehagen hält nur einen kurzen Moment an. Dann öffnen wir eine Flasche Wein, reißen das Brot in Stücke und kuscheln uns zusammen aufs Sofa. Gott sei Dank.

»Ich hab mir das Interview angeguckt«, erzähle ich. »Ich weiß nicht, wie ich das sagen soll, aber … dank dir klingen wir phantastisch. Trotz allem. Ich dachte, du würdest es zu einem Hassvideo zusammenschneiden.«

Sie lacht. »Ich war durchaus versucht. Aber nein, je öfter ich es angeschaut habe, desto sicherer war ich. *SophieSnob* sagt die Wahrheit.«

Das Video heißt *Nicht nur eine Phase: Aufstieg und Fall einer queeren Popband*. Zwischen Ausschnitten von unserem Interview hat Sophie Clips von Gigs im Familiar, unserem Auftritt beim Festival of Love und ihre eigenen Kommentare eingefügt, dazu Gespräche mit Fans. Sie lässt uns genau so erscheinen, wie ich Phase damals gesehen habe: innovativ, frisch, bittersüß, spaßig. Das Video macht mich stolz, ein Teil von Phase zu sein. Und George wirkt tatsächlich, als gehöre sie auf die Bühne. *Ich* gehöre dorthin.

»Hattest du seitdem noch Kontakt zu Phase?«, fragt Sophie und pult sich ein Korn aus den Zähnen.

»Nur mit Rudy. Du?«

»Ich auch. Keine Ahnung, was ich zu Kit sagen sollte.«

»Ja … Wobei ich die ganze Zeit damit rechne, eine Hochzeitseinladung im Briefkasten zu finden.«

»Genau das Gleiche habe ich zu Jenny gesagt.«

»Oh«, sage ich schmunzelnd, »da ist wohl jemand wieder mit Jenny zusammen, was?«

Sophie verdreht die Augen, grinst jedoch. »Diesmal habe ich ein wirklich gutes Gefühl dabei. Sie hat sich sogar bereit erklärt, ein Pärchenvideo zu machen, solange sie ihr Arsenal-Trikot anbehalten darf. Worin sie, wie ich zugeben muss, echt heiß aussieht, von daher …«

»Kann's kaum erwarten, alles darüber zu hören«, sage ich. »In allen Details.«

»Was ist mit dir und deinem, äh, Verlobten?«

»Keine Ahnung«, seufze ich. »Er hat mir gesagt, ich solle mich bloß nicht bei ihm melden. Aber sein ganzes Zeug ist noch in der Wohnung, und ich weiß, wie sehr er ein paar der Brettspiele liebt, also …«

Sophie küsst mich auf die Wange. »Na ja, ich werde für dich da sein, was auch passiert.«

»Pumpernickel?«

»Pumpernickel.«

Wir stoßen mit unserem Brot an.

»Ich habe noch mehr Neuigkeiten für dich«, verkünde ich mit einem Trommelwirbel auf den Knien. »Ich habe einen Platz bei einem Open-Mic-Abend nächstes Wochenende. Als Solo-Musikerin.«

»Endlich!«, kreischt sie. »Ich werde da sein.«

Dann verdüstert sich ihr Gesicht. »Was ist dein Künstlername?«

»Ich befürchte, wenn ich mir noch einen neuen Namen für mich ausdenken soll, zerbreche ich in tausend Stücke«, erwidere ich. »Also werde ich einfach als Georgina Green auftreten.«

Sophie klopft mir liebevoll die Krümel vom Hemd. »Und wenn Georgina Green ein Star ist, was wird dann aus ihrer Karriere als Klavierlehrerin?«

»Ach ja! Die Schule wird mich höchstwahrscheinlich feuern.«

»Hast du Timmy erwürgt?«

»Leider nein. Die Leiter haben von Phase gehört und – ich weiß auch nicht – halten es für unangemessen, dass ich Kinder unterrichte? Ich bin mir nicht sicher. In der Mail stand nichts Konkretes. Aber ich muss zu einem großen Termin, bevor das neue Schuljahr anfängt.«

»Es ist illegal, jemandem zu kündigen, weil er queer ist«, sagt Sophie wütend, »aber du wärst nicht die Erste. Sag mir Bescheid, wenn ich eine Revolution starten soll. Ich würde liebend gern einen Stein auf eine homophobe Schule werfen.«

»Danke«, seufze ich. »Schon schade, der Job hatte gerade angefangen, mir Spaß zu machen. Und ich hatte das Gefühl, dass ich wirklich etwas bewirke. Man weiß wohl erst zu schätzen, was man hat, wenn man es verliert ...«

Sophie macht ein zustimmendes Geräusch und nickt bekräftigend. Doch dann nimmt ihr Gesicht einen nachdenklichen Ausdruck an. Sie schluckt ihren Wein hinunter, starrt mich über ihr Glas hinweg an und macht den Mund ein paarmal auf und zu wie ein Goldfisch. Plötzlich ist die Stimmung ernst.

»Was ist los?«, frage ich. »Hat der Pumpernickel schon deine Verdauung angeregt?«

Doch sie haut mich nicht auf den Ellbogen, wie sie es sonst tut.

»Ich habe auch Neuigkeiten«, sagt sie leise und beißt sich auf die Lippe. Ich versuche, ihren Gesichtsausdruck zu deuten. Überrascht? Verletzlich? Zaghaft erfreut?

»Joshua hat mich angerufen.«

Jetzt mutiere ich zum Goldfisch.

»Dein Bruder?«, frage ich und ersticke fast an meiner Rinde. »Dein Bruder, der nichts mehr mit dir zu tun haben wollte?«

Sophie nickt schüchtern. »Er hat sich entschuldigt und meinte, er würde sich gern mit mir treffen. Ich weiß auch nicht, es ist immer noch kompliziert, aber er ... Mum ...« Sie atmet zittrig ein und trinkt einen Schluck, um ihre Nerven zu beruhigen. »Er meinte, Mum und Dad vermissen mich auch, aber dass sie zu stur sind, um sich bei mir zu melden.« Eine Träne löst sich von ihren Wimpern, doch Sophie fängt sie noch rechtzeitig ab, bevor ihr Eyeliner verläuft. »Das Problem ist ... Ich bin auch zu stur, um mich bei ihnen zu melden. Ist wohl erblich.« Sie versucht zu lachen, doch es klingt eher wie ein Schluchzen. Ich drücke ihre Hand und ziehe sie an mich. Im ersten Moment versucht sie, mich wegzuschieben, doch ich lasse sie nicht los. Ich umarme sie immer fester und fester, bis sie nachgibt und ihren Tränen freien Lauf lässt.

Es ist so lange her, dass Sophie es sich erlaubt hat, ihre Gefühle offen zu zeigen. Während ich ihr über den Rücken streiche und tröstende Geräusche von mir gebe, frage ich mich, ob es falsch von mir ist, mich zu freuen, dass meine beste Freundin weint. Also, freuen in dem Sinne, dass ich glaube, es wird ihr guttun und so.

Als sie schließlich all ihre Emotionen und ihren Rotz auf meiner Schulter abgeladen hat, hole ich ihre umweltfreundlichen Reinigungstücher und entferne sanft ihr verschmiertes Make-up.

»Danke, Süße«, sagt sie leise.

Ich schüttele dämlich den Kopf und murmele etwas darüber, dass ich glücklich bin, wenn sie glücklich ist, und traurig, wenn sie traurig ist.

»Wo wir gerade beim Thema sind«, sagt sie. »Ich habe mich gefragt ... Wenn du nicht mehr mit Doug zusammenwohnst, wollen wir dann vielleicht zusammenziehen?«

Meine Hand rutscht ab und pikst ihr ins Auge. »Meinst du das ernst?«

»Todernst«, antwortet sie mit einem schmerzerfüllten Zwinkern. »Ich könnte den Kamerakram aus dem Gästezimmer räumen.«

»Dann müssten wir keine gemeinsame Zeit einplanen ...«

»... weil wir sowieso ständig zusammen wären und ...«

Außer uns vor Aufregung, schubsen wir einander herum.

»Natürlich will ich bei dir einziehen!«, schreie ich.

»Dann solltest du das vielleicht mal machen!«, schreit sie zurück.

»Das werde ich!«

Völlig erschöpft lassen wir uns aufs Sofa sinken.

»Aber zuerst«, sage ich, »holen wir uns was zu essen und gönnen uns eine kitschige RomCom.«

Sophie furzt zustimmend.

Alexa steckt sich noch eine Schokokugel in den Mund und reicht mir eine.

Eine Weile sitzen wir in kameradschaftlicher Stille beisammen und lauschen dem Getuschel der Kinder in der Gasse vor dem Fenster des Lehrerzimmers, die sie für schalldicht halten.

»Danke, Alexa.«

Sie zuckt die Achseln. »Schon gut. Die Tüte hat nur ein Pfund gekostet.«

»Ich meinte, wegen der Beförderung.«

»Oh. Gern geschehen.«

»Ich dachte, sie würden mich feuern, nicht, dass sie mir anbieten, eine LGBTQ+-Gruppe zu leiten.«

Wie sich herausgestellt hat, wusste die Schulleitung nicht, wie sie sagen sollte: »Wir wollen eine frisch geoutete Lehrerin bitten, eine außerschulische Gruppe für queere und noch unsichere Kinder und Jugendliche zu leiten, wissen aber nicht, ob es homophob ist, danach zu fragen.«

Um ehrlich zu sein, muss man sagen, dass ich natürlich auch mal wieder direkt vom Schlimmsten ausgegangen bin.

»Bin ich wirklich die einzige queere Mitarbeiterin?«

»Du bist die Einzige, die eine große Sache daraus macht. Und sie wollen, dass eine große Sache daraus wird, also ...«

Ich denke daran, wie sich Matilda im Musikunterricht geoutet hat. Wie viele meiner Schüler sind auf der Suche nach einem Vorbild? Könnte ich dieser Rolle gerecht werden?

»Glaubst du, es werden viele Kinder kommen?«, frage ich.

Alexa zieht eine Augenbraue hoch. »Das einzig Gute daran, in den schönen Künsten zu unterrichten, ist, dass die queeren Kids nicht lange auf sich warten lassen. Ich könnte dir wahrscheinlich schon jetzt die Namen der Teilnehmer nennen.« Sie reicht mir noch einen Malteser. »Und ein LGBTQ+-Club bedeutet, dass die Fieslinge jetzt genau wissen, wen sie mobben können.«

»Alexa!«, rufe ich empört.

»Ach, das wird schon. Die jungen Leute heutzutage sind viel besser in Akzeptanz, als wir es waren. Und wenn nicht, darf ich sie rausschmeißen.«

Ich grinse sie an und könnte schwören, dass sich ihr Mundwinkel leicht hebt.

Ein lautes Klopfen lenkt uns ab.

»Miss?«

Überrascht wenden wir uns um und sehen Matilda, Hope, Timmy und Percy, die mit dem unbehaglichen Erstaunen von Schülern, die ins Lehrerzimmer spähen, in der Tür stehen. Ich versuche, meine mit Schokolade verschmierten Hände unauffällig an meinem Rock abzuwischen.

»Wir wollten nur Hallo sagen«, erklärt Matilda. Plötzlich erinnert sie überhaupt nicht mehr an eine Maus.

»Oh! Danke! Hallo! Und, ähm, vielen Dank für die Karte, die ihr mir geschickt habt!« Ich bin verlegen. Sie sind verlegen. Doch davon lassen wir uns nicht aufhalten. »Und es tut mir so, so leid, dass ich euren Auftritt letztes Semester verpasst habe. Ich habe gehört, ihr wart phantastisch. Ich wusste es!«

»Wir dachten, das hätten Sie absichtlich gemacht«, sagt Hope lachend. »Stimmt's, Leute?«

»Ja, wir dachten, Sie würden uns eine weitere Lektion erteilen«, murmelt Timmy. »Uns zeigen, dass wir nicht mehr auf Sie angewiesen sind.«

»Dass Sie, auch wenn Sie nicht körperlich anwesend waren«, fährt Percy fort und drückt eine Hand an die Brust, »dennoch bei uns waren. In unseren Herzen. In der Musik.«

»In einer Pfütze«, hüstelt Alexa.

»Und dass Sie stolz auf uns sind«, fügt Matilda hinzu, »auch wenn Sie nicht da sein konnten, um es uns zu sagen.«

»Na ja«, sage ich nach einem Moment und gebe mir alle Mühe, nicht zu weinen. »Ja. Ja, ich nehme an, das … das wäre eine gute Lektion gewesen. Nächstes Mal versuche ich es damit.«

Wir schauen alle verlegen lächelnd zu Boden – alle außer Alexa, die sich ein Stück Karamell aus den Zähnen pult.

»Miss, eins noch …«, sagt die Mächtige Matilda. »Wir wollten uns für Ihren neuen Club anmelden.«

»Wow«, antworte ich, ohne nachzudenken, »ihr alle?«

Hope und Timmy nicken, ohne mich direkt anzusehen. Ich freue mich so sehr für sie.

»Ich glaube nicht, dass ich homosexuell bin«, meint Percy nachdenklich, woraufhin Alexa fast an ihren Süßigkeiten erstickt. »Aber ich liebe außerschulische Aktivitäten. Und ich möchte lernen, meine lesbischen, schwulen, bisexuellen, transgender, intersexuellen, asexuellen und queeren Freunde besser zu unterstützen.«

Alexa und ich wechseln einen Blick. Seit wann hat Percy Freunde?

»Das ... das ist toll, Percy. LGBTQ+ steht auch für Allies – Verbündete. Ich werde Plakate mit mehr Infos aufhängen, und dann haben wir nächste Woche unser erstes Treffen. Klingt das gut?«

Sie nicken alle mit ihren kleinen Köpfen und schlendern untereinander plaudernd davon. Unser Gay Club wird großartig!

Ich versuche, mein liebevolles Schniefen vor Alexa zu verbergen, die den Kindern nachsieht und sagt: »Die Fieslinge werden einen Mordsspaß haben.«

Ich bringe sie zum Schweigen, kann mir aber ein Schnauben nicht verkneifen.

Alexa klopft mit geübten Fingern ihren Blazer ab und zückt ihre ramponierte Zigarettenschachtel.

»Zur Feier des Tages?«, fragt sie und bietet mir eine an.

»Nein, danke, ich rauche nicht.«

»Weißt du was?«, sagt Alexa nach einem Moment. »Ich auch nicht.«

Mit einer lässigen Handbewegung wirft sie die Schachtel in den Müll. Sie prallt am Rand ab und landet auf dem Boden.

Ich laufe schnell hin und versenke sie im Korb, um den Moment nicht zu ruinieren. Alexa teilt den Rest der Malteser zwischen uns auf, und wir mampfen sie genüsslich.

Ich freue mich wahnsinnig darauf, mit Sophie zusammenzuziehen, aber ich weiß nicht, was ich mit Dougs Zeug machen soll. Unsere Trennung ist fast einen Monat her, und ich habe immer noch nichts von ihm gehört. Sophie bezichtigt mich schon, in einem Schrein zu leben.

Ich weiß, ich sollte mir inzwischen mehr Selbstakzeptanz angeeignet haben, und natürlich bin ich eine Feministin, die keinen Mann braucht etc. Aber ganz ehrlich? Manchmal will ich einfach nur Hobnobs mit Doug essen.

Dann, eines Samstags, bekomme ich völlig unerwartet eine Benachrichtigung meines Kalenders.

Douglas Wright lädt Sie zu einem Ereignis ein: Entschuldigung von deinem bescheuerten Freund.

Douglas? Entschuldigung? Bescheuert? Freund?!

Soll ich eine Münze werfen?

Oh, um Himmels willen, denk nicht zu viel nach. Ich will ihn sehen, also nehme ich die Einladung an.

Ein paar Sekunden später klingelt es. Vor der Tür steht Douglas, sichtlich müde, aber zauberhaft, mit einer Packung Hobnobs.

Ich schlage vor, einen Spaziergang zu machen, weil ich denke, so könnten wir uns auf neutralem Boden unterhalten, aber unsere Füße tragen uns automatisch entlang unserer üblichen Route zum Hampstead Heath.

An einer Weggabelung schwenke ich bewusst in eine andere Richtung ein. Der Pfad liegt ziemlich versteckt, ist matschig und von Bäumen umgeben, die sich nicht entscheiden können, ob es noch Sommer oder schon Herbst ist. Sattgrüne, feurig goldene und tiefrote Blätter mischen sich in gesprenkelten Wogen.

»Es wird kälter«, sage ich, als die Stille unerträglich wird.

»Ja, die Nächte sind schon ganz schön frostig.«

»Aber diese Herbstbäume gefallen mir.«

»Tut mir leid, dass ich mit Poppy geschlafen habe.« Seine Augenbrauen schießen in die Höhe, als hätte er nicht vorgehabt, das zu sagen.

»Dann überspringen wir also den Small Talk«, sage ich fröhlich. »Mir tut es auch leid. Ich habe unsere Beziehung kaputt gemacht.«

Er schüttelt den Kopf. »Das war Gemeinschaftsarbeit. Perfekt im Einklang bis zum Schluss.«

Wir schlendern durch eine bunte Mischung trocken raschelnder, durchweichter und frischer Blätter.

»Seid ihr jetzt zusammen, du und Poppy?«

Er reibt sich den Nacken. »Nein, nein. Das hätte nie funktioniert. In letzter Zeit fühle ich mich nicht besonders ... du weißt schon ... sexy.«

»Ich auch nicht«, gestehe ich. »Als hätten wir uns mit neuen Beziehungen überfressen, und jetzt brauchen wir eine Entgiftungskur.«

»Heißt das«, fragt er zaghaft, »dass du dich wirklich trennen willst?«

Durch eine Lücke im Gebüsch erspähe ich einen Golden Retriever. Doug sieht ihn auch. Fast rufe ich »Bingo« aus reiner Gewohnheit, und meine Hand kribbelt bei der Erinnerung, wie ich in solchen Momenten die seine gedrückt habe.

Ich glaube, wenn ich jetzt die Hand ausstrecken würde, könnten wir wieder zusammenkommen. Wir könnten so tun, als wäre nichts passiert.

Doug greift nach meiner Hand. »Ich vermisse dich, Gina«, sagt er, und in seinen strahlend blauen Augen glitzern Tränen. »Ich vermisse unser altes Leben. Ich glaube, wir könnten wieder miteinander glücklich werden, wenn wir uns noch eine Chance geben.«

Die Waagschalen erscheinen wieder vor meinem geistigen Auge und wägen die verschiedenen Möglichkeiten ab. Die beiden Seiten schwanken auf und nieder, und ich fühle mich, als sei ich genau dort wieder angekommen, wo ich am Anfang war.

»Ich weiß es nicht«, antworte ich ehrlich. »Ich weiß es wirklich nicht.«

»Also, ich weiß etwas, das bei schwierigen Entscheidungen hilft«, meint Doug und holt seinen Geldbeutel heraus. In seiner Handfläche liegt eine Zwei-Pence-Münze.

»Vor gut sieben Jahren hast du die geworfen, um zu entscheiden, ob du mit mir zusammen sein willst. Also …« Er dreht sie in der Luft zwischen uns. »Wollen wir es noch mal versuchen?«

Wir begutachten die Münze, die im Sonnenlicht sanft schimmert, und versuchen herauszufinden, welche Seite schwerer aussieht.

Schließlich umfasse ich seine Hand mit meiner und lege sie um die Münze. »Ich glaube, diese Entscheidung sollten wir allein treffen.«

Er steckt die Münze weg und lächelt matt.

»Selbst wenn wir wieder zusammenkommen«, sage ich, »wäre es nicht mehr die gleiche Beziehung, die wir hatten. Lässt einen nicht jede Veränderung unweigerlich nostalgisch werden? Ich glaube, wenn wir versuchen würden, genau so weiterzumachen wie früher, würden wir sowohl unsere Erinnerungen als auch jede mögliche Zukunft kaputt machen.« Ich streichle seine so vertraute Wange. »Aber ich will dich nicht verlieren. Ich weiß, wie klischeehaft das klingt, aber du bist mein bester Freund, Doug.«

»Abgesehen von Sophie?«

Ich lache schnaubend. »Ich ziehe übrigens bei ihr ein, also ... Du kannst in unserer Wohnung bleiben, wenn du willst. Dann müssen wir nur noch klären, wer welche Tassen behält.«

Mit einem leisen Lachen wendet er den Blick ab und wischt sich über die Augen. Ich schlinge die Arme um ihn.

Er riecht nicht mehr so, wie ich es in Erinnerung habe, oder wie die Klamotten, in denen ich ganz gelegentlich mein Gesicht vergrabe, wenn ich mich einsam fühle. Der Verlust dieses wohligen Geruchs tut mir in der Seele weh, doch ich sage mir, dass er immer noch gut riecht. Nur anders.

»Tut mir leid, Großer, ich weiß, so hattest du dir den nächsten Schritt in unserer Beziehung nicht vorgestellt ...«

Er macht ein verständnisloses Gesicht. »Welchen nächsten Schritt?«

Ich mustere ihn prüfend, um zu sehen, ob er einen Witz macht, doch er blickt mich ratlos an. »Du weißt schon, diese Sache, die du vor ein paar Monaten geplant hast«, versuche ich, ihm auf die Sprünge zu helfen. »Über die du mit meiner Mum gesprochen hast. Die geheime Sache, von der ich nichts wissen sollte, die ich aber trotzdem herausgefunden habe. Die Sache, über die wir im Eifer unserer Trennung auf dem Festival gesprochen haben.«

Endlich dämmert ihm, was ich meine. »Oh! Na ja, um ehrlich zu sein, wollte ich das trotzdem machen, auch wenn ich allein bin.«

Ich bleibe wie angewurzelt stehen. Die Blätter unter meinen Stiefeln rascheln, aber ansonsten ist alles still. Er wird sich selbst heiraten? Eine Partnerschaft mit sich selbst führen? Ist alles okay bei ihm?

»Ich glaube, ich bin bereit«, fährt er fort, und ein strahlendes Lächeln erhellt sein Gesicht. »Ich habe mehr als genug Liebe zu geben. Aber wenn du mitmachen willst, wäre das auch schön.«

»Ähm ... Ich weiß nicht. Ich könnte Brautjungfer sein?«

Er mustert mich verwirrt. Ich mustere ihn verwirrt.

»Wovon redest du?«, fragen wir beide gleichzeitig.

»Ich dachte, du wolltest mir einen Antrag machen.«

Er macht große Augen. »Was? Warum sollte ich dir einen Antrag machen?«

»Autsch«, murmele ich. »Ganz schön hart.«

»Also, natürlich ist mir schon mal der Gedanke gekommen, dass wir irgendwann heiraten. Aber das war es nicht, was ich vorhatte!« Er nimmt meine Hand. »Gina, ich wollte uns einen Welpen besorgen.«

Einen Welpen.

»Einen Wursthund«, erklärt Doug. »Deshalb habe ich deine Mum um Rat gebeten. Und um Erlaubnis. Ich weiß, wie besitzergreifend sie sein kann, wenn es um Wursthunde geht. Es sollte eine Überraschung werden, aber ich dachte, du hättest es längst durchschaut.«

All das. Weil ich dachte, mein Freund würde mir einen Antrag machen. All das: Veränderungen, Schlamassel, Höhepunkte, Tiefpunkte, Doppelleben – und alles, was er wollte, war ein Hund!

Hilflos fange ich an zu lachen. Ich klinge, als hätte ich den Verstand verloren – ich habe den Verstand verloren! –, doch Doug stimmt mit ein, und unser Gelächter verschreckt die Eichhörnchen, und mir fällt ein gigantischer Stein vom Herzen.

Wenn all das nötig war, um uns zu zeigen, dass wir unsere Pläne ändern müssen – wenn all das nötig war, um mir zu zeigen, dass ich nicht von meinem Partner oder meiner Vergangenheit definiert werde –, dann soll es so sein. Immerhin weiß ich jetzt, dass ich mir ganz allein genüge.

Aber es wäre schön gewesen, mit einem weiteren Wursthund abzuhängen …

»Ich dachte, wir könnten sie Frankie nennen«, sagt Doug.

»Als Spitzname für Frankfurter Würstchen?«

Er nickt schamhaft, und ich kneife ihm in die Wange. »Das ist perfekt. Selbst mein Dad wäre beeindruckt.«

»Ich glaube, ich werde trotz allem eine Frankie für mich selbst adoptieren«, sagt Doug, seine Wangen immer noch hochrot. »Ich hoffe, das ist okay? Und ich würde mich sehr freuen, wenn du hin und wieder zu Besuch kommst. Wann immer du willst.«

Ich nehme seine Hand und drücke sie ganz fest, wie das härteste »Bingo« der Welt. »Das fände ich schön. Wirklich schön.«

Er lächelt und erwidert den Händedruck, und ich denke, vielleicht wird ja doch alles gut.

Was auch immer das bedeutet.

Epilog

Selbst in meinen wildesten Träumen hätte ich mir nie vorstellen können, dass meine Mum mit einem Hexenhut auf dem Kopf in einer Gay Bar sitzt und Prosecco bestellt. Doch genau das tut sie.

»Und …«, sie zählt die Leute in unserer Nische, »elf Gläser bitte.«

Um benachbarte Tische im hinteren Teil des Familiar sitzen drei Gruppen: Sophie, Jenny, Rudy und Marsha an dem einen, Doug, Poppy, Mickey und Jasper an einem anderen, und zu guter Letzt Mum und Alexa, die das Dekor in verschiedenen Stadien der Verwirrung betrachten.

Ich dachte, Mum und Alexa würden sich so schlecht vertragen, dass das Haus in Flammen steht, aber sie haben sich prächtig darüber unterhalten, wie man Schnecken im Garten loswird.

»Bringen Sie uns besser gleich zwei Flaschen Prosecco«, sagt Mum zu Cara.

Während sie unsere Bestellung bereitstellt, zwinkert mir Cara über die Schulter zu. Mein ohnehin schon prickelnder Bauch explodiert förmlich.

»Danke, Mum«, sage ich, helfe mit, alles zu unserem Tisch zu tragen, und stupse sie mit dem Ellbogen an. »Feier die kleinen Erfolge.«

»Und die großen«, erwidert sie in nachdrücklichem Ton und teilt die Gläser aus. »Der erste professionelle Solo-Auftritt meiner geliebten Tochter! Sheila wird so eifersüchtig sein.«

Ich lasse die Korken knallen. Unter dem Tisch kläffen zwei aufgeregte Hunde.

Obwohl im Familiar keine Tiere erlaubt sind, drücken sie bei diesen zwei wohlerzogenen Wursthunden ein Auge zu.

Bunny und Frankie haben sich auf den ersten Blick verliebt und schmusen seither pausenlos. Die Romanze hat Bunny neues Leben eingehaucht. Wer weiß, vielleicht warten Welpen am Horizont? Kleine Chipolatas. Könnte ich einen bekommen und ihn Chip nennen?!

Während ich Prosecco in die Gläser gieße, sprudelt auch mein Herz vor Glück über.

Georgina Green trägt ihre Haare locker gescheitelt, so dass der Undercut auf einer Seite zu sehen ist. Dazu ein aufgeknöpftes Hemd, baumelnde Ohrringe, Make-up, das ihr tatsächlich gefällt, die Augen umrahmt von einer goldenen Brille, und ihr eigenes Paar neu eingetragener, bequemer Doc Martens – ja, mit Schnürsenkeln in Pink, Lila und Blau, den Farben der Bi-Flagge. Endlich fühle ich mich wie ich selbst. Zumindest vorerst.

»Auf Georgina Green!«, ruft Mum.

»Georgina Green!«

Ich vergrabe mein vor Freude errötendes Gesicht in Mums Strickjacke, und sie flüstert mir zu: »Er hätte es geliebt, dich heute Abend auftreten zu sehen. Er wäre so, so stolz auf dich.«

Den heimeligen Lavendelduft ihres Waschmittels tief einatmend, erlaube ich es mir, mich an ihn zu erinnern: wie er mir die ersten Tonleitern beigebracht und all meinen Fehlern geduldig zugehört hat, wie er mir gezeigt hat, dass jeder seine eigenen Melodien erfinden kann. Wie ich von der Schule nach Hause gerannt bin, um weiterzuüben. Wie er sich selig in seinem Sessel zurückgelehnt hat, als ich ihm mein erstes eigenes Lied vorsang.

Mich an ihn zu erinnern tut weh, natürlich tut es das, aber ich verdränge den Schmerz nicht. Das muss ich nicht mehr. Denn wenn ich mir jetzt ausmale, was Dad über mich denken und was er von meinem Leben halten würde, schäme ich mich nicht mehr. Also lasse ich die Trauer zu – und auch die Liebe, den Stolz und die Freude, die damit einhergehen.

Bunny tänzelt auf den Hinterbeinen zu uns und versucht, bei der Umarmung mitzumachen. Mum und ich lösen uns voneinander, wischen uns lachend die Tränen aus dem Gesicht und schenken Bunny die wohlverdiente Aufmerksamkeit.

Während ich zwei Wursthunden gleichzeitig den Bauch kraule (wie schön, dass ich diesen Punkt von meiner Wunschliste streichen kann), bemerke ich, dass mich Doug mit einem unergründlichen Ausdruck im Gesicht beobachtet.

Anfangs war es nicht leicht, mit ihm nur noch befreundet zu sein. Wir heulten beide, während wir unseren Kram in getrennte »His«- und »Hers«-Kisten packten. Als ich unsere Wohnung verließ – nein, nicht mehr unsere Wohnung, sondern seine –, kam ich mir verrückt vor. Wie konnte ich mich von jemandem trennen, der so nett war, der mich so sehr unterstützte, mit dem ich so gut zusammenpasste?

Doch dass wir nicht mehr richtig füreinander sind, heißt nicht, dass wir nicht eine Zeit lang richtig füreinander waren. Wir hatten sieben glückliche Jahre zusammen, und ich bereue nichts davon. Na ja ... Okay, ein paar Sachen bereue ich schon, wie meine Lügen und mein furchtbares Geschenk zu unserem Jahrestag, aber du weißt, was ich meine. Ich glaube, es gibt nicht viele Paare, die durchmachen, was wir durchgemacht haben, und dennoch Freunde bleiben, doch Doug und ich haben eine echte Chance.

Ich proste ihm zu, und ein Lächeln erscheint auf seinem Gesicht, als er es mir gleichtut. Frankie springt auf seinen Schoß und dreht sich zufrieden im Kreis.

Ich folge ihr zum Bronze-Age-Tisch. »Hey, Leute«, sage ich schüchtern, »was gibt's Neues?«

Vier unterschiedlich fehl am Platz wirkende Rotschöpfe wenden sich mir zu. Einen Moment habe ich Angst, es könnte unbehaglich werden, doch dann brechen alle in überschwängliches Lob aus.

»Gina, ich wusste immer, dass du gut bist, aber …« Mickey schüttelt den Kopf. »Ich wünschte, wir hätten dich gebeten, all unsere Songs zu schreiben.«

Jetzt, da er die richtige medikamentöse Behandlung bekommt, ist er wieder der Freund, als den wir ihn an der Uni kannten. Immer noch ein kleiner Mistkerl, aber er hat sich aufrichtig für sein Verhalten entschuldigt, und er und Jasper waren in meiner Anfangszeit als Solo-Künstlerin eine große Hilfe.

»Sei nicht so bescheiden«, sage ich lächelnd. »Du hast ein paar echte Knaller geschrieben.«

»Und dann hast du *One Shot* geschrieben«, fügt Poppy hinzu und streckt ihm die Zunge raus.

»Okay, okay«, stöhnt er. »Wir werden *One Shot* nie wieder spielen.«

Während wir alle lachen, begegne ich Poppys Blick. Ich weiß, es klingt verrückt, aber dass sie mit Doug geschlafen hat, hat uns einander nähergebracht. Bei einem gemeinsamen Spaziergang mit Frankie hat mich Doug zaghaft gefragt, ob ich mit ihr mal einen Kaffee trinken würde, weil sie anscheinend immer noch von Schuldgefühlen geplagt wurde. Also trafen wir uns, und ich sagte ihr, dass ich diejenige bin, die sich entschuldigen sollte, weil ich sie alle seit diesem letzten Bronze-Age-Gig so auf Abstand gehalten hatte. Denn inzwischen weiß ich, dass Doug recht hatte – dank meiner von Selbstzweifeln angefachten Geschichte hatte ich geglaubt, dass sie nichts mehr mit mir zu tun haben wollten. Und dabei fühlten sie sich genauso betrogen wie ich, weil ich nicht zuließ, dass sie meine Trauer teilten. Also sagte ich Poppy, dass ich mir schon lange wünsche, wieder mehr zusammen zu machen. Seitdem gehen wir jede Woche einen Kaffee trinken.

Und so fühlt es sich ganz natürlich an, Poppy heranzuwinken und sie an den Nachbartisch zu führen, wo ich Rudy, Marsha und Sophie habe klagen hören, dass sie es vermissen, in einer Band zu spielen.

Als wir näher kommen, sagt Sophie gerade: »Ich habe aufgehört Gitarre zu spielen, weil ich es nicht ertragen konnte, in etwas nicht perfekt zu sein.« Sie schlingt sich Jennys Arsenal-Schal um den Hals. »Ich liebe es, als Kritikerin zu arbeiten, aber Gigis Auftritt hat mir klargemacht, wie sehr ich es vermisse, nur zum Spaß zu spielen, wisst ihr?«

Rudy und Marsha nicken zustimmend, als ich mich zu ihnen geselle, den Arm um Poppys Schultern gelegt.

»Rudy, Marsha«, sage ich, »ich möchte euch Poppy vorstellen. Sie ist eine verdammt gute Schlagzeugerin, die bei Bronze Age phantastisch spielt, aber auch Neues entdecken will ...«

Mit einem unschuldigen Achselzucken blicke ich von Rudy zu Marsha, zu Poppy, zu Sophie.

»Moment mal!«, ruft Jenny und gestikuliert wild in die Runde. »Ihr wollt alle in einer Band sein! Rudy spielt Bass. Marsha spielt Keyboard. Poppy spielt Schlagzeug. Sophie, du singst und spielst Gitarre ... Das ist ein vollständiges Team, oder?«

Selbstzufrieden blicke ich mich um, als die vier kichernd unsichere Blicke tauschen. Ich fühle mich wie Amor, der auf einen Schlag seinen gesamten Köcher verschossen hat.

»Ich bin dabei, wenn ihr es seid«, sagt Marsha. Ich könnte schwören, dass sie und Poppy sich bereits interessiert beäugen. »Wie nennen wir uns? Wie soll unser Logo aussehen? Und unsere Farbpalette?«

»Hey, nicht so hastig, spielen wir erst mal zusammen!«, lacht Rudy, schüttelt ihre Lockenmähne (seit Neuestem mintgrün gefärbt) und richtet einen losen Träger ihrer dazu passenden Latzhose. »Und wenn wir grauenhaft klingen, können wir immer noch zusammen abhängen und zu allen Gigs gehen, selbst wenn wir nicht in einer Band sind.«

»Unglaublich!«, rufe ich und reiße gespielt schockiert die Augen auf. »Ist so etwas wirklich möglich?!«

»Ja.« Sophie zwinkert mir zu. »Und wusstest du, dass du nicht mal deinen Namen oder dein ganzes Leben ändern musst, um mit jemandem befreundet zu sein?«

»Aber George, du solltest auch in unserer Band sein«, sagt Rudy, als habe sie sich plötzlich an die alte Spielplatzregel erinnert, kein Kind außen vor zu lassen. »Schreibst du unsere Lieder? Du und Marsha könntet euch das Keyboard teilen.«

Bei der Vorstellung, die vier zusammen Musik machen zu hören, erfasst mich eine aufrichtige, vorbehaltlose Aufregung, trotzdem lehne ich Rudys Angebot mit einem Kopfschütteln ab.

»Danke, Rudy, aber es fühlt sich richtig an, es solo zu versuchen. Vielleicht können wir irgendwann mal zusammen ein paar Songs aufnehmen.«

Nach kurzem Schweigen nippt Marsha an ihrer Good Witch und überlegt laut: »Was Kit und Isobel wohl dazu sagen würden?«

»Hmm«, macht Sophie und schlürft genüsslich ihre Bad Witch. »Vielleicht laden sie unsere neue Band ein, auf ihrer Hochzeit zu spielen?«

Verblüfft drehen wir uns zu ihr um, dann prusten wir los und spucken vor Lachen fast unsere Drinks aus. Wie aufs Stichwort johlen wir alle Einstiegstexte zu Anti-Liebesliedern, die wir unseren Herzensbrechern an ihrem großen Tag widmen würden.

Ehrlich gesagt war es ziemlich seltsam, die schicken Karten zu bekommen, mit denen uns Kit und Isobel zu ihrer Hochzeit eingeladen haben, zu der Zeremonie im Ferienhaus von Isobels Eltern in Venedig. Niemand weiß viel darüber, was die beiden seit dem Festival getrieben haben, außer dass sie Flitterwochen im Voraus gemacht haben und um die ganze Welt gereist sind. Und ja, an dem Abend, nachdem wir die Einladungen erhalten hatten, haben Sophie und ich uns nach allen Regeln der Kunst betrunken und wohl auch ein paar üble Bemerkungen fallenlassen. Aber eigentlich war es spaßig, unserem Arsenal von Insiderwitzen noch etwas hinzuzufügen, und zugleich eine große Erleichterung, zu wissen, dass wir ins Familiar gehen können, ohne an Kits Van vorbeilaufen zu müssen.

Mit ein bisschen Abstand bin ich froh, dass etwas Gutes aus diesem ganzen Schlamassel hervorgegangen ist. Dass die Romantik nicht ganz tot ist. Wenigstens die Liebesgeschichte der beiden hatte ein Happy End.

Ob meine wohl jemals eins haben wird?

Wie von selbst schweift mein Blick zu dem Schimmer platinblonder Haare hinter der Theke ...

Meine Tagträumerei wird von Sophie unterbrochen, die mich unsanft vom Stuhl schubst.

»Hey!«

»Du starrst sie schon wieder an«, sagt sie. »Tu es einfach.«

Ich atme tief durch, nehme all meinen Mut zusammen und gehe zur Bar.

Cara ist da, wie immer, und grinst mich schief an. Unter ihrer bauchfreien Weste lugen ihre farbenfrohen Tattoos hervor – das Regenbogenherz, das grauenhafte *Friends*-Sofa, die Sonnenblume, die ihre Seite hinaufwächst –, und tiefe Röte überzieht meine Wangen. Doch ich spüre keine Scham, nur Aufregung.

»Was kann ich dir bringen?«, fragt sie neckisch. »Den üblichen Doppelten?«

»Nein, heute nicht. Ähm … eigentlich wollte ich dich um etwas bitten, was ich mir schon seit Monaten wünsche.«

Ihre haselnussbraunen Augen wenden sich keine Sekunde von mir ab. Im wechselnden Licht an der Bar wirken sie wie Kaleidoskope, mit Gold und Grün gesprenkelt.

»Deine Nummer?«

Sie blinzelt mich verblüfft an. Dann bricht sie in schallendes Gelächter aus.

Mist. Ich habe die Vibes zwischen uns falsch interpretiert. Ich wusste doch, dass sie außerhalb meiner Liga spielt.

Ich will mich gerade entschuldigen, da streckt sie die Hand aus, während sie sich mit der anderen vor Lachen den Bauch hält. »Das war so kitschig!«, keucht sie. »Ich liebe es! Ich hab immer gehofft, dass du so was sagst.«

Ich stoße einen Seufzer der Erleichterung aus, zu froh, um cool zu bleiben. »Gott sei Dank.«

Immer noch kichernd bedeutet sie mir, ihr mein Handy zu geben, und speichert ihre Nummer darin ein. »Vielleicht könntest du mir irgendwo ein paar doppelte Cocktails spendieren.«

»Gute Idee. Jetzt bin ich an der Reihe, dich zu versorgen.«

»Klingt toll«, raunt sie in vielsagendem Ton und beißt sich auf die Lippe.

Ach du meine Güte …

Dann lacht Cara wieder, und ich sehe, dass sie genauso heftig errötet wie ich.

»Das ergibt keinen Sinn, oder?«, fragt sie und reibt sich verlegen über die rasierten Haare in ihrem Nacken. Ob sie sich wohl weich oder stoppelig anfühlen? »Ich benehme mich komisch. Es ist nur … Ich mag dich wirklich.« Schockiert hält sie sich die Hand vor den Mund. »Siehst du, was ich meine?«

»Ich hab immer gehofft, dass du so was sagst«, erwidere ich mit einem breiten Grinsen. »Hast du nicht Donnerstag frei?«

Cara nickt fröhlich, und als sie mir mein Handy zurückgibt, streifen ihre warmen Finger meine. Wie von selbst spiegelt mein Gesicht ihr schiefes Grinsen wider. »Dann haben wir ein Date.«

Und ich muss keine Münze werfen oder mein Horoskop checken, um zu wissen, wie absolut vollkommen richtig sich das anfühlt.

»Ich trage dich in meinen Kalender ein.«